Agnès Ruiz

MA VIE ASSASSINÉE

TOME 1

Les Éditions
Coup d'œil

De la même auteure, aux Éditions Coup d'œil :
Et si c'était ma vie ?, 2016

De la même auteure :
*L'ombre d'une autre vi*e, Hugo & Cie, 2014
La main étrangère, City éditions, 2014

Couverture : Kevin Fillion
Conception graphique : Chantal Morisset

Première édition : © 2001, Les Éditions JCL, Agnès Ruiz
Présente édition : © 2016, Les Éditions Coup d'œil, Agnès Ruiz
www.boutiquegoelette.com
www.facebook.com/EditionsGoelette

Dépôts légaux : 1er trimestre 2016
Bibliothèque et Archives nationales du Québec
Bibliothèque et Archives Canada

Imprimé au Canada

ISBN : 978-2-89731-976-2

À mes parents,
avec toute mon affection.

Chapitre 1

Dans les rues enneigées de décembre, une grosse Mercedes noire stoppa le long du trottoir. Une ravissante jeune femme en descendit. Elle était vêtue d'un tailleur vert forêt mettant en valeur sa chevelure brune chatoyante. Ses cheveux flottaient librement le long de son dos, ondulant à chacun de ses pas.

Elle attrapa son chaud manteau sur le siège du côté passager et l'enfila. Presque aussitôt, elle sentit une douce chaleur l'envahir. Elle se pencha de nouveau à l'intérieur de sa voiture et, d'un geste vif, saisit son sac à main. D'un pas élégant mais néanmoins prudent, elle avança dans la neige qui tombait depuis son départ, tôt ce matin-là.

Le quartier dans lequel elle se trouvait était, sans conteste, pauvre. Les bâtiments qu'elle longeait, aussi vétustes que délabrés, accusaient les ans. Pourtant, grâce à cette blancheur qui recouvrait le sol, il se dégageait un petit air propret qui rendait l'ensemble plus doux au regard du passant. Il était relativement de bonne heure et l'illusion pouvait durer quelque temps encore. D'ici peu, cette belle neige serait, elle aussi, souillée par le flux des voitures, et ce, jusqu'à la chute des prochains flocons.

Les rares passants se retournaient sur la jeune femme, étonnés de la trouver dans un endroit si peu en rapport avec son rang, reconnaissable à son riche manteau.

«Pas du quartier, cette femme-là», pensaient certains, puis, tout en haussant les épaules, ils poursuivaient leur chemin. Dans le coin, on ne s'attardait guère sur les nouveaux visages. Le nez enfoncé dans le col du manteau pour tenter de se réchauffer, on continuait sa petite vie sans s'occuper plus avant du voisin.

Il était de mise de pratiquer la maxime : chacun s'occupe de ses affaires et tout le monde se porte pour le mieux.

Un peu plus loin, des jeunes s'affairaient avec enthousiasme autour d'un bonhomme de neige. La jeune femme s'arrêta un instant et les observa. Jamais elle n'avait fabriqué de bonhomme de neige. Elle n'en avait pas eu l'occasion. Oh! ce n'était pas un regret, juste une constatation…

Lorsqu'un des jeunes prit conscience de sa présence, il s'exclama :

«Oh! regardez la jolie gonzesse… Une vraie affiche de pub!»

Ensemble, ils se mirent à glousser en se poussant du coude. L'un d'eux émit même un sifflement significatif. La jeune femme se ressaisit au sifflet strident qui écorcha ses oreilles et poursuivit bien vite son chemin.

Tandis qu'elle progressait dans la neige, elle entendit encore quelques phrases qui auraient pu paraître flatteuses à certains mais qui, pour elle, avaient un écho désobligeant. Elle avait si peu l'habitude de côtoyer ce monde-là, si différent du sien… Du coin de l'œil, elle aperçut un grand garçon qui appelait les autres. Elle nota machinalement l'écharpe rouge qu'il portait autour du cou et aussi son bonnet, du même rouge écarlate, qui était enfoncé jusqu'à la limite des yeux, dissimulant par la même occasion ses oreilles. Son nez rougi par le froid rappelait son bonnet et son écharpe. Même si l'effet était involontaire, l'ensemble était assez drôle à voir. La jeune femme esquissa un sourire.

« Allez, les gars ! Laissez-la et venez… »

Sa phrase resta en suspens, car une grosse boule de neige le frappa juste sur sa joue droite. De surprise, il tomba en arrière et atterrit de tout son poids sur le sol durci par le froid.

« Eh ! » aboya-t-il plus qu'il ne parla.

Au même moment, ils se ruèrent tous à terre et une bataille effrénée de boules de neige commença. Sans même se consulter, ils s'étaient divisés en deux clans et les rires fusaient de toutes parts… La jeune femme se mit à sourire franchement cette fois en les voyant si insouciants. « Un bonheur simple et à la portée de tous ! » pensa-t-elle. Son sourire s'effaça bien vite au souvenir de sa présence dans ce quartier si peu attrayant à son goût. Elle approchait de sa destination et se sentait remplie de tristesse et de mélancolie.

Enfin, elle arriva devant une maison à l'aspect pauvre mais accueillant. Elle fouilla rapidement dans son sac et en ressortit un bout de papier. Y jetant un coup d'œil, elle se confirma l'adresse indiquée :

« 125, rue des Pins », lut-elle dans un murmure.

Ce n'était pas qu'elle eût vraiment besoin de confirmation, elle avait tant de fois consulté cette adresse… Non, ce geste lui donnait une certaine contenance, car elle connaissait l'adresse par cœur! D'ailleurs, son papier était tout froissé tant elle l'avait manipulé ces derniers temps! Il ne correspondait vraiment pas à l'image de sa propriétaire, qui avait la réputation d'être une personne soignée et ordonnée. Elle arrêta son pas devant le numéro indiqué et se mit en devoir de détailler les alentours immédiats. Ses yeux vifs se promenaient partout.

La maison se dressait là sans étage et était somme toute assez chétive. Les années à lutter pour repousser l'assaut du vent, de la neige et de la pluie avaient eu raison du toit, qui affichait maintenant un air plus que vieilli… Quelques tuiles manquaient. Quant à la peinture de la façade, elle s'écaillait en plusieurs endroits. Au loin, un volet claqua deux ou trois fois avant que son propriétaire ne le maîtrise. Quelques aboiements firent écho au bruit.

Un jardinet encerclait la maison. Oh! il n'était pas bien grand: un mouchoir de poche à l'image de la demeure. Cependant, cet espace devait sans aucun doute être suffisant l'été venu pour s'y reposer. Les pensées de la jeune femme défilaient sans qu'elle s'en aperçoive. Elle notait les détails au fur et à mesure de ses observations. Une clôture encadrait agréablement l'ensemble. La neige, partout présente, conférait à ce tableau un air de fête et de bonheur assez peu de circonstance, du reste…

La jeune femme tendit le bras dans l'intention d'ouvrir la barrière. Elle suspendit un instant son geste et observa une dernière fois les alentours. Elle inspira profondément et s'avança résolument dans l'allée encore enneigée. Ses chaussures de cuir laissaient de fines empreintes derrière elle. À la porte, chassant ses pensées qui arrivaient en cascade, elle leva la main et frappa deux coups. Puis son assurance s'atténua quelque peu. Les questions affluaient, elle ne pouvait les interrompre. Qu'allait-elle découvrir de l'autre côté ? Avait-elle bien fait de venir jusqu'ici ? Tout à coup prise de panique, elle recula inconsciemment et se retrouva près de la barrière. Pourtant, cela faisait longtemps qu'elle songeait à cette visite et qu'elle s'y était préparée… Mais pouvait-on vraiment se préparer à une telle rencontre ? Entre y penser et passer à l'acte, il y avait toute une distance qu'il n'était pas aisé de franchir. Cette confrontation était loin de lui plaire… Elle voulait cependant savoir… Et maintenant, là, près de cette porte, elle priait pour que personne ne réponde… Elle voulait être chez elle, dans son domaine, dans ses propres repères. Elle devait partir, oui, se sauver tant qu'il était encore temps, tant qu'elle le pouvait encore !

Tandis que les pensées les plus folles lui traversaient l'esprit, la porte s'ouvrit et elle resta là, debout, la main posée sur la barrière. Elle se sentit surprise et troublée tout à la fois… Un long frisson lui parcourut le dos. Le froid extérieur n'était pas en cause ! Non, rien à voir… Voilà, elle ne pouvait plus reculer…

Elle observa la femme qui se tenait sur le seuil et lui faisait face. Elle joua inconsciemment avec la bandoulière de son sac à main. Elle n'était pas prête pour se présenter maintenant. Elle nota machinalement ses yeux marron et son visage interrogateur. Son vis-à-vis était habillé d'une chaude robe d'hiver dont la couleur semblait avoir disparu, à force de lavages. Un tablier, maintenu par des cordons, dissimulait le devant de sa robe. Ses cheveux bruns, déjà empreints de gris, lui encadraient le visage et s'arrêtaient à la base du cou. Sa toilette, quoique d'une grande simplicité, était de bon goût. La jeune femme trouva sa dernière observation un peu déplacée, néanmoins son esprit ne pouvait s'interrompre ainsi et il remarquait tout. Peut-être était-ce une déformation professionnelle, comme dirait sa mère pour la taquiner. Mais c'était ainsi, elle ne pouvait s'empêcher d'observer, de penser, de noter mentalement. Et à plus forte raison dans une telle circonstance ! Pourtant, elle savait au plus profond d'elle-même qu'elle devait se ressaisir. Elle respirait rapidement et par saccades. Elle n'était vraiment pas à l'aise et, malgré tout, elle voulait poursuivre sa démarche. Elle était incontestablement troublée par tant de contradictions si inhabituelles chez elle.

Toutes deux restèrent longtemps silencieuses à se regarder… Puis, la maîtresse de maison se reprit, se rendant soudain compte de la situation incongrue. En effet, elles étaient toutes les deux là à s'observer mutuellement sans même s'adresser la parole ou échanger le moindre sourire. Ni l'une ni l'autre n'avaient esquissé de geste pour se présenter. Aussi, d'une voix qu'elle voulait assurée, elle demanda rapidement :

« Bonjour, mademoiselle… Je peux vous aider ? »

Le son de sa propre voix lui parut étrange et inaccoutumé, comme si une autre personne avait parlé à sa place. Que lui arrivait-il ? Elle ne comprenait pas pourquoi cette jeune femme qu'elle ne connaissait absolument pas lui causait tant d'émoi. Elle était inconsciemment sur ses gardes sans même en comprendre la raison… Un peu comme si son instinct lui recommandait de demeurer prudente, sentant que cette visiteuse à belle apparence pouvait lui causer du tort et peut-être même du trouble! «Pourquoi cette sensation persiste-t-elle?» s'interrogeait la dame. Elle était très mal à l'aise, incompréhensiblement... Elle craignait la suite des événements, voulait fuir cette présence et, en même temps, la garder près d'elle... Cette pauvre femme ne comprenait vraiment pas. Elle qui était si simple et sans histoire, elle qui était connue pour sa gentillesse et sa bonne humeur dans le quartier, elle qui avait le cœur sur la main, comme disaient la plupart de ses amis. Pourquoi tant de méfiance alors? Pourquoi ne pouvait-elle même pas esquisser un sourire de politesse? Non! Décidément, ses traits restaient figés... La jeune personne en face d'elle sembla se faire violence également pour prononcer ses premières paroles et répondre à la question qui lui avait été posée. Certes, il lui était encore possible de fuir, de déclarer qu'elle s'était trompée d'adresse et de rebrousser chemin, mais elle ne pouvait pas se permettre cette lâcheté. Oh oui! Elle aurait aimé agir de la sorte, elle le voulait tellement fort. Mais c'était impossible, elle avait été trop loin pour repartir ainsi, elle en était consciente... Il lui fallait maintenant savoir ou bien laisser tomber à tout jamais...

Après avoir inspiré profondément, elle se jeta à l'eau. D'une toute petite voix, elle parvint à proférer ces premiers mots, encore bien hésitants:

«Euh!... bonjour, madame... Je vous prie de m'excuser de venir ainsi sans prévenir... Mais...

– Mais?»

Un lourd silence s'installa de nouveau. Au bout d'un moment, la propriétaire de la maison, voyant que la jeune femme ne se décidait toujours pas à poursuivre, continua à l'interroger. Elle voulait maintenant en finir au plus vite avec cette situation qui devenait un peu trop absurde à son goût. Ainsi, c'est d'une voix un peu plus forte qu'elle ne l'aurait voulue qu'elle s'enquit :

« Que voulez-vous, enfin ? »

La belle inconnue fut comme secouée par le ton de son interlocutrice et, cette fois, elle parla sans hésiter, d'une voix assurée qui semblait habituée à diriger, à commander autour d'elle. Elle redressa même la tête d'une façon bien involontaire et inconsciente cependant.

« Vous êtes bien Mme Lestrey, n'est-ce pas ? »

La visiteuse se contenta de fixer cette femme qui était en face d'elle. Son visage ne reflétait plus le trouble qui l'habitait. Et sans même attendre de réponse elle continua sur sa lancée :

« J'avais besoin de vous voir, madame Lestrey, de vous parler et peut-être aussi de savoir si vous existiez vraiment... »

« Quel préambule ! » pensa rapidement la dame en rétorquant sur un ton défensif :

« Mais qui êtes-vous ? Pourquoi venez-vous ainsi chez moi ? Je ne comprends pas vos intentions ? Allez, parlez, je n'ai rien à cacher, moi... Je ne vous connais pas et, pour vous dire franchement, je ne sais pas si j'ai le désir de vous connaître davantage ! »

La gêne des deux femmes augmentait tout autant que la tension. Elles faisaient toutes les deux visiblement beaucoup d'efforts pour rester polies. C'était évident maintenant. Un rien pouvait les emporter dans une discussion très vive… Elles avaient la sensation d'être des détonateurs humains, des bombes prêtes à exploser…

« Je m'appelle Marianne de Fourtoyes… »

Marianne lâcha ces mots d'un seul coup… Mme Lestrey eut un très léger sursaut en entendant le prénom qui la projeta de nombreuses années en arrière. Une grande tristesse s'empara d'elle… « Ce n'est pas le moment de penser au passé, se dit-elle. Cette Marianne de Fourtoyes ne peut rien y changer, même si elle porte le prénom tant chéri. » D'une voix lasse, elle murmura :

« Excusez-moi, mademoiselle de Fourtoyes, mais je ne vous connais pas… Qui êtes-vous ? Que me voulez-vous vraiment ? Finissons-en, voulez-vous ?

– Oui, sans doute avez-vous raison. Finissons-en au plus vite… Voyez-vous, madame, de mon vrai nom, je m'appelle Martinon, Marianne Martinon ! »

L'explosion venait d'avoir lieu… Mme Lestrey accusa le coup sans afficher de réaction. Cependant, son cœur battait à tout rompre. Elle ne comprenait pas pourquoi cette femme venait lui causer tant de peine alors qu'elles ne se connaissaient pas. De quel droit surgissait-elle ainsi dans sa vie ? En prétendant être Marianne Martinon de surcroît… Non ! Ça n'avait décidément aucun sens ! Elle resta silencieuse puis, tout à coup, d'une voix tremblante de colère, elle apostropha son vis-à-vis, qui affichait une si belle assurance maintenant :

« Comment ? Je ne vous comprends vraiment pas… Votre jeu est bien cruel, mademoiselle. Je suis bien placée pour savoir que vous ne pouvez être celle que vous prétendez être… Non, je ne peux le croire… La Marianne Martinon dont vous parlez est morte… Vous entendez ? Elle est morte… Alors, si vous vouliez me faire une plaisanterie, je la trouve de fort mauvais goût ! Peut-être que vous n'aviez rien de mieux à faire aujourd'hui, mais quant à moi, j'ai du travail ! Alors, au revoir, mademoiselle ! Et je vous le dis tout de suite, qui que vous soyez, vous n'êtes pas la bienvenue dans cette maison. Les gens comme vous me révoltent et me dégoûtent. Vous êtes heureux quand vous voyez les autres souffrir autour de vous… J'ai eu mon lot de malheur dans la vie et je n'aspire maintenant qu'à finir mes jours dans la paix ; alors, s'il vous plaît, passez votre chemin. Apportez le bonheur autour de vous plutôt que la détresse chez les gens que vous ne connaissez pas… Le passé reste toujours dans notre esprit mais nous n'avons pas toujours le goût d'y songer. Il y a suffisamment de soucis de nos jours. »

Après cette longue tirade, Mme Lestrey mit sa main droite devant sa bouche et, brusquement, elle fondit en larmes. Ses épaules se courbèrent et elle se retourna en refermant lourdement la porte derrière elle. Elle était incontestablement abattue, et si triste… Si irrémédiablement triste…

Marianne resta figée. Quelle attitude adopter désormais ? Elle ne s'attendait pas à une entrée en matière aussi difficile. Elle se sentait déchirée… Se pouvait-il que… ? Non ! Et pourtant ! Cette femme semblait si sincère… Non ! Elle ne pouvait pas commettre d'erreur. Elle hésitait sur la marche à suivre, maintenant… Deux idées radicalement contradictoires flottaient dans sa tête, se faisant écho. Elle se trouvait prise entre deux feux. Son intervention avait déclenché l'explosion, elle en était douloureusement consciente, mais ce n'était tout de même pas sa faute… Qui était vraiment à blâmer dans cette histoire ? « Oh ! à quoi bon continuer à torturer cette femme ! » songeait-elle. Oui, ce jeu était stupide… Mais voilà, ce n'était pas un jeu. Elle aurait pourtant préféré… Marianne inspira profondément et se mordit la lèvre supérieure, mimique peu fréquente chez elle, sauf en cas d'extrême stress, pour se donner une contenance.

« Oh ! Seigneur… Comme c'est difficile ! laissa-t-elle échapper tout haut. Pourquoi a-t-il fallu que ça tombe sur moi ? Pourquoi moi ? Ah ! sans doute est-ce la question que chacun se pose quand une situation extrême survient ! »

Mais non, décidément, elle n'allait pas rebrousser chemin maintenant… Ce serait si facile ! Elle était allée trop loin, pensa-t-elle encore une fois. Marianne retrouva d'un coup toute sa fureur et chassa la dernière image qu'elle avait de Mme Lestrey, l'image d'une femme en colère mais aussi emplie de chagrin. Que cette tristesse soit sincère ou feinte, elle devait en savoir plus et ne surtout pas se laisser démonter. Aujourd'hui, tout allait se jouer pour elle… Il y avait gros sur la table, se rappelait-elle, et elle n'avait pas l'intention de laisser passer ça ! Elle releva sa main droite et cogna fermement contre le bois vermoulu de la porte. Ne recevant aucune réponse, c'est d'une voix dure et sévère qu'elle lâcha :

« Oui, je suis *Marianne* ! L'enfant que vous avez *abandonnée* il y a vingt et un ans ! Ouvrez cette porte, vous m'entendez! J'ai assez de preuves pour vous faire entendre raison... »

Elle avait presque crié ses dernières paroles afin d'être sûre de se faire entendre. Un long silence... Avait-elle entendu ou feignait-elle de ne rien entendre? Marianne s'interrogeait.

Puis, elle entendit une voix brisée mais toujours aussi déterminée entre deux sanglots :

« C'est faux... Vous m'entendez? C'est faux... Ma fille est morte... Elle est morte... Pourquoi me faites-vous souffrir ainsi? Pourquoi? De quel droit? Partez maintenant... Vous avez ce que vous vouliez, n'est-ce pas? Partez et laissez-moi en paix... Qu'ai-je bien pu faire pour mériter tant de malheur? »

Mme Lestrey parlait au travers de la porte... Elle se refusait à ouvrir de nouveau. Pour elle, cette jeune femme était folle... Il n'y avait plus aucun doute dans son esprit. Elle en avait même peur maintenant. Ses idées se bousculaient et elle craignait de sombrer encore une fois dans une dépression sans fond... Elle se laissa glisser sur le sol, la tête dans ses genoux, le corps secoué de gros sanglots qui filtraient au travers de la porte... Marianne tendait l'oreille de l'extérieur. Elle hésitait quant au comportement à adopter... Elle l'entendait pleurer... Quoi faire? Calmer cette femme ou s'enfuir pour ne plus jamais revenir? Finalement, elle opta pour sa première idée et ouvrit la porte sans plus d'hésitation. Mme Lestrey ne releva même pas la tête.

Marianne sentit le désarroi profond et sincère dans lequel était la dame. Aussi, c'est doucement qu'elle se baissa et lui prit le bras pour l'aider à se relever. Mme Lestrey la regarda, surprise d'une telle marque de délicatesse après leur discussion si vive. D'une toute petite voix, une voix sans force, elle demanda encore :

« Pourquoi ?

– Si vous le permettez, nous allons nous installer plus confortablement, peut-être pourrions-nous aller au salon… Je promets de tout vous dévoiler… N'ayez crainte, je ne vous veux aucun mal. Croyez-le… Mais j'ai promis et j'irai jusqu'au bout maintenant… »

Marianne s'était exprimée d'une voix douce, une voix qui se voulait réconfortante mais ferme. Elle avait mis de côté sa rancœur pour un moment. Ensuite, elle aviserait. Chaque chose en son temps, s'exhortait-elle intérieurement. Ne rien précipiter… Nous devons repartir sur de meilleures bases si nous voulons réellement clarifier la situation… Elle redevenait plus lucide peu à peu…

« Nous devons vraiment discuter, madame Lestrey. Je suis désolée, mais il le faut…

– Bien, je suppose que je n'ai pas le choix… Suivez-moi. »

Mme Lestrey était maintenant à bout. Elle avait compris qu'elle ne se débarrasserait pas de cette Marianne ainsi. Elle lâcha finalement :

« Je veux bien écouter ce que vous avez à me dire… Qu'on en finisse au plus vite avec cette mascarade ridicule, cela n'a que trop duré à mon goût… »

Chapitre 2

Ensemble, elles traversèrent l'étroit corridor. L'intérieur de la maison était à l'image de sa propriétaire, simple mais de bon goût. Marianne continuait d'observer. Un tapis rouge et or courait le long du couloir. Au mur, plusieurs gravures et quelques photos. Marianne n'y jeta qu'un bref regard. Une agréable odeur de lavande flottait dans la maison. Le nez de Marianne se trouva flatté par ce parfum délicat.

Elles parvinrent rapidement dans le salon qui, semblait-il, faisait également office de salle à manger. Une solide et belle table ronde en pin trônait au centre de la pièce ; quatre chaises étaient disposées autour. Contre le mur du fond, près de la porte-fenêtre qui donnait sur le jardin, elle remarqua un petit vaisselier, en pin lui aussi. Il n'y avait pas d'autres meubles. La pièce n'aurait d'ailleurs guère pu en contenir plus, vu ses dimensions. Aussi, Marianne nota simplement l'absence de divan.

Plus par politesse, Mme Lestrey invita Marianne à prendre place près de la table.

« Merci. »

Les paroles se faisaient rares encore entre elles. Mme Lestrey paraissait plus lucide maintenant et se sentait un peu mieux. Discrètement, elle sécha les larmes qui avaient coulé sur ses joues. Elle s'était fait violence pour poursuivre cet entretien et refouler sa peine au plus profond d'elle-même. Aussi difficile que dût être cette conversation, elle y ferait face, avait-elle décidé. Par conséquent, c'est d'une voix neutre qu'elle demanda :

« Voulez-vous un café, du thé ?

– Oui… merci. Un café, s'il vous plaît. »

Toutes deux éprouvaient de nouveau comme un malaise à se retrouver ainsi sous le même toit. « Qui est-elle ? » se demandait Mme Lestrey. À sa connaissance, aucun institut pour personnes déséquilibrées n'existait dans la région. Marianne, quant à elle, était assaillie de doutes mais aussi remplie d'espoirs… Elles s'observaient comme elles l'avaient fait à l'entrée. Marianne tourna nerveusement sa bague en diamants, qui accrochait la moindre parcelle de lumière et renvoyait mille reflets sur les murs et le plafond.

« Bien ! Je reviens dans un instant. »

Mme Lestrey tourna le dos à Marianne et se dirigea d'un pas rapide vers la cuisine, loin des yeux perçants qu'elle sentait sans cesse posés sur elle. Elle profitait d'un instant d'évasion, de solitude bénéfique. Après avoir mis en marche la cafetière électrique, elle disposa les tasses, le sucre et le lait sur un plateau, sans oublier les ustensiles, bien entendu. Quand elle fut prête, elle inspira profondément et, chargée de son plateau, elle retourna voir Marianne. Ses joues étaient encore rouges.

« Les larmes laissent toujours des traces », songea Marianne. Elle n'esquissa aucun mouvement pour aider Mme Lestrey à servir le café.

La dame versa le liquide fumant dans sa tasse. Elle avait les yeux rivés sur ses gestes. Puis, levant son regard, elle dévisagea de nouveau la visiteuse. Elle demeurait debout, s'activant autour du café, ne se décidant pas à s'asseoir...

« Du lait ? s'enquit-elle.

– Oui, s'il vous plaît. »

Cette politesse était dénuée de toute chaleur... Marianne elle-même avait peine à croire que c'était elle qui venait de parler ainsi. Elle se devait de faire un effort, s'admonesta-t-elle intérieurement.

« Du sucre ?

– Juste un... »

« Comme c'est difficile », se dit-elle. Pourquoi devrait-elle être chaleureuse avec cette femme ? Elle n'en avait aucune envie, et pourtant... « Ne pas oublier ma promesse. », songeait-elle encore.

« Bien...

– S'il vous plaît, assoyez-vous, madame...

– Oui... Vous avez raison, finissons-en. Mais comme je vous l'ai dit tout à l'heure, je vais vous écouter pour avoir la paix, ensuite, je vous demanderai de partir, de quitter cette maison... Le passé doit demeurer le passé et il ne sert à rien de le ressasser, si ce n'est pour souffrir. Le passé est douloureux pour certaines personnes et, peu importe vos motifs, je ne souhaite vous divulguer ni ma vie ni mes peines, surtout pas à vous, une parfaite inconnue.

– Oui, je le conçois, jusqu'à un certain point... Mais, au risque de vous choquer encore, je tiens à vous dire que je ne suis pas là pour vous faire souffrir, mais pour avoir des réponses... Je suis absolument formelle sur ce que j'affirme.

Je suis bien votre fille… Je ne sais pourquoi il en est ainsi, mais les faits sont là. Je vous conjure de me croire… C'est simplement que… Enfin, voilà… Pourquoi m'avez-vous dit que votre fille était morte ? Comment pouvez-vous l'affirmer ? Je ne comprends vraiment pas, vous sembliez si sincère !

– Qui aimerait plaisanter avec la mort de son enfant ? Je vous le demande ! Oui, je sais que ma petite fille est morte ! Il n'y a aucun mystère dans tout ceci… Elle est morte presque à sa naissance… Vous parliez de preuves tout à l'heure, moi aussi, j'en ai. Malheureusement, cela ne fera pas ressusciter mon bébé. J'ai en ma possession le certificat de décès de ma petite Marianne, mademoiselle ! »

Un nerf trembla sur le front de Mme Lestrey.

« Évidemment, avec le certificat… murmura Marianne.

– Je peux vous le montrer, vous savez ! » chercha encore à dire la dame.

Marianne continua sur sa lancée sans tenir compte de la remarque.

« Cependant, permettez-moi d'insister sur ce point, au risque de vous paraître cruelle. J'aimerais savoir si vous avez vu le corps de votre enfant ? Est-ce le cas, madame ? Je vous en prie, ne me mentez pas… Il est de notre intérêt à toutes les deux de savoir.

– Son corps ? »

Mme Lestrey se sentit déstabilisée.

« Non, c'est vrai, je ne l'ai pas vu. Il n'a pas voulu… Il…

– Il ? Qui, il ? De qui parlez-vous ?

– Oh ! veuillez me pardonner… Je voulais parler de mon père… Il trouvait la situation dans laquelle je me trouvais déjà assez pénible comme ça… D'ailleurs, sur ce point, je ne lui en veux aucunement, je ne pense pas que j'aurais été capable de voir ma pauvre petite fille ainsi, sans vie… Il a sans doute voulu me protéger, oui… C'est beaucoup mieux ainsi, croyez-moi… Si vous avez des enfants, vous pouvez sans doute comprendre. Sinon…

– Madame… »

Marianne regarda son interlocutrice droit dans les yeux, un peu comme si elle voulait mettre particulièrement l'accent sur les paroles qu'elle s'apprêtait à formuler.

« Je vous affirme encore une fois que votre fille n'est pas morte… Je suis désolée, mais on vous a menti… Je ne sais pas pourquoi, mais c'est ainsi ! Vous m'entendez ? Peu importe ce qu'on a pu vous faire croire… Je suis bien vivante. Je suis bien Marianne Martinon. Je vous dis la vérité. Et sachez que ce n'est pas plus facile pour moi que ça peut l'être pour vous… J'ai d'autres choses à faire que de venir vous conter des histoires aussi déplaisantes.

– Avouez que c'est difficile à croire… C'est si brutal… Cela remet tant de choses en cause ! Je reste sceptique… Il est vrai qu'en regardant bien, je retrouve certains traits chez vous, mais de là à… Que… Enfin… Comment vous expliquer, je ressens comme une oppression à l'intérieur… D'un côté, j'aimerais vous croire sans retenue. Mais d'un autre… c'est si peu vraisemblable…

– Oui, j'en conviens… Mais, laissez-moi au moins le bénéfice du doute… Qu'avez-vous à perdre de me laisser vous montrer les contradictions ? Après tout, on vous a simplement dit que votre fille était morte… Vous n'avez pas plus de preuves…

– Le certificat est tout de même là ! »

La voix de Mme Lestrey était à peine audible. On aurait dit qu'elle voulait se raccrocher à ce dernier rempart, se protéger de la douleur du passé.

« Vous savez, un certificat n'est malheureusement pas une preuve absolue. Il est difficile de s'y fier aveuglément quand… Enfin, je veux simplement vous démontrer qu'il y a toujours un moyen… particulièrement quand certaines personnes veulent changer la réalité. Pourquoi ? Ça, je ne détiens pas la réponse. Je ne me fonde que sur les faits, voilà tout !

– Dites-moi… Pourquoi devrais-je mettre de côté le certificat de décès de mon enfant et vous croire sur parole ? Après tout, c'est entre un document officiel et vous, une parfaite inconnue, que tout se discute ! »

Marianne ouvrit doucement son sac à main et, sans ajouter un mot, elle sortit un petit boîtier. Elle releva la tête et regarda Mme Lestrey.

« Ce que je vais vous montrer est très important et je pense que cela vous permettra de m'accorder ne serait-ce qu'une part de crédibilité.

– Oui ? Si vous le dites… Vous avez peut-être raison… De toute façon… je n'ai rien à cacher, si ce n'est mon chagrin… Si vous tenez absolument à connaître la vérité, eh bien ! pourquoi pas… Je n'ai pas de squelette dans mon placard… Juste de vieux souvenirs qu'il n'est pas toujours bon de réveiller… »

Marianne tendit son boîtier à la dame. Mais cette dernière hésita un bref instant avant de l'ouvrir. Finalement, elle s'y résigna, et c'est avec une émotion évidente qu'elle en découvrit le contenu.

« Oh ! mon Dieu ! lâcha-t-elle en mettant sa main devant sa bouche.

– Vous reconnaissez cette gourmette, n'est-ce pas ? »

La jeune femme ne cessait d'observer les réactions de Mme Lestrey, qui sortit doucement le précieux objet de son boîtier pour l'examiner de plus près. Que de souvenirs… Elle tenait entre ses mains une petite gourmette en or, avec le prénom de Marianne gravé dessus. Elle retourna le bijou et, fronçant les sourcils, elle se mit à lire à haute voix la fine inscription.

« De Sarah, pour ma jolie filleule… Mais ce n'est… Oh ! »

Elle regarda tour à tour son interlocutrice et la gourmette.

« Comment vous êtes-vous procuré cette gourmette ? s'écria dans un souffle Mme Lestrey, tout en caressant le bijou du bout des doigts.

– Je l'ai toujours eue sur moi ! Elle était dans mes langes quand on m'a trouvée !

Marianne s'était penchée en avant comme pour donner plus d'impact à ses dires.

– C'est tellement… » tenta Mme Lestrey.

Sa phrase resta en suspens. Elle regardait maintenant la jeune femme. Elle semblait peser le pour et le contre.

« Je vous en prie, il faut que je sache… insista Marianne.

– Oui, oui, moi aussi il faut que je sache… C'est que… Je ne sais pas par où commencer… Il y a si longtemps… Tant de questions se bousculent dans ma tête également… Comprenez-moi… Tout est si soudain et si inattendu…

Oui, je reconnais avoir déjà vu une gourmette identique…
Se pourrait-il que… Oh mon Dieu! Marianne… Ma
petite Marianne pourrait… Non, ce n'est pas possible…
Pourtant…»

Mme Lestrey songeait à haute voix. Elle se mordit la
lèvre supérieure, ferma les yeux et poussa un grand soupir.

«Bon! Que voulez-vous savoir?» demanda-t-elle d'un
souffle.

La jeune femme attrapa la question au vol, et de peur
que son interlocutrice ne change d'avis, elle répondit
rapidement:

«Tout… Depuis le début… Juste avant ma naissance,
enfin la naissance de Marianne, le 17 avril… C'est le jour
de ma naissance…

– Le… 17 avril?»

Mme Lestrey hochait maintenant la tête tel un pantin.

«Je vous préviens tout de suite que nous risquons d'en
avoir pour longtemps. Mais nous serons ainsi fixées l'une
et l'autre.»

Elle releva la tête mais n'ajouta rien. Marianne attendit sans broncher. Son café refroidissait dans sa tasse;
pourtant, elle n'y touchait pas… C'est à peine si elle osait
respirer tant elle demeurait dans l'expectative.

«Juste une chose avant de commencer. Dites-moi,
pourquoi êtes-vous venue? Vous m'avez dit tout à l'heure
que vous aviez promis… Que vouliez-vous dire par là?

– Eh bien! Si je suis ici, c'est parce que ma mère me l'a
demandé… C'est pour elle… Et pour vous dire honnê-
tement, je pense que jamais je ne serais venue sans cela.
Elle semble y tenir très fort. C'est vraiment une mère

formidable… Je me demande pourtant si j'ai bien fait… Elle m'a dit que, peut-être, vous aviez eu vos raisons pour agir de la sorte et que je n'avais pas le droit de vous juger ainsi sans vous entendre… Enfin voilà, allons-y…

— Je ne doute pas un seul instant des qualités de cette femme-là… s'exclama Mme Lestrey en soupirant profondément.

— Oui, c'est une mère merveilleuse », répéta Marianne en insistant sur le mot « mère ».

Après un nouveau silence et un long soupir, Mme Lestrey se résigna à dévoiler sa vie. Elle replongea ainsi dans ses lointains souvenirs. Cependant, elle était bien consciente qu'elle ne pourrait raconter à cette jeune femme que ce qu'elle connaissait de sa propre histoire, avec ses limites et ses questions qui resteraient peut-être toute son existence sans réponse.

Laissons donc ce récit de Mme Lestrey et ouvrons ensemble la porte du passé, afin d'en découvrir la réalité complète.

Chapitre 3

Vingt-deux ans plus tôt.

Le jour venait de se lever sur la petite ville normande de Pincourt, dans l'ouest de la France. Un beau soleil déjà chaud malgré l'heure matinale et un ciel sans nuages accueillaient les premières personnes qui sortaient, les yeux éblouis par la clarté du jour.

Les cheveux dispersés sur l'oreiller, le bras droit au-dessus de sa tête et une jambe en travers du lit, Mady dormait encore. Son chien, Volcan, un superbe colley tricolore, poussa la porte de la chambre à l'aide de son museau. Il avait ses habitudes! Il observa la jeune fille et, tout en battant de la queue, renifla ses orteils. Elle bougea légèrement son pied mais continua à dormir. L'animal recula puis, prenant son élan, sauta sur le lit. Il se coucha ensuite lourdement sur les jambes de sa maîtresse, comme il aimait à le faire le soir avant que la maison ne s'endorme et le matin avant le lever. Il cala finalement son museau tant bien que mal sur les replis du drap.

Cette fois, Mady ouvrit un œil. Constatant que sa chambre était baignée de lumière, elle tendit la main et caressa Volcan en signe de bienvenue. L'animal resta le museau entre les pattes avant et battit de la queue tout en levant simplement les yeux sur sa jeune maîtresse.

«Bonjour, mon petit Volcan! Regarde la belle journée qui nous attend! Quel temps superbe! Fini de traîner au lit… C'est l'heure de se lever.»

Le colley se déplaça légèrement, tout juste de quoi permettre à la jeune fille de dégager ses jambes, mais il ne descendit pas du lit pour autant. Il se contenta de bouger la tête pour suivre les mouvements de sa maîtresse. Tant que celle-ci restait dans la chambre, il semblait estimer bien inutile de devoir bouger.

Mady s'assit au bord du lit et embrassa Volcan sur le museau tout chaud. Elle aimait beaucoup ce gros chien qu'elle connaissait depuis qu'il avait trois mois. Il avait maintenant atteint l'âge de 5 ans. Ce n'était pas l'animal le plus obéissant. Difficile en fait de le comparer à la fidèle Lassie! Il pouvait même se montrer têtu. Il était également assez peureux, tout spécialement pendant les feux d'artifice. Les bruits des pétards semblaient le terroriser. Il se cachait alors au fond du placard, dans le couloir. Mais il pouvait aussi se montrer charmant et attendrissant. Il inclinait la tête sur le côté, l'oreille tendue, à l'écoute, et ses yeux exprimaient une gentillesse infinie. Il était toujours prêt à jouer et à se faire câliner. Étant en permanence dans les jambes de Mady, il semblait préférer tout particulièrement la jeune fille au reste de la famille. Il est vrai qu'elle le lui rendait bien, puisqu'elle aussi recherchait sa présence. Elle partageait avec lui ses joies et ses peines. C'était son confident le plus intime, le plus sûr, et pour cause!

Elle fila rapidement en direction de la salle de bains et se mit à chanter sous la douche. Sa voix forte et pleine d'entrain sonnait agréablement à son oreille mais agaçait sa sœur aînée plus mélomane.

« Oh ! Mady ! Je t'en prie, cesse ce vacarme ! cria Sarah par l'entrebâillement de la porte.

– Oui… j'ai bientôt fini ! » répondit Mady sans tenir compte de la remarque.

Elle en avait l'habitude et continua à chanter ce qui lui passait par la tête. C'était une belle journée et rien ni personne ne pourrait altérer sa belle humeur du moment.

Habillée d'un chemisier blanc au col brodé et d'une jupe droite marron, Sarah était déjà prête pour se rendre au travail. Une demi-heure de route lui suffisait. Elle attendait maintenant Mady pour la déposer dans le centre-ville.

C'était une jeune femme blonde, aux cheveux courts et à la taille relativement petite, comme sa mère. Elle venait de fêter ses 22 ans et se sentait parfois impatiente devant sa jeune sœur de six ans sa cadette, trop insouciante et gamine encore à son goût. Elles ne partageaient que très rarement des instants de complicité. Chacune allant de son côté, elles fréquentaient des amis différents et ne se confiaient pas l'une à l'autre. Elles se rendaient des services quand c'était nécessaire et possible, mais sans plus. Aussi, ce matin-là, Sarah s'impatientait-elle devant la lenteur de Mady à se préparer. Celle-ci lui avait demandé la veille de la déposer dans le centre-ville avant d'aller travailler. Sarah n'y avait fait aucune objection, puisque c'était la route qu'elle empruntait chaque jour.

Leur mère, quant à elle, était déjà partie pour le travail. Elle prenait l'autobus tous les jours ; vingt minutes le matin et vingt minutes le soir. Elle commençait à 6 heures et s'échinait à boucler son budget tant bien que mal avec, grâce au ciel, l'aide de sa fille aînée qui participait par son salaire. Elle ne rentrait que vers les 18 heures le soir, car elle avait trouvé des ménages à faire chez des particuliers après son travail habituel. Les journées étaient bien longues pour cette pauvre femme qui n'avait guère le loisir de souffler. Elle ne se plaignait cependant jamais et pardonnait à son mari trop souvent absent et insouciant. Elle l'aimait, et elle savait tout aussi ! Elle était bien incapable de lui en vouloir longtemps quand il revenait penaud, les yeux implorant son pardon.

Lui savait aussi comment la manipuler depuis ce fameux événement. C'était un dissimulateur né. Il avait trouvé l'astuce pour se la couler douce et faire ce qu'il voulait tout en veillant à ne pas aller trop loin quand il sentait qu'il devait faire amende honorable. Une fois de plus, il n'était pas rentré de la nuit. Mais cela faisait longtemps maintenant que plus personne ne s'inquiétait de cela. Ses proches avaient l'habitude. Peut-être rentrerait-il dans la matinée, la gorge déjà sèche. Il voudrait alors étancher au plus vite cette soif continuelle et sans fin qu'il ressentait, et ce, même si un douloureux mal de tête venait lui broyer les tempes. Un bon verre de vin aurait raison de cette douleur, disait-il à qui voulait l'en dissuader. Et, quand on lui proposait un verre d'eau, il faisait la grimace et refusait tout net le liquide incolore et insipide. Il avait peur de rouiller de l'intérieur, comme il aimait à le répéter sans cesse dans un grognement.

Mady, encore étudiante, profitait du répit des grandes vacances pour se promener et partager ses moments de liberté avec sa meilleure amie, Élizabeth. D'ailleurs, quand son père ne rentrait pas de la nuit, elle s'empressait de sortir tôt le matin afin de ne pas le rencontrer. Il y avait peu d'échanges entre eux. Et même quand il n'était pas ivre, ils ne trouvaient tout simplement rien à se dire. Néanmoins, le voir ainsi la faisait réellement souffrir… Il s'était absenté durant une année entière. Personne n'avait daigné fournir la moindre explication à la jeune fille malgré ses nombreuses et fréquentes questions. Finalement, un jour, il était réapparu aussi soudainement et la vie avait repris son cours normal, mais avec un père méconnaissable… Un étranger…

Pourtant, Mady se souvenait qu'il n'en avait pas toujours été ainsi. Quand elle était plus jeune, encore une enfant, elle s'amusait même souvent avec lui.

Il l'emmenait en promenade dans la campagne, à la recherche de champignons, de noix, de noisettes ou de mûres selon la saison. Elle gardait un souvenir merveilleux de ces moments et regrettait souvent que toute cette période soit définitivement révolue… Elle ne savait pas ce qui s'était vraiment passé… Tout ce dont elle avait connaissance, c'est que son père était brisé de l'intérieur. Elle avait voulu en apprendre plus mais sa mère était restée muette sur ce sujet, usant toujours d'excuses sans fondement. Quant à son père, lorsqu'elle avait entrepris de discuter avec lui, comme ils en avaient l'habitude auparavant, il l'avait envoyée promener rudement, allant même jusqu'à la gifler, geste qu'il n'avait jamais fait depuis sa naissance! Cela avait été brutal comme affrontement. Pas vraiment à cause de la douleur physique de la gifle, mais plutôt à cause du changement radical de personnalité. La scène avait eu lieu peu de jours après le fameux retour. Mady en éprouva une profonde blessure. Elle savait son père si cher à son cœur à jamais perdu pour elle. Il était maintenant absent la plupart du temps et n'était plus que l'ombre de ce qu'il avait été... Mady s'était résignée et avait fini par comprendre, la mort dans l'âme, qu'on ne lui dirait rien et qu'elle devait continuer ainsi sans la présence rassurante de son *véritable* père. Aussi, elle compensa ce manque avec son chien, Volcan, toujours à ses côtés, et avec sa meilleure amie, Élizabeth. Elles partageaient tout et s'aidaient mutuellement. Mady s'était fait un monde où on ne pourrait plus la blesser... Un peu comme un chevalier muni d'une armure.

Par conséquent, peu de personnes connaissaient les tourments du cœur de Mady, si ce n'est Élizabeth. Aux yeux du monde, elle apparaissait comme une jeune fille pleine de vie, sans problème et bien souvent insouciante. Elle ne se défendait aucunement de cette étiquette qu'on lui apposait. Elle laissait dire, tout simplement. Elle était telle l'eau d'une rivière qui glisse tout au long de son lit, contournant les obstacles si cela s'avérait nécessaire.

En fait, Mady était une jeune fille assez sauvage. Elle avait besoin de peu d'amis et vivait comme elle l'entendait, sans tenir compte des conseils de tenue vestimentaire et sans suivre la mode. Elle portait ce qu'elle aimait et affichait par le fait même un caractère entier pouvant aller jusqu'à l'entêtement. Mady était cependant de compagnie très agréable, et son sourire répandait du soleil dans le cœur des personnes à qui elle l'adressait. On recherchait souvent son amitié, mais elle demeurait avare dans ce domaine, se contentant de son amie fidèle et sincère. Les autres n'étaient que des copains et copines, comme elle le disait. Il s'agissait davantage de relations diverses. Elle n'éprouvait vraiment pas le besoin de multiplier ses confidents. De ce fait, Élizabeth, plus souvent appelée par son diminutif Liz, bénéficiait seule du privilège de recevoir ses secrets; et Mady gardait une place à part pour son chien. Avec lui, c'était autre chose encore.

Les deux amies se connaissaient depuis de nombreuses années. Elles s'étaient rencontrées sur les bancs de l'école maternelle et cheminaient ensemble depuis. Pourtant, elles étaient différentes à beaucoup d'égards. Mady, assez grande et mince, avait des yeux marron et très moqueurs. Liz, plus petite, un peu ronde, les cheveux blonds et courts, affichait quant à elle de magnifiques yeux bleus, très clairs. Elle était très timide, et Mady était aussi sa seule amie. Elle était plutôt réservée, tandis que Mady était exubérante. En fait, elles étaient complémentaires par toutes ces différences. C'est sans doute ce qui les avait rapprochées dès le début. Elles étaient souvent ensemble et étaient qualifiées de filles sérieuses mais indépendantes par la majorité des voisins.

« Allez, Mady, dépêche-toi ou je serai en retard au travail! avertit encore Sarah en voyant sa sœur prendre son livre et commencer à jeter un œil à l'intérieur.

– Oui, oui, voilà, je suis prête. »

Elle attrapa rapidement son sac à dos et glissa son livre dedans.

C'était un autre aspect de sa personnalité. La lecture faisait partie intégrante de Mady, un peu comme le prêtre appartient à l'Église. C'était une passion dévorante qui l'habitait depuis sa tendre enfance. Elle était d'ailleurs réputée pour ce goût, démesuré selon certains, de la lecture et du livre en lui-même. Partout où elle allait, elle emmenait toujours un livre avec elle.

« On ne sait jamais », aimait-elle répéter quand on lui disait qu'il serait inutile car elle n'aurait pas le temps de lire. Et, même si cela se révélait parfois vrai, elle n'en continuait pas moins à garder cette habitude que d'autres qualifiaient de manie. Quant à ses lectures, on pouvait dire qu'elle s'intéressait à tout. Elle était capable de lire aussi bien des romans dits « à l'eau de rose » que des livres plus graves. Elle passait de Cartland à Zola sans difficulté, suivant son humeur du moment et son désir d'une lecture d'un abord facile ou non. Il pouvait aussi lui arriver de lire plusieurs livres en même temps sans que cela trouble le moins du monde sa lecture, ni le déroulement de chaque histoire. Elle s'appliquait simplement à choisir des styles différents quand l'envie de lire autre chose la prenait. Mais avec le temps, elle le faisait de moins en moins et en lisait un à la fois… La maturité aidant, elle évoluait ainsi, tant sur le plan physique que sur le plan intellectuel.

Finalement, elle entendit Sarah qui, déjà assise derrière son volant, s'impatientait et klaxonnait. Elle appela aussitôt Volcan et sortit de la maison en fermant la porte à clé. Elle laissa son chien monter à l'arrière de la 2 CV rouge de sa sœur et s'assit à côté de cette dernière. Sa ceinture bouclée, elle déclama, le bras droit tendu en avant dans un geste théâtral et très ironique en même temps :

« Eh bien, voilà ! Volcan et moi, nous sommes prêts… En route, chauffeur !

– Ah ! Mady, quand changeras-tu ? maugréa simplement Sarah en passant la marche arrière tout en consultant son rétroviseur.

– Tu pourras nous déposer près de la poste, ce sera parfait.

– Bien, n'oublie pas que, ce soir, je ne pourrai pas te reprendre… Tu prendras l'autobus.

– Oui, oui, pas de problème. »

Arrivée sur place, Mady remercia distraitement sa sœur en attrapant son sac et descendit, Volcan sur ses traces. Elle l'emmenait partout où elle pouvait. Le colley ne semblait guère s'en plaindre d'ailleurs, bien au contraire. Sarah redémarra et poursuivit son chemin. Mady suivit brièvement du regard la voiture, qui cahotait sur la route en réparation, puis tourna les talons. Elle commença à avancer sur le trottoir quand, au loin, elle aperçut son amie Élizabeth qui l'attendait déjà. Elle se dirigea aussitôt vers elle.

Le centre-ville de Pincourt était vraiment compact. Mady se trouvait sur la « grand'place », la place De-Gaulle, où avaient lieu les bals, les fêtes et où, chaque année, pendant la période des fêtes de Noël, un grand sapin illuminé se dressait fièrement. Tout autour gravitaient des boutiques en tout genre, des cafés avec terrasses, deux pharmacies (les seules de Pincourt d'ailleurs !) et des petits commerces qui s'étiraient tels les tentacules d'une pieuvre le long des rues biscornues, formant ainsi le cœur de la ville, autrement dit le centre-ville. La poste trônait juste en face de la mairie. Les deux étant séparées par la « grand'place ».

Mady s'empressa d'interpeller son amie :

« Eh ! Liz, je suis là ! »

Élizabeth, vêtue d'un simple bermuda bleu et d'un tee-shirt fleuri, se retourna et sourit.

Volcan se précipita sur Liz, lui aussi, pour la saluer. Il savait qu'il aurait droit à de belles caresses et frétillait déjà de la queue dans un plaisir anticipé.

« Mady, j'ai quelque chose à t'annoncer ! commença Élizabeth abruptement, sans autre préambule.

— Quoi ? demanda Mady, étonnée par le ton très inhabituel de son amie et curieuse d'en savoir plus.

— Mon père va être transféré ! Nous allons déménager !

— Quoi ? » ne put s'empêcher de répéter Mady.

Elle ne put rien ajouter tant elle était surprise par la nouvelle.

« Oui… Enfin, ce n'est pas pour tout de suite, mais nous allons habiter en Espagne !

— Mais, pourquoi ? Et tes études ?

— Je vais pouvoir les poursuivre là-bas… Il paraît qu'ils ont d'excellentes écoles françaises… Mon père se renseigne actuellement.

— Tu parles d'une nouvelle, Liz ! Mais quand partez-vous au juste ?

— Je ne sais pas encore… Dans le courant de l'année apparemment. Tu vois, Mady, d'un côté, je suis heureuse de ce changement mais, d'un autre… j'ai peur… Je ne sais pas ce qui m'attend vraiment… Et puis… tu ne seras pas là !

– En tout cas, nos cours d'espagnol te seront utiles là-bas ! Tu vas pouvoir le parler couramment ! Rends-toi compte ! Ça sert toujours, une langue supplémentaire…

– Oui… Mais on ne se verra plus ! répéta Liz.

– Ce n'est pas la porte à côté, c'est vrai… Mais on s'écrira ! Haut les cœurs, Liz, c'est une belle opportunité… Un nouveau pays !

– Je sais tout ça…

– Quelle ville ?

– Madrid ! Ce sera bien différent de Pincourt ! C'est une si grosse ville…

– Ah ! je t'envie, Liz…

– Oui mais, c'est juste pour deux ans ! Ensuite… Eh bien, ensuite je ne sais pas… Retour à Pincourt ou qui sait ? »

Liz haussa les épaules.

« C'est super… C'est une grande chance… Il ne faut pas la négliger… Je suis sûre que tu ne le regretteras pas…

– Oui, tu as sans doute raison… J'aurai l'occasion de t'en reparler en tout cas… Quand j'aurai plus de détails. »

Volcan semblait prêter attention à l'échange des deux jeunes filles et tournait son regard vers l'une et vers l'autre, les oreilles droites et à l'écoute. De temps en temps, il tirait sur sa laisse, manifestant son désir d'aller de l'avant mais, finalement, il se résignait et s'asseyait sur son arrière-train. Aussi, quand il les vit s'avancer, il se mit aussitôt sur ses quatre pattes et suivit joyeusement, la queue battant de droite à gauche.

Les deux amies passaient ainsi le plus de temps possible ensemble. Elles essayaient de profiter au maximum des grandes vacances et des belles journées ensoleillées. Même s'il était facile de faire le tour de la ville tant elle était petite, elles continuaient leurs promenades sans se lasser, plus pour discuter et être ensemble que pour voir le centre-ville, qui ne changeait guère et qu'elles connaissaient par cœur. Cependant, il n'en demeurait pas moins que c'était l'endroit le plus animé de la ville. Si quelque chose devait se passer, c'était là qu'il fallait être. Aussi, dans ces périodes de vacances, voyait-on souvent des bandes de jeunes qui déambulaient de-ci de-là, chahutant parfois. Les deux jeunes filles erraient plus qu'autre chose puisqu'elles ne possédaient pas de moyen de locomotion. Elles n'avaient pas non plus les finances nécessaires pour pouvoir s'offrir le bus ou le train en direction de la plage, pourtant très proche, soit à une trentaine de minutes en auto. Cela dit, même si elles déploraient de ne pas pouvoir se rendre aussi souvent qu'elles le voulaient à la plage, elles compensaient ce manque sans trop de mal : elles faisaient souvent du lèche-vitrines, se promenaient dans le parc et s'installaient parfois à la terrasse d'un café pour siroter un jus d'orange ou un Pepsi. De temps en temps, quand elles avaient suffi-samment d'argent, elles s'engouffraient dans la salle sombre du seul cinéma de la ville pour y voir un film. Le temps extérieur n'était pour rien dans leur choix. Qu'il pleuve ou non, elles assistaient à la séance désirée. Elles profitaient d'ailleurs souvent du mercredi après-midi pour y aller, car les tarifs étaient réduits.

En fait, elles parvenaient à récolter un peu d'argent en faisant de petits boulots, à droite et à gauche. Elles ramassaient parfois de pleins paniers de pommes chez un voisin. Il s'agissait d'un travail harassant et pénible pour le dos, mais néanmoins alléchant pour obtenir de l'argent de poche, de quoi s'offrir quelques plaisirs pendant ces grandes vacances. D'autres fois, elles proposaient leurs services pour tondre une pelouse; or, curieusement, on refusait leur aide pour ce genre d'ouvrage. Les gens préféraient demander à des garçons… Elles n'insistaient pas et continuaient leur quête d'autres menus travaux à effectuer. Elles avaient ainsi un peu d'argent devant elles et aussi du temps pour en profiter. Pour l'instant, elles ne voulaient pas se trouver un emploi d'été à plein-temps; cette situation leur convenait parfaitement. Elles n'étaient pas dépendantes de leurs parents car elles travaillaient comme ça toute l'année et avaient une sorte de clientèle fidèle et saisonnière. L'hiver, c'était la neige et le déblaiement; l'automne, elles ramassaient les feuilles mortes qui jonchaient la plupart des jardins, et ainsi de suite au fil des saisons… Elles étaient débrouillardes et en même temps insouciantes. Elles gardaient leur liberté au maximum afin de profiter au mieux de ces vacances. En fait, elles étaient jeunes et savaient que l'avenir leur appartenait. Elles auraient grandement le temps de penser à des choses plus sérieuses et plus durables quand elles auraient fini leurs études.

Ainsi, c'est un peu comme si elles repoussaient le moment de devenir pleinement adultes et responsables. En fait, elles en rêvaient pour être autonomes et agir comme bon leur semblait mais, d'un autre côté, elles aspiraient aussi à profiter de cette vie un peu bohème et encore si proche de l'adolescence. Bref, un pied dans le monde des adultes et un autre encore bien enraciné dans l'enfance. Elles étaient dans l'âge incertain, mais voulaient au plus haut point faire mieux que leurs parents. Assez classique, somme toute. Tout comme les parents qui, eux, bien souvent, rêvent de voir leurs enfants accéder à un bon niveau de vie, toujours meilleur que celui qu'ils ont atteint eux-mêmes.

C'est ainsi que les années s'étaient toujours écoulées pour les deux jeunes filles dans cette petite ville de Pincourt. Elles étaient heureuses ainsi, et c'était l'essentiel.

Mady ne se plaignait pas, mais n'argumentait pas non plus quand sa sœur lui suggérait de se trouver un emploi pour les deux mois qu'elle avait de libres l'été. Cette discussion revenait chaque année depuis ses 14 ans, l'âge justement où Sarah avait commencé elle-même à travailler comme caissière au commerce du coin. Elle s'était vue renouveler ce poste chaque année jusqu'à l'obtention de son diplôme, qui avait clôturé ses années d'études et l'avait plongée, par le fait même, dans la « vraie vie ». Elle s'était jetée à l'eau allègrement, en quête de l'emploi rêvé. Puisant dans ses économies accumulées d'année en année grâce à son travail de caissière, elle avait passé son permis de conduire et s'était offert une voiture d'occasion. C'était cette petite 2 CV d'un rouge pimpant, de dix ans déjà, mais encore en très bon état de marche. Son moteur ronflait doucement. Sarah était bien fière de cette voiture qui, très rapidement, lui avait permis d'être plus mobile dans sa recherche active de travail. C'est ainsi que, un mois après avoir obtenu son permis, elle avait décroché son premier emploi permanent dans une ville à la population plus importante que celle de Pincourt. Elle était secrétaire dans une compagnie internationale s'occupant de «portiques de lavage», c'est-à-dire de grosses machines automatiques à rouleaux qui nettoyaient les voitures dans les garages. Ainsi, elle traitait avec l'Europe entière et se plaisait dans ses fonctions. Elle travaillait là depuis trois ans déjà et connaissait à fond l'entreprise. Elle et sa sœur se voyaient peu depuis ce temps, le soir et parfois le matin, avant de partir. Mady était convaincue que Sarah resterait à ce poste jusqu'à sa retraite, si bien qu'elle ne cherchait même pas à savoir ce à quoi Sarah aspirait vraiment. Elles étaient donc sœurs, habitaient sous le même toit, mais le lien s'arrêtait là… C'était ainsi… Pas de relations plus poussées entre elles. D'ailleurs, il en allait de même des relations avec leur mère. Et aucun effort n'était déployé d'un côté ou de l'autre pour arranger la situation. Elles cohabitaient toutes les trois, voilà tout. Et c'était ainsi depuis ce fameux événement avec leur père… Si elles en souffraient, aucune d'elles n'en soufflait mot.

Sarah roulait légèrement au-dessus de la vitesse autorisée sur la route la conduisant à son travail. Ses pensées demeuraient à Pincourt, là où elle avait déposé sa jeune sœur. Elle se faisait du souci pour Mady. Elle la trouvait insouciante. Elle éprouvait de la difficulté à la comprendre, mais se demandait aussi si elle s'en donnait vraiment la peine. Elle se culpabilisait mais ne voulait pas non plus trop entrer dans la vie privée de sa sœur. Chacune ses affaires, c'est ainsi qu'elles agissaient jusqu'à ce jour.

« Je devrais lui parler plus souvent, commenta-t-elle à voix haute, seule dans sa voiture. Mais quoi lui dire ? Je suis moi-même à l'âge où je trace ma route dans la vie, j'aide maman à payer les factures, je suis déjà responsable et fière de pouvoir l'aider… C'est si difficile pour elle de voir papa ainsi… Ah ! ce que j'aimerais parfois revenir en arrière… Pouvoir empêcher ça… Réécrire le scénario de cet événement pour papa… Tout serait bien différent alors… Comme la vie peut basculer du jour au lendemain parfois… »

Une petite voix intérieure lui intimait de laisser tomber, de penser au travail qui l'attendait au bureau plutôt que de se torturer. À quoi bon ! On n'efface pas le passé aussi facilement qu'un tableau noir avec une éponge. Comme ce serait facile sinon… Et dangereux aussi si des gens malhonnêtes pouvaient le faire.

« Oui… Mady est encore jeune, du reste. Quand elle aura son diplôme, elle se trouvera bien un emploi quelque part. Elle a juste besoin de temps… Elle finira par devenir adulte, elle aussi. »

Sarah continuait ainsi son monologue tout en écoutant, distraitement, la radio qui diffusait le bulletin de nouvelles. Elle entendit qu'une bande de voyous venait d'être arrêtée pour avoir volé des voitures… Cette arrestation avait conduit la police vers un réseau bien organisé apparemment… Le plus vieux des trois n'avait que 18 ans ! L'enquête poursuivait son cours…

« Ah ! maman n'a pas à se plaindre de Mady, elle ne fait pas de bêtises comme certains jeunes du coin… Elle est même plutôt tranquille avec son amie Liz. C'est un soulagement. Maman n'a vraiment pas besoin de souffrir davantage… »

Sarah ralentit au carrefour suivant et tourna à droite. Elle entrait à Deauville. Elle bifurqua encore une fois à droite et s'engagea rapidement dans le stationnement réservé au personnel. Quelques voitures s'y trouvaient déjà. Une fois la sienne immobilisée, elle en sortit et entra vivement dans le long bâtiment d'un seul étage qui lui faisait face. Elle salua la standardiste, une jeune fille rousse aux nombreuses taches de rousseur.

« Bonjour, Suzanne, bonne journée.

– Oh ! bonjour, Sarah, bonne journée à vous aussi… Ah ! j'oubliais… M. Laberge veut vous voir dès votre arrivée.

– Moi ? Entendu, dites-lui que j'arrive… Juste le temps de m'installer.

– Bien, je m'en occupe. »

Sarah ouvrit la porte de son bureau et y déposa rapidement ses affaires.

« Que me veut M. Laberge ? » s'interrogeait-elle.

Il s'agissait du directeur du département des relations internationales et elle avait assez peu affaire à lui en temps normal, puisqu'elle-même travaillait au service des stocks. Aussi, cette convocation l'intriguait. Elle ne voulait pourtant pas s'inquiéter outre mesure, car elle se savait ponctuelle et faisait son travail avec application. De plus, son propre directeur serait plus à même de lui faire des reproches éventuels. Elle ne pensait pas avoir commis d'erreur mais… un doute était toujours permis… Quelque chose lui aurait peut-être échappé… Elle devait rester sur ses gardes… C'est donc tendue mais décidée qu'elle se dirigea vers le bureau de M. Laberge. Elle détestait tergiverser et préférait de loin affronter les faits le plus rapidement possible.

Elle repassa devant la standardiste, qui lui fit un sourire d'encouragement. Sarah pinça les lèvres, signe chez elle de grande réflexion. Elle arriva enfin devant un vaste bureau. La porte était grande ouverte. Elle frappa néanmoins discrètement au battant de la porte et une femme à l'allure distinguée se retourna en souriant.

Elle portait les cheveux mi-courts et était longiligne. Elle avait une silhouette de jeune fille, mais Sarah la savait âgée de 40 ans passés depuis longtemps. «Quelle belle femme, quelle classe!» ne put s'empêcher de penser Sarah encore une fois. Les deux femmes ne se voyaient pas souvent mais quand cela arrivait, Sarah se sentait toujours bien ordinaire à côté d'elle. Si splendide et de surcroît si intelligente! Elle l'intimidait beaucoup et Sarah rêvait de pouvoir donner une image si naturelle.

«Ah! Sarah, bonjour… M. Laberge vous attend… Allez-y.»

Elle joignit le geste à la parole et montra une porte que Sarah n'avait pas même remarquée en entrant.

Elle s'en approcha et frappa. Une voix forte lui demanda d'entrer.

«Ah! bonjour, mademoiselle Martinon.

« – Bonjour, monsieur Laberge... Vous m'avez fait demander ? s'enquit Sarah d'une voix qu'elle voulait détendue.

– Oui, en effet, mais assoyez-vous, je vous en prie.

– Merci. »

Le directeur contourna son bureau et ils prirent ainsi place, face à face. Le large meuble en merisier les séparait. M. Laberge s'installa confortablement dans son fauteuil de cuir noir, tout en regardant Sarah attentivement.

La jeune femme n'avait guère pris la peine d'observer la décoration de la pièce. Mais curieusement, à cet instant, elle aurait aimé pouvoir y jeter un œil, histoire de se faire une idée sur l'homme qui se trouvait en face d'elle. Elle le connaissait assez peu et n'était jamais entrée dans cette pièce depuis qu'elle travaillait ici. Elle s'y sentait perdue car le bureau était encore plus spacieux que celui d'à côté qui, pourtant, était de belles dimensions déjà.

« Je vous écoute, monsieur, déclara Sarah, avalant sa salive et espérant en finir au plus vite avec cet entretien.

– Oui, bien sûr... Voyez-vous, mademoiselle, cela fait plusieurs mois que je vous vois évoluer dans l'entreprise. J'ai pu observer votre capacité d'adaptation et vos initiatives. Vous avez une bonne perception de la société dans son ensemble. Vous vous détachez des autres par votre personnalité. Je sais également que vos collègues vous apprécient beaucoup. Vous êtes motivée et décidée... Notre compagnie a besoin de personnes telles que vous. »

Là, M. Laberge fit une pause. Il se redressa, ouvrit un dossier posé sur son bureau et compulsa ses notes.

Sarah n'osait souffler mot. Elle ne s'attendait pas à ce genre d'entretien ce matin. Cet homme était réputé difficile à contenter et avare en compliments. Par conséquent, elle accueillit ses propos avec bonheur, mais également avec une certaine gêne et une certaine appréhension pour la suite. Elle était méfiante de nature. Elle préférait plus souvent l'action aux discussions trop longues. Où voulait-il en venir exactement? se demandait-elle. Aussi, elle se contenta d'une réponse passe-partout:

«Je vous remercie, monsieur, je fais de mon mieux...

– Oh! ce n'est pas pour vous flatter... Ce n'est guère dans mes habitudes... Je ne suis pas très doué pour ça! Enfin, vous n'êtes pas sans savoir que mon assistante, Marie-Pierre, que vous venez de croiser, se voit dans l'obligation de partir. Oui, son mari est muté en Afrique du Sud.

– Oui. C'est vrai, monsieur, je le regrette. Marie-Pierre est une femme extraordinaire... Et je sais que beaucoup pensent la même chose que moi. C'est une femme des plus compétentes et qui donne une belle image de marque à la compagnie...

– Oui... D'autant plus qu'elle était à mes côtés depuis les débuts de l'entreprise. Enfin, c'est ainsi... Mais de toute façon, nous avons décidé d'ouvrir une succursale là-bas et elle sera responsable de ce projet... Notre récente étude de marché s'est avérée très concluante. Il est temps de recommencer notre expansion...

– J'en suis très heureuse pour Marie-Pierre... Elle s'est tellement investie ici...

– Oui, en effet. Toujours est-il que c'est pour cette raison que je vous ai fait venir… J'aimerais beaucoup que vous deveniez ma collaboratrice et que vous remplaciez Marie-Pierre à ce poste… Je suis convaincu que vous êtes celle qu'il me faut. J'ai d'ailleurs eu une longue conversation avec votre directeur, qui ne tarissait pas d'éloges à votre sujet. Il est tout à fait d'accord pour que vous veniez dans mon service. Son seul regret, je ne vous le cache pas, c'est qu'il devra vous trouver une remplaçante et il craint de perdre au change ! »

Sarah resta bouche bée. Elle regarda M. Laberge et, sur le moment, ne sut trop quoi dire. Le directeur se méprit sur son silence et s'empressa d'ajouter :

« Bien sûr, je ne vous demande pas une réponse immédiate… Je vous laisse le temps d'y réfléchir… Vous pourrez me donner votre réponse d'ici à demain matin. Marie-Pierre est au courant, bien entendu. Aussi, vous pourrez vous entretenir avec elle si vous avez des questions. Elle reste avec nous jusqu'à la fin du mois, vous ne serez donc pas seule pour prendre la relève au début. Mais je vous remercie d'y réfléchir sérieusement… Comme je vous l'ai dit, je n'ai aucun doute sur vos compétences pour ce poste, mais ce travail est très exigeant. Vous aurez plusieurs personnes sous votre tutelle. J'ai aussi l'habitude de travailler en étroite collaboration avec mon assistante… Marie-Pierre vous le dira elle-même, d'ailleurs… Je ne suis pas toujours facile, je le sais, je suis direct et j'attends la même attitude de mon entourage… Sachez également que ma décision a été longuement mûrie et que je ne vous ai pas choisie au hasard…

– Je ne sais quoi vous dire, monsieur, je suis un peu surprise mais flattée tout à la fois de la confiance dont vous m'honorez. Je vais effectivement prendre le temps d'y penser posément. C'est très soudain comme nouvelle et je m'informerai auprès de Marie-Pierre, comme vous me le suggérez…

– Je vous en remercie, mademoiselle Martinon, je n'en attendais pas moins de vous dans l'immédiat… Si vous avez d'autres questions auxquelles vous pensez, n'hésitez pas à m'en faire part… »

Le directeur se leva, signifiant ainsi à Sarah que la discussion prenait fin. La jeune femme l'imita prestement et partit à son bureau tout en songeant à cette offre inattendue.

Au passage, l'assistante de M. Laberge proposa qu'elles déjeunent ensemble le midi même. Sarah s'empressa d'accepter. Elle était bien heureuse que la proposition émane de Marie-Pierre. Elle se voyait mal lui demander ce service de but en blanc. Elle respirait d'aise, même si elle ne savait pas encore quelle décision elle prendrait.

Chapitre 4

Le soir était sur le point de tomber sur la petite gare de Pincourt. Un jeune homme descendit du train, tenant d'une main un gros sac vert et de l'autre une lourde valise marron entourée d'une courroie qui la maintenait bien fermée. Il était de grande taille. Ses cheveux bruns, coupés court derrière la nuque, étaient dissimulés sous une casquette des Expos de Montréal, une grande équipe canadienne de baseball que le jeune homme aimait tout particulièrement. Malgré sa tenue décontractée — un bermuda beige foncé et un tee-shirt blanc où l'on pouvait d'ailleurs lire « Vive les vacances ! » —, il avait plutôt belle allure ! Il paraissait cependant un peu perdu dans ce décor de gare.

Il regarda de gauche à droite, cherchant visiblement une indication quelconque ou quelqu'un peut-être… Ses yeux noisette scrutaient maintenant les panneaux indicateurs. Il n'était pas du coin, c'était indéniable. Il posa sa valise sur le quai, histoire de souffler un peu. Finalement, en voyant une femme un peu ronde au visage avenant, il reprit ses bagages et se dirigea vers elle sans plus tarder. Il se sentait soulagé maintenant. La route avait été longue et il n'avait guère envie de courir dans tous les sens pour trouver son chemin. Il voyageait depuis la veille et son corps fatigué le traînait avec peine. Il éprouvait un vif besoin de prendre une bonne douche et de se raser. Mais, plus que tout, il rêvait d'un grand lit pour sombrer dans un long sommeil réparateur.

« Bonjour, madame.

– Bonjour, monsieur. Je peux vous aider, vous semblez perdu ? Vous n'êtes pas du coin, vous, hein ?

– Oui, c'est si *évident* ? »

La femme fronça légèrement les sourcils, d'un air amusé cependant. Sa façon de prononcer le mot « évident » avait paru étrange à son oreille.

« Bah ! vous savez… Ici tout le monde se connaît, alors…

– Je pense que vous allez pouvoir me renseigner… »

Elle remarqua encore une fois son accent étranger.

Elle mourait d'envie d'en savoir plus sur ce voyageur et ne le lâcherait pas aussi facilement. Les nouveaux visages se faisaient plutôt rares par ici et les distractions aussi. Voilà un sujet de conversation qu'elle pourrait avoir avec son mari et ses amis. C'est elle qui pourrait tout dévoiler du nouveau ! Elle s'en délectait à l'avance. Elle adorait tout savoir avant tout le monde, se mettre en avant et clouer le bec à sa commère de voisine qui, bien souvent, arrivait avant elle dans le journal à potins oral de Pincourt.

« Je cherche un endroit où loger, par ici.

– Pour longtemps ? interrogea vivement la femme aux petits yeux curieux.

– Je viens m'installer *dans la place*.

– Quelle place ? Je ne comprends pas ! Vous ne pouvez pas vous installer dans un lieu public comme ça… Je suis désolée…

– Oh ! je vous prie de m'excuser, je voulais dire que je viens m'installer dans votre ville… Je ne me suis pas bien fait comprendre… »

L'employée eut un instant d'hésitation. Ce jeune homme avait décidément un drôle d'accent. Elle ne comprenait pas toujours ses intonations et devait se concentrer.

« Vous voulez vous installer dans notre ville ? Vous connaissez du monde ici ? »

Elle ne se rendait même pas compte de son manque de délicatesse. Ses questions lui paraissaient des plus naturelles.

« Non… Enfin… J'ai des références pour un *job*. Pardonnez-moi, mais pourriez-vous m'indiquer un petit hôtel à un prix correct ? Je suis vraiment fatigué du voyage et…

– Oh oui, bien sûr ! On discute, on discute et on ne voit pas le temps passer… Soyez le bienvenu ici, en tout cas… Vous verrez, les gens sont très gentils… Vous venez d'où comme ça ? »

Et la femme était repartie dans ses questions. Ce n'était pas de la mauvaise volonté, c'était son caractère, voilà tout !

– De Montréal… au Québec.

– Oh ! là, là ! Pas la porte à côté tout ça ! s'exclama-t-elle encore, peu encline à lâcher le jeune homme… Bon, bon, c'est pas l'tout mais il faut vous installer. Bon, pour vous dire, pas très loin de la gare, vous pourrez trouver un hôtel pas trop cher, c'est même mon cousin Bernard qui tient l'auberge. C'est un bon gars. Vous ne pouvez pas le manquer, c'est *à main gauche*[1] en sortant de la gare, un établissement à colombages. Il est *dans la carré*[2], juste en

---

1. À gauche (expression normande).
2. Dans le coin (expression normande).

face de la boulangerie. Sa femme Louise fait très bien la cuisine… C'est important dans la restauration, si on veut garder une clientèle…

— Vous êtes bien *fine*, madame… J'y vais tout de suite. »

La préposée se dit qu'elle ne se trouvait pas particulièrement mince; elle avait même plutôt tendance à être enveloppée. Elle ne comprit pas non plus ce que venait faire son poids dans la discussion. Cependant, elle n'osa pas demander un supplément de renseignements au jeune homme, qui montrait maintenant des signes évidents d'impatience et surtout de fatigue.

« Si vous voulez, je peux appeler mon cousin pour vous annoncer…

— Oh ! ne vous donnez pas cette peine…

— Ça me fera plaisir. Voulez-vous me donner votre nom ?

— Euh oui, bien sûr ! Bélanger… Guillaume Bélanger. »

Visiblement satisfaite, la femme lui fit un grand sourire. Elle était heureuse car elle avait obtenu le nom du nouvel arrivant. Elle était pressée de rentrer chez elle pour déballer son histoire. Et sa voisine ! Elle en tomberait raide de jalousie ! Encore une heure à patienter…

Comme il lui tardait !

« Bien, je vais l'avertir de votre arrivée.

— Je vous remercie beaucoup. J'y vais aussitôt.

— Au revoir, monsieur Bélanger.

— Bonjour, madame.

— Euh ! oui… Bonjour… Enfin, au revoir… »

Elle leva un sourcil d'étonnement.

«À bientôt!» ajouta-t-elle encore, tandis que le jeune homme lui tournait déjà le dos et s'éloignait.

Le lendemain, Mady et son amie étaient parvenues jusqu'au bord de la ville, près du jardin public. Volcan n'était pas avec elles. Le colley était resté à la maison. Elles étaient allées se baigner à la piscine extérieure et elles continuaient à profiter du chaud soleil d'été qui dardait ses rayons sur les passants.

Mady arborait chaque été une belle peau bronzée sans qu'elle ait besoin de s'exposer. Encore une fois, Élizabeth était l'opposé. Ses cheveux blonds se reflétaient sur son teint. Elle avait une peau laiteuse et devenait rapidement couleur écrevisse au moindre rayon de soleil. Elle se protégeait avec des crèmes aux indices maximaux et rêvait d'un teint mat. À la fin de l'été, tout ce qu'elle obtenait, c'était un léger hâle qui s'envolait rapidement dans le courant du mois de septembre avec l'arrivée de l'automne et des premières pluies. Elle s'était fait une raison et avait fini par plaisanter avec ça. Chemin faisant, elle et Mady discutaient de tout et de rien. C'est ainsi que Mady apprit, par le biais d'Élizabeth, la présence d'un nouvel arrivant à Pincourt. Son amie tenait elle-même cette information de sa mère, qui travaillait à la gare.

«Oui, ma mère et mon père en ont longuement discuté hier. Il vient s'installer ici apparemment. Il avait une grosse valise et un sac à dos. Tu connais ma mère, n'est-ce pas? Curieuse comme elle est! J'aurais pas voulu être à la place de ce gars-là, en tout cas... Enfin bref, voilà!

– Eh bien, ce doit être tout un personnage pour vouloir venir s'enterrer dans un trou comme Pincourt ! Le pauvre ! Il ne sait pas ce qui l'attend ou alors il ne va pas rester longtemps. Je me demande bien qui viendrait, de son propre chef, s'installer ici ? Alors qu'il y a tant de choses à voir dans le monde ! Quelle drôle d'idée ! ajouta Mady.

– Oui, tu as raison. En tout cas, j'espère ne pas le rencontrer.

– Et pourquoi pas ? répliqua Mady qui mourait d'envie de voir une nouvelle tête dans les parages.

– Oh ! c'est que… Enfin, tu me connais, je ne saurais pas quoi lui dire… Je me sens si stupide face à des étrangers… Déjà, avec les personnes que je connais ce n'est pas toujours évident, alors avec les autres je te dis pas le malaise… Je perds tous mes moyens et je me mets à bégayer, mon visage devient cramoisi… Alors, imagine la scène !

– Bah ! t'exagères, Liz, tu as mon âge et tu es plus sûre de toi maintenant qu'il y a plusieurs années… Tu ne te rappelles pas les fous rires que nous avons eus à cause de ça ?

– Oh ! si je m'en souviens ? Tu plaisantes ? Qui peut oublier ça ? Je mettais toujours les pieds dans le plat… C'est vrai que c'est moins fréquent maintenant, mais je suis loin d'être aussi à l'aise que toi… Tu es si naturelle et fonceuse… C'est sans doute pour ça que nous nous entendons bien toutes les deux. Nous sommes si radicalement différentes.

– Oui, sans doute. Ah ! que veux-tu, avec l'âge on s'améliore toujours ! Nos parents nous le répètent assez, non ? Profitons de notre jeunesse… Nous aurons bien le temps de devenir des adultes en temps voulu! Alors, pas d'inquiétudes, Liz. As-tu d'autres détails?

– Oui, plus ou moins précis… Il s'appelle Guillaume… Ma mère n'a pas retenu le nom de famille… Devine un peu d'où il vient! Je te le donne en mille!

– Euh! je ne sais pas… »

Mady réfléchit quelque temps puis ajouta :

« D'Angleterre peut-être?

– Eh bien, non. »

Il était évident que Liz savourait sa réponse, sûre de son petit effet sur son amie.

« Allez… Dis-moi… Ne me fais pas languir ainsi… »

Liz prit une grande inspiration et sortit son information d'une seule traite :

« Du Canada, Mady! Montréal pour être plus précise…

– Ouah! le Canada! Mon rêve… Ah! tu le savais, hein? Pourquoi vient-il ici? Son pays est si beau, si vaste…

– Alors là, je n'en sais rien! Tu lui poseras la question quand tu le verras…

– Oh oui! fais-moi confiance… Ce doit être vraiment un drôle de gars pour choisir Pincourt comme endroit… Enfin… Que dirais-tu d'aller au jardin public? Il fait si beau aujourd'hui… Ah! le Canada! s'exclama Mady encore une fois.

– Oui… Bon… Alors, arrête un peu de rêver et reviens sur terre, Mady. Et d'accord pour ta proposition.

– Super! »

Elles se dirigèrent donc vers le jardin. Une fois entrée à l'intérieur par la porte principale, Liz s'écria brusquement :

« Oh! regarde, Mady, il y a un petit oiseau dans l'herbe!

– Où ça ?

– Là, devant nous… »

Liz joignit le geste à la parole et se pencha vivement en avant. Délicatement, elle prit un minuscule moineau dans les paumes de ses mains. Le pauvre oiseau n'avait encore que le duvet.

– Il est sans doute tombé de l'arbre… Oh ! le pauvre… Que pouvons-nous faire ? s'inquiéta-t-elle.

– On ne peut pas le laisser ainsi, c'est sûr… Il en mourrait… »

Mady réfléchit quelques instants tout en examinant le volatile.

Élizabeth était une passionnée des animaux… Elle n'aurait pas fait de mal à une mouche et succombait devant n'importe quel animal qu'on lui présentait. Si ses parents n'avaient pas réagi encore la semaine précédente, sa chambre aurait été transformée en zoo ou plutôt, en l'occurrence, en clinique vétérinaire !

« Je ne peux pas l'emmener chez moi, sinon gare à mes parents… Avec la dispute que nous avons eue la semaine dernière… Et toi, Mady ?

– Oh ! moi… Je ne pense pas que je pourrais lui apporter beaucoup d'aide… Tu sais comme je m'y connais peu dans ce domaine… Et avec mon père en plus !

– Oui, sans doute… Dans ce cas, je pourrais peut-être le conduire chez M. Dargo, le vétérinaire… Je suis sûre qu'il pourra faire quelque chose.

– Oui, peut-être… Je l'espère en tout cas pour cette pauvre bête.

– Écoute, Mady, je vais tout de suite aller le voir, et comme c'est sur ma route, je rentrerai directement.

– Entendu… Je dois aller faire une course pour ma mère, alors je te laisse y aller. Tu me tiens au courant et on se voit demain matin, d'accord ?

– Super ! Salut, Mady, à demain. Je me sauve et je te rappelle ce soir chez toi… »

Mady regarda Liz s'éloigner. Elle prenait mille précautions pour le petit oiseau telle une mère protégeant sa couvée. Mady resta quelques instants songeuse. Liz était vraiment quelqu'un de bien spécial… Différente de beaucoup de gens qu'elle connaissait, et c'est pour cette raison qu'elle aimait être avec elle. Elle était comme une sœur. Mady aurait aimé partager la même relation avec son aînée, mais ce n'était pas le cas.

Sarah ne cessait de lui rebattre les oreilles avec ses théories… Et, même si elle savait au plus profond d'elle-même qu'elle était dans le vrai, elle n'avait pas encore envie d'en entendre parler.

Liz connaissait déjà plus ou moins les grandes lignes de son avenir. Elle voulait travailler un jour dans un centre animalier, Elle n'était pas encore trop fixée mais savait qu'elle voulait passer son temps auprès des animaux… Petits ou gros. Mady, quant à elle, était encore indécise… Le droit la passionnait… Mais pourrait-elle se permettre de continuer ses études après le bac ? Elle était en même temps fatiguée d'avance par les longues années d'études qui l'attendaient si elle faisait ce choix.

Brusquement, le vent se leva, la poussière du sol entra dans une danse folle, virevoltante, tourbillonnante.

Les feuilles des arbres se retroussaient et le ciel devint noir en quelques secondes. Laissant là ses pensées, Mady s'empressa de rebrousser chemin et de traverser le parc en sens inverse. La pluie menaçait et la température chuta rapidement. Elle devait pourtant encore aller chercher du lait, à la demande de sa mère le matin même.

Cependant, elle n'avait pas fait dix pas que l'orage éclata dans un grondement terrible ; la pluie se mit à tomber, formant rapidement de larges flaques d'eau sur le sol. Mady sursauta sous la violence du tonnerre puis se mit à courir en direction du kiosque du jardin public situé non loin de là. Elle pourrait s'y réfugier.

Sous le belvédère, à l'abri de la pluie, Mady reprit son souffle difficilement. Elle pencha la tête sur le côté puis, de ses deux mains, elle essora ses cheveux déjà trempés et s'essuya la tempe d'un mouvement de la main. Elle leva enfin la tête et c'est à ce moment-là seulement qu'elle réalisa qu'une personne était déjà là. Elle ne la connaissait pas. Une légère crainte passa dans ses yeux. Elle constata qu'elle était seule avec cet inconnu dans le parc, vide à présent.

«Je vous prie de m'excuser de vous avoir effrayée ainsi…»

Mady regarda de nouveau le jeune homme qui était en face d'elle. Sa fine chemise d'été lui collait à la peau à cause de la pluie. Elle frissonna mais ne savait si c'était en raison de l'humidité qui pénétrait ses chairs ou de la présence de cet étranger à ses côtés.

«Vous m'avez surprise, voilà tout, dit-elle en tremblant. Je pensais être seule… Je ne vous avais pas vu…

– Je vous demande pardon encore une fois… Permettez-moi de me présenter… »

Il se pencha légèrement en avant, une main sur le torse en signe exagéré de révérence.

« Non, laissez-moi deviner… Vous êtes le nouvel arrivant ? C'est ça ? Vous êtes venu par le train hier et, comme on me l'a dit, vous avez effectivement un accent étranger… »

Mady avait retrouvé son sang-froid rapidement face à ce visage inconnu, certes, mais néanmoins souriant.

« Bien… Je vois que les nouvelles circulent vite par ici…

– Oui, plutôt…

– OK ! Alors pour un passage incognito, c'est plutôt raté, non ?

– Oui… Je crois… Ou alors, il vous faut éviter les petites villes comme Pincourt et vous noyer plutôt dans la foule des grandes capitales… »

Mady eut un gros frisson qui lui glissa le long du dos.

« Vous avez froid, mademoiselle… J'aimerais avoir une veste à vous proposer mais, malheureusement, ma chemise est trempée, elle aussi. »

La galanterie du garçon plaisait beaucoup à la jeune fille. Elle pensait parfois que c'était un trait de caractère masculin en voie de disparition. Non qu'elle voulût systématiquement avoir des courbettes, loin de là, mais un minimum d'attention flattait toujours quand c'était fait de bon cœur et sans mièvrerie ni mesquinerie.

« Oh ! ce n'est rien, je vous remercie… Ce n'est que de l'eau… Ça va sécher et puis… C'est tout… »

Le ton de Mady était volontairement léger.

La pluie continuait à tomber dru autour d'eux. Le tonnerre grondait lui aussi et indiquait que l'averse ne cesserait pas de sitôt. Des éclairs zébraient le ciel par intermittence. L'impression qui s'en détachait ne semblait jamais vouloir cesser, isolant par le fait même les deux jeunes gens.

« Qu'a-t-on dit d'autre à mon sujet ? s'enquit Guillaume d'un air amusé.

– Eh bien, si mes renseignements sont exacts, votre prénom est Guillaume. Quant à votre nom de famille, malheureusement, mon informatrice ne s'en souvenait pas ! Désolée ! Je sais également que vous venez du Québec, ce qui explique votre accent qui est très... »

Mady fit une pause pour trouver le terme qui lui semblait le plus juste. Elle pensa un court instant utiliser le mot charmeur, c'était le premier qui lui venait à l'esprit, mais elle n'osait pas... Cela pourrait être mal interprété.

« Très ? demanda Guillaume, visiblement intéressé par l'expression qu'elle voulait employer.

– Comment pourrais-je dire... Enfin, disons très... musical... oui, c'est ça, musical !

– Merci... C'est très agréable à entendre... Le vôtre aussi me plaît beaucoup... Disons qu'il est charmant, un délice pour l'oreille. »

Quand il adressa un sourire à Mady, elle remarqua une fossette sur sa joue droite.

« Bah ! vous me faites marcher...

– Non, je vous assure... En tout cas, vous avez une belle avance sur moi à ce que je vois... Moi, tout ce que je sais de vous, c'est que vous étiez dans ce parc aujourd'hui... C'est bien peu de chose en comparaison !

– Oui, je vous l'accorde… Mais que faites-vous ici ?

– Comme vous, sans doute… Je me promenais… Je visitais cette jolie ville…

– Oh ! vous savez, on en a vite fait le tour !

– Au fait, mon nom de famille est Bélanger… Mais vous me feriez plaisir si vous utilisiez plutôt mon prénom… Ce serait mieux que monsieur Bélanger ! »

Guillaume observait la réaction de la jeune fille. Il essayait de donner un âge à ce jeune et joli visage. Il notait, au fur et à mesure de la discussion, les traits particuliers de Mady. Ses yeux très expressifs et sans cesse en mouvement. Il regardait ses cheveux plaqués sur ses joues par la pluie. Dans son cou, une mèche allait même jusqu'à se faufiler dans l'échancrure de son chemisier, juste à la naissance des seins. De la pluie dégoulinait sur son front et il ressentait une envie irrésistible de l'essuyer, de sentir la fraîcheur de sa peau sous ses doigts. Il éprouvait une attirance indéniable. Il sentait que ces instants étaient importants et, pourtant, il ne savait rien d'elle…

Tout à coup, il prit conscience qu'elle lui posait une question et, au froncement de ses sourcils, il comprit qu'elle devait la poser pour la seconde fois.

« Hé ! êtes-vous là ? demanda-t-elle, mi-taquine mi-sérieuse, en passant sa main devant ses yeux, dans un mouvement de va-et-vient.

– Oh ! oui, pardonnez-moi… J'étais dans la lune… Que disiez-vous ?

– Je vous demandais comment vous aviez atterri ici.

– Par avion, puis par train ! »

Guillaume partit à rire, mais il s'arrêta brusquement devant l'air interrogatif et surpris de Mady. Il esquissa une moue d'excuse et reprit :

« C'était une *joke* ! »

La jeune fille continuait à lever les sourcils d'incompréhension et le garçon commença à faire une grimace de dépit, mais en souriant malgré tout.

« Une quoi ? Une "jauque" ? C'est ça ? J'ai du mal à comprendre… Je suis désolée !

– Je voulais dire… une blague… une plaisanterie… Oh ! là, là ! C'est vraiment tombé à plat en tout cas ! »

Il leva les yeux au ciel, prit un air contrit et partit aussitôt dans un grand éclat de rire. Mady, cette fois, se joignit à lui. Ils s'étaient finalement compris dans le rire qui, lui, est universel…

Guillaume reprit son sérieux et ajouta :

« Si je suis ici, ce n'est pas vraiment un hasard… D'ailleurs, je me vois mal choisir un lieu où habiter en fermant les yeux et en pointant le doigt sur une carte…

– Oui, ce serait une étonnante méthode, mais pourquoi pas après tout ! Vous semblez assez fou pour cela ! »

Cette fois, Mady se sentait d'humeur espiègle. Elle retint juste à temps un clin d'œil, grande habitude de camaraderie chez elle.

« On se connaît depuis quelques minutes et vous me dites que je suis fou ! Oh ! Oh ! mademoiselle, attention à vous… Ou je vais aller de ce pas me plaindre à mon ambassade… »

L'atmosphère était des plus détendues.

« Allez… Dites-moi… insista Mady.

– En fait, ma mère est née ici même, dans cette ville…

– Ah! oui? s'écria Mady réellement surprise…

– Votre curiosité est-elle satisfaite?

– Oh! excusez-moi. Ce doit être épouvantable. Tout le monde ici a dû vous poser les mêmes éternelles questions et, comme vous le voyez, je ne fais pas exception à la règle…

– Oui, on m'a sauté dessus depuis mon arrivée. Mais vous vous trompez, ces interrogations venant de vous, c'est différent… Je peux même ajouter que j'apprécie… Cela ne prouve-t-il pas que vous avez un certain intérêt pour moi?»

Les yeux de Guillaume étaient rieurs. Mady se sentait mal à l'aise tout à coup. Elle se frotta les épaules comme pour tenter de se réchauffer, mais surtout pour se donner une certaine contenance.

«C'est que… Enfin, il ne faut pas croire…»

Elle balbutiait maintenant tout en rougissant lamentablement. Elle songea à Liz, qui serait déjà cramoisie quant à elle!

Elle se sentait troublée, souhaitait à la fois que la pluie cesse au plus vite et qu'elle se prolonge. Elle disait oui et pensait non. Elle avait une foule de questions dans la tête mais ne parvenait pas à les formuler correctement. Elle restait sur des propos terre à terre, des discussions d'usage que l'on posait à un nouvel arrivant…

Quand Guillaume avança la main pour replacer une mèche de ses cheveux, elle eut un léger mouvement de recul et le regarda de ses grands yeux. Il ne voulait pas l'effrayer et laissa sa main en l'air. Il finit par la poser dans sa propre chevelure.

«Vous êtes délicieuse comme ça, avec l'eau qui glisse le long de votre visage…

– Je dois être affreuse, oui!» tenta de plaisanter Mady, mal à l'aise après ce compliment.

Elle leva la main pour replacer ses cheveux mais Guillaume la lui attrapa doucement.

«Non, laissez-moi faire… S'il vous plaît… Vous n'avez pas de miroir… Ce n'est pas facile…

– C'est que…»

Il ne la laissa pas finir sa phrase et, d'un geste précis et doux, il replaça les mèches vers l'arrière, une par une. Ses mouvements étaient amples et il ne perdait pas de vue le visage de Mady. Elle se sentait envahie d'un trouble qui, elle le savait maintenant, n'avait rien à voir avec ses vêtements mouillés. Elle oubliait tout, sa famille, sa ville, le jardin public et jusqu'au froid qu'elle ne sentait plus. Leurs chemises de coton trempées faisaient une bien mince protection entre eux deux. On aurait dit que l'orage les électrisait.

«Je ne connais pas ton prénom», demanda doucement Guillaume.

Il l'avait tutoyée tout naturellement.

«Je… Mady… Oui, Mady…»

Elle trouva son hésitation des plus stupides… Elle qui se riait parfois du côté fleur bleue de son amie Liz était plongée dans une situation qu'elle ne maîtrisait pas. Elle frissonna encore.

«Tu as froid, Mady?

– Oui, non, enfin…

– Oui, je comprends…»

C'est comme s'ils pouvaient communiquer sans même ouvrir la bouche. Ils se comprenaient. Il mourait d'envie de la prendre dans ses bras, de la tenir contre lui, de la réchauffer… Mais il craignait de l'effaroucher en allant trop vite…

« Je dois partir maintenant, dit faiblement Mady.

– Il pleut toujours… » répondit laconiquement Guillaume.

« À quoi bon mettre des paroles sur ces instants ? » se demandaient-ils.

« Je suis déjà trempée… Alors, un peu plus, un peu moins…

– Tu pourrais attraper froid…

– Sans doute… Pourquoi es-tu venu ici alors que ton pays est si beau et si vaste ? s'empressa de demander Mady pour changer de sujet.

– Peut-être pour rencontrer de jolies Françaises ! s'exclama Guillaume, les sourcils levés en signe d'amusement.

– Non… Sérieusement… Qu'est-ce qui t'a motivé ?

– En fait, je voulais connaître la France, l'Europe, son histoire, mais aussi venir ici, à Pincourt, là où ma mère est née… Elle était jeune quand elle est partie, mais elle s'en souvient très bien… Elle nous en a souvent parlé…

– Tu vas rester longtemps ici ?

– Je ne sais pas encore… »

Soudain, un rayon de soleil frappa de plein fouet le visage de Mady. Elle ferma les yeux de surprise et recula la tête. Puis elle les rouvrit doucement, étonnée d'être ici, un peu comme si elle revenait sur terre après une longue absence.

« Je me sens toute bizarre, dit-elle simplement.

– Tu as peut-être déjà attrapé froid…

– Oui… Je vais partir maintenant… La pluie a cessé…

– Oui, il faudrait que tu te changes…

– Toi aussi…

– Oui… Je suis à deux pas d'ici. Veux-tu que je te prête un vêtement sec ? »

Mady réfléchit à la vitesse de l'éclair. Mais elle ne voulait pas le suivre ainsi…

« Non… je ne peux pas… Je ne veux pas.

– Oh ! ne te méprends pas… Je ne pensais pas à mal…

– Ce n'est pas ça mais, tu sais, comme je te l'ai dit, la ville est petite… On peut s'imaginer des choses… Le monde bavarde rapidement… Je serais dans une situation bien inconfortable… Mes parents… Tu comprends… Enfin, ils ont leur façon de voir les choses… Et… »

Mady était sur le point d'ajouter qu'ils ne se connaissaient que depuis peu de temps mais elle se tut, craignant qu'il n'interprète mal ses dernières paroles… L'atmosphère devenait étouffante.

« Je te laisse aller, Mady… Mais j'aimerais te revoir… apprendre à te connaître…

– Oui, c'est une petite ville, nous aurons l'occasion de nous revoir…

– OK ! Mady, comme tu voudras… Demain midi, je viendrai pique-niquer ici…

– J'adore les pique-niques ! ne put s'empêcher de s'exclamer Mady.

– Alors, joins-toi à moi… Je n'ai pas encore eu l'occasion de me faire des amis…

– Oui, peut-être… Si je viens, je serai avec ma meilleure amie, Élizabeth…

– Elle est la bienvenue… répondit aussitôt Guillaume.

– Nous venons souvent pique-niquer ici, Liz et moi…

– OK! Nous pourrions être amis, tous ensemble…

– Oui, pourquoi pas! »

Mady éclata de rire. Elle trouvait tout à coup la situation très drôle… Un peu surpris, Guillaume la regarda un instant, mais se joignit à elle rapidement. C'était vrai après tout, la situation était assez inattendue…

« OK! Mady… Va pour demain, alors… Ici même.

– Je pense pouvoir être ici… D'accord, à demain… Maintenant, je me sauve vraiment… »

Elle lui tourna le dos et partit en courant sans prendre la peine de se retourner. Elle courait comme si elle voulait fuir ces instants, mettre une certaine distance entre eux deux pour se permettre d'analyser vraiment la situation… d'avoir les idées plus claires…

« Eh bien! Mady, à quoi songes-tu ainsi? La vaisselle s'entasse sur l'évier… Réveille-toi! On ne va pas passer la soirée à ça… J'ai d'autres choses à faire, moi… »

Sarah venait encore une fois de surprendre Mady en train de rêver. Toute la soirée s'était déroulée ainsi… On lui posait une question et soit elle répondait à côté, soit elle n'y répondait même pas… Au repas, son père, qui était présent pour une fois, avait cogné sur la table assez fort pour faire sursauter sa mère, assise à l'autre bout. Mady avait fait de gros efforts pour ne plus le contrarier et ainsi éviter d'envenimer la situation par son attitude. En effet, peu de temps après son retour, elle avait surpris une discussion fort houleuse entre ses parents. Il était question d'argent, l'éternel sujet… Mais aussi de Sarah et de son travail… Mady n'avait pas osé intervenir… Elle en avait assez de voir sa mère trembler face à la colère de son père, qui semblait plus sobre que d'ordinaire mais tout aussi vindicatif.

Un grand fracas lui parvint aux oreilles et, en observant autour d'elle, elle se rendit compte qu'elle venait de laisser tomber une assiette qui s'était brisée sur le sol. Elle demeura là à observer l'assiette, son torchon dans les mains… Sa sœur l'interpella encore une fois et la secoua même.

«Mais, voyons, Mady! Que fais-tu? Tu as des problèmes? Que t'arrive-t-il, bon sang?

– Je… Je vais ramasser… Je suis désolée.»

Du salon, elles entendirent la voix forte du père qui demandait ce qu'il y avait.

«Rien, papa… Ne t'inquiète pas!» répliqua vivement Sarah.

Elle se baissa et aida Mady à ramasser les morceaux.

«File dans ta chambre… Je vais terminer la vaisselle toute seule… Je pense que c'est préférable sinon tu vas finir par te couper quelque chose… À te voir aller ainsi… Si tu veux, après, je serai dans ma chambre… N'hésite pas… Ça me fera plaisir…»

Mady regarda sa sœur, surprise de sa réaction, de son ton sérieux et protecteur en même temps. Elle n'était pas habituée à une telle sollicitude de sa part.

«Tu es sûre que ça ira, Sarah?

– Oui, va… Sois sans crainte… Je me débrouillerai sans problème… N'oublie pas… Si tu veux me parler, je serai là…

– Merci, Sarah. Mais j'ai seulement besoin de repos, je pense. Je te remercie en tout cas… J'en tiendrai compte en cas de besoin… Bon, bien, j'y vais alors… »

Sarah regarda Mady s'éloigner, la tête penchée vers le sol en signe de profonde réflexion.

Elle acheva rapidement de mettre la cuisine en ordre et posa le torchon sur le comptoir pour le faire sécher. Elle repensa à la proposition que M. Laberge lui avait faite la veille et se félicita d'avoir accepté ce poste d'assistante. Elle n'en avait encore soufflé mot à personne chez elle. Elle préférait savourer ces instants seule, comme pour apprécier pleinement cette perspective… Un peu comme si le fait de partager cette promotion n'était pas encore de mise.

Ce soir-là, Sarah était rentrée plus tard que d'habitude, mais juste à temps cependant pour mettre la table et ainsi éviter les remontrances de son père, qui devenait de plus en plus agressif. Elle commençait sérieusement à le craindre. Elle s'inquiétait surtout pour sa mère, qui montrait des signes de grande fatigue à cause de ses longues heures de travail. Elle allait pouvoir participer plus largement au budget familial grâce à son nouveau salaire et elle se réjouissait à l'avance du plaisir qu'elle lui ferait. Peut-être que sa mère pourrait même arrêter ses heures supplémentaires.

Le téléphone sonna dans la chambre de Guillaume. Comme il prenait une douche, il n'entendit rien tout d'abord. La sonnerie retentit de nouveau. Cette fois, il lui sembla entendre quelque chose. Il ferma le robinet et tendit l'oreille. Il perçut, distinctement cette fois, la fin de la deuxième sonnerie. Il sortit de la douche, attrapa au passage une serviette qu'il se mit à la hâte autour de la taille et, au troisième coup, il décrocha le combiné tout en s'installant sur son lit.

La pièce n'était pas bien grande. Une chambre ordinaire avec un lit et une table de nuit en pin, et la salle de bains, attenante. Au mur, au-dessus du lit, un tableau représentait un petit garçon debout tenant un ours en peluche brun dans ses bras. Les yeux de cet enfant exprimaient une infinie tristesse, son regard semblait condamné à fixer indéfiniment la fenêtre en face de lui. Un observateur aurait pu jurer que ce petit garçon voulait sortir du tableau pour aller se promener à l'extérieur, sentir la douce brise sur ses joues pâles, courir, sauter, vivre... Une moquette marron à bouclettes recouvrait le sol de la chambre et, par son apparence, on pouvait deviner que de nombreuses personnes avaient circulé dessus. Le couvre-lit, quant à lui, était de couleur beige, à grosses fleurs jaune et marron. Ce n'était pas d'un goût des plus délicats, mais c'était fonctionnel et, somme toute, c'était le but d'un hôtel, surtout à un prix si abordable.

Guillaume était attentif à son interlocuteur. Il acquiesçait parfois, mais était plus souvent à l'écoute. Il posait quelques questions rapides, c'était tout.

« OK! On se voit demain matin... J'ai bien noté les informations. »

Il raccrocha, visiblement heureux de son entretien. Un sourire flottait sur ses lèvres. Il haussa les épaules.

« Eh bien ! Tout ceci est pour le mieux ! Bienvenue à Pincourt, Guillaume Bélanger ! » se dit-il tout en retournant dans la salle de bains. Il se mit à siffloter.

Le téléphone sonna peu de temps après que Mady fut montée dans sa chambre. C'était Liz. Mady descendit rapidement. Elle aurait voulu être seule dans la maison pour tout raconter à son amie... Mais elle savait son père et sa mère au salon et le téléphone était dans le couloir, beaucoup trop près d'oreilles indiscrètes.

« Oh ! Liz, je suis si contente de te parler... »

Mady entendit son père bougonner, mais elle ne comprit pas vraiment ce qu'il disait. Elle ne s'en soucia pas outre mesure et continua à converser avec Élizabeth.

« ...

– Oui ? Ah ! je suis bien triste pour ce pauvre petit oiseau... Je sais que tu aurais voulu l'aider davantage... Je te connais, mais... Parfois, on est impuissant... »

Elle sentait que Liz n'avait pas vraiment le moral et elle s'en voulait de ressentir une telle joie au cœur alors que sa meilleure amie éprouvait de la peine pour l'oiseau qui n'avait pas survécu. Elle aurait voulu lui remonter le moral, lui changer les idées, l'inviter à venir chez elle, mais là encore il était trop tard et elle n'en aurait pas eu l'autorisation... Elle rageait intérieurement...

« Écoute, Liz, nous passerons la journée de demain ensemble et nous pourrons discuter...

– ...

– Oui, c'est ça... Ce n'est pas facile. »

Liz connaissait la situation de Mady, aussi, elle n'insistait pas quand elle savait son père dans les parages. Elle tentait toujours de la comprendre dans ses demi-phrases, dans ses silences. C'était devenu comme un code naturel entre elles deux.

Son amie ne cessait de se dandiner d'un pied sur l'autre. Elle voulait tant partager son secret avec Liz... Son trouble et, en même temps, son émotion, sa joie... Elle n'avait pu en parler à personne depuis son retour, excepté à elle-même... Piètre consolation... Elle avait bien pensé à sa sœur et à son offre généreuse, mais elles étaient si souvent distantes l'une de l'autre, elles vivaient dans des mondes tellement différents... Peut-être plus tard... Non! C'est avec Liz qu'elle voulait discuter de tout ça... avec personne d'autre... Mais cela devait attendre le lendemain... Un sommeil difficile en perspective...

« Entendu alors, on se voit demain matin... »

Mady raccrocha et remonta sans tarder dans sa chambre. Elle s'étala de tout son long sur son lit. Volcan semblait triste de la voir si songeuse. Les mains sous le menton, elle regarda son chien et lui sourit.

« Ah! Volcan, s'exclama-t-elle dans un soupir, une chance que tu sois là, toi... »

L'animal émit un gémissement, comme une confirmation.

Mady lui parla longuement de sa rencontre avec Guillaume, essayant d'analyser la situation, de demeurer objective, mais elle se sentait perdue, comme alanguie par les sentiments étouffants qui l'habitaient. Volcan posa sa patte avant sur le lit dans un signe amical. Elle attrapa sa grosse tête et l'embrassa sur le museau. Elle resta un long moment ainsi, son visage enfoui dans les longs poils noirs du colley, ses bras entouraient son cou et il ne bronchait pas, ne bougeait pas. Il semblait être bien ainsi.

Liz retourna au salon avec ses parents. Un vieux film policier était rediffusé sur le petit écran. Elle s'installa sur un fauteuil libre. Mady lui avait paru bien étrange ce soir... Ce qu'elle aurait aimé être à ses côtés... Elle se sentait si triste en pensant à l'oiseau mort dans ses mains avant même d'arriver chez le vétérinaire... Elle détestait s'avouer ainsi impuissante face à la nature... Elle était si émotive... «Fleur bleue», comme aimait dire Mady. Elle se savait d'ailleurs un peu trop sensible, mais n'y pouvait rien. Intégralement, cela faisait partie de sa personnalité. Avec le temps, elle parviendrait peut-être à se faire une sorte de carapace mais, pour l'instant, ses sentiments étaient à fleur de peau et les combattre était difficile. Un grand chagrin l'accablait et elle se sentait seule... Ses parents lui avaient pourtant remonté un peu le moral, mais c'était insuffisant pour son bien-être. De surcroît, elle savait son amie aux prises avec un événement qu'elle n'avait pu déceler et il lui faudrait attendre le lendemain pour en avoir le cœur net... Que voulait lui dire Mady qui semblait si important? Elle se releva finalement du fauteuil et embrassa rapidement ses parents.

«Bonne nuit, ma chérie... Et ne te tracasse pas trop... Sinon, tu ne dormiras pas bien cette nuit... Tu as fait ce que tu as pu...

– Oui! Merci! Bonne nuit, papa, bonne nuit, maman, à demain...»

Le lendemain, le soleil d'été n'était pas au rendez-vous. De gros nuages le dissimulaient et il semblait ne pas vouloir sortir de la journée. Mady jeta un bref regard à l'extérieur, mais elle voulait sortir malgré tout. Il était temps qu'elle voie Liz. Elle alla à la salle de bains puis enfila un jean et une chemise à manches longues. Volcan sur ses talons. La maison était silencieuse, tout le monde étant déjà parti, soit au travail, soit au bar ou Dieu sait où ! La veille au soir, elle avait perçu encore les voix de ses parents qui se disputaient. Rien qu'au ton de son père, elle savait qu'il avait encore bu plus que de raison. Elle s'était finalement endormie ainsi, son oreiller sur la tête pour ne plus les entendre.

Mady descendit dans la cuisine et prépara son petit déjeuner à la hâte. Elle prit malgré tout le temps de s'asseoir pour manger. Elle détestait devoir prendre ses repas debout, à la sauvette !

Volcan s'installa à son poste, c'est-à-dire à côté d'elle, dans l'attente de son bout de tartine beurrée.

« Tu vois, Volcan, dit-elle à son chien, qui semblait attentif autant à sa maîtresse qu'au morceau de pain qu'elle tenait à la main. Aujourd'hui, c'est une journée spéciale... Je suis bien impatiente... Je vais voir Liz, tout à l'heure, et Guillaume. Enfin, normalement...

Elle préférait émettre des réserves sur l'étonnante journée d'hier... Elle ne savait plus trop si elle avait pu se méprendre sur ce garçon... Après tout, elle ne le connaissait guère... Enfin, elle avait décidé d'en discuter au plus vite avec Liz et de voir venir... De profiter de chaque instant, et qui vivra verra ! s'était-elle dit.

« Je suis jeune et j'ai la vie devant moi ! »

Elle se sentait vibrer de toute part et son tempérament espiègle refaisait surface sans crier gare.

Elle s'essuya la bouche rapidement avec sa serviette puis enfila sans plus attendre sa veste. Elle embrassa affectueusement son chien tout en sortant vivement de la maison.

Chapitre 5

Guillaume entra dans le restaurant et observa la salle encore déserte à cette heure matinale. Un tintement de vaisselle lui parvenait aux oreilles. Le bruit venait des cuisines, au fond du restaurant. Il aperçut un homme, un tablier blanc sur les hanches, qui le regardait s'avancer en souriant. Son air amical lui plut tout de suite.

«Bonjour… Guillaume Bélanger.»

Il tendit sa main droite et l'homme fit de même.

«Oui, bonjour… Moi, c'est Serge… Je suis au courant de votre rendez-vous… Charlie ne va pas tarder… Je vous sers un bon café?

– Oui, pourquoi pas… Je prendrais deux croissants aussi, et un jus d'orange, s'il vous plaît.»

Il avait pris l'habitude de manger des croissants le matin avec sa mère. Elle les glissait dans le four et les ressortait tout chauds et moelleux quelques instants plus tard.

«Ah! ça, mon gars, c'est un bon début pour une journée même si elle n'est pas ensoleillée, ajouta le dénommé Serge, apparemment heureux de voir le jeune homme prendre un solide petit déjeuner.

– C'est plutôt vide, ici… Est-ce que c'est toujours comme ça?

– Oh! non alors… Si vous voyiez ce que c'est dans la journée! Vous aurez peut-être l'occasion de le voir par vous-même d'ailleurs d'ici une demi-heure à peine. C'est le jour et la nuit… Et à part un creux entre 3 et 4 heures, on n'a pas le temps de flâner… Ah! ça, non alors, croyez-moi… C'est Serge qui vous le dit… »

Là-dessus, il se pointa le torse avec l'index. Il avait un visage plutôt rond et le cheveu devenait rare. Son embon-point reflétait son naturel jovial et bon enfant. Guillaume ne doutait pas un seul instant que cet homme soit apprécié de tous. Il était évident que Serge aimait discuter et qu'il ne voulait pas se prendre pour un autre… Il disait aussi ce qu'il pensait sans craindre de prendre parti, si cela s'avérait nécessaire. Il était de toute façon suffisamment costaud pour assumer ses paroles et cela pouvait aider également à dissuader d'éventuels fauteurs de trouble.

« Vous devez aimer ces moments de tranquillité alors ? reprit Guillaume, en référence à la maigre clientèle du moment.

– Oui… Mais, vous savez, la plupart de mes clients sont des habitués, alors on discute… On se connaît quoi! C'est pas comme dans les restaurants huppés où on serre les fesses et qu'on lève le nez… Voyez ce que je veux dire ? Non, ici, même si on est contents de voir venir la fin de la journée, on aime ça quand même…

– En fait, c'est un peu comme une bouffée de fraîcheur, si je comprends bien… Un petit arrêt dans la journée pour les travailleurs…

– Oui, on peut le voir comme ça… Moi, vous savez, ça fait maintenant trente ans que je suis ici… On peut dire que je fais partie des meubles… Les gens ici sont bien simples… La plupart travaillent dans les environs… Je connais bien Charlie aussi… Tiens, d'ailleurs, quand on parle du loup… »

Serge pointa le menton en direction de l'entrée. Une jeune femme venait en effet de pousser la porte du restaurant. Elle salua chaleureusement le patron comme si elle le connaissait depuis longtemps.

Elle se retourna ensuite vers Guillaume et lui serra la main.

« Charlie Boisvert… Guillaume Bélanger, je présume ?

– Oui ! bonjour… Enchanté, madame Boisvert.

– Venez, installons-nous à cette table près de la fenêtre. Nous serons à notre aise pour discuter… »

Guillaume observa discrètement Charlie. Il était intrigué par ce prénom plutôt masculin, qui, d'ailleurs, ne correspondait pas du tout à son apparence. Elle portait les cheveux longs, une barrette blanche les retenait en arrière, simplement pour éviter de la gêner. Elle était vêtue d'un tailleur de couleur saumon et d'un chemisier blanc. C'était une très belle femme, qui avait beaucoup de classe. Ses yeux bleus exprimaient tout à la fois une grande détermination et une belle chaleur humaine. Elle devait avoir une trentaine d'années tout au plus.

Elle commanda un café et un verre d'eau avec un zeste de citron vert.

« Je suis bien heureuse de faire votre connaissance, Guillaume… Je peux vous appeler ainsi, n'est-ce pas ? Moi, c'est Charlie… Pas de madame long comme le bras, s'il vous plaît…

– OK!» répondit-il simplement.

Charlie était plutôt directe de prime abord. Elle savait où elle allait et ne perdait pas de temps en préliminaires. Ce n'était pas pour déplaire à Guillaume, bien au contraire... Il avait parfois du mal, lui-même, à aller droit au but et appréciait cette belle qualité, à condition qu'elle soit correctement formulée, sous peine de blesser inutilement. Il avait d'ailleurs déjà eu l'occasion d'être en contact avec des personnes qui n'avaient aucun tact. Ça ne semblait pas être le cas de Charlie cependant. Il le pressentait et cela l'aida à se sentir plus à son aise.

Plusieurs clients commençaient à entrer dans le restaurant. Un très léger murmure se diffusait et emplissait petit à petit la salle de discussions diverses et éparpillées, donnant un ensemble de mots incohérents.

Ce matin-là, Mady rejoignit rapidement Liz chez elle. Sans préambule, elle entama vivement son histoire :

«Oh! Liz... Tu ne me croiras jamais.

– Tu sembles si différente, Mady... Que t'arrive-t-il pour que tu sois si bouleversée? Je pense que je ne t'ai jamais vue comme ça.

– J'ai fait la connaissance du nouveau!

– Ah oui? Quand ça? Vous vous êtes parlé? Allez, raconte... Ne me fais plus languir... Je veux tout savoir.

– C'est une histoire un peu folle, je te le dis tout de suite...

– Bah! venant de toi, rien ne peut plus me surprendre! s'écria Élizabeth en fronçant le nez d'un air mutin.

– Figure-toi que je l'ai croisé au parc...»

Mady rapporta donc à Liz tous les détails de cette fameuse rencontre.

« C'est vrai que l'orage d'hier était particulièrement virulent !

– Oui, répondit simplement Mady d'un air songeur.

– Et alors ? Vous avez pu parler si vous étiez seuls sous le kiosque !

– Oui… Mais j'ai perdu tous mes moyens et je n'ai fait que lui débiter des banalités… Il a dû me trouver totalement stupide.

– Je suis sûre que non… Je te connais trop bien.

– Non, je t'assure, je me sentais si démunie en face de lui… Je ne comprenais pas ce qui m'arrivait… J'avais du mal à réfléchir correctement… Je ne sais pas… Peut-être que l'orage a créé une atmosphère étrange autour de nous… C'est vraiment difficile de t'expliquer…

– Oh ! Oh ! Mady… Tu l'aurais pas trouvé à ton goût, le petit nouveau ? s'enquit Élizabeth en plissant les yeux comme pour lire dans la tête de son amie.

– Ah, c'est sûr qu'il est pas mal ! répondit Mady en riant, mais de là à imaginer quoi que ce soit entre nous ! Je le connais à peine ! En plus, il est plus vieux que nous…

– Eh bien… Il t'a fait forte impression en tout cas !

– Ah ! Liz, c'est si étrange tout ça… J'y ai pensé toute la soirée… Enfin…

– Et puis ? C'est tout ? Il est reparti comme ça, sans vouloir te revoir ?

– Oui… Non… Enfin, pas tout à fait… »

Tout en discutant, les deux jeunes filles se dirigeaient vers le centre-ville de Pincourt. Elles marchaient le long du trottoir, longeant les vitrines des magasins.

« Qu'entends-tu par "pas tout à fait" ? Oh ! Mady, tu me fais bouillir… Allez ! Continue. Il voulait te revoir ou pas ?

— Eh bien, il m'a fait comprendre que, ce midi, il irait pique-niquer au jardin public… que si nous le voulions, nous pourrions nous joindre à lui !

— Ouaaouh ! Si c'est pas une invitation, ça ! Excuse-moi, Mady, mais ça y ressemble beaucoup. Ou alors, je ne m'y connais pas ! Mais tu as bien dit "nous" ?

— Oui. Toi et moi… Je lui ai parlé de toi, bien sûr.

— Ah ! ça, c'est gentil. Eh bien, nous savons où manger ce midi en tout cas… Mon sac à dos est plein de sandwichs d'ailleurs…

— Tu vas un peu vite, Liz… Je ne sais pas encore si on devrait vraiment y aller…

— Mais pourquoi pas ? Quel mal y aurait-il à ça ?

— Bah ! si quelqu'un nous voit ensemble…

— Et puis ? Nous serons au moins trois… Ils peuvent dire ce qu'ils veulent mais, franchement, tu n'as rien à craindre…

— Je pensais à mon père. Si ça lui venait aux oreilles…

— Mady… Oh ! hé ! Ce n'est qu'un pique-nique… un pique-nique entre amis…

— Oui… Tu as sans doute raison… Mais, tu sais, mon père est si différent maintenant ! Il me fait peur… Il est devenu si violent et imprévisible… Oui, j'en ai peur… Je ne sais jamais ce que je dois faire… C'est bien difficile.

— Ne t'inquiète pas, Mady… Je t'assure…

– Oui… De toute façon… J'ai beaucoup trop d'imagination… Je m'avance un peu trop rapidement sur ce qui s'est passé hier…

– Le temps seul le dira, se contenta d'ajouter Liz, comme pour elle-même. »

Tout à coup, Mady s'arrêta de marcher en fixant un point devant elle. Liz s'arrêta, elle aussi, surprise cependant de la réaction de son amie.

« Qu'y a-t-il, Mady ?

– C'est lui…

– Où ça ? Je ne vois personne ! » demanda vivement Liz en regardant tout autour d'elle.

Il n'y avait personne sur le trottoir.

« Là-bas, assis à la table… au restaurant Chez Serge… »

Liz regarda à son tour dans la direction indiquée.

Elle vit effectivement un jeune homme qu'elle ne connaissait pas.

« C'est lui ? Avec la chemise verte ?

– Oui…

– Eh bien… Il est plutôt en belle compagnie !

– Oui… Je te disais bien que j'avais beaucoup trop d'imagination… Viens, traversons… Je ne veux pas passer devant…

– Entendu, Mady… »

Liz haussa les épaules.

Mady ne cessait de regarder en direction du restaurant. Elle se sentait triste tout à coup. Un peu comme si elle perdait un ami… Et pourtant…

« En tout cas, nous irons pique-niquer comme convenu, mais pas au jardin public… Je n'ai pas envie de le voir aujourd'hui…

– Ne t'emballe pas, Mady… Ce n'est peut-être pas ce que tu crois, et puis… Il est libre après tout ! Et beau garçon, de surcroît !

– Oui, tu as raison… »

Mady était boudeuse. Liz la connaissait assez pour en être consciente.

« Allez, Mady… Où est mon amie joyeuse et pleine d'entrain… Ce n'est pas ce type qui va te rendre morose quand même… Laisse-le…

– C'est vrai, Liz… On ne va pas gâcher notre journée pour lui… En plus, il ne s'est rien passé entre nous, alors… De quel droit je pourrais lui en vouloir ? Hein ? Je te le demande un peu ? »

Elle semblait tenter de se convaincre davantage elle-même que son amie. Elle respira profondément et tourna la tête résolument, regardant droit devant elle.

« Allez, on va à la piscine couverte et ensuite on verra…

– Entendu, Liz. »

Guillaume s'installa à même le sol, sur l'herbe, dans le jardin public. Il s'adossa contre le tronc d'un gros marronnier. Une ombre bienfaisante et une légère brise rendaient son repas des plus agréables. Le soleil, après une lutte serrée, sortit finalement grand vainqueur des gros nuages du matin, pour diffuser une chaleur de plein été.

Il était bien heureux de sa matinée et de son entretien avec Charlie. Maintenant qu'il se trouvait ici, il tentait de repérer Mady dans le parc, mais sans succès. Il en éprouvait du dépit. Il s'était fait une joie de la revoir aujourd'hui, mais il ne désespérait pas… Lui-même venait juste d'arriver. Il décida d'attendre un peu avant d'entamer son repas et attrapa un livre dans son sac. Il lisait le chef-d'œuvre de Victor Hugo, *Les Misérables*. Il en était au milieu du deuxième tome.

Mady et Liz sortirent du bâtiment de la piscine, les cheveux encore mouillés. Elles étaient heureuses du soleil qui les accueillit.

« Alors, Mady ? Où veux-tu que nous allions manger ? s'enquit Liz en regardant directement son amie.

– Allons tout de même au jardin public ! Après tout ! On ne va pas s'en priver à cause de lui ! Tant pis s'il y est ! Nous ne sommes pas obligées d'aller le voir.

– C'est bien, Mady, en route alors… »

Liz eut un léger sourire malgré elle. Elle connaissait bien Mady et savait que son amie faisait des efforts pour jouer à celle qui s'en moquait.

Elles se trouvaient à peine à cinq minutes de l'endroit et accélérèrent le pas. Leur estomac commençait à crier famine, surtout après la longue séance de natation.

Guillaume regarda sa montre. Il était là depuis une demi-heure déjà et Mady ne se montrait toujours pas. Il décida de manger son repas, seul. Il ne pouvait se permettre d'attendre plus longtemps car il commençait son travail l'après-midi même. Il lui restait trente minutes, moins s'il comptait son trajet de cinq minutes. Il avala ses sandwichs sans même en apprécier le goût. Il se sentait seul ici, dans ce parc, dans ce pays. Un vague à l'âme l'emplit et il se surprit à regretter sa famille. Son arrivée était encore récente malgré tout. Il avait rencontré beaucoup de monde, mais n'avait pas encore eu l'occasion de se faire des amis. Si ce n'était Mady… Il voulait vraiment prendre le temps de la connaître davantage.

Mady et Liz arrivèrent finalement dans le parc. De loin, elles virent plusieurs groupes qui étaient déjà assis. Elles ne voulaient se mêler à aucun et préféraient rester toutes les deux. Elles allèrent donc vers la droite, où il n'y avait personne. Elles s'installèrent à l'ombre d'un arbre et déballèrent leurs affaires.

« Alors, est-ce que tu l'as repéré quelque part ? demanda Liz qui remarquait que son amie jetait des regards circulaires dans le parc.

– Non… Bah ! il n'est peut-être même pas venu… On s'en fiche… Bon appétit, Liz !

– Merci, bon appétit à toi aussi. »

Mady mordit dans son sandwich au jambon.

Guillaume leva les yeux au chant d'une tourterelle qui volait non loin de lui. C'est à ce moment-là qu'il aperçut la jeune fille et son amie, installées de l'autre côté du bac aux poissons rouges. Elles ne semblaient pas l'avoir vu. Il réfléchit quelques instants et consulta sa montre… Il lui restait dix minutes encore. Il ramassa rapidement ses affaires et se leva aussitôt. D'un pas décidé, il s'avança vers elles.

« Mady… Ne te retourne pas, mais je crois que "qui tu sais" arrive dans notre direction… Il semble d'ailleurs bien décidé à nous rejoindre… »

Effectivement, Mady sentit rapidement une présence derrière elle. Elle avait la bouche pleine et le souffle court. Elle regarda Liz en lui faisant de gros yeux.

« Hello ! dit simplement Guillaume.

– Bonjour », répondit vivement Liz.

Guillaume se déplaça un peu afin de faire face à Mady et lui sourit. Elle le regarda et lui fit juste un signe de tête tout en continuant à croquer dans son sandwich.

– Je peux m'asseoir un peu ? »

Il n'attendit pas de réponse et s'installa près des deux jeunes filles. Elles restaient silencieuses et, tout en le regardant, se jetaient des regards éloquents.

« Tu dois être Élizabeth… Mady m'a parlé de toi hier… Je suis Guillaume… Pourquoi ne vous êtes-vous pas jointes à moi pour le pique-nique ? J'en avais parlé à Mady…

– C'est que… On ne t'a pas vu… Désolées », s'empressa encore une fois d'indiquer Liz.

Elle commençait à être gênée par la situation. Et Mady qui n'ouvrait toujours pas la bouche, sauf pour manger son sandwich ! C'est elle qui faisait les frais de la conversation. « Allez, Mady, un petit effort », se disait-elle.

« En tout cas, la journée a bien commencé pour moi… Je me suis trouvé un *job* ! Je commence — Guillaume fit une pause en consultant rapidement sa montre —, je commence exactement dans une dizaine de minutes…

– C'est bien… »

Liz lança un regard lourd de reproche à Mady.

« Je ne sais pas si vous connaissez… J'ai eu un entretien avec Charlie Boisvert, ce matin…

– Oui… Nous la connaissons… On peut même dire qu'elle est très connue ici ! »

La phrase était chargée de sous-entendus, que Guillaume ne releva pas.

« Eh bien, c'est pour elle que je vais travailler… Je vais faire les livraisons », ajouta le jeune homme visiblement tout fier de l'annoncer, sans savoir ce que cela aurait comme conséquence.

Les deux amies se regardèrent, incrédules. Mady se mordit les lèvres et tourna son regard vers le garçon, qui lui souriait.

« Tu veux dire… que ce matin… tu l'as rencontrée pour ton travail ? lui demanda-t-elle directement tout en déglutissant péniblement.

– Oui… Pourquoi ? Y a un problème ? interrogea-t-il, surpris par la question de Mady, mais heureux néanmoins de l'entendre enfin parler.

– Non, enfin… C'est que… Bah ! laisse tomber… »

Elle venait de se rendre compte de sa méprise et devint presque écarlate de honte, mais elle continua :

« Désolées pour ce midi… On ne t'a vraiment pas vu… C'est vrai…

– Ce n'est pas grave… C'est dommage surtout, car je n'ai plus beaucoup de temps… Je dois partir dans une ou deux minutes, maintenant, si je ne veux pas être en retard pour mon premier après-midi… J'aurais pourtant bien voulu passer plus de temps avec vous… Demain ? Ça vous irait demain midi ? Au même endroit ? Vers midi trente ? »

Les yeux de Guillaume étaient pleins d'espoir.

«Oui… oui… D'accord, dit vivement Mady. Hein! Liz?
Ça te convient?

– Oui… Pourquoi pas…»

Liz vit l'expression de bonheur sur le visage de Mady et
elle eut confirmation de son impression. Son amie avait
bien un béguin pour ce jeune homme.

«Bon… Je vous laisse, les filles… Je dois absolument y
aller! À demain alors… Bye!

– Au revoir.»

Guillaume et Mady échangèrent un long regard. Liz
baissa la tête et se concentra sur la composition (jambon,
salade et fromage) de son sandwich. Elle avait hâte qu'il
parte pour pouvoir parler de tout ça avec Mady.

Le lendemain, ils pique-niquèrent enfin tous ensemble.
Et petit à petit, ils prirent l'habitude de se voir régulièrement. Ils se rencontraient le midi et, parfois, ils se
retrouvaient le soir aussi. Guillaume acheta une voiture
d'occasion et ils partirent en balade tous les trois. Mady
rayonnait de bonheur et il était évident qu'elle aimait
Guillaume. Élizabeth avait appris à apprécier le jeune
homme à sa juste valeur et était heureuse du bonheur tout
neuf de son amie… Elle aurait aimé pouvoir les laisser plus
souvent seuls mais, quand ils étaient à Pincourt, cela s'avérait difficile. Les gens auraient pu colporter rapidement des
commérages. Et si cela venait aux oreilles des parents de
Mady, elle pourrait avoir de graves problèmes. Aussi, c'est
avec joie que Liz servait de chaperon. Quand ils sortaient
de la ville, c'était différent. Souvent, ils roulaient jusqu'au

lac de la Touques, non loin de là, un joli endroit paisible et tranquille.

Ils prenaient une barque et allaient s'isoler sur l'île, au centre du lac. Là, Élizabeth insistait pour les laisser seuls et partait en balade sur l'île ou restait sur la plage avec un bon livre. Elle se sentait utile et savait aussi que ces moments étaient importants pour Mady. Elle savait que leurs sentiments étaient sincères. Elle ne voulait surtout pas que son amie passe à côté de ce bonheur à cause de vieilles commères ! Qu'elles les laissent vivre leur vie ! pensait Liz.

Sarah regarda encore une fois sa jeune sœur. Depuis plusieurs semaines, elle avait remarqué des changements notables dans son comportement.

« Que lui arrive-t-il ? » se demandait-elle intriguée.

Elle aurait aimé que Mady vienne lui parler mais, malgré sa proposition, Mady n'avait jamais poussé la porte de sa chambre pour autant. En plus, son nouveau travail l'accaparait. On lui confiait de plus en plus de respon-sabilités et elle voulait y faire face de son mieux. Elle ne supportait pas que les affaires ne soient pas menées à bon terme. Aussi, afin de parfaire ses connaissances dans le domaine international, elle suivait une formation intensive offerte par l'entreprise, le soir. Elle rentrait donc plus tard chez elle, mais elle ne s'en plaignait pas. Elle aimait son nouveau poste et son nouveau directeur semblait apprécier son travail. Cependant, elle n'avait plus guère de temps à consacrer à sa famille ni à elle-même. Elle sentait qu'elle négociait un virage important pour sa vie future, mais aussi pour sa carrière. C'est donc avec acharnement qu'elle s'y investissait, parfaitement consciente des enjeux.

Mady avalait sa soupe sans émettre de commentaire. Elle écoutait sa mère et sa sœur discuter, mais restait dans son petit monde. Ce soir-là, elles n'étaient que toutes les trois à table. Mme Martinon, le visage défait, laissait échapper quelques larmes de ses yeux. Son mari n'était pas rentré depuis la veille.

« T'inquiète pas, maman… Je suis sûre qu'il ne lui est rien arrivé…

– Oui… Je sais, Sarah… Il cuve sans doute son vin quelque part… »

La voix de Mme Martinon était amère.

« Mais je ne peux m'empêcher de repenser à… Enfin, tu vois ce que je veux dire…

– Je comprends, maman, mais cesse de te faire du souci pour lui. Tu te détruis la santé inutilement… Il n'en vaut pas la peine… Pourquoi restes-tu encore avec lui, après ce qu'il te fait vivre ? Tu mérites tellement mieux.

– Ah ! Sarah… C'est vite dit… Il est mon mari… Il a un bon fond quand même… Et puis… »

Elle ne termina pas sa phrase et plongea sa cuillère dans sa soupe, évitant soigneusement le regard de son aînée. Elle savait des choses que ses filles ne devraient jamais savoir, songea-t-elle en avalant sa soupe.

« Maman, j'aimerais tellement pouvoir t'aider… S'il voulait suivre une cure de désintoxication au moins… Il pourrait peut-être redevenir celui que nous avons connu… Il est si différent maintenant… Pourquoi vous ne voulez pas nous en dire plus tous les deux ? Nous avons le droit de savoir tout de même ! Parfois, je me surprends en train d'imaginer toutes sortes d'horreurs et je suis sûre que Mady en fait tout autant. N'est-ce pas, Mady ? »

Mady leva le nez de son assiette et regarda Sarah puis sa mère. Elle ne voulait pas entrer dans cette discussion, qui n'était d'ailleurs pas la première sur le sujet. Elle savait que sa mère ne dirait rien. Oui, c'est vrai, elle mourait d'envie de savoir le fin mot de l'histoire.

« Oui, Sarah… Mais laisse maman tranquille… Tu vois bien qu'elle ne va pas bien. Maman, tu devrais prendre un peu de repos… Tu sembles si faible ces derniers temps… Tu travailles trop…

– Merci, ma chérie. C'est gentil de te préoccuper de moi, mais je vais très bien… C'est juste de la fatigue passagère… »

Mme Martinon regarda tour à tour Sarah et Mady et leur fit un grand sourire plein d'encouragements, mais un sourire qui ne put duper ses filles toutefois !

« Je suis très fière de vous deux, vous savez. Je suis bien contente de vous avoir à mes côtés… Vous me soutenez énormément… Et je vous promets que, bientôt, tout rentrera dans l'ordre. »

Le repas se termina plus calmement. La discussion prit un tout autre chemin, plus badin. Pourtant, dans le courant de la conversation, Mme Martinon lança à l'intention de Mady :

« Une voisine m'a appris qu'elle te voyait souvent en compagnie d'un jeune homme.

– Oui, il s'appelle Guillaume. C'est un bon ami, répondit Mady, qui se mit aussitôt sur la défensive.

« – Guillaume... Oui... Enfin, fais attention, ma fille...
Fais attention à ton père... Je ne voudrais pas que...

– Mais, maman... Élizabeth est toujours avec nous...
Nous ne faisons rien de mal... Et je ne suis plus un bébé
tout de même...

– Je sais tout ça... C'est simplement une petite remarque.
Tu sais comment sont les gens... Je voulais juste te prévenir
que le monde commence à bavarder.

– Merci, maman. Ne t'inquiète pas... C'est un garçon
très bien, très comme il faut... Il travaille pour Charlie
Boisvert!

– C'est bien... Enfin voilà, n'en parlons plus... Qui veut
du dessert? J'ai une tarte aux pommes toute chaude au
four! » proposa Mme Martinon sur un ton qu'elle tentait
de rendre détendu et joyeux mais qui dissimulait mal son
manque d'énergie.

Deux jours plus tard, Guillaume et Mady se retrouvèrent par hasard sur un petit chemin peu fréquenté qui
menait à la poste. Guillaume revenait d'un déplacement
d'une semaine à l'extérieur de la région. Aussi, c'est avec
empressement et sans réfléchir plus avant qu'il se pencha
vers Mady et l'embrassa. C'était la première fois qu'il se
permettait ce geste, mais elle ne le repoussa pas.

« Ah! Mady, je suis si content de te revoir... Tu m'as
beaucoup manqué, tu sais.

– Toi aussi, Guillaume. Si tu savais... Le temps me
paraît bien long sans toi... Tu es en train de bouleverser
ma vie! Tu sais ça?

– Comment ça?

– Je ne sais plus où j'en suis… Je voudrais être avec toi chaque jour… Ne plus avoir à se cacher… »

Du fond d'une boutique, non loin de là, les yeux inquisiteurs de l'épicier planté derrière son comptoir traînaient longuement dans la direction des deux jeunes gens, ne perdant pas une miette de la scène. Il était bien heureux qu'aucun client ne se présente et ne le perturbe dans son observation.

Le lendemain soir, Mady lisait, installée sur son lit, lorsqu'elle entendit son père claquer la porte d'entrée. Elle souffla bruyamment et flatta l'encolure de son chien qui avait redressé la tête nerveusement.

« Ce n'est rien, Volcan… Il a encore bu sans doute… »

Elle tourna la page de son livre et poursuivit sa lecture. Le colley replongea le museau dans les couvertures mais les oreilles toujours aux aguets.

« Mady ! Descends tout de suite ! » hurla son père plus qu'il ne l'appela.

Elle tressaillit au plus profond d'elle-même. Que voulait-il ? Elle avait peur de descendre mais, pourtant, obtempéra au premier appel. Autrement, la colère de son père risquait d'être plus terrible encore. Volcan la suivit.

Devant son père, Mady se sentit toute petite. Les yeux de M. Martinon reflétaient une rage non dissimulée, et elle recula instinctivement. Elle savait que sa mère était au salon et sa sœur sur la route. Son chien, quant à lui, restait dans ses jambes, les yeux levés vers l'homme.

« Tu me fais honte ! » lancèrent les lèvres de son père à Mady, interloquée.

Une âcre bouffée de vin lui arriva en plein visage et elle retint un haut-le-cœur.

«Pourquoi, papa? Je ne comprends pas!» s'exclama-t-elle.

Une violente gifle lui coupa le souffle. Elle posa sa main sur sa joue et regarda son père, les yeux agrandis par l'effroi et la surprise. Volcan émit un grognement derrière elle.

«Fais taire cet animal tout de suite… Sinon…»

Le ton lourd de menace incita Mady à conduire Volcan dans le garage. Elle ne voulait pas qu'il s'en prenne aussi à son chien. Elle dut cependant le tirer par le collier pour l'entraîner loin de là. Volcan résistait tant bien que mal. Il sentait du danger. Mady le poussa dans le garage et referma la porte.

Elle n'avait pas besoin de se retourner pour savoir que son père était juste derrière elle. Elle sentait son souffle dans son cou. Elle émit un cri de douleur quand son père lui attrapa les cheveux et la retourna brutalement.

Volcan gratta frénétiquement à la porte. M. Martinon tapa du poing contre le mur.

«Tu n'es qu'une sale petite traînée! Si tu crois que tu vas t'en sortir comme ça!»

Mady reçut encore une gifle qui la fit chanceler. Au loin, elle entendit sa mère sangloter.

«Mais, papa… De quoi parles-tu?» répéta-t-elle dans un murmure tout en se protégeant tant bien que mal le visage.

Sa joue lui chauffait douloureusement.

«Et en plus, tu fais l'innocente! Je parle de toi et de ce… ce jeune voyou qui vient de je ne sais où! Comment oses-tu te conduire comme ça?»

Mady comprit. Guillaume… Il s'agissait de Guillaume, et pourtant… Ils n'avaient rien fait de mal… Jamais… Si ce n'était cette seule et unique fois où Guillaume l'avait embrassée dans un moment de réjouissance… Le bonheur de se retrouver…

« Ce n'est pas ce que tu crois, papa, implora-t-elle. Nous ne sommes que des amis… Guillaume est un ami… »

Le poing de son père s'abattit sur elle et elle n'eut plus conscience de rien, si ce n'est qu'elle s'écroulait sur le sol.

Dans le couloir, M. Martinon, encore fou de rage, resta le poing levé. Sa femme était devant lui maintenant, les yeux pleins de larmes, mais de colère aussi. Il la regarda et, la hargne au visage, lui lança :

« Ta fille n'est qu'une traînée ! Tu devrais la surveiller davantage. Je lui interdis dorénavant de revoir ce garçon ou même un autre d'ailleurs ! Qu'elle reste dans sa chambre jusqu'à nouvel ordre pour réfléchir.

– Mais pourquoi es-tu en colère ? Ne peut-elle pas avoir d'amis de son âge ? Qu'y a-t-il de mal à cela ? Parce qu'il s'agit d'un garçon ? »

Mme Martinon s'était dressée malgré tout contre cet homme, son mari. Ses jambes risquaient de flancher à tout moment, mais elle priait fortement pour qu'elles la maintiennent le temps qu'il faudrait.

« Ah ! parce qu'on s'embrasse sur la bouche, maintenant, quand on est amis ? Et Dieu sait quoi encore ! »

Elle ne trouva pas de réponse immédiate. Elle se contenta de le regarder, les mâchoires serrées.

Sur cet esclandre, il ressortit aussitôt en claquant la porte, laissant sa femme se précipiter sur le corps recroquevillé de sa fille.

« Mady, Mady, réponds-moi… »

Elle ne reçut aucune réponse. Sarah arriva sur ces entrefaites et aperçut sa mère et Mady dans le couloir. Elle entendit également Volcan qui grattait à la porte et aboyait.

« Que s'est-il passé ? » s'exclama-t-elle, surprise et inquiète tout à la fois.

Elle ouvrit machinalement la porte du garage, tout en se penchant sur le corps de sa jeune sœur. Du sang perlait de la lèvre déjà enflée.

Le colley se jeta sur sa jeune maîtresse, lui aussi, en tentant de la faire réagir avec son museau frais sur sa joue. Mady demeurait sans réaction.

« Aide-moi à la transporter sur le divan, Sarah… Je t'expliquerai plus tard… Pour l'instant, nous devons nous occuper d'elle. »

Le lendemain, Guillaume retrouva Liz pour le pique-nique, mais Mady n'était pas là. Il fronça les sourcils, mais n'eut pas besoin de poser la question qui naissait sur ses lèvres, car Liz l'interrompit aussitôt :

« Assieds-toi, Guillaume… Mady va bien maintenant, ne t'inquiète pas. »

Cette simple phrase, au lieu de l'apaiser, amplifia son inquiétude.

«Comment ça, "maintenant"? Que s'est-il passé? Liz, que me caches-tu? Je veux savoir… Où est Mady? Pourquoi n'est-elle pas avec toi?

— C'est son père… Quelqu'un vous a vus, Mady et toi… Et son père l'a su… Il… Il est rentré furieux… Il l'a frappée… C'était hier soir. Elle va bien maintenant. Mais son visage est douloureux. J'ai eu sa mère au téléphone… Elle semblait hystérique… Pauvre femme… Mady n'a pas le droit de sortir de la semaine…

— Mais il ne s'est rien passé! Comment a-t-il pu agir ainsi? C'est un monstre! Tu veux dire que je ne peux pas aller la voir, c'est ça?

— En tout cas, ce serait préférable pour elle… Son père est violent quand il a bu…

— Oui, je sais, mais je suis de taille à me défendre…

— Toi peut-être, mais elle… C'est une autre histoire… Et elle est mineure…

— Mais on ne peut quand même pas laisser faire ça!

— Mady ne veut pas porter plainte… Personne, chez elle, ne le souhaite d'ailleurs.

— As-tu pu parler avec elle?

— Non, pas vraiment… Elle dormait avec un sédatif que sa mère lui avait donné.

— Il faut que je la voie…

— Non, Guillaume… Je t'en prie… Attends.

Guillaume inspira fortement et regarda Liz droit dans les yeux.

«Non, Liz. Je suis désolé… Je ne peux pas rester là les bras croisés… Mady représente beaucoup à mes yeux… Je vais me débrouiller pour aller la voir… Crois-moi…

– Fais attention, Guillaume… C'est pour vous deux…

– Merci, Liz. »

Il enfonça les mains dans ses poches et partit sans rien ajouter de plus. Il n'avait pas mangé. Il n'avait pas faim de toute façon. Son appétit avait brutalement été coupé. Il partit travailler, l'esprit en ébullition, forgeant toutes sortes de plans.

Quand Mady entendit Volcan grogner, elle releva la tête et ouvrit les yeux, lourds de sommeil. La pièce était plongée dans les ténèbres. Le croissant de lune se reflétait sur la truffe de son chien, qui humait l'air en direction de la fenêtre. Il grogna encore doucement. Mady savait détecter le comportement de Volcan. Elle n'avait pas peur. Ce n'était pas son père… Elle resta aux aguets, elle aussi.

Tout à coup, elle entendit des coups contre la vitre de sa chambre, comme des bruits de gravier. Le colley descendit du lit et alla sous le rebord de la fenêtre. Mady repoussa vivement les couvertures. Elle s'approcha discrètement et jeta un regard au-dehors. L'éclairage du réverbère de la rue lui permit de distinguer une silhouette devant la barrière. Elle cligna des yeux et reconnut rapidement Guillaume. Son cœur bondit. Elle murmura son prénom et entreprit d'ouvrir la fenêtre. Elle pria pour que le bois ne craque pas et ne réveille personne dans la maison endormie et silencieuse. Les bruits de la nuit semblaient toujours plus amplifiés à ces moments-là. Elle était néanmoins heureuse de savoir son père hors de la maison ce soir-là.

« Guillaume ? Que fais-tu là ? chuchota-t-elle tout en frissonnant dans la fraîcheur de la nuit.

– Mady... Il fallait que je te voie... Comment te sens-tu ? Liz m'a tout expliqué...

– Ça va. C'est encore douloureux, mais c'est dégonflé. Si tu savais... Je suis heureuse de te voir... Tu es au courant que je ne peux pas sortir... Mon père ne m'avait encore jamais frappée... C'est terrible, Guillaume...

– Je te jure qu'il ne posera plus ses sales pattes sur toi, ma Mady. Je suis là maintenant.

– Ne t'emporte pas trop, Guillaume. Je sais que je peux compter sur toi... Mais, je dépends de mes parents... Je ne suis pas encore majeure, malheureusement...

– Oui... Mais ce n'est pas une raison... Enfin... Je me sens déjà mieux de t'avoir vue... de savoir que tu vas bien...

– Moi aussi, Guillaume... Ah ! si seulement les choses étaient différentes, soupira Mady.

– Il y a sans doute un moyen pour arranger ça... En attendant, je reviendrai demain soir, Mady... Vers minuit... Ça ira pour toi ?

– Oui... avec plaisir, mais il faudra faire très attention à mon père. Si tu vois que ma fenêtre ne s'ouvre pas, c'est qu'il est là. Je ne prendrai pas le risque de le réveiller s'il est rentré.

– Entendu. Je ne veux surtout pas te causer d'autres problèmes... À demain, ma douce Mady... Bonne nuit.

– À demain... Je pense très fort à toi.

– Moi aussi. »

Mady referma doucement la fenêtre en retenant sa respiration. Puis, elle se glissa de nouveau sous les draps. Elle garda néanmoins les yeux grands ouverts, fixant le plafond. Elle se sentait bien. Elle avait vu Guillaume. Demain serait un plus beau jour. Elle n'esquissa cependant aucun sourire, car cela lui causait encore de la souffrance.

Le lendemain soir, on frappa à la porte de la chambre de Mady. Sans attendre de réponse, sa sœur passa la tête dans l'entrebâillement.

« Mady ? Je ne te dérange pas ?

– Non, bien sûr ! Entre… »

Sarah ne se le fit pas dire deux fois et s'installa sur le lit.

« Comment vas-tu ?

– Beaucoup mieux… Merci.

– Et moralement ?

– Ça pourrait sans doute être mieux de ce côté-là… Mais c'est bien tout de même…

– J'aimerais pouvoir t'aider… t'apporter mon soutien. J'en veux à papa, moi aussi, pour ce qu'il t'a fait. J'ai tenté de le raisonner, mais rien à faire.

– Ne t'en mêle surtout pas, Sarah… Il pourrait se retourner contre toi aussi… Ce n'est pas la peine… »

Mady observa Sarah et réalisa à quel point sa sœur aînée semblait peinée et choquée tout à la fois.

« On ne se connaît pas beaucoup toutes les deux, n'est-ce pas, Mady ?

– C'est vrai. »

Un silence pesant s'installa entre elles. Sarah l'interrompit :

« Si je suis venue, c'est parce que je me demandais si tu avais besoin de parler… de te confier… Si je peux te rendre service d'une façon ou d'une autre… »

Mady regarda encore une fois Sarah. Jamais encore il n'y avait eu ce lien entre elles. Sa sœur lui tendait la perche pour créer comme une union. Mady était perplexe. C'était nouveau… Elle réfléchit rapidement. Devait-elle, pouvait-elle faire confiance à Sarah. Elle décida de se jeter à l'eau et lui raconta tout. Elle ne dit pas cependant que Guillaume devait venir ce soir-là…

Mady posa doucement son pied sur le sol. Guillaume était venu comme promis et il avait appuyé une échelle contre le mur pour qu'elle puisse le rejoindre. Elle avait refusé tout d'abord, puis s'était finalement décidée. Elle était maintenant dans les bras rassurants de Guillaume, qui s'empressa de reposer l'échelle à sa place. Puis, ensemble, ils partirent à pied deux rues plus loin, à l'écart, là où il avait garé sa voiture.

«Oh! Guillaume… Je me sens si triste de te voir ainsi à la sauvette. J'ai l'impression que c'est moi la coupable!

– Ce n'est rien, Mady. Nous n'allons pas nous laisser aller comme ça…

– Je sais!

– Ton père ne pourra pas te garder continuellement sous sa coupe.»

Guillaume alluma les phares et mit le moteur en route.

«Je t'emmène au bout du monde!

– Où allons-nous?

– Au bout du monde, je te l'ai dit!»

Il adressa un grand sourire à Mady qui lui répondit en souriant à son tour.

«Allez, Guillaume, dis-moi…

– Sur l'île… Ça te dit?

– Oh! avec plaisir…

– Ce n'est pas trop loin?

– Non, pourquoi ?

– Ton père…

– Bah ! il est parti dans la soirée… Il ne va pas rentrer de la nuit… Ça lui arrive souvent ! Il ne doit même plus se souvenir de son adresse quand il cuve son vin quelque part ! Dans un fossé ou ailleurs. Je m'en moque ! »

L'amertume s'entendait dans sa voix.

Ils roulèrent dans la nuit. La voix chaude de Guillaume réconfortait Mady. Elle posa sa tête sur son épaule et ferma les yeux. Elle se sentait bien. Il lui murmurait des mots d'avenir et de vie à deux… Son cœur s'emplissait d'espoir devant les projets de son bien-aimé…

« Tu verras, à Montréal, nous aurons un joli nid douillet… Je te ferai visiter mon pays… Tu rencontreras mes parents, mes amis… Tout va s'arranger. Je te le promets. »

Guillaume ralentit, puis se gara sur le stationnement, désert à cette heure. Le lac de la Touques était devant eux. La surface de l'eau paraissait calme, reposée.

Mady ouvrit les yeux et sourit. Il enleva la clé du contact et sa ceinture de sécurité. La lune projetait des reflets sur leurs visages. Il tendit sa main vers elle. Du bout du doigt, il entreprit de caresser ses lèvres encore tuméfiées par le coup de poing. Il se pencha doucement vers elle et posa tendrement ses lèvres sur les siennes, en un long baiser. Elle ne le repoussa pas. La nuit les enveloppait dans son manteau de velours noir. Seul un bruit de clapotis leur venait aux oreilles.

« Restons là, Guillaume, veux-tu ? Dans la voiture… Nous voyons l'île d'ici… Ça me suffit amplement ! Je suis si bien ainsi.

– OK ! Comme tu voudras… Tout ce que tu voudras… Je suis ton serviteur ! »

L'atmosphère dans la voiture semblait irréelle. Guillaume et Mady étaient irrémédiablement attirés l'un vers l'autre.

Mady avait le souffle court et quand le jeune homme posa sa main sur son sein, sous son chemisier, elle ne le repoussa toujours pas. Ses mains étaient douces sur sa peau frémissante. Ses seins étaient gonflés, offerts…

Le temps passa comme par magie… Des phares balayaient parfois, l'espace d'un instant, l'habitacle de la voiture puis s'éloignaient.

Guillaume se redressa doucement sur ses avant-bras et regarda Mady au-dessous de lui. Il pencha la tête sur le côté. Leurs deux corps enlacés semblaient ne plus vouloir se séparer. Leurs mouvements étaient réguliers.

« Oh ! Mady, soupira-t-il.

– Non… Ne dis rien… Je t'aime. »

Chapitre 6

Sarah écoutait attentivement les explications de son directeur. L'entreprise était en pleine expansion et ils étudiaient ensemble les possibilités qui s'offraient à eux. La toute nouvelle succursale d'Afrique du Sud, qui comptait déjà plusieurs employés, fonctionnait à merveille maintenant.

« Nous pourrions envisager d'ouvrir trois autres succursales, en plus de celles qui existent déjà. C'est ce qui ressort clairement des chiffres tirés de la vaste étude de marché que nous avons entreprise. Les lieux choisis sont stratégiques. »

Sarah attrapa le dossier que lui tendait son directeur et le compulsa succinctement. Elle aurait tout le loisir de s'y plonger après cet entretien. Elle préférait pour l'instant écouter M. Laberge.

Leurs relations professionnelles étaient excellentes. Une alchimie s'était créée entre eux deux sans effort, au grand plaisir de M. Laberge, qui ne supportait pas de perdre du temps en palabres inutiles. Il avait besoin à ses côtés d'une personne compétente et qui, de surcroît comprenait vite ses idées et n'hésitait pas à aller de l'avant dans ses pensées, quitte à ce qu'ils en discutent si leurs points de vue divergeaient. Sur le plan privé, par contre, il connaissait bien peu de chose de sa nouvelle assistante, qui semblait d'ailleurs peu encline à en divulguer davantage. Sarah, quant à elle, en savait déjà beaucoup sur lui, sur sa famille, son épouse et ses deux grands enfants. Elle avait d'ailleurs eu l'occasion de les rencontrer à deux reprises. M. Laberge respectait son attitude concernant sa vie privée à elle. Si elle voulait en parler, il était là! Voilà tout.

«Il va sans dire que de nombreux déplacements seront nécessaires, Sarah.

– Oui… Il n'y a aucun problème… Que pensez-vous de commencer par New York? Je pense qu'il s'agit d'un endroit stratégique pour nous.

– C'était mon idée, justement. Il faudrait aller faire certaines démarches sur place… Je pensais à un voyage de — il réfléchit rapidement — disons bien… une bonne semaine, je pense… Oui, cela devrait aller dans un premier temps.

– J'imagine que nous devons organiser ce voyage le plus tôt possible, n'est-ce pas?

– Effectivement. C'est la bonne période. Pensez-vous qu'il vous serait possible de partir d'ici deux semaines?

– Tout à fait.

– Il se peut d'ailleurs qu'on envisage d'ouvrir aussi rapidement les autres succursales… C'est un facteur à ne pas négliger dans le *planning*.

– Oui, c'est une bonne chose! Je pense que le moment est bien choisi, économiquement parlant bien sûr! Mon passeport est d'ailleurs déjà prêt… Je profiterai de ces deux semaines pour me constituer un bon dossier. Ce sera un gain de temps appréciable à mon avis.

– Parfait. Vous demanderez à Mélissa de vous faire les réservations… Choisissez les premières classes… Vous pourrez travailler plus à votre aise. Bon, voilà une bonne chose de réglée pour le moment. Ah! vous savez, Sarah, j'aime me sentir comme en ce moment… Des projets plein la tête… Voir l'entreprise faire de nouveau des petits… Nous stagnions depuis plusieurs années, mais ce temps-là est fini… C'est reparti et j'en suis fort heureux. C'est toujours un bon signe pour une compagnie de s'étendre. Et je suis bien heureux de vous avoir choisie comme assistante. Je ne m'étais pas trompé sur votre compte. Vous avez de l'avenir, du flair, une bonne intuition. C'est ce qu'il faut dans les affaires. Merci beaucoup, Sarah.

– Eh bien, merci à vous… Bon! je file maintenant. J'ai du travail avec ce dossier… Et l'organisation du voyage. Je vous tiens au courant de toute façon.

– Parfait.»

Sarah s'était bien gardée de dévoiler à M. Laberge qu'elle n'avait jamais eu l'occasion de prendre l'avion. Elle n'avait pas jugé nécessaire de l'indiquer à son directeur. C'était un état de fait! Elle était d'autant plus ravie que ce baptême de l'air se ferait en première classe. Son esprit était joyeux tant elle était impatiente.

Deux jours plus tard, Mady débarqua dans la chambre de sa sœur avec Volcan sur ses talons. Sarah en profita pour lui parler de son prochain départ. Elles s'étaient rapprochées l'une de l'autre depuis le triste événement. Sarah tentait le plus possible d'être à l'écoute de sa jeune sœur et de lui apporter son soutien. Elle prêtait maintenant une oreille plus attentive à Mady, car elle sentait que cette dernière en avait particulièrement besoin en ce moment. Elle savait aussi que Mady vivait un grand amour avec ce jeune Canadien, mais craignait en même temps la suite, quelle qu'elle soit. Elle-même n'y voyait rien à redire, bien au contraire, mais elle connaissait aussi son père. Il ne le supporterait pas… Pas pour l'instant, en tout cas.

Aussi Mady était-elle condamnée à voir Guillaume en cachette, avec l'aide de Liz ou bien par l'entremise de Sarah, qui organisait des rencontres quand elle le pouvait. Son départ pour New York risquait d'être perturbant pour Mady; elle se faisait du souci, même si elle était ravie de partir.

« Tout ira bien, Sarah, répéta Mady pour la seconde fois. Ne t'inquiète pas, je ne suis plus une enfant… Je serai très prudente… Et de toute façon, un jour ou l'autre, il faudra bien qu'il accepte Guillaume. Je ne suis pas prête à ce qu'il me vole ma vie. Attends seulement mes 18 ans! Il risque d'y avoir des changements si son comportement reste le même.

– Je sais tout ça, malheureusement, Mady… Je te connais. Mais papa… Ses réactions sont si imprévisibles… Nous ne savons plus rien de lui. Quant à maman… Elle n'ose rien dire et se contente de réparer les pots cassés. Je la plains… Tu prendras bien soin d'elle pendant mon absence… Je compte sur toi. Elle est si fatiguée ces derniers temps… L'autre fois, je l'ai trouvée allongée sur le divan.

– Maman? Allongée sur le divan? »

Mady regarda Sarah, incrédule.

« Oui, je t'assure… Tu penses si je me suis inquiétée ! Elle qui est toujours en mouvement… Elle m'a simplement dit qu'elle se sentait un peu fatiguée.

– Oui… C'est vrai que ça ne va pas fort… Je veillerai sur elle. Mais il faudrait peut-être qu'elle aille voir un docteur.

– Je lui ai pris un rendez-vous, mais elle ne s'y est pas présentée… Je vous laisserai mes coordonnées pour que vous puissiez me joindre… De toute façon, je vous appellerai aussi souvent que possible. »

Sarah regarda une dernière fois dans sa chambre. Mentalement, elle listait les objets essentiels qu'elle avait rassemblés. Non, elle pensait bien ne rien avoir oublié. Sa petite valise bleue, munie de roulettes, était posée contre le montant de sa porte. Elle venait de se l'acheter pour ce premier grand voyage. Elle n'était encore jamais sortie hors des frontières françaises, alors aller en Amérique ! Elle avait du mal à contenir une excitation bien naturelle. Le train à destination de Paris, qui partait à 11 h 57, la compterait immanquablement à son bord. Elle ne prenait l'avion que le lendemain soir, cependant ; elle s'était accordé une petite gâterie supplémentaire. Oh, rien de bien extravagant ! Une journée dans la capitale, seule. Elle pourrait aller où bon lui semblerait… prendre son temps, flâner avant de se lancer vers New York.

Volcan traînait autour, flairant la valise. Il humait l'air et regardait tour à tour Mady et Sarah. Un départ s'annonçait. Il le savait et ne tenait plus en place. Mady non plus, du reste. Elle tentait d'aider sa sœur, mais parvenait plutôt à l'embrouiller par son bavardage incessant.

«Mady... Je ne pars qu'une semaine! Je n'ai guère besoin d'emporter toutes mes affaires, voyons! Tu voudrais peut-être que j'emporte ma chambre en voyage avec moi!»

Mady eut un sourire d'excuse et caressa distraitement Volcan.

«Oui, c'est vrai, Sarah... Mais on ne sait jamais le temps que tu auras... C'est si loin! Il ne faut pas que tu aies trop chaud ou trop froid, et puis...

– Assez, Mady, par pitié. Tu vas me rendre folle! s'exclama Sarah en riant. Je peux t'assurer que ma valise contient assez de vêtements pour parer à toute éventualité. De toute façon, il y a des magasins là-bas! C'est à New York que je vais, pas en plein désert tout de même! Si j'ai vraiment besoin de quelque chose, je l'achèterai là-bas dans le pire des cas... Fais-moi confiance... Mais je doute d'avoir besoin de quoi que ce soit. »

Les deux sœurs se regardèrent et partirent d'un rire complice. Comme cela faisait du bien! Le cœur de Sarah se gonfla de joie de voir Mady ainsi, pleine d'énergie.

«Ah! Sarah... J'aime t'imaginer au pied de la statue de la Liberté ou au sommet de l'Empire State Building, te promenant dans les rues pleines de lumières, courant les plus grands magasins... visitant...

– Oui, c'est vrai... J'ai bien hâte, moi aussi. Mais n'oublie quand même pas que je vais là-bas pour affaires et non pour m'amuser.

– Oui, tu deviens quelqu'un d'important, Sarah!»

Mady hochait la tête. Elle était fière de sa sœur.

«Bah! j'aime ce que je fais, en tout cas... Et toi, petite sœur... J'aurais beaucoup aimé t'emmener avec moi.»

Ces dernières paroles reflétaient bien la nouvelle relation qui s'était établie entre elles.

« Je sais... Mais ce n'est même pas à envisager... Papa n'aurait jamais donné son autorisation. Surtout après tout ce qui s'est passé ! Et tu oublies que Guillaume n'est pas là-bas, mais ici à Pincourt ! »

Mady eut un grand sourire espiègle. Sarah remarqua encore une fois les yeux brillants de sa sœur. Chaque fois qu'il était question de Guillaume, son visage rayonnait littéralement de bonheur.

« Ah ! oui... En tout cas, je suis heureuse de te savoir entourée de Liz et de Guillaume. Mais fais attention à toi, Mady, s'il te plaît...

– Tout ira bien, Sarah. »

Sur ce, Sarah consulta sa montre et attrapa la poignée de sa valise.

« Mady, je dois y aller, sinon je serai en retard à la gare.

– Je t'accompagne, décida sur-le-champ Mady.

– Si tu veux... Ça me fera plaisir. »

Mady se retrouvait maintenant sur le quai de la gare. Elle levait la main en signe d'au revoir, tandis que le train s'ébranlait dans un craquement caractéristique. Penchée à la fenêtre, Sarah tendait la main vers elle. Elle lui criait ses dernières recommandations mais Mady n'entendait déjà plus rien. Le train couvrait tous les sons tant il peinait dans son effort pour s'élancer vers Paris, emportant à sa suite sa lourde cargaison de voyageurs.

La jeune fille repensait à sa sœur tout en repartant en sens inverse. Ce n'est pas Paris qui l'intéressait ! Elle connaissait !

Presque tous les voyages scolaires de fin d'année aboutissaient invariablement là-bas. Ce n'était qu'à trois heures de route... Non, elle songeait plutôt à l'Amérique... Et tout en pensant à ce nouveau et lointain continent, elle s'arrêta, le nez en l'air... Guillaume en venait! Ses pensées s'enchaînaient automatiquement... Non, décidément, elle n'était pas triste d'être restée ici... Une autre fois peut-être, avec Guillaume... Ah! le Canada... Oui, elle aurait l'occasion d'y aller et, qui sait... peut-être même d'y habiter... Elle n'était pas contre l'idée... Elle aurait l'occasion d'en discuter plus longuement avec Guillaume quand ce serait le moment...

« Mady? Hou! hou! »

Une petite voix aiguë sortit Mady de sa rêverie. Elle releva la tête et tomba nez à nez avec la mère de Liz.

« Oh! bonjour, madame Château.

– Bonjour, ma petite Mady. Ça va?

– Oui. »

Après les mots d'usage, Mme Château en vint rapidement au sujet qui l'intéressait, à savoir le départ de Sarah.

« Alors, ça y est? Sarah est partie?

– Eh oui!

– Elle est bien chanceuse... Peut-être va-t-elle rencontrer un gentil garçon là-bas... C'est de son âge après tout! »

Mady sourit. Elle aimait bien la mère de Liz et, même si celle-ci était de nature très curieuse, elle savait qu'elle pouvait compter sur elle concernant sa discrétion au sujet de Guillaume. C'était une brave femme.

« Je vous ai aperçues de mon guichet », crut bon d'ajouter Mme Château.

Toutefois, elle omettait volontairement de dire qu'en fait, elle ne les avait pas quittées des yeux. Sarah était de toute façon la seule à monter dans le train ce jour-là. L'animation à la gare était donc bien réduite.

« Je vais voir Liz tout à l'heure. Avez-vous un message pour elle, madame Château ?

– Non, rien de particulier. Elle doit simplement me rapporter du pain pour ce soir, mais elle le sait. Peut-être juste lui rappeler… Bon, je te laisse, car je dois reprendre mon poste maintenant. Bonjour chez toi, Mady.

– Au revoir, madame Château. Bonne journée.

– Merci, à toi aussi. Au revoir. »

Sarah tirait sa valise derrière elle dans les longs couloirs de l'aéroport Charles-de-Gaulle. Les gens s'agitaient en tous sens. L'ambiance trépidante lui plut instantanément. Elle n'avait pas pris la peine d'utiliser un chariot pour sa valise car son poids était dérisoire. Elle regardait partout, un peu perdue mais ravie en même temps. Les espaces étaient immenses. Son excitation grandissait à chaque pas. Elle avait du temps devant elle. Elle s'était d'ailleurs fait un devoir d'arriver largement en avance. Elle tenait dans sa main son passeport et son billet d'avion. À un guichet de renseignements, elle demanda sa route. Elle suivit les précieuses indications, le cœur léger et joyeux. Rapidement, elle put faire enregistrer son bagage, qui disparut le long d'un tapis roulant. On lui remit sa carte d'embarquement et elle adressa un large sourire de remerciement à la préposée. Elle décida de partir fureter dans les boutiques hors taxes afin de tuer le temps. Elle voulait tout voir. Se remplir les yeux des mille lumières de la grande ville.

Le haut-parleur de l'aéroport annonça que le vol à destination de New York attendait ses passagers. Sarah pouvait voir l'avion d'Air France. Elle le trouvait énorme et se demandait comment un avion aussi gros pouvait se maintenir en plein ciel. Elle n'avait aucune crainte. Elle était impatiente tout simplement. Quand elle se présenta avec sa carte d'accès à bord des premières classes, elle n'attendit pas et se retrouva rapidement dans l'avion avec seulement son petit bagage à main. Voilà, elle y était. Elle prit le temps de s'installer, lançant des regards discrets à droite et à gauche. Les fauteuils étaient spacieux. Elle se sentait bien. Par le hublot, elle regarda la piste et l'aéroport, qui disparaîtraient bientôt de son champ de vision dès que l'avion décollerait.

Le commandant de bord ne tarda d'ailleurs pas à leur donner les indications de vol routinières et le personnel de bord leur fit une démonstration des procédures d'urgence. Sarah écoutait attentivement. Elle était fascinée par tout. Elle attacha sa ceinture de sécurité puis elle sentit l'avion prendre de la vitesse rapidement. Quand l'avion décolla véritablement, elle fut projetée tout contre le dossier de son siège et elle appuya littéralement son nez contre le hublot. Le ciel apparut bien vite tout au long de la montée, puis ils traversèrent les nuages. Elle se faisait l'effet d'un enfant devant sa première crème glacée.

Au moment de l'atterrissage, Sarah avait déjà rangé ses dossiers. Son esprit avait réussi tant bien que mal à se concentrer sur les plans de la nouvelle succursale de

New York. Le commandant de bord leur annonça une température extérieure de 77 degrés Fahrenheit (25 degrés Celsius). Sarah tourna les aiguilles de sa montre et recula dans le temps de six heures. Avec amusement, elle se dit qu'elle avait rajeuni de six heures ! Ses lèvres esquissèrent un sourire.

Bientôt, elle fut invitée à descendre de l'avion et posa le pied sur le sol américain — ou plutôt dans l'aéroport américain. Elle avait pris soin de remplir sa déclaration de douane dans l'avion et se positionna dans la file d'attente des visiteurs. Les haut-parleurs donnaient des indications avec priorité à la langue anglaise évidemment. Le douanier dit laconiquement, comme quelqu'un qui occupe ce poste depuis bien longtemps, peut-être même trop longtemps à son goût vu son peu d'entrain à appeler les gens :

« *Next !* »

Sarah avança alors et présenta ses papiers. Le douanier les consulta, lui posa de brèves questions puis tamponna ses documents. Il reprit sur un ton monocorde, sans prendre la peine de lever la tête :

« *Next !* »

Sarah continua sa route et, avisant le panneau « *Nothing to declare* », suivit la direction indiquée. Au douanier qui se trouvait là, elle remit sa déclaration de douane. L'homme lui souhaita la bienvenue en sol américain et elle lui adressa un sourire. « Déjà plus sympathique celui-là ! » se dit-elle. Ouf ! elle commençait à se sentir soulagée.

Elle se présenta ensuite pour récupérer sa valise. Elle ne tarda pas à la repérer de loin et la cueillit quand elle parvint à sa hauteur.

L'attente pour toutes ces démarches avait été longue, mais elle était enfin à l'air libre sur le trottoir. Elle regarda l'animation qui régnait aux abords de l'aéroport. Les voitures passaient, les autobus et la ligne des taxis jaunes, qu'elle avait simplement eu l'occasion de voir à la télévision, se trouvaient devant elle.

Elle leva le bras et, ô victoire! un taxi se retrouva instantanément devant elle. Le chauffeur en descendit et mit sa valise dans le coffre. Sarah monta à l'arrière et indiqua l'adresse de son hôtel tout en consultant son petit papier. L'homme émit un grognement semblant signifier qu'il avait saisi, puis il démarra sans plus attendre. Sarah se plongea dans la contemplation du paysage. Elle était heureuse, car elle avait réussi à se faire comprendre malgré son accent. «Voilà, je suis dans la Grosse Pomme...» se dit-elle en pouffant de rire intérieurement. Elle jubilait de tout son être d'être ici, en Amérique!

Elle savait qu'une suite l'attendait à l'hôtel et s'en réjouissait à l'avance. Elle glisserait avec délectation dans un bain plein de mousse. Elle s'enfonça dans le siège arrière du taxi et profita du paysage si nouveau pour elle.

La vie se déroulait maintenant sans trop d'incidents. Mady et Liz avaient recommencé le lycée. Septembre était arrivé avec ses pluies et ses orages occasionnels. Le temps des pique-niques avait pris fin, mais Guillaume, Liz et Mady continuaient à se voir après les cours et le travail. Grâce à sa voiture, Guillaume pouvait venir les chercher, et le fait que le lycée était dans une ville plus importante leur permettait une plus grande liberté. Ils évitaient ainsi les regards indiscrets et les commérages de gens soi-disant bien intentionnés.

La nature commençait à montrer des signes évidents de la venue de l'automne. Les arbres perdaient leur belle verdure pour arborer de magnifiques teintes, tantôt rouges, jaunes et parfois orange, tantôt les trois à la fois. Il arrivait également que certains arbres précoces aient même déjà perdu leur feuillage. Les branches, laissées à nu, frissonnaient au moindre vent, un peu comme si l'arbre ressentait le froid jusque dans ses racines.

À présent, Sarah faisait des navettes régulières entre les deux continents et était totalement accaparée par l'ouverture prochaine de la nouvelle succursale qui arrivait presque à terme maintenant. Quant à Mme Martinon, elle semblait avoir repris quelques forces. De plus, grâce au salaire de Sarah, elle avait pu abandonner les heures de ménage qu'elle effectuait le soir pour parvenir à boucler son budget. Sarah s'en était d'ailleurs félicitée. Le père, pour sa part, n'avait rien changé à ses habitudes. Sa femme l'évitait quand elle le pouvait, mais ne le contredisait pas pour autant. Elle tentait de donner une certaine liberté à sa fille Mady en la couvrant lors de ses absences. Mais Mady ne rentrait pas tard. En effet, elle se faisait un devoir d'être à la maison vers 19 heures. Sachant qu'elle terminait ses cours vers 18 heures, son père ne voyait rien à redire, au grand soulagement de la maisonnée. Le bus qu'elle prenait habituellement mettait du temps de toute façon. Il s'arrêtait souvent et déposait Mady vers 19 heures aussi.

Un soir, quand Mady monta dans la voiture de Guillaume, elle sentit tout de suite que quelque chose n'allait pas. Une fois en route, elle l'interrogea vivement.

« Qu'est-il arrivé, Guillaume ? Tu as l'air tout bizarre…

— J'ai reçu un appel aujourd'hui…

— Oui ? » le pressa Mady, les yeux pleins de questions.

Liz écoutait, elle aussi. Elle sentait qu'il allait leur annoncer une grave nouvelle.

« J'ai eu ma mère au téléphone… Au sujet de ma sœur…

— Manon ?

— Oui… Ma jolie Manon… Ma petite Manon. »

Une telle détresse émanait des propos de Guillaume que Liz et Mady lui enjoignirent de stopper la voiture au bord de la route. Il n'émit aucune objection et s'exécuta aussitôt.

La pluie se mit à tomber, produisant des « flocs flocs » réguliers sur le toit de la voiture. Sur les vitres, des rivières tortueuses et innombrables se formaient inlassablement. Les nuages masquaient maintenant complètement le soleil, mais Guillaume ne remarquait rien de tout ça. Son esprit était ailleurs. Bien loin d'ici…

« Guillaume… Raconte-nous, s'il te plaît… Que se passe-t-il pour Manon ?

— Il faut que je rentre à Montréal… Je ne peux pas la laisser comme ça… Elle me réclame…

— Oui, Guillaume… Ça ne fait aucun doute… Mais pourquoi ?

— Elle a eu une rechute… une terrible rechute. Elle est à l'hôpital, dans le service des soins intensifs.

— Oh mon Dieu ! Je sais ce que représente pour toi ta sœur, Guillaume. Quand dois-tu partir ?

– Je ne sais pas encore… Je voulais t'en parler… Je ne veux pas te laisser seule ici… Avec ton père en plus…

– Non… Ne dis plus rien. Je ne crains rien, moi, ici… Je suis capable de me défendre. De toute façon, il ne m'adresse même plus la parole depuis, alors… Puis, Manon a besoin de toi… Je le sais… Ta famille aussi, d'ailleurs…

– Oui, Guillaume… Mady a raison. Je prendrai soin d'elle, ajouta Liz d'une voix très douce, en souriant.

– Je t'attendrai, Guillaume… Le temps qu'il faudra… »

Ces mots sonnaient comme de belles promesses d'avenir malgré une séparation prochaine.

Guillaume regarda longuement Mady. Dans un geste infiniment doux, il lui caressa la joue avec le dos de la main. Puis il suivit le contour de son visage comme pour l'imprimer à tout jamais dans son esprit.

Mady avala difficilement sa salive. Elle ne voulait pas pleurer et s'exhortait intérieurement à demeurer forte devant lui pour l'encourager.

Liz, pour sa part, ne soufflait mot. Elle ne voulait pas rompre ces instants de grande émotion. Elle sentait que Mady et Guillaume ne faisaient qu'un dans ce simple geste. Elle aurait aimé, d'un coup de baguette magique, envelopper ses deux amis dans une bulle protectrice où aucun malheur ne pourrait plus jamais les atteindre. Elle éprouvait un sentiment d'impuissance et elle le supportait difficilement.

Des bribes de voix parvenaient à Sarah. Ils provenaient de la chambre de ses parents, juste à côté de la sienne. Son père, ivre une fois encore, avait trouvé un prétexte quelconque et insignifiant pour chercher querelle à sa femme. La chemise qu'il voulait enfiler ce soir-là n'était pas repassée ! Que la penderie soit pleine d'autres chemises l'indifférait totalement. Sa femme ne cessait de le supplier de se calmer, de parler plus bas, bref de se taire.

Sarah parvenait à entendre quelques phrases qui n'avaient guère de sens pour elle.

« T'as qu'à me dénoncer ! » lança son père d'un ton hargneux.

Elle ne saisit pas la réplique de sa mère. Elle ne voulait rien entendre d'ailleurs. Malheureusement, la voix forte et aigrie de son père emplissait la chambre. Elle s'efforçait de se concentrer au maximum sur son dossier, en vain.

« De toute façon, tu oublies que tu étais présente ce jour-là ! Tu étais avec moi dans la voiture, ma chère épouse ! »

La voix qu'avait prise son père glaça Sarah. Elle ne comprenait toujours pas de quoi il retournait, de quoi ses parents parlaient. Mais elle sentait que c'était grave. Cette fois, elle voulait en savoir plus et tendit volontairement l'oreille, retenant sa respiration malgré elle.

« C'est un secret entre toi et moi… Tu n'as rien dit à ce moment-là ! Et ça va continuer… Crois-moi, sinon… tu plonges avec moi ! Tu peux me faire confiance… »

La lourde menace n'était pas feinte. Sarah s'était rapprochée du mur mitoyen et collait maintenant son oreille contre la mince paroi. Elle devinait que cette discussion avait un rapport avec le changement d'attitude de son père et avec sa disparition durant une année entière.

« Tais-toi, enfin. Tu n'es qu'un monstre ! »

Cette fois, Sarah entendit distinctement la voix plaintive de sa mère, emplie de détresse mais aussi d'impuissance, presque de renoncement. Ce gémissement résonna long-temps dans son cœur, tel un écho se répétant à l'infini dans un ravin.

Elle voulait intervenir, mais en même temps elle savait qu'elle ne devait en aucun cas le faire. Elle n'était d'ailleurs même pas supposée être là à écouter. Elle entendit tout à coup un claquement, puis un autre. La porte de la chambre d'à côté s'ouvrit et elle perçut nettement les pas de son père dans l'escalier puis le bruit de la porte d'entrée. Voilà, il était parti. Elle n'en saurait pas plus ce soir-là, sauf si sa mère… Elle alla vivement la rejoindre.

Quand elle entra dans la chambre, sa mère tenait encore ses deux joues dans ses mains et pleurait en hoquetant. En voyant sa fille, elle pleura de plus belle, les lèvres tremblantes.

Mady poussa rapidement la porte d'entrée et pénétra à l'intérieur de la maison. Elle caressa distraitement son chien, ce qui était loin du bonjour habituel auquel il avait droit en temps normal. Il inclina la tête sur le côté et émit un gémissement plaintif. Mady monta directement dans sa chambre. Elle ne remarqua pas le visage défait de sa mère lorsqu'elle la croisa dans le couloir. Ou plutôt, elle ne la vit pas. Guillaume partait ! Elle avait encore du mal à surmonter son inquiétude. Elle aurait tant voulu… Enfin… Elle avait peur aussi… Depuis quelque temps, elle éprouvait de curieuses sensations au bas-ventre. Et ses seins étaient plus douloureux qu'à l'ordinaire. Son corps

se transformait. Elle n'avait osé se confier à personne...
Pas même à Liz! Elle restait avec des questions en tête
sans trouver de véritables réponses. Et Guillaume qui
partait maintenant... Pourquoi? Pourquoi, grand Dieu?
ne cessait-elle de se demander.

Mady releva la tête quand elle entendit sa sœur approcher.

« Mady? Ça va?

– Plus ou moins... » ne put-elle s'empêcher de répondre
tout en se mordant les lèvres pour ne pas fondre en larmes.

Sarah prit sa sœur par les épaules, mais n'ajouta rien.
Elle savait qu'elle ne devait pas lui parler encore. Mady
n'était visiblement pas prête. Mais comment faire? Comment aider sa mère et sa sœur? En plus de son travail et
de ses déplacements... Tout partait en éclats autour d'elle.
Elle voulait tant trouver les mots justes pour apaiser ses
proches... Leur tendre la main, cette main qui était restée
trop longtemps fermée... Pas vraiment par insouciance,
mais plus par habitude à vivre au jour le jour tout en
essayant de cohabiter. Ce n'était pas une bonne méthode...
plutôt une façon pour son subconscient de se protéger. Elle
voulait maintenant en finir avec cette attitude et prendre
parti... Resserrer les liens qui existaient entre eux tous
autrefois... Reformer une famille, en bref. Était-il trop
tard? Ses idées étaient encore bien confuses. Elle avait eu
une longue conversation avec sa mère... Et maintenant,
Mady arrivait dans un état de grand désarroi évident...

« Mady... »

Elle prit le visage de sa sœur entre ses mains pour lui
faire relever la tête.

« Mady... » répéta-t-elle doucement.

Mady la regarda et renifla fortement. Sarah lui tendit un mouchoir et elle se moucha bruyamment à deux reprises.

« Que se passe-t-il ? Il y a du nouveau, n'est-ce pas ?

– Oui... C'est Guillaume...

– Il t'a laissée tomber ? reprit doucement Sarah pour ne pas la perturber davantage.

– Non ! Oh non... C'est que... Enfin, il est obligé de rentrer...

– Il retourne au Québec ? Définitivement ?

– Non. C'est sa sœur qui est de nouveau malade... Il doit absolument être auprès d'elle... Ils ont une relation si forte... Elle a toujours eu une santé un peu fragile. Sa vision est faible aussi, à cause d'une scarlatine contractée dans sa petite enfance et qui a affaibli sa rétine. Et maintenant... cette rechute ! Guillaume est complètement abattu... Et je me sens égoïste, car j'aimerais tant qu'il reste malgré tout ! »

Mady soupira et regarda Sarah droit dans les yeux.

« Non, Mady... Ce n'est pas de l'égoïsme... Tu l'aimes... Mais je suis sûre que tu ne lui as pas dit que tu voulais le garder à tes côtés, n'est-ce pas ? »

Comme la voix de Sarah semblait douce...

« Non, bien sûr. Le pauvre, il était suffisamment inquiet. Je l'ai même vivement poussé à rentrer... à prendre le premier avion.

– C'est bien, Mady. Je sais que c'est difficile... Mais il reviendra... Vos sentiments sont sincères, je le sais... Tout ira bien, Mady...

– Oui, sans doute. Mais c'est si loin le Canada... Je voudrais tant pouvoir l'accompagner... Ah ! si j'avais 18 ans, le problème ne se poserait même pas. Papa n'aurait aucun pouvoir sur moi. Mais pour l'instant, c'est hors de question… Tu le sais… En plus, j'ai mes études…

– Je sais, Mady… Ce n'est pas toujours facile… Je sais ce que tu ressens…»

Mady releva la tête, heureuse du réconfort sincère de sa sœur mais aussi surprise par le ton presque lointain qu'elle avait pris pour ajouter cette dernière phrase. Une question jaillit dans son esprit, mais elle hésitait à la poser. Puis, finalement:

«As-tu déjà connu un garçon, Sarah?»

Sarah posa une main sur son épaule et lui adressa un mince sourire. Après une pause assez longue, elle dit:

«Oui… Cela fera bientôt deux ans. Il s'appelait Patrick. Personne ne l'a su ici. Il s'est tué dans un accident de voiture. Nous sortions ensemble depuis un an et demi et nous avions réussi à garder notre secret. Le matin même de ce terrible drame, il avait décidé de parler de moi à ses parents. C'est simplement pour ça que je sais ce qu'est la séparation… Mais, ma petite sœur, pour toi, c'est bien différent heureusement. Guillaume ne sera pas toujours absent… Il reviendra vite, sois-en sûre!»

Sarah avala sa salive, encore ébranlée par cette révélation. Elle avait toujours gardé cette histoire au fond d'elle, sans jamais la partager avec quiconque.

«Oh! Sarah… Je suis désolée… On ne se connaît vraiment pas… Tant d'années côte à côte et une si grande distance entre nous… C'est à peine croyable. Nous formons une bien piètre famille.

– Je dirais que ce sont les circonstances de la vie. Peut-être qu'il en aurait été autrement si…»

Sarah ne finit pas sa phrase, mais Mady avait compris. Il n'y avait rien à finir d'ailleurs.

Les deux sœurs s'enlacèrent chaleureusement. Un lien très fort et particulier les unissait maintenant. Elles s'étaient confiées véritablement l'une à l'autre et un poids venait de leur être ôté des épaules. Pourtant, Sarah jugea préférable de taire la conversation qu'elle avait surprise entre ses parents. Elle sentait que ce n'était pas encore le moment. Elle se contenta de dire que sa mère ne mangerait pas avec elles à table et qu'elle avait décidé de se coucher de bonne heure ce soir-là, car elle était fatiguée. Mady fronça les sourcils mais ne posa pas de questions. Elle commençait à éprouver un soulagement de pouvoir ainsi se confier à sa sœur aînée et profiter de sa maturité par le fait même. Elle craignait aussi d'ajouter à son chagrin la misère qu'elle sentait dans le cœur de sa mère. Elle devrait faire des efforts, s'exhorta-t-elle, mais elle n'en avait pas la force en ce moment.

« Quand doit-il partir ?

– Il doit prendre le train demain matin. Je ne sais pas encore à quelle heure il doit prendre l'avion. Je l'ai vu ce soir pour la dernière fois avant longtemps… Liz doit me rappeler…

– Papa n'est pas là… Pourquoi n'appelles-tu pas Guillaume ? Je suis sûre que papa ne rentrera pas de la nuit… »

Mady releva la tête, surprise.

« C'est vrai ?

– Oui… »

Elle était heureuse tout à coup. Elle allait pouvoir encore entendre la voix de Guillaume avant son départ. Elle se sentait pousser des ailes. Elle adressa un magnifique sourire à sa sœur, un sourire où se reflétait un bonheur inespéré.

Mme Martinon monta les marches lourdement, une à une, la respiration saccadée. Elle était descendue à la cuisine pour se chercher un verre d'eau. Passant devant la chambre de Mady, elle s'arrêta quelques instants. Elle aurait aimé pousser la porte et s'asseoir près de sa fille. Elle tendit la main vers la poignée, mais entendit la voix de Sarah. Elle eut un mouvement de recul puis continua son chemin. Elle ne voulait pas les déranger. Elle savait qu'elles se confiaient davantage l'une à l'autre maintenant et s'en réjouissait. Elle se retrouva finalement dans sa chambre et se coucha sans perdre plus de temps. Peut-être oserait-elle une autre fois venir parler à Mady… « Mais quoi lui dire ? s'interrogeait-elle encore. Et à quoi bon ! » Elle avait le sentiment désagréable qu'elle ne pourrait faire grand-chose…

Comment pourrait-elle même l'empêcher de voir ce garçon ? « Ah ! c'est sûr que c'est ce qu'il aimerait mais… » Elle savait qu'elle n'en avait pas le droit… qu'il s'agissait de la vie de Mady, pas de la sienne ! « Ah ! si seulement je n'avais pas si peur de lui, de ses colères, de ses coups ! Je me méprise dans ce rôle et pourtant je ne suis pas capable de m'en extirper, ne cessait-elle de se reprocher. Il me tient telle une araignée dans sa toile. Et il le sait. Il s'en délecte même. Je l'aime et je le déteste en même temps… » Son esprit en ébullition tentait de trouver une solution à son problème, mais en vain. Elle avait l'impression de tourner en rond.

De son lit, elle entendit Mady redescendre et décrocher le téléphone. Elle ne perçut rien de plus, car Sarah venait d'entrer dans sa chambre pour s'asseoir auprès d'elle. Elle regarda sa fille aînée et la rassura sur son état.

«Oui, je vais bien. Je vais me reposer, voilà tout. Et Mady?

– Ça va...»

Mady, le souffle court, attendit quelques instants, histoire de respirer normalement, puis composa le numéro sur le cadran. Volcan l'avait suivie et s'était installé à ses pieds. Tandis que la sonnerie se répétait inlassablement, elle se mordait la lèvre inférieure tout en resserrant involontairement le combiné dans sa main. Au bout d'une dizaine de sonneries, elle se résolut à raccrocher. Elle se redressa donc et reposa le combiné sur son socle. Puis elle décida de recomposer aussitôt le numéro. Elle s'était peut-être trompée. Elle voulait se raccrocher à cette idée. Elle ne prit pas la peine de s'asseoir. Mais personne ne décrocha à l'autre bout. Elle reposa une dernière fois le combiné. Elle se sentait profondément triste...

Chapitre 7

Sur le quai, une légère brume enveloppait les rares voyageurs. Guillaume longea les wagons quelque temps puis, sans raison particulière, il choisit de monter dans le milieu du train. Il parcourut la rangée centrale en regardant droit devant lui. S'il y avait des gens dans ce compartiment, il ne les voyait pas. Il s'installa sur l'une des banquettes et regarda machinalement par la vitre. Son esprit était déjà à Montréal, à l'exception d'une partie qui était encore près de Mady, ici même, à Pincourt. Malheureusement, elle n'avait pas pu venir lui dire au revoir. Il aurait tant voulu la revoir une dernière fois avant ce long voyage.

Quand il était rentré, la veille au soir, il avait cru entendre la sonnerie stridente du téléphone. Mais non! Il avait dû rêver, s'était-il dit sans chercher plus avant. Ses pensées arrivaient en cascade dans son esprit, sans ordre logique. Il ne faisait du reste aucun effort pour qu'il en aille autrement. Il pensait, voilà tout! Il connaissait la date de son départ, mais pas celle du retour. Et sa chère petite sœur… dont l'état demeurait très inquiétant… Son poing se serrait involontairement, accentuant le jaune des jointures. Il tapait sur sa cuisse, mais ne ressentait aucune douleur. Il n'avait d'ailleurs même pas conscience de son geste. Incapable de fermer l'œil, la nuit avait été longue pour Guillaume. Il avait même assisté à la naissance de l'aube.

Guillaume repensa à son entretien avec Charlie Boisvert, son employeur. Partir comme ça, aussi rapidement, n'avait pas été facile à assumer. Ils en étaient tous les deux conscients. Mais Guillaume était resté franc et ouvert. Il avait exposé les faits sans vouloir justifier quoi que ce soit. Finalement, ils étaient parvenus à un accord. Son poste lui serait réattribué à son retour. Toutefois, une clause stipulait que son absence ne pourrait se prolonger au-delà de deux mois, date à laquelle son patron devrait le remplacer définitivement. Enfin, Charlie lui avait aussi demandé de la tenir informée de tout changement. Guillaume avait accepté et l'avait remerciée pour la confiance qu'elle lui témoignait.

Mady avait mis son réveil à sonner, mais quand l'alarme se fit entendre, elle était déjà prête depuis longtemps. À vrai dire, elle n'avait guère pu fermer l'œil de la nuit, se tournant et se retournant sans cesse dans tous les sens. C'était comme si le sommeil avait cherché à la fuir. Le seul moment où elle avait fermé lourdement ses paupières, un cauchemar l'avait saisie aussitôt et elle s'était réveillée en sursaut. Son esprit en déroute avait confondu cauchemar et réalité. Aux petites heures du matin, elle avait donc préféré se lever plutôt que de replonger dans un autre mauvais rêve. Lorsqu'elle s'était engouffrée sous une bonne douche régénératrice, son cauchemar, encore accroché à elle, avait glissé le long de son corps pour disparaître enfin dans le trou d'évacuation. Mady avait alors éprouvé une certaine délivrance.

Dans la cuisine, elle prépara le repas de Volcan, mais ne fit rien pour elle toutefois. Une grosse boule lui gonflait maintenant l'estomac. Elle n'éprouvait décidément aucune sensation de faim. Savoir Guillaume prêt pour le départ lui coupait l'appétit, tout bonnement. Elle n'avait pas pu le joindre au téléphone, la veille au soir, pour le prévenir qu'elle voulait venir lui dire au revoir à la gare. Le téléphone sonnait, sonnait, sans que quiconque décroche. Elle avait reposé le combiné, déçue. Mais elle connaissait cependant l'heure de départ de son train. Il partait très tôt le matin. Elle ne devait donc pas perdre de temps. Sa sœur avait proposé de la conduire. Mady lui en était reconnaissante. Sarah était d'ailleurs prête, elle aussi, bien avant l'heure.

Elles sortirent toutes les deux de la maison, tout en essayant de faire le moins de bruit possible. En allant vers sa voiture, Sarah constata avec un grand effroi que son pneu avant droit était à plat ! Les deux sœurs échangèrent un bref regard, empreint d'incrédulité. Sarah ne put s'empêcher de pester :

« Pourquoi aujourd'hui ! Bon sang ! On n'avait pas besoin de ça ! »

Puis, se tournant vers Mady, elle se ressaisit rapidement.

Voyant la grande tristesse qui envahissait le regard de sa jeune sœur, elle s'empressa de lui déclarer :

« T'inquiète pas, Mady… On va arranger ça ! Allez, on va la changer nous-mêmes, cette roue. Qu'à cela ne tienne ! À nous deux, on va y arriver. On a un peu d'avance de toute façon.

– Mais, as-tu déjà fait ça ?

– Non ! Mais il faut bien commencer un jour ! »

La voix de Sarah était autoritaire, déterminée.

« Oui, mais… Nous allons perdre combien de temps ! gémit Mady, inquiète, jetant un regard désespéré à sa montre.

– On fera le plus vite possible, Mady. Inutile de perdre du temps en bavardage. En nous y mettant toutes les deux, je suis sûre que nous y parviendrons. »

Sarah prit le contrôle des opérations. Mady exécutait ses directives. Les écrous leur posèrent quelques difficultés. Ils étaient serrés fort. Sarah monta sur la manivelle afin de lui imprimer un mouvement en sautant dessus de tout son poids. Les écrous déclarèrent forfait et cédèrent sous les coups répétés de Sarah et de Mady. Elles durent également se mettre à deux pour extraire de son socle la roue de secours et la faire ensuite rouler à l'endroit voulu. Le reste fut plus rapide.

Le train siffla pour annoncer l'imminence du départ. Guillaume aurait donné n'importe quoi pour une présence rassurante sur le quai, la présence d'une seule personne lui aurait suffi. Mais le quai restait désespérément désert. D'ailleurs, ils s'étaient dit au revoir la veille, à la sortie du lycée. Guillaume se passa la main dans les cheveux tout en fermant les yeux. Un long soupir sortit de ses lèvres malgré lui.

Les deux sœurs montèrent enfin dans la voiture, qui démarra aussitôt. Sarah roulait maintenant plus vite que ne l'autorisait la limitation de vitesse. Elle faisait cependant attention aux feux de signalisation. Elles s'estimaient heureuses, car la majorité étaient verts au moment de leur passage. Elles retenaient toutes les deux leur souffle. Se sachant en retard, elles craignaient, sans pour autant se l'avouer mutuellement, d'arriver après le départ du train. Les aiguilles ne cessaient d'émettre le tic-tac du temps qui s'écoule irrémédiablement. Mady avait l'impression qu'elles allaient beaucoup plus vite qu'à l'ordinaire! Elle prit la résolution de ne plus regarder sa montre. Elle se sentait suffisamment tendue comme ça, prête à exploser.

Quand Sarah se gara en catastrophe le long du trottoir de la gare, elles entendirent toutes les deux distinctement le sifflet du départ. Elles se jetèrent un regard de désespoir.

«Vas-y, Mady, cours!» lança sa sœur dans un sursaut.

Mady ouvrit la portière à la volée et partit en trombe dans le hall. Elle aperçut enfin le train qui se mettait lentement en marche en grinçant. Elle courut aussi vite qu'elle put le long des wagons, espérant repérer celui qui emportait son cœur. Elle cria le nom de Guillaume, mais le bruit couvrait sa voix. Le train commençait à prendre de la vitesse et Mady arrivait à bout de souffle. Elle s'apprêtait à renoncer quand elle le vit enfin, là, dans un des wagons. Elle cria encore plus fort, de toutes ses forces.

Guillaume tourna la tête et il la vit, lui aussi. Il se leva tout d'un bloc et posa ses mains à plat, sur la vitre du train. Un magnifique sourire lui vint au visage et il poussa la vitre vers le bas pour l'ouvrir.

«Mady! Tu es venue…

– Oui, Guillaume! Mais trop tard…»

Elle courait toujours, au risque de rencontrer un obstacle fatal devant elle. Elle n'en avait cure. Un souffle nouveau l'animait à la vue de Guillaume, tout près d'elle. Si près d'elle mais à la fois si loin d'elle à cause de ce train en marche qui les séparait l'un de l'autre... Pour un temps, certes... En tout cas, ils l'espéraient du plus profond de leur cœur...

« Je t'aime, Mady !

– Je t'aime, moi aussi ! »

Mady cria ces dernières paroles, le souffle court. Le train prenait encore plus de vitesse et elle ne parvenait plus à suivre le rythme. D'ailleurs, le quai se terminait, lui aussi. Elle s'arrêta là, la main tendue vers Guillaume dont la tête était sortie du wagon. Ils échangèrent un long regard, plein de promesses. Mady ne bougea pas, même quand le train ne fut plus en vue. Lorsque Sarah posa sa main sur son épaule, elle sursauta.

« Allons, viens, Mady... Ne reste pas là !

– J'ai pu le voir, Sarah !

– C'est vrai ?

– Oui... Pas longtemps mais, je l'ai vu !

– Je suis désolée, Mady... Pour ma voiture...

– Oh ! ce n'est pas grave, Sarah. Je l'ai vu... Et c'est grâce à toi. Normalement, je ne l'aurais même pas vu ! Oui, Sarah ! Je l'ai revu !

– J'en suis bien heureuse... »

Puis l'excitation de Mady tomba d'un coup. Voilà, Guillaume était vraiment parti. Elle rebroussa chemin vers la voiture, en compagnie de sa sœur.

Le paysage défilait à présent sous les yeux des voyageurs. Des champs succédaient aux champs. Le bétail broutait l'herbe docilement. Parfois, une vache levait la tête pour regarder le train bruyant et importun. Guillaume n'avait conscience de rien de tout cela. Il gardait en mémoire la dernière image de Mady sur le quai. Elle avait réussi à venir. Elle était merveilleuse, si belle ! Il posa ses doigts sur la vitre comme pour faire apparaître de nouveau le visage de Mady. Il demeura ainsi un long moment. Finalement, il se leva et tendit la main pour attraper son sac à dos dans le panier, au-dessus de sa tête. Il en extirpa son livre, entamé depuis plusieurs jours et sur lequel il avait bien de la difficulté à se concentrer. Non, décidément, son esprit ne voulait pas se libérer de ses soucis… Il aurait pourtant bien aimé… Pouvoir se reposer un peu… Avoir les idées plus claires… Il ouvrit son livre et essaya malgré tout de plonger dans sa lecture. Très vite, il releva le visage et s'absorba de nouveau dans la contemplation du vide. Non que le paysage n'eût rien à montrer de ses richesses et de ses beautés, surtout en cette saison, mais plutôt parce qu'il n'y prêtait pas attention. Au bout d'un long moment, il reprit sa lecture, se rendant compte que son esprit était reparti vagabonder. Mais finalement, après avoir lu par trois fois la même ligne, il abandonna et referma son livre. Il renonçait de nouveau. À quoi bon, puisqu'il éprouvait une incapacité totale à se plonger dans l'histoire. Il remit donc rageusement l'ouvrage dans son sac. D'une nature d'ordinaire posée, il bouillait intérieurement à cause de son impuissance devant les événements.

Le train filait à vive allure, mais il n'était pas assez rapide selon Guillaume. Rien n'allait assez vite à son goût! Rien, depuis qu'il avait appris pour sa sœur… Arrivé à Paris, le convoi ferroviaire atteignit enfin la gare Saint-Lazare, dans un crissement poussif. Les wagons s'immobilisèrent tranquillement. Guillaume était déjà debout devant la porte depuis une bonne quinzaine de minutes. Il trépignait d'impatience. Il sauta alors vivement sur le quai envahi par la foule et se dirigea aussitôt vers l'accès réservé aux taxis.

Sarah déposa sa sœur près du lycée. Elle la regarda en soupirant. Finalement, elle lui demanda pour la troisième fois:

«Tu es sûre que ça va, Mady? Tu ne veux pas qu'on aille prendre un chocolat chaud quelque part? Il est encore tôt, tu sais! Le lycée ne va pas ouvrir ses portes avant une bonne heure!

– Oui, oui, Sarah… J'en suis sûre. Je vais attendre, j'ai besoin d'être seule… Je te remercie pour tout ce que tu as fait. Tu es formidable, Sarah! Sans toi… Eh bien! C'est simple… Sans toi, je n'aurais même pas eu ces bribes de bonheur ce matin. J'ai pu dire au revoir à Guillaume une dernière fois. C'est déjà beaucoup ce que tu viens de m'offrir.

– J'aurais préféré que mon pneu soit à plat une autre fois par contre…

– On ne choisit pas toujours… Allez, va, Sarah.»

Mady tenta d'adresser un sourire à sa sœur, mais ne réussit qu'à esquisser une grimace.

Sarah demeurait hésitante. Elle s'en voulait de laisser Mady ainsi. Certes, elle avait déjà insisté fortement, mais sans réussir à la faire changer d'avis. Elle enclencha donc la première vitesse et appuya sur l'accélérateur, non sans jeter un dernier regard à Mady, dans le rétroviseur. Elle avait l'impression de reculer dans le temps. Elle repensait au jour où son petit ami s'était tué. Elle pouvait aisément comprendre comment sa sœur se sentait en ce moment… Son cœur se crispa de douleur. La blessure était toujours à vif. Si elle pensait l'avoir refoulée au plus profond d'elle-même, elle se trompait. Le visage du jeune homme était toujours présent dans son esprit et dans son cœur. Elle ne savait pas si elle pourrait même l'oublier un jour et s'ouvrir à un autre. Pour l'instant, elle avait fait une croix sur un bonheur à deux bien hypothétique. Mais pour sa sœur, elle savait que ce n'était pas définitif… Heureusement. Guillaume reviendrait vers Mady dès qu'il en aurait la possibilité. Elle en était convaincue. Son esprit vagabondait tout au long de la route qui la menait à son bureau. Elle arriverait beaucoup plus tôt qu'à l'ordinaire ce jour-là. Mais elle possédait les clés du bâtiment. Elle pourrait donc se mettre au travail dès son arrivée. Quant à l'alarme, elle avait le code pour la désactiver. Elle avait toujours divers dossiers en attente. Elle aurait donc la possibilité de s'avancer sans être interrompue, avant l'arrivée des employés.

Mady écoutait distraitement son professeur d'histoire parler de l'empire d'Attila et de la conquête menée par les Huns. Elle adorait cette matière et particulièrement cette période de l'histoire. Mais pour l'heure, elle pensait surtout à Guillaume. Elle le savait dans le train et, regardant sa montre discrètement, elle se dit que, d'ici cinq heures, il serait normalement dans l'avion en partance pour Montréal. Elle eut un soupir bien involontaire et regarda par la fenêtre. Quand elle retourna la tête, elle sentit le regard de son professeur sur elle et rougit, telle une enfant prise en faute. Néanmoins, l'enseignant ne fit aucun commentaire et continua son exposé. Il appréciait Mady, c'était une bonne élève, consciencieuse. Il n'avait pas l'habitude de la voir ainsi absente. D'ordinaire, sa participation était très active dans ce cours. Ses questions étaient réfléchies et judicieuses. Il décida donc de la laisser tranquille.

Liz, quant à elle, observait son amie mais ne faisait cependant rien pour la forcer à rester à l'écoute. «À quoi bon!» se disait-elle… Elle savait dans quel état d'esprit se trouvait Mady et ne voulait pas ajouter sa propre inquiétude à son chagrin. Elle tentait de donner le change, tout en prenant consciencieusement des notes du cours. Elle savait que Mady en aurait besoin et se faisait un devoir de prendre le relais. Il lui resterait simplement à faire une photocopie pour son amie qui pourrait ainsi avoir accès à ces informations essentielles en périodes d'examens et ne serait pas pénalisée.

La pluie se mit doucement à tomber. Une pluie très fine. Le bleu du ciel disparaissait comme s'il voulait se joindre à la peine de Mady. Son cœur pleurait, lui aussi. Elle n'avait même pas conscience de ce qui l'entourait. Que lui importait le temps! Elle ne savait qu'une chose… Elle ne voulait qu'une chose… Que Manon aille bien, qu'elle puisse se rétablir le plus vite possible… Ce n'était pas de l'égoïsme pour récupérer au plus vite Guillaume! Non, en tout cas, elle ne le pensait pas.

Elle avait tant entendu parler de Manon par Guillaume qu'elle avait l'impression très nette de la connaître, de l'avoir toujours connue. Elle était triste, car elle savait que le système immunitaire de Manon était très faible depuis sa naissance et que les complications devenaient multiples à la moindre grippe. Une grave rechute dans son cas pouvait ainsi avoir des conséquences désastreuses, voire irréparables sur elle. Mady ne voulait pas y penser, mais elle n'avait que ces faits à l'esprit. C'était en même temps, malgré la distance, un lien tangible avec Guillaume. Un soutien qu'elle lui apportait par le simple pouvoir de la pensée. Une pensée qui s'envolait par-delà l'océan.

Guillaume présenta son billet d'embarquement à l'hôtesse, qui lui indiqua la rangée où il pouvait s'installer. Il avança tel un automate jusqu'à l'endroit indiqué et se retrouva dans la cinquième rangée, au centre de l'avion. En temps ordinaire, il choisissait toujours un siège situé près d'un hublot, mais dans les circonstances actuelles, peu lui importait. Il n'en avait même pas fait la demande! Il rangea rapidement son sac à dos dans le casier, au-dessus de sa tête, et prit place sur son siège sans plus attendre. Puis il resta là à regarder les autres passagers s'installer tout en maudissant intérieurement leur lenteur. Une femme et son mari, quelque peu en retard, s'approchèrent et s'assirent de chaque côté de Guillaume. Il s'agissait des dernières places disponibles, mais le couple espérait que, à bord, de braves gens accepteraient de se déplacer pour leur permettre d'être ensemble. La dame fit alors un petit geste de la tête à son mari, le suppliant gentiment de demander à la personne installée entre eux deux de changer de siège. Cependant, il se montra hésitant pour intervenir. Peut-être craignait-il le regard sinistre et absent du jeune homme, qui n'avait toujours pas prêté attention à leurs mimiques. Le mari et la femme se jetèrent donc un long regard de tristesse, puis bouclèrent leur ceinture sans même un murmure.

L'avion prit son envol sans incident notable. Puis après avoir stabilisé l'appareil à l'altitude prévue, le commandant de bord donna aux passagers l'autorisation de se détacher et de se déplacer. C'est à ce moment-là seulement que Guillaume prit conscience de la présence du couple à ses côtés et c'est avec un sourire navré qu'il s'adressa alors à la personne assise à sa gauche :

« Vous êtes ensemble ?

– Oui », répondit l'homme à la fine moustache blanche.

Sa femme regardait Guillaume, pleine d'espoir.

« Je suis désolé… Je n'ai pas fait attention… Nous pouvons changer de place, si vous le désirez…

– Vous êtes sûr que cela ne vous dérange pas ? » s'enquit la dame avec empressement.

Un grand sourire commençait déjà à naître sur ses lèvres.

Guillaume tourna la tête vers elle et remarqua aussitôt ses yeux verts pétillants et ses cheveux bouclés. Ce couple semblait avoir l'âge de ses parents. Il eut alors comme une bouffée de gratitude pour ces personnes. C'était comme un espoir pour Manon, un petit signe que tout irait bien, et Guillaume voulait s'y accrocher de toutes ses forces. Il revint bien vite à la conversation et répondit chaleureusement à la dame :

« Il n'y a aucun problème, madame. Cela me fait très plaisir et c'est tout à fait normal. Tenez, allons-y maintenant. »

L'avion était déjà en vitesse de croisière. Guillaume éprouvait une certaine quiétude. Il discutait avec le couple installé à ses côtés et parvenait ainsi à se changer les idées. La dame lui parlait avec un bonheur évident du voyage qu'ils avaient effectué en Europe. Elle ne tarissait pas d'éloges pour les nombreux sites qu'elle et son mari avaient visités et demandait souvent confirmation à son époux, qui hochait invariablement la tête avec un sourire bon enfant.

« Oh ! et les châteaux de la Loire ! Une merveille ! J'aurais aimé pouvoir rester encore plus longtemps, mais il fallait rentrer… Nous reviendrons. Je suis tellement conquise par ce continent. Nous avons même eu la chance d'aller en Italie et en Espagne… Ah ! tant de richesses, tant de beauté ! Mais il reste tant à voir aussi… Et Paris ! Cette tour Eiffel ! »

Le babillage de la femme plaisait beaucoup à Guillaume, qui buvait ses paroles. Parler du pays de Mady lui faisait chaud au cœur. C'était comme un baume sur son âme meurtrie.

« Oui, j'ai eu l'occasion de l'apercevoir rapidement avant de venir à l'aéroport. Je n'avais malheureusement pas le temps de visiter. Plus tard, sans doute…

– Oui, vous êtes encore bien jeune… Vous avez toute la vie devant vous… »

Quand elle vit le visage de Guillaume se fermer, elle sentit qu'elle avait commis un impair et elle s'exclama rapidement:

«Je vous prie de m'excuser si j'ai dit quelque chose qu'il ne fallait pas…»

Il la regarda et lui adressa un sourire de reconnaissance, puis il tenta de la rassurer. Il aurait voulu partager sa souffrance mais, en même temps, il ne s'en sentait pas le droit. Assombrir le bonheur si évident de ce couple en parlant de ses problèmes lui semblait inapproprié, voire indélicat. Il choisit de rester discret. Il éluda donc simplement la question et la dame poursuivit son bavardage et la description de son voyage.

«Vous savez, Guillaume, avant de venir, la tour Eiffel n'était pour moi qu'un assemblage de ferraille! En la regardant dans la brochure, je ne lui trouvais vraiment rien de spécial… Je dois l'avouer, à ma grande honte! Mais maintenant que je l'ai vue! Ouh là, là! C'est autre chose… Quelle splendeur, quelle majesté! Il faut vraiment être au pied de ce monument pour ressentir cela… En tout cas, pour moi! Et la nuit! Avec toutes ces lumières… Ah! mon émotion était vraiment intense, je peux le dire. Et rien que d'en parler, cela me fait tout drôle, vous savez. Comme si nous y étions encore. Je pense que ce souvenir restera toujours gravé dans mon esprit.

Elle pressa sa main sur sa poitrine, comme pour souligner ses dires.

Plus tard, le couple s'appliqua de petites protections en tissu sur les yeux et partit dans un profond sommeil. La femme avait posé sa main sur celle de son mari. Une grande tendresse semblait exister entre ces deux êtres. Guillaume resta seul, avec ses pensées. Il appuya sa tête contre le dossier, essayant en vain de trouver une position confortable pour dormir, lui aussi. Ses jambes le gênaient. La place était exiguë par rapport à son corps trop grand! Il renonça et se rassit normalement. De toute façon, il savait qu'il n'aurait pas pu fermer l'œil. Trop de pensées défilaient dans son esprit. Dans l'avion, le bruit était réduit à son minimum. La plupart des volets intérieurs étaient fermés et les hôtesses ne circulaient que si cela s'avérait nécessaire.

La durée du vol était de huit heures environ. Mais avec le décalage horaire décroissant, c'est comme s'il ne durait que deux heures. Pour Guillaume, au contraire, ces huit heures semblaient s'étirer sur une année entière! Il craignait le pire pour sa sœur. Manon était si faible et si peu armée pour combattre les fléaux qui s'abattaient sur elle! Il aurait donné n'importe quoi pour lui insuffler les forces nécessaires... Mais voudrait-elle lutter encore? Il retournait le problème dans tous les sens sans trouver de solution. Seule Manon détenait la bonne réponse. Guillaume se retourna une fois de plus sur son siège, donnant un coup bien involontaire contre l'accoudoir mitoyen. Son voisin bougea, lui aussi, mais continua à dormir du sommeil du juste. Un gros ronflement parvint même aux oreilles de Guillaume, qui resta là à le contempler, enviant ce doux repos. Ah! oui, un bon sommeil...

Mady se retrouva à la cantine du lycée, aux côtés de Liz. Elle n'avait presque pas ouvert la bouche de la matinée. Elle n'avait pas d'appétit. Pourtant, elle n'avait pas déjeuné le matin. Elle prit quand même un plateau et y déposa machinalement une tranche de pain et un verre d'eau. C'était tout. Liz, qui la suivait de près, prit le plat principal «poulet frites» en double. Elle n'avait eu aucune hésitation et elle déposa l'une des assiettes garnies sur le plateau de Mady. Liz tentait de secouer son amie, de la sortir de sa léthargie.

Mais Mady semblait incapable de faire quoi que ce soit; elle ne réagissait pas, ou plutôt, elle se refusait à réagir.

«Allons, Mady, s'il te plaît! Ce n'est pas la fin du monde tout de même!»

Cette fois, Liz s'emportait sérieusement. Elle en avait assez! Quelques têtes se retournèrent dans le réfectoire, mais elle n'en avait cure. Sa timidité s'envolait et les paroles fusaient. Elle regardait Mady fixement.

«J'ai promis à Guillaume de prendre soin de toi! Tu n'as pas oublié, j'espère! Je tiendrai parole! Fais-moi confiance! Je ne vais pas te laisser comme ça, comme un légume! Tu as assez pleuré sur ton sort! Réveille-toi! Si tu crois que Guillaume serait heureux de te voir comme ça, eh bien, tu te trompes! Il a suffisamment de soucis avec Manon sans te savoir dans cet état…»

Liz remarqua le clignement de paupières de Mady. Elle connaissait suffisamment son amie. Ce signal extérieur lui indiquait sans le moindre doute qu'elle avait fait mouche. Elle continua sur sa lancée. Elle ne lâcherait pas tant que Mady resterait ainsi. Elle s'en était fait une promesse personnelle. Les amis, ça sert aussi à ça! Quand Mady se pinça les lèvres, Liz sut qu'elle avait gagné. Son amie revenait vraiment!

« Excuse-moi, Liz… Excuse-moi, Guillaume », murmura doucement Mady.

Des larmes roulaient sur ses joues sans qu'elle puisse les retenir. Elle n'en avait d'ailleurs plus la force. Peut-être en avait-elle trop retenu ! Comme cela soulageait !

« Ça va aller, Mady… Tout va s'arranger, j'en suis sûre ! »

Liz avait repris son timbre de voix habituel, sa douceur coutumière. Elle jubilait intérieurement de voir son amie reprendre le dessus ; se lamenter n'était pas dans ses habitudes.

« Ah ! Liz, je me sens si triste… Vidée… Merci d'être là !

– C'est normal, Mady… Mais je veux te dire que tu n'aideras certainement pas Guillaume en restant prostrée. Tu es forte, Mady. Et c'est de ton soutien dont il a besoin. Tu le sais, toi aussi. J'en suis sûre ! »

Mady renifla. Liz lui tendit un mouchoir en papier. Elle le prit et se moucha.

« Merci, Liz… Tu es vraiment formidable. Tu as entièrement raison. Je suis une idiote, voilà tout ! Une pleurnicheuse ! »

Mady tentait de rire de son attitude, cherchait à tourner tout ça en dérision, mais son cœur pleurait.

« Je suis là, Mady… Tu peux toujours compter sur moi.

– Oui, je sais, Liz. Je te promets de faire des efforts, mais c'est encore si récent… Il n'est parti que depuis ce matin… »

L'avion se posa enfin sur la piste de l'aéroport international de Mirabel, situé à quarante-cinq minutes environ de Montréal. Guillaume ôta vivement sa ceinture de sécurité. Le voyant lumineux était pourtant toujours allumé. L'appareil commença à freiner sérieusement et finit par s'arrêter en bout de piste. Il entreprit alors un demi-tour avant de s'immobiliser pour permettre à la navette de transporter les voyageurs jusqu'au bâtiment de l'aéroport. Guillaume attrapa son sac à dos et se positionna dans la rangée, à la suite des autres passagers. Son esprit n'aspirait qu'à sortir de là. Il voulait être sur le boulevard Gouin Est, là où habitaient ses parents. Dans l'aéroport, il passa assez rapidement la douane. Il repéra bientôt son père dans la foule agglutinée contre la vitre attendant, qui un proche, qui un ami, qui un amoureux… Le jeune homme récupéra ses bagages et rejoignit bien vite son père.

« Ah ! Guillaume, te voici enfin. Dieu soit loué !

– Oui, papa. Comment va Manon ? demanda anxieusement Guillaume en serrant chaleureusement son père en une étreinte typiquement masculine.

– Toujours pareil… Ta mère est à son chevet… Si tu veux, nous pouvons déposer tes affaires à la maison puis aller directement à l'hôpital.

– Oui, mais ce n'est pas la peine de passer à la maison. Je laisserai mes affaires dans la voiture. Manon doit savoir que je suis là. Il faut qu'elle le sache !

– Tu ne veux pas prendre une douche ? Tu sembles si fatigué !

– Ce n'est rien… Le voyage… J'aurai tout le temps de prendre du repos plus tard…

– OK, mon gars ! »

Le père de Guillaume n'avait pas bonne mine lui non plus, mais le fils ne fit aucun commentaire à ce sujet. Ce n'était guère à propos. Ses cheveux étaient hirsutes et, sous ses yeux, des poches récentes accentuaient son âge. Pourtant, quand Guillaume était parti la première fois, le temps ne semblait pas encore avoir de prise sur lui. Ce n'était décidément plus le cas maintenant. Désormais, l'inquiétude concernant l'état de santé de Manon se reflétait physiquement sur chacun. M. Bélanger se sentait triste pour eux tous. Les épaules de son garçon étaient tombantes. Sa barbe avait poussé. Le rasoir avait déserté son menton depuis plusieurs heures visiblement. D'un geste machinal, il passa la main sur sa peau et sentit, lui aussi, les poils rugueux. Il haussa les épaules. Que lui importait! Plus rien n'avait d'ailleurs d'importance ces derniers temps! La priorité, c'était Manon et rien d'autre. Maintenant que la famille au grand complet était réunie, il espérait de tout cœur une réaction de sa fille. Son frère, son grand frère Guillaume était là! Ils avaient toujours été tellement proches ces deux-là! On aurait pu les prendre pour des jumeaux reliés par un lien invisible.

Sur la route, ils n'échangèrent guère plus de dix mots. Juste des banalités. Il y avait pourtant tant de choses à raconter! Sa vie en France, sa rencontre avec Mady... Mais ce n'était pas le moment... Plus tard!

Les silences étaient lourds entre eux, lourds d'inquiétudes, toutes dirigées vers cette chambre d'hôpital où se trouvait Manon... Le père tourna le bouton de la radio pour l'allumer. Bientôt, de vieilles chansons populaires se répandirent dans l'habitacle de la Plymouth grise. La radio créait un bruit de fond, qui rompait le silence devenu trop pesant. Ils étaient pourtant heureux de se revoir. Mais il était inutile de se le dire. Ils le savaient tous les deux. La voix d'Alys Roby se fit entendre.

« Tu te souviens de cette *toune*, Guillaume ?

– Oui ! Maman l'a si souvent fait jouer ! »

Un rire sortit de part et d'autre. Mais ces rires sonnaient étrangement malgré tout.

Installée dans sa chambre, la mère de Mady réfléchissait. Ses coudes reposaient sur sa table de chevet et elle tenait un stylo en l'air. Elle avait l'intention d'écrire une lettre à ses filles. Elle estimait qu'il était temps de leur faire certaines révélations. Sarah et Mady étaient suffisamment mûres maintenant, plus aptes à y voir clair, surtout s'il advenait qu'elle disparaisse… Elle se sentait si faible parfois. Et cet homme si violent qui était à ses côtés ne l'aidait guère ! Comment le combattre ? Elle ne le pouvait décidément pas ! Ces derniers temps, elle en était arrivée à dissimuler ses nombreuses meurtrissures avec des manches longues. Elle se sentait honteuse, elle avait peur qu'une personne les remarque et pose des questions indiscrètes et indésirables. Ce n'était pas facile.

Mme Martinon coucha finalement ses premiers mots sur le papier ligné. Elle demeurait cependant aux aguets. Elle craignait plus que tout d'être surprise par son mari. Elle ne savait d'ailleurs pas quand elle donnerait cette lettre à ses filles. Mais elle sentait le besoin impérieux de s'adresser à elles. Ses connaissances de l'expression écrite étaient cependant bien pauvres. Ses études avaient été prématurément interrompues à la suite de la disparition de sa propre mère. Elle s'était retrouvée, à 12 ans, à la tête de la famille avec cinq autres enfants à élever. Son père l'avait aidée du mieux qu'il l'avait pu. Mais ses études étaient irrémédiablement terminées. Elle voulait décrire exactement les faits, avec les mots justes, et faisait de son mieux pour puiser dans son maigre vocabulaire et raconter ses souvenirs… Ils mettaient en scène les événements tragiques de ce fameux soir qui avait bouleversé à tout jamais la vie de son couple et de tout son foyer. Sans qu'elle y prenne garde, Mme Martinon adressa la lettre à Sarah plutôt qu'à Mady.

M. Bélanger gara enfin la voiture dans le stationnement de l'hôpital Sainte-Justine. Ils prirent l'ascenseur et arrivèrent bien vite dans l'aire des soins intensifs. Doucement, ils poussèrent la porte de la chambre de Manon. Elle était étendue sur le lit, le visage aussi blafard que les murs. Les stores étaient tirés, ne laissant presque pas la lumière s'infiltrer dans la pièce. La semi-obscurité n'empêcha cependant pas Guillaume de voir les nombreux tubes reliés aux bras de sa sœur. Il en sortait aussi de ses narines. Guillaume ferma les yeux un bref instant, puis il embrassa rapidement sa mère, tout en l'étreignant fortement contre lui. Mme Bélanger inspira d'aise en retrouvant son fils. Ils n'échangèrent aucune parole, juste un long regard, qui convergea bien vite vers Manon. Guillaume alla sans plus attendre s'asseoir au bord du lit et prit tendrement la main si fragile de sa sœur bien-aimée. Il entreprit de lui parler d'une voix douce, tout en lui caressant le front avec sa large main. Elle gardait toujours les yeux fermés. Il lui sembla qu'elle frémissait tout de même à son contact, au son de sa voix. Il n'aurait su dire exactement s'il s'agissait de son imagination ou de la réalité, mais il était convaincu qu'elle savait qu'il était là, à ses côtés. Il voulait s'en convaincre.

C'est dans ces pénibles circonstances que Guillaume revit sa famille. Dans la soirée, ils durent se résigner à rentrer. L'un des médecins traitants leur avait enjoint d'aller prendre un peu de repos. Il leur avait également affirmé que le personnel soignant les préviendrait aussitôt en cas de changement significatif chez Manon.

Dans le couloir de l'hôpital, Guillaume posait maintenant des questions à ses parents afin de se tenir un peu au courant :

« A-t-elle seulement ouvert les yeux ou fait un geste depuis ?

— Non, rien, Guillaume… Les médecins craignent une aggravation si cet état persiste. Il peut y avoir des répercussions irréversibles… C'est pour ça que nous voulions tant que tu viennes… Vous êtes si proches tous les deux… Nous avons pensé que…

— Oui, maman… Tu as très bien fait. J'ai fait le plus vite possible pour venir. Nous allons la sortir de sa torpeur… Nous allons y arriver ! L'amour que nous avons tous pour elle va triompher. Je veux le croire… Il faut le croire…

— Oui, Guillaume, nous voulons tous le croire… Tu nous insuffles un nouvel espoir… Nous en avons tant besoin ces derniers temps. Les médecins sont si pessimistes… Mais je ne leur en veux pas ! Ils font leur travail… Ils savent de quoi ils parlent… Manon a toujours été si fragile… Tu le sais, n'est-ce pas !

— Allons, il est temps de rentrer à la maison maintenant. »

Le père de Guillaume avait parlé d'une voix lasse et peu convaincante. Néanmoins personne n'émit d'objection et ils le suivirent.

Ils parvinrent devant leur maison, sur le boulevard Gouin Est. La rue était tranquille, bordée d'arbres. On pouvait apercevoir la rivière des Prairies, sur la gauche. M. Bélanger gara sa voiture dans le garage. Ils sortirent ensuite les bagages de Guillaume.

«Je vais préparer le repas. Nous devons prendre des forces pour aider Manon convenablement. Nous nous sommes quelque peu négligés ces derniers temps! Mais tu es là, mon grand garçon... Je reprends espoir... Dieu m'en est témoin.»

Mady discutait avec Liz du prochain départ de celle-ci pour l'Espagne. Apparemment, il y avait du nouveau à ce propos.

«Mady... Nous partons à la fin du mois de septembre!

— Mais tu ne devais partir qu'en milieu d'année scolaire?

— Oui, mais ça a changé! Je ne sais pas pourquoi. Tout se précipite en tout cas. Oh! Mady... Je ne me sens pas prête...

— Mais si, Liz... Tout ira bien... Tu pourras m'écrire... me donner tous les détails de ta nouvelle vie là-bas!»

Mady tentait d'être positive, mais elle voyait tous les êtres chers à son cœur partir les uns après les autres. Sa sœur était, elle aussi, si souvent absente maintenant. Et Guillaume... Quand le reverrait-elle?

«J'aimerais tant rester à tes côtés, Mady... Le temps que Guillaume revienne au moins! Ce n'est pas trop demander...

Mais je sais que c'est impossible. J'en ai déjà parlé à mes parents. Mon inscription au lycée français est partie ce matin. Tous les arrangements sont pris… Nous avons si peu de temps…

— Ce doit être particulier pour tes parents ! Je pourrais sans doute venir te voir un jour, là-bas !

— Oui… Mais pour le courrier de Guillaume ? Comment allons-nous faire maintenant ? »

En effet, elles s'étaient arrangées avec Guillaume pour que ses lettres arrivent chez Liz, afin que le père de Mady ne tombe pas dessus, ne serait-ce que par mégarde. Désormais, cela se compliquait singulièrement. Le changement se ferait à la poste, d'où le courrier serait expédié en Espagne. Liz devrait ensuite l'envoyer à Mady à l'intérieur d'une autre enveloppe, avec une lettre de sa part ! Que de temps perdu, que de complications ! Le cheminement des nouvelles risquait d'être bien long… Mais que faire ? Il semblait difficile pour le moment d'envisager une autre procédure.

« Nous devrons faire comme ça, Liz… C'est beaucoup trop risqué pour moi de recevoir le courrier chez moi. Mais avec un peu de chance, Guillaume sera rentré d'ici là ! Je l'espère en tout cas. Il reste tout de même deux semaines avant la fin du mois…

— Oui, c'est vrai. En tout cas, on fera comme tu voudras. Mais j'ai la tête à l'envers avec tout ça… J'ai mal dormi cette nuit, et pour cause…

— Je comprends, Liz, mais tout ira bien, je t'assure… De toute manière, ce n'est pas le bout du monde ! L'Espagne est un beau pays, de surcroît. Je t'envie, tu sais ! Moi, je suis simplement allée au Perthus, deux ou trois fois, pendant nos vacances dans le Sud !

– Assez classique !

– Oui… Il y a toujours un monde fou là-bas ! C'était avant… Quand mon père… Enfin, c'est de l'histoire ancienne… Mais j'ai bien aimé l'endroit. »

Mady allait mieux maintenant. Son esprit restait tourné vers Guillaume, mais elle avait passé le cap le plus difficile de la séparation. Elle sentait combien Liz avait besoin de soutien pour affronter ce prochain départ. Elle connaissait bien son amie et imaginait aisément les angoisses qui pouvaient naître chez elle à cause de ce changement brutal. Élizabeth était si timide avec des étrangers.

« Tu crois que je pourrais me faire des amis là-bas ? À notre âge, c'est plus difficile. Les enfants se lient si facilement, eux. Ah ! Mady… Que de questions !

– Je suis sûre que tu auras beaucoup de nouveaux amis. Mais ne m'oublie pas trop vite ! »

Mady avait dit cela d'un ton volontairement taquin. Elle essayait de dérider son amie et de lui montrer qu'elle n'avait aucunement besoin de s'inquiéter.

« Bah ! tu as sans doute raison. Mais tu me connais… Je me fais toujours du souci pour rien… Alors… Enfin… Comme je te l'ai dit, pour l'instant, ce n'est que pour deux ans. Il faut que je commence à avertir nos profs aussi… »

Chapitre 8

Dans la rue principale du centre-ville de Pincourt, Mme Martinon se retenait contre un arbre afin de reprendre son souffle. Elle avait subitement ressenti une grande faiblesse générale. Sa respiration devenait saccadée, voire sifflante. Quelques passants lui proposèrent leur aide. Elle les regardait d'un air hébété, mais finissait par leur faire signe que non. Avec beaucoup d'effort, elle tentait même d'esquisser un pâle sourire afin de faire oublier le visage blanc cireux qu'elle arborait. Aucun n'était dupe! Cependant, ils continuaient leur chemin, heureux, la conscience tranquille d'avoir au moins offert un soutien quelconque. Mais un couple resta près d'elle, les sourcils froncés.

«Madame, nous ne pouvons pas vous laisser ainsi…

– Oui, c'est hors de question! Mon mari a raison…

La femme avait parlé d'un ton autoritaire.

– Je vais bien… C'est juste que…»

Mme Martinon n'arrivait pas à retrouver son souffle. Elle regardait le couple sans vraiment parvenir à distinguer les traits de leurs visages. Elle avait l'impression de sombrer dans un état second, c'était un peu comme si elle observait la scène de l'extérieur. Ce n'était pas elle, cette femme ratatinée près du tronc d'arbre qui faisait des efforts surhumains pour rester debout. Ne pas perdre la face ainsi en pleine rue ! s'entêtait-elle.

« Nous allons appeler une ambulance. Vous devez absolument vous faire examiner. Voulez-vous que l'on prévienne quelqu'un ? Votre mari ? Vos enfants ? »

Mme Martinon releva encore une fois la tête. Elle frémit en entendant l'homme évoquer son mari. Non, décidément, elle ne pouvait pas faire appel à lui ! C'était hors de question. Mais elle se sentait si faible… Elle savait maintenant qu'elle ne pourrait pas rentrer seule chez elle. Ses forces l'abandonnaient.

C'était un samedi matin. Mme Martinon revenait du marché. Son panier de légumes était à ses pieds. Une âme charitable en avait ramassé le contenu qui s'était dispersé quand le malaise était survenu. Elle pensa alors à sa fille Sarah. Elle devait être à la maison… Oui, c'est cela, il fallait prévenir Sarah. Sa fille prendrait alors les choses en main.

Avec lenteur, elle sortit son carnet d'adresses et montra le numéro de téléphone au couple, penché sur elle.

« C'est ma fille, Sarah…

– Je vais lui téléphoner tout de suite. Pendant ce temps, nous allons vous installer à la terrasse de ce café. Vous serez plus à votre aise. Ma femme va s'occuper de vous le temps que votre fille arrive…

– Merci… »

Le couple aida Mme Martinon à se rendre jusqu'au café proche de là. Elle s'assit lourdement sur la chaise offerte et poussa un soupir de soulagement. Elle avait vraiment craint de ne pas être capable de se rendre jusque-là. La femme qui l'aidait s'était empressée de commander un verre d'eau et le serveur le lui apporta rapidement. Mme Martinon remercia du regard et but doucement l'eau rafraîchissante.

Quand le téléphone sonna dans la maison, Sarah posa sa tasse de café sur la table et décrocha tranquillement le combiné. Elle se demandait qui pouvait appeler à cette heure. Quand une voix inconnue l'informa avec précaution que sa mère avait eu un malaise dans le centre-ville, son cœur s'accéléra.

« Comment est-elle ? Est-elle consciente ? ne put-elle s'empêcher de débiter d'un trait, voulant avoir la réponse avant même de formuler la question.

– Oui… Elle est avec ma femme… Au café Le Normandie. Vous voyez où c'est ?

– Oui, bien sûr ! J'arrive… Il me faudra une quinzaine de minutes. Restez avec elle, je vous en prie, si ce n'est pas trop vous demander, ajouta Sarah, dans un sursaut de savoir-vivre.

– Non, bien sûr. Ne vous inquiétez pas… Nous restons avec elle. On vous attend alors… À tout de suite.

– Oui. »

Sarah raccrocha et attrapa rapidement ses clés de voiture pendues au panneau de l'entrée. Elle enfila son manteau et prit au vol son sac à main. Sa voiture ne démarra pas du premier coup. Elle dut s'y reprendre à trois fois tant ses mains semblaient vouloir aller plus vite qu'il n'était possible de le faire.

« Voilà. J'ai eu votre fille au téléphone. Elle arrive tout de suite. Si cela ne vous dérange pas, nous allons vous tenir compagnie en l'attendant. Soyez rassurée, madame, ça ne sera pas long», insista l'homme.

Il prit place auprès des deux femmes et, ensemble, ils attendirent l'arrivée de Sarah.

Mme Martinon récupérait petit à petit ses forces. Le verre d'eau et la chaise avaient eu un effet bénéfique. Mais elle demeurait un peu perdue, les yeux hagards.

Quand elle vit la voiture de sa fille se garer juste à côté du café, elle se sentit soulagée. Elle allait rentrer à la maison et enfin… s'allonger dans son lit et se reposer… Elle irait beaucoup mieux ensuite. Elle en était convaincue. Mais que dirait Sarah? Elle savait qu'elle ne laisserait certainement pas passer ça.

«Maman… Je suis là… Comment te sens-tu?»

Mme Martinon se contenta de sourire à sa fille. Mais Sarah connaissait sa mère et elle remarqua vite son teint pâle, bien qu'elle ait repris un peu de couleurs. Ce n'était pas son visage habituel.

«Si je puis me permettre, je vous conseille de l'emmener voir un docteur, mademoiselle, s'enquit le mari.

– Oui, monsieur, je n'y manquerai pas. Comment puis-je vous remercier pour votre gentillesse et pour vous être occupés de ma mère… Ce n'est pas tout le monde qui aurait réagi comme vous l'avez fait!

– Oh! ce n'est rien… C'est tout naturel. Tout ce que nous souhaitons c'est que tout rentre dans l'ordre.»

Le monsieur pouvait avoir environ 50 ans. Ses cheveux étaient noirs et il portait un imperméable gris. Sa femme, qui lui arrivait aux épaules, devait avoir à peu près le même âge. Ses yeux étaient d'un bleu perçant, surmontés de fines lunettes, et ses cheveux étaient bruns et bouclés.

« Vous savez, il y a bien longtemps, nous avons perdu notre petit garçon. Un accident de voiture... Il a été renversé... Et nous aurions bien aimé alors qu'une âme charitable soit là pour lui venir en aide... Oui, si quelqu'un était intervenu à temps, les médecins auraient pu le sauver... Mais enfin... Je vous prie de m'excuser. Je ne voulais pas vous ennuyer avec de vieilles histoires. »

La dame s'était exprimée avec une voix lointaine cette fois-ci. Son ton autoritaire avait disparu et un voile sembla passer devant ses yeux. Un voile de tristesse, mais aussi un voile de pudeur.

« Je vous remercie encore chaleureusement, monsieur...

– Oh ! monsieur et madame Romain. Bonne chance, mademoiselle. Madame... Prenez soin de vous. Nous avons été heureux de vous rendre service. »

M. Romain aida Sarah à soutenir Mme Martinon jusqu'à la voiture. Après s'être installée, celle-ci ferma les yeux. Elle ne voulait plus être là, près de ce couple. Elle ne voulait qu'une chose, être chez elle. « Oh ! pourquoi, pourquoi ? » songeait-elle, le cœur complètement retourné. Mais était-il retourné à cause de son malaise ou bien à cause de l'histoire de cette pauvre femme qui avait perdu son fils ? Mme Martinon poussa un profond soupir. Elle n'était plus sûre de rien.

Quand elle rentra chez elle, Mady trouva la porte close. Elle entendait bien Volcan de l'autre côté mais il n'y avait personne pour lui ouvrir. Elle fronça les sourcils de surprise.

Sarah lui avait certifié qu'elle ne sortirait pas. Aussi, elle n'avait pas pris sa clé. Elle était juste allée faire une course au centre commercial, non loin de la maison. Elle posa son sac à terre et s'installa sur la première marche. Volcan grattait impétueusement contre la porte. Mady lui expliquait la situation, mais le chien ne comprenait qu'une chose : sa maîtresse était de l'autre côté et il ne pouvait aller chercher ses caresses. Elle était songeuse. Aucun mot sur la porte. Elle ne comprenait pas. Sarah s'organisait toujours si bien.

Sarah tenait le volant tout en parlant à sa mère.

« Maman, il faut vraiment que tu ailles chez le docteur. Ce n'est pas raisonnable. Ce n'est pas normal d'avoir des faiblesses ainsi en pleine rue.

– Oui… Mais… Tout ira bien, Sarah…

– Je serai rassurée seulement quand j'aurai l'avis du médecin. »

La voix de Sarah était ferme. Mme Martinon savait qu'elle ne pourrait pas y couper cette fois. Aussi, elle décida de capituler.

« Entendu, Sarah. J'appellerai le docteur Darmon sitôt rentrée…

– Parfait. Tu iras t'allonger en arrivant et je me chargerai de l'appeler. C'est Mady qui doit être surprise de ne pas me voir à la maison.

– Pourquoi ? demanda faiblement sa mère.

– Elle était partie faire quelques courses. Elle doit certainement m'attendre à la porte. Je lui avais dit que je ne bougerais pas ! »

Mme Martinon hocha simplement la tête. Elle avait une grande envie de dormir, de fermer les yeux et de se reposer. Sarah la regarda du coin de l'œil et elle pinça les lèvres. Elle réfléchissait tout en roulant en direction de la maison. Elle ne pouvait décidément pas attendre la venue du docteur. « Non ! Je vais la conduire moi-même chez le docteur Darmon, décida-t-elle. Je passerai juste donner la clé à Mady et je repartirai tout de suite. » Elle respira d'aise. Elle se sentait mieux d'avoir ainsi analysé la situation. Elle était convaincue que c'était la meilleure chose à faire. Elle se garda cependant d'en parler à sa mère. Elle la mettrait devant le fait accompli. Elle n'aurait ainsi plus le choix.

Mady commençait à s'inquiéter sérieusement. Elle regarda de nouveau sa montre. Elle était là depuis quarante-cinq minutes maintenant. Et toujours pas de Sarah en vue. Volcan avait finalement pris le parti de se coucher derrière la porte d'entrée. Il attendait, lui aussi, qu'elle entre. La jeune fille souffla bruyamment. Elle n'avait même pas de livre avec elle pour passer le temps ! Elle pestait intérieurement, mais plus pour se rassurer que rien de grave n'était arrivé à Sarah. Quand elle entendit Volcan aboyer, elle tourna la tête en direction de la rue et elle aperçut la voiture de sa sœur.

« Enfin ! » s'exclama-t-elle tout haut.

Elle s'avança jusqu'à la barrière. Sarah ralentit devant elle, mais ne coupa pas le contact. Mady aperçut sa mère à côté d'elle et fronça les sourcils. Elle laissa Sarah descendre la vitre de son côté et lui lança :

« Et alors ? Que se passe-t-il ? Pourquoi maman est avec toi ?

– Je t'expliquerai. Tiens, voici les clés de la maison. Je vais avec maman. Je rentrerai dans l'après-midi.

– Mais…»

Sarah avait déjà redémarré. Mady resta bêtement là, tenant les clés dans sa main. Elle n'avait même pas eu le temps de réagir. «Où donc emmène-t-elle maman?» s'interrogea-t-elle. Mais, énergiquement, elle se retourna en entendant son chien qui aboyait plus fortement.

«Oui, Volcan, j'arrive… Je t'ouvre tout de suite…»

Volcan lui fit la fête. Il était heureux de pouvoir la flairer, sentir ses caresses sur son dos. Il frétillait de la queue. Elle le caressait distraitement. Elle pensait toujours à sa mère, qui lui avait paru bien pâle dans la voiture. «Chez le docteur!» Voilà où Sarah conduisait sa mère! Elle en était quasiment sûre maintenant!

«Oui, bien sûr, ça ne peut être que ça!» songea-t-elle encore.

«Ah! Volcan, j'espère que tout ira bien… J'ai hâte qu'elles reviennent afin d'en savoir un peu plus. Que s'est-il passé?»

Elle ne savait plus trop que penser de l'état de santé de sa mère. Ces derniers temps, elle semblait cependant aller beaucoup mieux. Elle faisait moins d'heures aussi, mais…

Guillaume parlait à sa sœur, toujours allongée sur son lit d'hôpital. Il lui parlait de tout ce qui lui passait par la tête, leurs jeux d'enfance, les bêtises qu'ils avaient eu l'occasion de faire ensemble! Et les bons moments qu'ils avaient partagés depuis. Il lui parla aussi de son séjour en France… de sa rencontre avec Mady. Il lui décrivit longuement les sentiments qu'il éprouvait pour la jeune fille. Tout en parlant, il lui caressait la main. Il parlait d'une voix douce, d'une voix vibrante.

Guillaume était de retour à Montréal depuis deux semaines déjà. Et Manon demeurait dans un état critique. Les médecins ne comprenaient pas. Sa fièvre se calmait un jour pour remonter en flèche le lendemain même ! Elle était alors prise de gros frissons et criait dans ses délires. Elle appelait Guillaume qui s'empressait de la rassurer. Il lui touchait le front et lui murmurait de douces paroles. Elle se calmait rapidement. Elle semblait vraiment sentir la présence de son frère bien-aimé. M. et Mme Bélanger se relayaient aussi à son chevet, mais ils préféraient laisser la plus grande place à Guillaume. Ils comptaient beaucoup sur lui pour aider Manon. Leur fils leur enjoignait d'ailleurs d'aller se reposer, reprendre des forces. Les dernières semaines avaient été particulièrement éprouvantes.

En l'espace de quelques jours, la température extérieure avait sérieusement chuté, passant de 20-25°C à 5-10°C en moyenne. Pour un début de mois d'octobre, ce n'était guère surprenant, mais cela annonçait surtout que l'hiver se profilait à la porte et qu'il ne tarderait pas à frapper froidement. En temps normal, Guillaume n'aimait pas l'hiver au Québec. Trop froid à son goût ! Même s'il était né ici, il ne s'y était jamais habitué. Néanmoins, pour l'heure, c'était l'automne et ses superbes couleurs éclatantes. En cette belle saison québécoise, la nature agissait sur les arbres et les buissons avec charme, peut-être un peu pour se faire pardonner à l'avance de l'hiver rude qui approchait. Mais en l'occurrence, Guillaume s'en moquait ! Il était avec sa sœur, c'était ce qui importait. Il fallait absolument que Manon sorte de sa léthargie, de son semi-coma ! Il ferait tout ce qui était en son pouvoir pour qu'elle y parvienne.

Dès le matin, il entrait dans sa chambre et commençait sa journée. Tout d'abord, il s'asseyait au bord du lit et montrait à sa sœur des photographies de la famille. Il avait choisi quelques albums, optant principalement pour les photos de leur jeunesse. Il avait lui-même bien du plaisir à se remémorer les scènes immortalisées par les clichés. Tout en les regardant, il les commentait, éclatant parfois d'un rire franc.

« Regarde, Manon. Tu te souviens de cette année-là ? Nous voulions construire le plus gros bonhomme de neige du monde ! »

Manon ne bougeait pas. Ses yeux demeuraient fixes, perdus on ne savait où ! Pourtant, Guillaume ne se décourageait pas. Bien au contraire, il s'acharnait !

La photo les montrait, en effet, en plein hiver, emmitouflés dans des combinaisons, rouge pour Manon et verte pour Guillaume. Ils avaient les joues rougies par le froid, mais leur visage semblait rayonner de bonheur. Ils posaient tous deux fièrement aux côtés d'un immense bonhomme de neige qui les dépassait de plus de deux têtes.

« Regarde celle-ci encore ! Je devais avoir dans les 10 ans ! Je crois que nous revenions d'une foire à Québec... Papa avait gagné un gros lapin en tirant sur des cannes. »

Dans le courant de la matinée, Guillaume s'installait dans un fauteuil, près de Manon et lui faisait la lecture. Il choisissait des histoires simples, encore une fois des contes de leur jeunesse. Il replongeait avec délices dans les écrits d'Alphonse Daudet et ses *Lettres de mon moulin* ou bien encore il prenait *Les Trois Mousquetaires* et partait dans un récit aussi tonitruant que le lui permettait le lieu où il était. Elle avait toujours adoré ça, écouter sa voix ! Fermer les yeux et se laisser bercer par son timbre, qu'elle disait tout particulier et qui n'appartenait qu'à lui ! Souvent, elle finissait par s'endormir et son imaginaire prolongeait l'histoire ébauchée.

Plus tard, dans la journée, ils discutaient, ou plus précisément Guillaume faisait semblant. C'était en fait un monologue. Ses questions demeuraient sans réponse, mais il n'y prêtait pas attention. Il faisait comme si Manon lui avait répondu. Son sujet préféré à ce moment-là était Mady. Il voulait que sa sœur sache tout d'elle. Il lui décrivait son visage, sa famille, mais s'assombrissait quand il parlait de son père. Il racontait enfin leurs sorties. Les infirmières connaissaient bien le jeune homme à présent et elles le laissaient faire même en dehors des heures de visite. Elles le regardaient prendre soin de sa sœur et le trouvaient formidable.

Plusieurs auraient même bien voulu le connaître davantage, mais il semblait ne pas les voir. Le personnel hospitalier n'était là que pour lui donner des informations professionnelles et c'est tout ce qu'il voyait et voulait.

Mady et Sarah discutaient dans la cuisine. La journée avait été particulièrement éprouvante pour Mady. Elle ressentait de plus en plus de tiraillements dans le ventre. Elle s'inquiétait. Elle ne savait pas vraiment pourquoi, mais elle se doutait que ce n'était pas normal ! Liz était d'ailleurs de son avis. Elles en avaient discuté. Son amie lui avait dit d'aller voir un médecin.

Après tout, sa mère était bien malade… Peut-être avait-elle attrapé un virus ? Mady ne s'y connaissait que succinctement en terminologie médicale ; elle avait donc décidé d'en parler à sa sœur.

« Alors, Mady, comment te sens-tu ?

— Ça pourrait sans doute aller mieux ! J'ai souvent mal au ventre ces derniers temps. Je ne sais pas pourquoi… Allons-nous toutes être malades ? Avec maman qui est en arrêt maladie depuis deux semaines maintenant… Ce n'est pas vraiment le moment que je tombe malade, à mon tour… Elle a plutôt besoin de notre soutien ! Tu ne crois pas ?

— Oui, Mady, mais… Tu as mal depuis longtemps ? »

Sarah s'inquiétait sérieusement. Elle trouvait que sa sœur manquait d'énergie ces derniers temps. Elle n'était pas loin de penser à une sorte de virus, elle aussi.

« Un mois environ… Mes seins aussi sont douloureux… Je n'ai jamais senti cela… C'est à peu près depuis le départ de Guillaume… Il y a peut-être un rapport ! Je m'inquiète tellement pour lui… C'est sûrement dû à cette séparation…

— As-tu reçu des nouvelles ?

— Oui, une lettre par l'intermédiaire de Liz… La semaine dernière… Il ne savait toujours pas quand il rentrerait. Manon était toujours hospitalisée. Elle ne réagissait pas aux paroles de son entourage. Les médecins étaient impuissants.

— J'en suis bien triste… Cela peut avoir tellement de graves répercussions sur cette jeune fille, je le crains…

– Ce serait terrible ! Mais je ne veux pas y penser…

– Et toi, Mady ? Je te trouve pâle. Tu n'es vraiment pas dans ton assiette.

– C'est vrai, c'est assez étrange, le matin, parfois, après mon petit déjeuner, je sens mon estomac dérangé… Comme si j'allais vomir… Mais ça ne m'est arrivé que deux ou trois fois ! J'ai peut-être avalé quelque chose de mauvais.

– Il faudrait que tu voies le médecin, toi aussi. Regarde maman ! Si elle n'avait pas attendu si longtemps, ça ne se serait pas aggravé comme ça ! Maintenant, il lui faut le repos absolu… Plus de surmenage… Depuis le temps qu'elle devait voir le docteur… Il a fallu ce malaise dans la rue ! Une chance que ce gentil couple ait été là ! Sinon…

– Oui… »

Mady hésitait à poursuivre. Elle craignait que sa sœur ne s'inquiète. Sarah dut le sentir, puisqu'elle ajouta :

« Qu'y a-t-il, Mady ?

– Il y a autre chose aussi… Enfin… Je n'ai pas eu mes règles, ce mois-ci… C'est peut-être ce qui me donne mal au ventre… »

Sarah regarda sa sœur droit dans les yeux.

« Tu as peut-être un petit retard. Ça arrive parfois, crut-elle bon d'indiquer.

– Oui, c'est ce que je me suis dit… Mais c'est plus qu'un petit retard…

– Mady… Il faut que je sache… Avec Guillaume…

– Quoi avec Guillaume ? demanda Mady, surprise de la question.

– Avec Guillaume… Est-ce que vous avez eu des rapports ? »

La question était tombée, abrupte, sans avertissement. Mady se voyait mal mentir à sa sœur. Elle devint rapidement écarlate et Sarah comprit. C'est d'une toute petite voix que Mady l'informa :

« Une seule fois, en fait… Peu après que papa m'a frappée… Guillaume est venu me voir le soir et nous sommes partis ensemble… »

Elle ne poursuivit pas sa phrase.

« Oh ! Mady… »

Sarah se mordit les lèvres. Elle n'en voulait certes pas à sa sœur. Elle réfléchissait plutôt à ses aveux.

« Sarah ! Tu penses que… Non ! Ce n'est pas possible

– Mady… Je crois que si… Je pense que tu es enceinte ! »

Mady entendit le mot mais n'eut pas l'air de comprendre que cela la concernait. Pourtant, elle posa sa main sur son ventre.

« Oh ! Sarah ! Il faut que nous en ayons le cœur net… Oh, mon Dieu ! Et papa ! Si jamais c'est le cas ! Il va me tuer ! Oh, Sarah ! J'ai si peur… Et Guillaume qui est si loin… Liz qui déménage la semaine prochaine… Maman qui est malade… Et toi… »

Ses paroles se perdirent dans les larmes qui venaient de jaillir. Des larmes de détresse. Des larmes d'incrédulité, mais surtout des larmes de peur…

« Inutile de te ronger les sangs, Mady ! Tant que nous n'en sommes pas sûres, ça ne sert à rien. Nous aurons assez de temps pour aviser plus tard si cela s'avère nécessaire. J'appelle tout de suite ma gynécologue. Elle pourra sans doute te voir aujourd'hui même. Nous serons fixées aussi-tôt. Pas de panique, petite sœur… Je suis là…

– Oui, mais toi aussi tu pars dans deux semaines !

– Oui, mais pas pour longtemps… Juste quatre jours et je suis de retour. Je n'ai pas le choix. Ça fait partie de mon travail. Et je ne serai pas aussi loin cette fois… Il s'agit de l'Italie. Bon ! Je vais téléphoner tout de suite. Reste là, Mady ! »

Mady regarda sa sœur se diriger vers le téléphone installé dans le couloir. Elle avala sa salive. Elle était inquiète. Et si Sarah avait raison ! Si ces douleurs… Et si elle attendait un enfant ! Elle ne cessait de retourner tout ça dans sa tête. À vrai dire, ça ne lui était vraiment pas venu à l'esprit. Elle était pourtant bien informée. Non, c'était autre chose… Elle n'y avait tout simplement pas songé… Juste une fois… Elle n'avait été aussi loin avec Guillaume qu'une seule fois, un instant de… Pourtant, elle ne regrettait pas… Elle en assumerait les conséquences ! se promit-elle.

« Oui, je voudrais un rendez-vous avec le docteur Wagner, s'il vous plaît !

– …

– Oui. »

Mady écoutait maintenant la conversation de Sarah. Elle essayait de détecter les silences de sa sœur.

« Bien, parfait ! Nous serons là ! Merci beaucoup. »

Sarah se retourna vers Mady après avoir raccroché et lui confirma le rendez-vous pour l'après-midi même.

« Elle t'attend à 16 h 10. Quelqu'un s'est justement désisté. C'est bien tombé… J'aime autant que nous soyons fixées… Cela vaut mieux que d'attendre encore…

– Oui… Je crois aussi… »

La voix de Mady était bien basse. Il était inutile d'ajouter quoi que ce soit avant le rendez-vous de l'après-midi.

Le lendemain, Liz retrouva Mady dans l'autobus qui les conduisait au lycée. À la mine de son amie, elle comprit que quelque chose ne tournait pas rond. Elle s'installa rapidement à côté d'elle et attendit qu'elle parle. Mais Mady demeura silencieuse. Elle ne pouvait décidément pas lui apprendre ça dans l'autobus… comme ça.

« Liz, je t'en parlerai en arrivant. C'est trop important.

– T'exagères, Mady… Tu me fais languir… Tu as eu des nouvelles de Guillaume ? C'est ça ? chuchota Liz pour ne pas être entendue.

– Non… S'il te plaît… »

Les yeux de Mady étaient vraiment implorants.

Liz préféra changer de sujet et rongea son frein. Quand l'autobus fut enfin parvenu à destination, elle se demanda s'il n'avait pas fait un détour tant le trajet lui avait paru durer une éternité. À Mady aussi d'ailleurs… Mais pas pour la même raison… L'autobus avait, quant à lui, suivi le trajet habituel.

Elles laissèrent tout le monde passer devant et Mady emmena bien vite Liz à l'écart.

« Liz… Je ne sais pas comment te dire ça…

– Tu peux tout me dire, Mady… Prends ton temps ! »

Mady se pencha vers Liz comme si elle craignait malgré tout d'être entendue par les autres. C'est d'une voix sans timbre qu'elle lui annonça :

« Je suis enceinte, Liz…

– Quoi ?! Toi, Mady ? Mais… »

Liz ne s'attendait certes pas à une telle nouvelle. Non, jamais de la vie. Sa bouche resta ouverte de surprise.

Mady se mordit la lèvre et hocha simplement la tête devant l'air toujours aussi incrédule de son amie.

« Avec Guillaume, nous… Enfin, c'est arrivé une fois que… C'est ça, quoi ! »

Mady ne savait trop comment expliquer cet instant d'égarement qu'ils avaient eu ce soir-là près du lac. Elle ne voulait pas non plus trop entrer dans les détails. Ils étaient si bien à ce moment-là…

« En es-tu sûre ?

– Oui, on ne peut plus sûre ! J'ai vu une gynécologue hier… avec ma sœur…

– Que vas-tu faire ?

– Je ne sais pas. C'est si nouveau… si inattendu…

– Ah ! et moi qui pars à la fin de la semaine… Non, c'est trop bête… Oh ! je te prie de m'excuser, Mady… Je suis maladroite… Ce n'est pas ça que je voulais dire… Comment te sens-tu ?

– Pour te dire la vérité, hier, quand j'ai su… Eh bien, je suis tombée des nues ! J'y ai pensé toute la nuit… Mais je suis heureuse tout de même de savoir que je porte cet enfant… Parce que c'est l'enfant de l'homme que j'aime… de Guillaume ! Mais j'aurais aussi préféré pouvoir le concevoir à notre guise… Pas comme ça… J'ai imaginé dix mille scénarios dans ma tête… M'enfuir… Retrouver Guillaume… Je ne sais pas… Ce n'est pas facile…

– Oui, mais il te faut un passeport pour là-bas !

– Oui… Et ça, c'est pas mon père qui va me signer l'autorisation… Ah! si seulement il n'était pas comme ça! Ce ne serait pas aussi terrible… J'aurais les idées plus claires…

– Vas-tu avertir Guillaume?

– Oui, bien sûr… Quand ce sera le moment… Mais pas tout de suite… Il serait trop tiraillé entre sa sœur et moi… Je ne suis pas malade… Je suis enceinte… Ce n'est quand même pas la même chose! Et puis, quelle sera sa réaction?»

Mady se caressait le ventre tout en se justifiant devant son amie. Depuis qu'elle savait, elle avait commencé à prendre cette habitude, comme pour bercer ce petit être qui grandissait en elle.

«Viens, Mady. Nous allons passer la journée ensemble. Loin des cours. Ce n'est pas une journée d'absence qui va changer le monde!

– Nous n'avons jamais manqué un cours, Liz… Tu parles d'une occasion!»

Liz donna un coup amical dans l'épaule de Mady et elles rirent ensemble. Un rire un peu tendu et irréel cependant.

Mme Martinon ouvrit les yeux. Elle venait une fois de plus de sombrer dans un profond sommeil. En ce moment, elle faisait des siestes comme jamais auparavant. Et pourtant, elle se sentait lasse encore. Elle tendit la main et attrapa son verre d'eau sur la table de nuit. Elle se leva finalement et écouta la maison silencieuse. Dans la journée, il n'y avait personne, à part Volcan. Son mari était Dieu sait où… Et elle s'en moquait du reste. Elle n'avait même plus le goût de lutter. Le docteur lui avait prescrit des somnifères. Elle détestait ça, mais elle les prenait tout de même. Elle n'avait jamais réussi à tenir tête à qui que ce soit... Encore moins à son mari... Elle ouvrit précautionneusement sa table de nuit et prit la lettre qu'elle avait écrite, voilà plusieurs jours déjà. Elle ouvrit l'enveloppe encore une fois et relut son écriture malhabile. Elle voulait se convaincre qu'elle devait le faire. Mais chaque fois, elle reposait l'enveloppe et son précieux contenu à l'intérieur de sa table de nuit. Elle la donnerait à Sarah, plus tard... Oui, toujours plus tard... Pas aujourd'hui, parce que... Les excuses affluaient dans son esprit. Des excuses qui n'en étaient pas d'ailleurs, des excuses qui n'avaient aucun sens. Mais ça, Mme Martinon préférait ne pas y penser et faisait comme si... Elle se dégoûtait de sa lâcheté. Elle souhaitait pourtant que Sarah sache...

Sarah regardait par la fenêtre de son bureau. Les arbres qui lui faisaient face perdaient de plus en plus leurs feuilles. Le vent passait entre les branches, emportant chaque fois un souvenir qu'il déposait sur le sol. Les feuilles s'y accumulaient en un tapis qui bruissait à chaque pas. Elle ne semblait décidément pas avoir l'esprit à son travail. Elle avait pourtant tout fait pour s'y plonger, se concentrer dessus, mais ses pensées repartaient en voyage rapidement. Elle s'enfonça dans son fauteuil et se passa la main dans les cheveux. Elle songeait à Mady, à son père, à sa famille. «Pourquoi tout est-il si compliqué? se demandait-elle. Ah! si seulement Mady était majeure!» Depuis quelque temps déjà, elle envisageait de prendre un appartement, seule, près de son travail. Mais chaque fois, cette décision était repoussée. Au début, c'était pour sa mère, qui était tombée malade. Et à présent, c'était pour Mady. Elle ne pouvait pas les laisser seules toutes les deux avec cet ivrogne. Il était capable de tout… Même des actes les plus vils ! Elle ne ressentait plus aucune estime pour lui. Elle ne lui parlait d'ailleurs plus. C'était un étranger. Elle ne se sentait pas coupable de l'abandonner ainsi. Elle avait tout tenté… Combien de fois l'avait-elle incité à s'en sortir… Elle lui avait tendu la main à de nombreuses reprises, mais il avait fini par lui cracher au visage… Il ne voulait tout simplement pas… Elle était écœurée… Elle se réjouissait pourtant d'avoir un bon travail qui lui permettait de s'évader… de se soustraire au contrôle qu'il voulait exercer sur toute la maisonnée. Mady était une rebelle, mais elle n'avait pas atteint sa majorité. Ce n'était pas son cas. Le fait d'être majeure lui donnait une certaine force. Elle se sentait comme le roseau d'une rivière qui ploie parfois à cause du vent violent mais qui ne se brise pas pour autant.

Soudain, elle entendit frapper à la porte de son bureau. Elle tourna la tête et vit un homme dans l'entrebâillement.

« Je suis désolé… J'ai frappé plusieurs fois, mais vous n'avez pas dû entendre…

– Non… Puis-je vous aider ? »

Sarah chassa bien vite ses idées !

« Oui, sans doute. M. Laberge m'a envoyé vers vous… Vous êtes, semble-t-il, la personne qui pourra le mieux m'informer… »

Sarah regarda plus attentivement l'homme qui lui faisait face. Elle ne l'avait encore jamais vu. Il était brun. Un costume sombre le rendait un peu hostile au premier abord. Un simple sourire de politesse flottait sur ses lèvres, mais sans plus. Il ne semblait guère aimer les ronds de jambe. Il était de grande taille et il pouvait avoir 35 ans environ, peut-être plus.

L'homme s'avança dans le bureau sans plus attendre. Il tendit une main vers Sarah et prit aussitôt place en face d'elle. La jeune femme resta surprise par son manque d'éducation. Elle ne dit rien cependant. Elle attendait de voir venir. « Voilà un bien étrange personnage ! » ne put-elle s'empêcher de penser. Pourquoi M. Laberge me l'envoie-t-il ? Et sans me prévenir en plus ! Ce n'est pourtant pas dans ses habitudes.

« Voilà… Je m'appelle André Corneau… Nous pourrions peut-être demander deux cafés ? Qu'en dites-vous ? »

Sarah ouvrit la bouche de surprise. Cet homme était vraiment étonnant ! Il débarquait dans son bureau et commandait un café ! Mais où se croyait-il ? Elle commençait à s'échauffer, mais s'exhorta néanmoins au calme.

« Monsieur… Pardonnez-moi, je n'ai pas bien retenu votre nom…

– Corneau, André Corneau.

– Monsieur Corneau, pouvez-vous en venir au but de votre présence dans mon bureau, s'il vous plaît ? »

Sa voix était cassante. Elle regarda l'homme droit dans les yeux.

« Oui, bien sûr. C'est simplement que j'ai l'habitude de prendre mon café avant de parler affaires… Mais je vous comprends. »

Il n'ajouta rien cependant. Au contraire, il s'installa dans son fauteuil, attendant visiblement qu'on lui apporte son «cher café».

Sarah n'en revenait pas! Quel malotru! Elle avait hâte d'en discuter avec M. Laberge. En attendant, elle tendit le bras vers l'interphone et demanda deux cafés à sa secrétaire. Elle soupira et fit de nouveau face à M. Corneau, qui ne se départait pas de son sourire aimable. Il ne semblait aucunement pressé d'aborder le but de sa visite. Il regardait le bureau d'un air satisfait. On aurait dit qu'il était chez lui. La jeune femme perdait de plus en plus patience. Pourtant, elle n'arrivait pas à comprendre ses motifs. S'il n'avait pas été envoyé par M. Laberge, elle l'aurait chassé aussitôt de son bureau pour son sans-gêne. Cet individu assis en face d'elle attendait tout simplement son café comme si de rien n'était! Sarah se résigna à ne pas le regarder et se plongea sans plus tarder dans son dossier. Elle avait décidé de ne plus faire cas de lui tant que le café ne serait pas là! Après tout, elle avait d'autres choses à faire. M. Corneau ne parut pas s'en offusquer, bien au contraire. Il la regardait examiner le dossier sur la future succursale d'Italie.

«Un beau pays que l'Italie!» ne put s'empêcher de remarquer l'homme, qui inclinait légèrement la tête afin de bien lire le titre inscrit en gros caractères sur la couverture.

Sarah releva la tête et lui lança un regard noir.

«Vous n'êtes pas prêt à discuter de votre présence ici, mais moi, je ne suis pas disposée à perdre mon temps! Laissez-moi avancer dans mon travail… Quand le café de monsieur — elle insista sur le "monsieur" — sera arrivé, nous pourrons en venir à votre cas!

– Sans doute… »

M. Corneau ne se laissa pas démonter pour autant. Il semblait même trouver son attitude tout à fait normale. Il poursuivit ses observations. Sarah avait du mal à se concentrer. Elle n'avait qu'une hâte, que sa secrétaire arrive avec les cafés. On frappa enfin à la porte et elle s'empressa d'inviter sa secrétaire à entrer.

M. Corneau buvait sa tasse placidement. Il n'y avait toujours aucun empressement de sa part. Sarah décida de prendre les devants. Elle avait été suffisamment complaisante à son goût !

« Bien, monsieur Corneau, allons-y, je vous prie… Il me semble que nous avons déjà pris assez de temps ! Comment puis-je vous aider ? »

Son ton était cassant, dénué de chaleur. M. Corneau posa tranquillement sa tasse et ouvrit enfin la bouche. Il regarda Sarah droit dans les yeux et commença sans plus attendre :

« Si je viens me présenter à vous, c'est parce que, depuis hier soir, je suis devenu le président-directeur général de cette compagnie et qu'à ce titre je souhaite faire plus ample connaissance avec chaque cadre de la société. Je déteste laisser les choses au hasard et j'aime savoir à qui j'ai affaire. »

Sarah ne savait plus que dire. Cette façon qu'avait cet être arrogant et si imbu de lui-même de venir ainsi dans son bureau pour mettre les choses au clair… Elle n'aimait pas du tout ça. Elle se sentait de plus en plus échauffée. Ce n'était vraiment pas le moment. Elle décida donc de l'affronter aussitôt. Si elle perdait son travail, elle pourrait au moins continuer à se regarder dans la glace chaque matin. Il était hors de question qu'elle se laisse marcher dessus par le premier venu sans se défendre, fût-il le président de la République en personne ! Aussi, c'est d'une voix mordante mais posée qu'elle débita :

« Monsieur Corneau, j'aime autant vous le dire tout de suite, votre méthode pour jauger les gens me paraît complètement discourtoise et malvenue ! Vous venez ainsi en conquérant, sous un prétexte fallacieux, pour annoncer que vous allez prendre les choses en main ! Eh bien, je vous le dis tout de suite, prenez-les, je n'y vois aucun inconvénient, mais ne comptez pas sur moi pour vous servir le café tous les matins, ni sur ma secrétaire non plus ! Elle a suffisamment de travail comme ça ! Vous voulez vous mettre au courant, prenez rendez-vous ! Vous ne pouvez pas débarquer ainsi ! Que vous soyez le PDG ne vous autorise pas à vous conduire de la sorte avec le personnel. Il me semble qu'un minimum de bienséance ne vous ferait pas de mal ! »

L'homme assis en face d'elle l'écoutait sans se départir de son sourire ; au contraire, celui-ci s'élargissait. Sarah savait qu'elle venait de perdre son emploi à cause de son caractère emporté, mais il l'avait poussée à bout. C'était plus fort qu'elle. Elle avait le rouge aux joues. Elle s'était même levée de son fauteuil.

Tandis qu'elle restait là à le foudroyer du regard, M. Corneau partit dans un grand éclat de rire. Elle fulmina encore plus.

« Eh bien, je suis bien heureuse de vous faire rire !

– Non… C'est que… »

Son supérieur hoquetait en face d'elle, tout en essayant de retrouver son sérieux à grand-peine.

Sarah reprit sa place et attendit en serrant les dents. Elle commençait déjà à répertorier mentalement ses affaires.

«Vous pourrez disposer de mon bureau dès demain matin...

– Je n'ai que faire de votre bureau, mademoiselle!»

Sa voix était redevenue sérieuse en un éclair. Étonnée, la jeune femme regarda de nouveau le costume sombre.

«C'est-à-dire?

– C'est-à-dire que vous me plaisez!»

Cette fois, M. Corneau sortit un grand sourire qui surprit Sarah. Elle était perdue. Quel individu énigmatique!

«Je ne vous suis pas!

– Je vous prie de m'excuser, mademoiselle... On m'avait dit que vous aviez du caractère, mais là, j'avoue que c'était en dessous de la réalité... J'ai besoin de personnes comme vous! M. Laberge a fait un excellent choix en vous prenant comme collaboratrice. Je n'en attendais pas moins de lui, le connaissant!»

Sarah gardait cependant un air sombre. Elle n'avait vraiment pas aimé son attitude, et savoir M. Laberge au courant ne lui plaisait pas plus. M. Corneau s'en rendit compte et continua:

«Je crois qu'on est partis sur une mauvaise base pour faire connaissance. Je ne suis pas si méchant que j'en ai l'air... Je vais donc prendre rendez-vous avec votre secrétaire pour que nous ayons l'occasion de discuter dans les règles! Vous savez, parfois, je ne résiste pas à mon envie de taquiner le monde...

– Bien, si vous le dites ! »

Sarah leva un sourcil. Elle gardait cependant des doutes, quoi qu'il pût dire.

M. Corneau se leva sans plus attendre et la salua poliment. Elle en resta estomaquée. Sa journée commençait plutôt étrangement.

Mady et Liz passèrent la journée à déambuler dans les galeries marchandes. La ville où se trouvait le lycée étant plus importante que Pincourt, elles pouvaient flâner sans souci. Elles discutaient de tout ce qui leur venait à l'esprit. Elles savaient que très bientôt elles seraient à des kilomètres l'une de l'autre.

« Ah ! Mady... si seulement je ne partais pas dans trois jours ! Te savoir ainsi... Je penserai souvent à toi... Je t'écrirai... Et je m'empresserai de te faire parvenir les courriers de Guillaume... Ah ! c'est tellement dommage !

– Oui. Ça tombe plutôt mal ! Tout mon petit monde s'en va aux quatre coins du globe !

– Je suis tout de même heureuse de savoir que tes rapports avec Sarah vont mieux maintenant. C'est un gros soutien, ça ! Tu en es consciente, je suppose.

– Oui, c'est vrai. Sans elle, j'aurais beaucoup de mal à garder le moral, avec toi qui pars et Guillaume qui est à Montréal... Mais elle est si souvent absente aussi... Son travail...

– Oui. J'aimerais pouvoir te dire que tout va bien aller, mais je ne connais malheureusement pas l'avenir... Je le souhaite en tout cas... De toute façon, Guillaume finira bien par revenir… Et tout s'organisera alors pour le mieux.

– Il me tarde tant que ce jour arrive… J'en rêve si souvent… Il y a deux nuits, j'ai vu Guillaume en rêve… Je sortais du lycée et il était là, en face, dans sa voiture, un bouquet de roses rouges dans les mains… Un grand sourire sur les lèvres… J'ai couru vers lui, mais un autobus est passé entre nous et quand j'ai de nouveau pu voir en face, Guillaume n'était plus là ! Le trottoir était désert ! J'ai alors fondu en larmes et ce sont mes propres hoquets qui m'ont réveillée… J'avais beaucoup de mal à analyser ce cauchemar… J'ai préféré l'oublier. Le sommeil n'est pas revenu facilement ensuite…

– Allons, Mady ! Tu te fais du mal pour rien… Et pour le lycée ? Que comptes-tu faire exactement ?

– Pour l'instant, ce n'est pas visible, alors je vais continuer. Mais après, je ne sais pas… Il faudra voir aussi avec mon père… Quand il va l'apprendre, il va m'étriper vivante ! Je te le dis. En tout cas, je vais tâcher de garder le secret le plus longtemps possible… Je vais aviser, avec l'aide de Sarah… Il sera bien assez temps à ce moment-là !

– Tu seras la bienvenue en Espagne, tu sais ? Mes parents t'apprécient beaucoup, je suis sûre qu'ils seront d'accord.

– Merci, c'est gentil… »

À la fin de la journée, Mady et Liz prirent le chemin en direction du lycée et montèrent à bord de l'autobus sans plus attendre. Elles n'échangèrent que peu de paroles par la suite, chacune étant dans ses pensées. Le fait d'avoir manqué une journée de cours ne les dérangea pas le moins du monde. Elles ne l'avaient jamais fait, mais cette fois, c'était pour elles un cas de force majeure.

Quand Guillaume montra de nouveau les photos familiales à Manon, il perçut tout à coup un tressaillement dans le corps de sa sœur. Il remonta la photo les représentant tous les deux lors d'une soirée d'Halloween. Lui était déguisé en vieux sorcier avec un faux nez crochu et elle était revêtue d'une belle robe blanche et portait un long chapeau en forme de cône. Elle tenait à la main une baguette magique. C'était la fée, la gentille fée. La photo datait de bien des années auparavant, mais ce soir-là avait été pour eux l'un des meilleurs moments de leur enfance, puisque Manon avait pu participer pour la première fois au défilé. Elle était même en pleine forme, tout excitée de passer de maison en maison pour recueillir les précieuses friandises offertes par les gens. Ils avaient aussi entonné des chants. La soirée avait été particulièrement réussie.

Guillaume vit distinctement les lèvres de Manon bouger. Il exultait. Il se pencha vers sa sœur pour mieux entendre.

« C'est nous…

– Oui, Manon… L'Halloween ! Tu te souviens ?

– Oui… »

La voix était très faible, mais Manon semblait vraiment vouloir sortir de son état semi-comateux.

« Ne bouge pas, Manon, je cours chercher une infirmière… Je suis juste à côté… Je reviens dans une seconde… »

Guillaume ne savait plus quoi faire. Il voulait rester près de sa sœur, mais courait déjà dans le couloir. Son cœur faisait des bonds de joie. Il souriait de toutes ses dents. C'était la première fois que Manon semblait reconnaître son entourage. Il voulait rester calme, mais en était bien incapable. Dans le couloir, il aperçut une infirmière et l'avertit. Elle le suivit aussitôt. S'approchant de Manon, elle lui adressa un sourire. Manon la regarda, sans sourire cependant.

« Bonjour, Manon, je suis Isabelle. Comment allez-vous ?

– J'ai soif…

– Bien, on va s'en occuper. »

Son frère avait pris les devants et tendait déjà le verre d'eau à l'infirmière. Celle-ci s'en empara et entreprit de faire boire Manon doucement. La petite malade n'en prit qu'une gorgée, avec difficulté.

Liz regarda une dernière fois son amie Mady par la fenêtre ouverte de la voiture. Elles avaient de la peine toutes les deux, mais elles se souriaient malgré tout. Son père et sa mère étaient déjà montés à l'avant, et le moteur se mit en marche. Mady sentait que c'était le moment. Elle marcha à côté du véhicule qui avançait doucement. Liz tendit la main et cria un au revoir à Mady. L'automobile prit de la vitesse et Mady resta sur le trottoir, la main tendue. Elle commençait à avoir l'habitude de voir les gens partir. Et elle qui restait toujours ! Elle détestait ça ! Elle se promit bien qu'un jour ce serait elle qui partirait, ce serait elle qui dirait au revoir… Peut-être quand elle partirait avec Guillaume pour Montréal…

Chapitre 9

M. et Mme Bélanger discutaient dans le couloir avec le médecin en chef.

C'était un homme d'une cinquantaine d'années. Il portait la caractéristique blouse blanche et son stéthoscope pendait autour de son cou. Ses lunettes noires posées sur son nez lui donnaient un air sévère. Pourtant, il parlait d'une voix tranquille et chaleureuse. Il s'exprimait avec des termes simples, compréhensibles pour tout un chacun. M. et Mme Bélanger en étaient heureux. Le dernier médecin qu'ils avaient vu ne cessait d'utiliser des termes techniques et ils devaient poser mille questions avant de comprendre de quoi il retournait. Ils savaient que ce métier n'était pas facile, mais certaines personnes semblaient s'ingénier à tout compliquer et ne faisaient pas le moindre effort pour faciliter la compréhension de leurs interlocuteurs. Cet homme-là montrait une gentillesse extrême et parlait franchement. Il semblait jauger rapidement les gens auxquels il avait affaire et trouvait les termes adéquats afin d'adapter son langage. Guillaume écoutait, non loin de là. Le couloir était silencieux. Parfois, une infirmière à l'air affairé passait près d'eux.

« Sans trop m'avancer, je peux d'ores et déjà vous dire que votre fille reprend petit à petit un contact évident avec la réalité, annonça doucement le médecin.

– Pensez-vous qu'elle puisse avoir des séquelles ?

– Je crains qu'il ne soit encore un peu tôt pour me prononcer à ce sujet. Nous sommes en train de lui faire passer plusieurs tests. Elle a de bonnes réactions. Nous continuons dans cette voie, mais nous restons tout de même prudents… Elle est restée plusieurs jours dans un état critique… Mais c'est déjà un très bon début. Je ne voudrais surtout pas vous donner trop d'espoir encore.

– Oui, docteur. Pensez-vous qu'il sera envisageable de la sortir bientôt des soins intensifs ?

– Oui, indubitablement. Si son état reste ainsi, nous pourrons la transférer d'ici un ou deux jours. Ce n'est qu'une question de temps… Sans doute à la fin des tests préliminaires… »

Un appel retentit à l'interphone. Une voix nasillarde et aiguë emplit bientôt l'espace entier du couloir :

« Le docteur Gardan est demandé d'urgence en salle d'opération, s'il vous plaît, le docteur Gardan…

– Veuillez m'excuser, je dois y aller. Je me tiens cependant à votre disposition… Si vous avez d'autres questions, n'hésitez pas !

– Bien, docteur. Merci beaucoup. Au revoir !

– Au revoir. »

Le docteur Gardan s'éloigna d'un pas rapide sans faire aucun bruit. Guillaume pensa qu'il devait avoir des semelles spéciales. Il nota également que d'aucuns pourraient en faire autant dans cet hôpital. Il avait pu remarquer combien certains martelaient le sol en passant dans le couloir. Il chassa cette pensée négative de son esprit.

M. et Mme Bélanger restèrent dans le milieu du corridor à se regarder. Un faible sourire éclairait leurs deux visages, un sourire pour des lendemains meilleurs. Dès le départ du médecin en chef, Guillaume était reparti voir sa sœur. Les propos du docteur l'avaient un peu rasséréné, mais il avait surtout hâte de voir Manon sur ses deux jambes et hors de l'hôpital. Là, il serait pleinement heureux et son esprit serait plus tranquille.

« Bonjour, ma chérie », dit doucement la mère de Manon en entrant dans la chambre à son tour.

Son mari la suivait de près.

La chambre était un peu moins lugubre que d'habitude car ils avaient eu l'autorisation de lever légèrement les stores. Une clarté bienfaisante se posait sur le visage de Manon, lui donnant un teint plus vif. L'espoir jaillissait avec la lumière du jour.

Chacun était plongé dans un silence de recueillement. Le cœur plein de promesses pour une guérison rapide…

Manon regardait ses parents et son frère. Un faible sourire flottait sur son visage. Un sourire qui réchauffait le cœur de sa famille. Il y avait tant de semaines qu'ils voulaient voir ce simple sourire. Le plus beau sourire du monde, selon eux !

Mady était couchée sur son lit. Sa main était posée sur son ventre, qui commençait légèrement à s'arrondir. Ces derniers temps, elle prenait soin de s'habiller de vêtements amples afin de dissimuler le plus longtemps possible ses formes qui s'épanouissaient. Elle pensait à cet enfant qui puisait ses forces à même son corps. Elle était heureuse malgré les circonstances. Elle se sentait épanouie. Oh, bien sûr, elle aurait préféré pouvoir partager ces instants avec Guillaume. Mais dans le cas présent, elle ne se plaignait pas. Elle le savait en sécurité auprès de Manon. Même si elle recevait peu de lettres, elle comprenait. Elle ne craignait qu'une chose de l'avenir, la réaction de son père le jour où il apprendrait qu'elle attendait cet enfant… Elle ne voulait pas le lui dire. Elle ne savait pas comment aborder les faits pour l'instant. Elle laissait faire le temps. Peut-être était-ce de la lâcheté de sa part ou simplement une connaissance de la réalité crue. Le résultat demeurait le même ! Son père ne transigerait pas. Elle en était convaincue ! Pour sa mère, elle restait indécise. Parfois, elle voulait lui parler de ce petit être qui allait venir au monde, mais à d'autres moments, elle s'en trouvait bien incapable. Sa mère avait repris le travail, mais elle demeurait triste et fatiguée à longueur de journée. Elle n'était plus que l'ombre d'elle-même. Mady ne voulait pas ajouter à ses soucis. Par bonheur, Sarah était souvent à ses côtés. Elles pouvaient partager beaucoup ensemble, sauf lors de ses déplacements, comme en ce moment puisqu'elle était partie en Italie. Il arrivait parfois à Mady de détester les nombreux voyages de sa sœur ; non par jalousie, mais plutôt parce que ces voyages la privaient de la seule confidente qu'il lui restait. Volcan demeurait fidèle, quant à lui, mais elle ne pouvait cependant retirer aucun conseil de sa grosse tête pleine de poils ou de ses yeux doux et lumineux.

Mady songeait souvent au visage qu'aurait son bébé… Elle se demandait à qui il ressemblerait… s'il aurait des cheveux à la naissance… comment elle réagirait quand il serait là! Des pensées bien classiques pour une future mère. Oui, elle serait maman…

«Maman… Maman…»

Elle murmura ce doux mot et lui trouva une sonorité particulière, riche, onctueuse, à laquelle elle n'avait même jamais songé. Il lui semblait que son cœur débordait déjà d'amour pour ce petit être.

Tant de fois, l'envie d'écrire à Guillaume pour lui annoncer l'événement avait surgi dans son esprit. Chaque fois, elle s'était retenue pour ne pas risquer de le perturber. Plus tard, plus tard… Elle attendait toujours des nouvelles sur une amélioration notable de Manon… Elle se désespérait parfois de la lenteur des progrès.

«À notre époque!» se disait-elle. Puis son esprit continuait à errer. Un garçon, une fille… Elle s'en moquait à vrai dire. Elle tentait de trouver un prénom adéquat… celui qui lui plairait et qui serait susceptible de plaire également à Guillaume. Ce n'était pourtant pas une tâche facile. Ils n'avaient jamais eu l'occasion de discuter d'un tel sujet… Parler d'enfants concrétisait leur union d'une manière bien officielle! Elle se mit à sourire. Elle se sentait vraiment très bien… Sa grossesse se déroulait à merveille. Ses douleurs du début s'étaient maintenant estompées. Elle pouvait donc jouir de son état pleinement, sans songer aux côtés négatifs. L'accouchement ne figurait guère dans ses priorités. Elle avait commencé tout naturellement à se documenter en consultant les ouvrages de la bibliothèque et les différentes brochures qui existaient sur le sujet, mais elle n'éprouvait pas encore le besoin de penser à l'accouchement... Elle avait encore de nombreux mois devant elle... Craignait-elle inconsciemment ce moment encore lointain ? Peut-être ! Qui pouvait savoir ?

Guillaume parlait avec sa sœur. Manon avait maintenant changé de chambre. Son transfert au sixième étage avait soulagé tout le monde. Elle n'était plus aux soins intensifs, enfin ! Les stores étaient levés et le jour entrait à pleine lumière dans la chambre aux murs blancs. Les cernes noirâtres qui entouraient ses yeux, il y a quelques jours à peine, commençaient enfin à disparaître. Ses joues étaient moins creuses aussi. Son appétit revenait graduellement, au grand soulagement du personnel hospitalier et de sa famille.

« Manon, aujourd'hui, le docteur m'a annoncé que tu allais entreprendre ta première journée de rééducation, ici même, dans cet hôpital. »

Manon regarda son frère avec de grands yeux. Elle était visiblement inquiète. Guillaume s'empressa de poser une main sur son bras, dans un geste de réconfort.

« Tout ira bien... Je serai là ! Je suis allé dans la salle de rééducation et j'ai discuté avec la personne qui va s'occuper de toi... Et je ne te cache pas que c'est un beau jeune homme ! D'ailleurs, tu le verras par toi-même ! »

Il fit un clin d'œil coquin, tout en souriant à sa sœur.

« Guillaume ! » s'exclama Manon d'une voix qui manquait cependant de vigueur.

Elle éprouvait encore de la difficulté à retrouver sa spontanéité d'antan. Les mots sortaient par à-coups.

Elle réfléchissait beaucoup avant de prononcer ses phrases, qui demeuraient très courtes.

« C'était une *joke* ! Mais je ne me trompe pas en te disant qu'il sera à ton goût ! Ah ! ma chère petite sœur, tu ne peux pas savoir comme je suis content ! Nous nous sommes tellement inquiétés !

– Je sais…

– Ta rééducation va donc débuter cet après-midi !

– Tu crois que… »

Manon pencha la tête en direction de ses jambes. Guillaume comprit la question restée muette sur les lèvres de sa sœur et serra les dents.

En effet, elle n'avait plus de sensibilité dans les jambes. Elle se morfondait à cause de cet état de fait, mais elle évitait d'en parler. Pourtant, la nuit, seule dans son lit, elle y pensait. Elle était au courant depuis trois jours seulement. Le docteur avait été sincère avec elle. Il était allé droit au but. Manon l'avait regardé, mais les nombreuses questions qui lui venaient étaient restées dans le fond de sa gorge et de sa tête. Elle aurait eu tant de mal à expliquer simplement tout ça. Elle avait parfois l'impression d'être redevenue une petite fille qui apprenait son vocabulaire et à qui il manquait des mots pour s'exprimer complètement avec les nuances… Les longues phrases lui étaient pénibles à formuler. Elle devait se concentrer très fortement et prendre une grande inspiration avant d'énoncer, avec le minimum de mots, ce qui aurait dû être dit en plusieurs phrases. Elle devait patienter… Ne pas vouloir aller trop vite. Mais que c'était donc difficile… « Et si elle ne devait plus jamais remarcher ? » ne pouvait-elle s'empêcher de penser. Ne plus sentir le sol sous ses pieds… Elle savait qu'elle se faisait du mal à ressasser tout ça. Mais elle n'y pouvait rien. Bouger ses orteils pouvait paraître dérisoire à quiconque jouissait de cette magnifique mécanique de l'être humain, mais quand ce n'était pas possible, on y songeait plus que de raison…

« Manon… Manon ? »

Son frère la sortit de ses pensées. Elle chassa bien vite le léger brouillard qui obstruait sa vue et sourit.

Guillaume la regarda, les yeux pleins de joie de la voir ainsi, près de lui, et en processus de rétablissement. Il observait ses cheveux noirs coupés court et ses yeux marron, qui brillaient maintenant. Elle ressemblait tant à leur mère, avec son visage ovale et son petit nez retroussé. Elle avait aussi de nombreuses taches de rousseur, dispersées sur les joues. Son frère les avait toujours adorées. En les regardant encore une fois, il se souvint d'un matin, très tôt, où elle était sortie. Il se mit à sourire franchement.

Manon pencha la tête vers la droite et fronça les sourcils d'un air interrogateur, tout en regardant Guillaume. Cette mimique le fit encore plus rire.

« Ah ! sœurette… Je viens de repenser à tes taches de rousseur… le jour où… »

Elle sourit à son tour à ce souvenir.

Il y a bien des années de cela — Manon devait avoir 12 ou 13 ans —, sa grand-mère, apprenant qu'elle détestait ses taches de rousseur, lui conta comment elle pourrait s'en débarrasser définitivement. Pour cela, il lui fallait s'asperger le visage de la rosée du matin ! Le lendemain, sans rien dire à son entourage, Manon sortit donc de la maison à l'aurore. Dans les brins d'herbe, elle plongea ses mains pour récolter la précieuse rosée, qu'elle appliqua sur son visage. Puis les jours passèrent, mais les taches de rousseur étaient toujours là ! Elle raconta alors tout à Guillaume et, ensemble, ils rirent de bon cœur. Manon prit ainsi le parti de vivre avec, trouvant finalement que ça lui donnait peut-être un certain style. Pourquoi pas après tout ! Doux souvenir…

Sarah profitait de ses derniers instants de liberté pour flâner dans les rues de Rome. Elle avait été conquise par cette ville pleine de charme et par ses habitants. C'est avec plaisir qu'elle échangea ses points de vue avec les personnes qui seraient amenées à occuper les divers postes de la nouvelle succursale. Bien sûr, les discussions se faisaient en anglais. Elle ne connaissait pas l'italien. Elle se débrouillait en espagnol, mais ce n'était pas suffisant. Sarah devait reprendre son avion pour rentrer chez elle le soir. Elle avait fini plus tôt que prévu. Elle marchait donc ainsi sans but. Elle remarquait au passage quelques couples, bras dessus, bras dessous. Elle se sentait l'âme mélancolique. Elle aussi aurait aimé sentir un compagnon à ses côtés. Échanger ses impressions avec un être cher. Parfois, elle palliait ce manque en faisant semblant. Elle discutait dans sa tête avec son ami, disparu trop tôt, qui aurait été son mari aujourd'hui. Mais elle savait que ce n'était que chimère. D'ailleurs, au fil du temps, elle recourait de moins en moins à ce stratagème. Un peu comme si l'image de son ami finissait par s'estomper peu à peu. Elle gardait de lui de douces pensées, voilà tout. Un bel Italien qu'elle croisa lui adressa un magnifique sourire, tout en roulant des yeux remplis d'admiration. Elle lui répondit mais continua sa route. L'homme sembla hésiter un bref instant puis continua son chemin, lui aussi.

« Ah ! l'Italie… Pays de charme, promesses d'amours… »

Sarah se retourna en entendant ces paroles. Il lui semblait avoir reconnu cette voix. Pourtant, elle ne connaissait personne ici.

« Bonjour, mademoiselle Martinon. »

Elle se retrouva nez à nez avec son PDG. Elle ne l'avait pas revu depuis leur première rencontre et n'avait d'ailleurs pas cherché à le revoir. La première impression avait été suffisamment désagréable. Elle n'avait décidément pas aimé son attitude. Aussi, c'est d'un ton on ne peut plus dénué de chaleur qu'elle salua l'homme.

« Bonjour, monsieur Corneau. Je suis surprise de vous voir ici.

– J'adore l'Italie. Je vous l'ai dit lors de notre entrevue.

– Oui, sans doute.

– Les Italiens semblent d'ailleurs vous apprécier particulièrement, d'après ce que j'ai pu constater. Beaucoup d'hommes vous remarquent. »

Sarah le regarda. Elle se demandait s'il se moquait d'elle.

« Je pense qu'ils aiment les femmes en général ! » indiqua-t-elle, prudente.

Un sourire arriva sur les lèvres d'André Corneau.

« Je vous ai vue sortir du bâtiment.

– Vous me suiviez ? demanda Sarah, sur la défensive.

– Oui et non, si on veut… Je passais… Vous ne m'appréciez guère, n'est-ce pas ! Est-ce que je me trompe, Sarah ? »

Il avait utilisé son prénom sans même lui demander son avis. Ça ne lui plaisait pas du tout. Ses amis l'appelaient ainsi. Elle ne pouvait pas dire qu'elle le comptait parmi eux ! Non, assurément pas !

« Je pense que je vous ai dit ma façon de penser lors de notre dernier entretien… C'est encore valable. Vos manières me surprennent toujours.

– J'aime surprendre… »

André Corneau s'exprimait avec une voix profonde maintenant. Sarah leva un sourcil. Elle n'arrivait vraiment pas à cerner ce personnage, à le mettre dans une catégorie bien distincte : « J'aime ou je n'aime pas ? »

Elle voulait poursuivre son chemin, continuer sa visite, mais elle ne savait trop comment se débarrasser de lui. Aussi, opta-t-elle pour la simplicité.

« Bonne journée, monsieur Corneau. Nous aurons sans doute l'occasion de nous revoir. »

Malheureusement, sa tentative échoua !

« Permettez-moi de vous servir de guide. Je connais cette ville dans le moindre de ses recoins. C'est un peu mon second pays.

– Oh ! non, merci… Je… »

Sarah cherchait des excuses pour poursuivre seule sa visite. André Corneau sembla profiter de son manque d'inspiration pour continuer.

« Je pense que nous sommes partis sur de mauvaises bases. Laissez-moi une petite chance. Venez, je vous offre un café ! Le meilleur des cafés ! Je connais un endroit merveilleux. »

Il prit le bras de Sarah et l'entraîna dans la direction opposée à la sienne. Elle eut un mouvement de recul mais il la tenait fermement.

« Mais enfin, êtes-vous toujours aussi insupportable ? » ne put-elle s'empêcher de lui dire, folle de rage de voir qu'on s'immisçait ainsi dans sa vie privée.

Elle détestait se voir dicter sa conduite et plus encore par une personne qui lui était particulièrement antipathique.

« S'il vous plaît ! »

La voix de son PDG était maintenant d'une grande chaleur et il la regardait avec des yeux implorants, les yeux d'un enfant !

Sarah soupira et acquiesça finalement. Elle savait qu'elle ne pourrait avoir le dernier mot avec cet individu.

« Bien ! Entendu, je vous suis ! Je pourrai peut-être visiter Rome après… Et seule !

– Évidemment, Sarah… Je suis ravi de partager avec vous ces instants. »

Elle ne répondit rien. Ses dents restaient serrées tant sa mâchoire était contractée.

L'infirmière entra dans la chambre avec un bonjour qui se voulait des plus charmeurs en direction de Guillaume. Manon regarda son frère avec un petit sourire en coin. En temps normal, elle n'aurait pas hésité à lui lancer une taquinerie. Là, les mots n'étaient que dans son esprit.

« Je viens vous chercher pour votre séance de rééducation. Normand vous attend, c'est lui qui va s'occuper de vous, Manon. Il est très *fin*, vous verrez… »

Elle poussait devant elle une chaise roulante. Manon frémissait chaque fois qu'elle était confrontée à son handicap récent. Elle n'avait pas encore surmonté ce problème, qu'elle éludait volontairement. Mais, placée devant lui, elle ne pouvait s'empêcher de se demander si elle devrait avoir recours à cette chaise pour le restant de ses jours. C'était plus fort qu'elle. Elle savait pourtant qu'elle devrait en venir à bout à un moment donné.

Guillaume aida l'infirmière à asseoir Manon dans le fauteuil. La jeune fille se laissa faire. Ensuite, ils traversèrent rapidement le couloir tout en écoutant le babillage de l'employée de l'hôpital, qui semblait vraiment désireuse de connaître un peu plus le frère de la malade. Manon se lassa bien vite d'écouter ses commentaires, et son esprit partit vagabonder une fois de plus.

« Oh! bien sûr, il y a pire que d'être clouée dans un fauteuil roulant! se disait-elle. Beaucoup vivent comme ça… J'aurais pu mourir aussi… C'est bien pire tout de même!» Elle tentait de se persuader, d'être positive, mais ses ressources s'épuisaient vite. Elle avait cependant décidé de s'accrocher tant que rien n'était sûr! Elle ferait tout ce qu'il faudrait pour remarcher. Elle se l'était juré, c'était un engagement qu'elle avait pris envers elle-même. Qui vivra verra! Elle puisait une extraordinaire détermination du fait que Guillaume et ses parents étaient à ses côtés.

Mady fut ravie de revoir enfin sa sœur de retour de son voyage. Sarah lui vanta les charmes de Rome et oublia volontairement de lui parler d'André Corneau. Elle voulait l'ôter de sa vie privée et, ainsi, bien mettre de la distance entre son travail et sa vie personnelle. Les mélanges n'étaient jamais bons ! C'était toujours sa devise. Elle avait fini par visiter Rome après le café mais avait dû batailler avec son PDG pour faire cette visite seule. Elle avait réussi à obtenir gain de cause, à son grand bonheur. Elle n'était pas parvenue, au cours de la discussion qu'ils avaient eue ensemble, à déceler chez lui suffisamment de points positifs pour le trouver sympathique. Elle l'éviterait donc autant que possible.

« Ah ! j'ai adoré Rome… C'est une ville merveilleuse. J'aurais beaucoup aimé rester plus longtemps. C'était trop court.

– Mais tu vas devoir y retourner ? renchérit bien vite Mady.

– Oui, c'est vrai. Mais j'ai tellement été conquise. Si tu savais, Mady…

– Un jour… J'irai moi aussi et…

– Oh ! excuse-moi, Mady… Je ne voulais pas…

– Non, non, ne t'excuse pas ! Je ne suis pas jalouse… Au contraire, profites-en, Sarah, c'est une belle occasion.

– Et toi, Mady, comment vas-tu ? Cela risque d'être visible très bientôt d'après ce que je peux voir… Papa ne sera pas aveugle bien longtemps encore malheureusement ! Ça m'inquiète tout ça…

– Oui, moi aussi, Sarah. Mais, tu ne peux pas savoir ce que j'éprouve de songer à ce petit être qui grandit en moi. Penser seulement qu'un être humain soit capable de concevoir dans sa chair un autre être humain ! C'est tout bonnement merveilleux, tu ne crois pas ? Songes-y un peu… Un bébé qui se nourrit en toi, qui se forme en toi…

C'est fantastique… C'est une sensation à laquelle je n'avais même jamais pensé… Ses bras qui se forment, ses pieds et ses petits doigts…

– C'est intéressant ce que tu dis là ! »

Sarah était attentive aux propos de sa sœur.

« Quand on parle de bébé, de femmes enceintes, on ne réalise pas vraiment de quoi il s'agit… les implications que cela peut avoir… C'est un miracle de la nature… Oh ! Sarah ! Je l'aime déjà si fort, cet enfant…

– J'en suis sûre, Mady. Je n'ai aucun doute là-dessus. Et moi aussi, j'ai hâte de le tenir dans mes bras… Je suis sa tante, il ne faut surtout pas l'oublier ! Je serai sa tante préférée ! » s'exclama Sarah en riant.

Mady rit à son tour devant l'air espiègle de sa sœur. Leurs rires emplissaient toute la maison. Mme Martinon les entendit et son cœur se serra involontairement.

Dans sa chambre, elle se morfondait une fois de plus. Ses ulcères la faisaient souffrir chaque jour davantage. Elle songeait à ses filles, à l'avenir qui se traçait devant elles… et à son mari. Elle en était arrivée à le détester, mais aussi à se détester elle-même. Elle tenait fermement son enveloppe à la main. Elle était maintenant déterminée à la remettre à Sarah, aujourd'hui. Quelles qu'en soient les conséquences… Pourtant, elle voulait aussi mettre une certaine condition… Que Sarah attende qu'elle disparaisse… Elle avait peur tout de même ! Elle savait, en son for intérieur, qu'elle n'en avait plus pour très longtemps. Elle engouffra la lettre dans sa poche de tablier. Elle se leva finalement et descendit d'un pas lourd vers la cuisine. Elle se mit à préparer sans hâte le repas. Ses gestes étaient mécaniques. Elle préparait une soupe de légumes. Sarah et Mady passèrent la tête par la porte de la cuisine et proposèrent vivement leur aide.

« Si vous voulez, vous êtes les bienvenues… Vous pouvez éplucher les patates et les carottes. Ce serait bien gentil. »

Elles discutèrent tout en préparant le repas ensemble.

« Une famille normale ! » pensa Mme Martinon.

Les mois passèrent lentement. Octobre, novembre. L'hiver s'installa paresseusement, avec une neige encore absente. Elle ne viendrait pas avant décembre, sans doute. Peut-être avant Noël ! Mady l'espérait en tout cas. Le vent par contre était bien présent, giflant parfois les passants qui se risquaient à mettre le nez dehors. La pluie montrait aussi son visage rempli d'humidité. En bref, un début d'hiver bien gris et bien habituel en Normandie.

Le corps de Mady prenait de plus en plus de rondeurs. Elle craignait maintenant chaque jour que son père n'explose en constatant son état. Mais ce n'était pas encore arrivé. Sa mère, elle, commençait à la regarder bizarrement parfois. Mady surprenait son regard interrogateur, fixé sur elle à table. Mais elle restait silencieuse. Elle ne posait aucune question. Mady se demandait si elle devait aller discuter avec elle. Mais, elle jugeait plus opportun de garder encore le silence. Sa mère était encore si malade. Cela semblait être pire de jour en jour. Elle était maintenant en arrêt maladie prolongé et quittait très peu le lit, si ce n'est pour venir manger. Le père insistait d'ailleurs à ce sujet. Il criait encore plus souvent après elle qu'avant, et Sarah avait beau vouloir prendre le parti de sa mère, rien n'y faisait. Mady ne se hasardait même pas à intervenir.

Elle se faisait des plus discrètes et n'aurait même rien dit si son père l'avait oubliée complètement. Elle en aurait été ravie ! M. Martinon était en permanence hargneux et il balançait ses bras dans tous les sens dans l'espoir de frapper quiconque avait le malheur de se trouver sur son passage.

Guillaume continuait à écrire le plus souvent possible à Mady. Elle lui manquait énormément, mais il ne pouvait vraiment pas quitter Montréal pendant la rééducation de Manon. Sa sœur avait trop besoin de lui. Guillaume expliquait régulièrement les progrès ou les régressions de Manon dans ses longues lettres à Mady. Il voulait qu'elle sache tout, qu'ils partagent tout, tous les deux, de chaque côté de l'océan, un peu comme une vie de couple, une vie à deux. Guillaume était dans sa chambre ce jour-là, son bureau faisait face à la rivière des Prairies. Il observait le ciel, d'un bleu azur, et voyait les arbres sans feuilles. L'hiver était là ! Et bien là ! Le froid et la neige étaient arrivés de bonne heure cette année, au Québec. Une première tempête les avait surpris en plein retour d'une visite à l'hôpital. Le paysage s'était rapidement transformé pour devenir méconnaissable. Guillaume aimait les premiers flocons qui se déposaient sur le sol. Toute cette blancheur rendait l'atmosphère si particulière. Les bruits alentour étaient comme étouffés. Ce qu'il détestait, c'était la neige qui s'entassait au fur et à mesure de la progression de l'hiver ! Spécialement quand mars arrivait. Bien souvent, à cette époque, il y avait comme un adoucissement des températures et on commençait alors à songer à l'été, si proche. Puis, brutalement, sans crier gare, la température chutait vertigineusement et les nuages d'une blancheur rebondie déversaient leur trop-plein et le paysage se recouvrait de nouveau. Le moral était bas à ce moment-là ! Et on ne voyait plus le moment où l'hiver se terminerait vraiment.

Guillaume se replongea dans sa lettre, qui était à demi entamée. Il se passa la main dans les cheveux et soupira. Il aimerait tant pouvoir serrer Mady dans ses bras, la sentir tout contre lui… La rejoindre au plus vite… Mais il y avait sa famille et Manon… Il expliquait tout ça encore une fois à Mady. Il savait qu'elle comprenait. Elle ne lui demandait jamais de date précise pour son retour ! Cependant, il savait également lire entre les lignes. Le moral de Mady n'était pas toujours au beau fixe, malgré les mots d'encouragement qu'elle couchait sur le papier. Guillaume, d'ailleurs, évitait d'aborder les points négatifs de sa vie à Montréal. Ce n'était vraiment pas facile ni pour l'un ni pour l'autre. Des impératifs les séparaient pour l'instant, mais il savait qu'ils finiraient par se retrouver tous les deux. Il ne pouvait en être autrement, tant leurs sentiments étaient forts et sincères. Il terminait souvent ses lettres en lui rappelant cela, et quand Mady les recevait, elle posait ces mots sur son cœur tout en fermant les yeux.

Guillaume fut tiré de ses réflexions par la voix de sa mère, qui l'appelait d'en bas. Il descendit, son enveloppe dans la main et prête à partir au courrier. Il y avait même déjà collé un timbre à l'effigie de la reine d'Angleterre. Le repas était prêt. Ils passèrent tous à table.

« Ah ! Guillaume, cela me fait chaud au cœur de savoir que Manon va bientôt rentrer à la maison… L'avoir de nouveau à table… Voir la famille réunie.

– Oui, maman, mais nous avons également de longs mois de rééducation devant nous. Il faudra bien nous relayer et l'aider dans les épreuves qu'elle va traverser. Ce ne sera pas toujours facile, nous en sommes tous conscients.

– Oui, Guillaume, tu as raison. Le plus important, c'est que nous nous montrions forts pour elle. C'est ce dont elle a besoin. Quand l'un d'entre nous montrera des signes de fatigue ou même de découragement — il ne faut pas se voiler la face, cela arrivera —, les autres seront là pour y pallier et tenter de lui redonner des forces et lui remonter le moral… »

C'était M. Bélanger qui venait de s'exprimer ainsi. Il avait bien résumé la situation et son analyse montrait les faits tels quels, à l'état brut ! Tous partageaient son opinion et trouvèrent inutile d'ajouter quoi que ce soit.

La veille, Mme Bélanger avait arrangé la chambre de Manon pour l'accueillir. Elle s'était efforcée de lui rendre les choses plus faciles afin qu'elle puisse circuler sans mal dans la maison malgré son fauteuil roulant. Les espaces avaient été dégagés le plus possible, mais ils n'avaient pu rien faire pour l'escalier qui menait aux chambres. Dans un premier temps, il faudrait la porter. Si ses jambes ne devaient plus jamais fonctionner, ce qui devait également être envisagé, il faudrait avoir recours à un système qui lui permettrait de monter seule. Ils espéraient tous ne pas en avoir besoin.

Manon regardait la chambre d'hôpital où elle était restée si longtemps ! Comme elle était heureuse de pouvoir partir ! Enfin ! Bien sûr, elle était consciente qu'elle devrait revenir souvent à l'hôpital pour les différents tests, mais en tant qu'externe cette fois. Pour sa rééducation, elle pourrait continuer à la maison et aussi dans un centre, non loin de chez elle. Avec la neige, ce serait plus facile pour ses parents, qui devaient traverser la ville actuellement. Elle était assise dans le fauteuil roulant, qui ne la quittait presque plus. Elle s'y était plus ou moins résignée, mais elle gardait dans la tête la ferme volonté de le laisser tomber un jour et de remarcher ! Pour l'instant, elle s'en servait parce qu'elle n'avait pas le choix. Elle devait recouvrer ses forces si elle voulait garder l'espoir de pouvoir se tenir debout ensuite. Mettre tous les atouts de son côté et, surtout, ne pas précipiter les choses ! Cela, elle ne le savait que trop !

C'est un soir, tandis que la pluie tombait au-dehors, que l'orage frappa aussi dans la maison des Martinon. Un orage terrible, d'une noirceur extrême. Le père se tenait dans l'encadrement de la porte de la cuisine. Son poing était dressé devant lui en direction de Mady, qui tremblait comme une feuille. Les jambes de la jeune fille menaçaient à chaque cri de lui faire défaut. Mais elle résistait, se tenant lourdement contre le dossier d'une chaise. Son ventre était plus que visible ! M. Martinon s'avança vers elle de toute sa taille. Il semblait que la pièce entière s'emplissait de ce corps si imposant. Mady tourna prudemment autour de la table tout en fixant le regard fou de l'homme. Ses yeux à elle étaient remplis de terreur, ceux d'en face, de fureur et de haine ! Mme Martinon était en haut, allongée sur son lit. Elle hésitait à descendre. Elle avait compris depuis long-temps maintenant que Mady était enceinte. Elle n'avait eu le cran d'en parler ni à Mady ni à son mari. Sa lâcheté coutumière l'avait contrainte au silence, une fois de plus. Quand elle entendit le bruit d'une chaise qui se fracassait, elle se leva, tout en soufflant fortement. Elle savait qu'elle devait intervenir malgré tout ou elle le regretterait pour le restant de ses jours. Son mari était hors de lui, capable de tout ! Elle devait choisir son camp sans plus tergiverser.

« Je vais te tuer ! Tu entends, sale traînée… Tu t'es fait engrosser ! Comment as-tu pu faire une telle chose ?

– Oui ! J'attends un enfant, et alors ! Je veux cet enfant ! Tu m'entends ? Tu n'as aucun droit sur moi ! C'est ma vie, pas la tienne ! »

Mady avait osé répliquer malgré la terreur qu'elle ressentait. Elle ne pouvait pas se laisser faire ainsi. Il en allait de sa vie, mais aussi, et surtout, de celle de son enfant !

D'un mouvement vif, son père tourna le coin de la table et parvint de justesse à attraper les cheveux de sa fille, qui tentait de fuir de nouveau. Mady poussa un cri de douleur et sa tête fut tirée brutalement en arrière. Il la tenait fermement par les cheveux. Son visage couperosé par l'alcool lui faisait face à présent. Il n'était plus qu'à quelques millimètres d'elle. Elle ressentit un haut-le-cœur en sentant son haleine fétide. Elle se retint avec peine.

« Sais-tu au moins qui est le père de ton bâtard ? » lui cria-t-il au visage.

Elle tremblait de tout son être. Elle était à sa merci maintenant et ne savait pas comment elle pourrait s'en sortir. Elle était convaincue qu'il ne la laisserait pas aller ainsi. Il resserrait d'ailleurs sa prise sur ses cheveux, accentuant par le fait même une douleur qui irradiait dans tout son corps.

Mady avait choisi de ne plus répondre. Elle savait que ça ne ferait qu'envenimer la situation, déjà trop orageuse.

«Tu vas regretter ton erreur, espèce de sale traînée... Je t'empêcherai de mettre au monde un bâtard! Fais-moi confiance!»

Son père levait maintenant son autre main et...

«Lâche-la! Lâche-la tout de suite!»

Mme Martinon venait d'apparaître dans le couloir. Elle portait sa chemise de nuit et paraissait on ne peut plus frêle dedans. Pourtant, elle toisait son mari. Elle était aussi petite et menue que lui était grand et costaud. Il la regarda et éclata d'un rire mauvais. «Que me veut cette mouche?» songea-t-il.

«Ne te mêle surtout pas de ça, toi!

– Il est grand temps que je m'en mêle, au contraire!» continua Mme Martinon tout en rentrant les épaules inconsciemment.

Elle ne le regardait déjà plus en face. Elle fixait un point pris au hasard sur le mur. Elle avait froid aussi. Elle était pieds nus sur le carrelage.

Mady sentait que son père desserrait peu à peu sa prise, mais elle ne bougea pas pour autant. Elle savait qu'il pourrait la rattraper bien vite. Elle en était maintenant à cinq mois et demi de grossesse. Elle ne devait courir aucun risque. Elle était du reste étonnée que son père ne se soit aperçu de rien avant ce jour.

«Remonte dans la chambre!»

Le ton de M. Martinon était lourd de menaces. Mady vit distinctement les lèvres de sa mère trembler, et quand celle-ci croisa le regard de sa fille, Mme Martinon s'empressa de détourner les yeux.

À ce moment-là, Sarah entra. Elle comprit vite la situation et se plaça devant sa mère. Elle faisait face à son père.

«Lâche Mady tout de suite, espèce d'ivrogne!» cria-t-elle.

Elle se tenait les mains sur les hanches.

«Ça ne te regarde pas! Retourne d'où tu viens!

– Non, je ne bougerai pas! Tu n'as aucun droit sur moi et je ne te permettrai pas de toucher à Mady ou même à maman! Tu as suffisamment fait de mal comme ça!»

Son père parut quelque peu déstabilisé par le ton déterminé de Sarah. Il devait la craindre un peu. Son esprit gorgé d'alcool tentait apparemment de retrouver un semblant de clarté. Il laissa ses bras tomber le long de son corps, et Mady ne se fit pas prier pour se faufiler jusqu'à sa sœur. Elle se sentait maintenant en sécurité. Elle était fière de sa sœur, qui avait ainsi osé affronter leur père.

«Vous ne vous en sortirez pas comme ça! Je vous le dis tout de suite!»

Sur ce, il passa devant elles et sortit par la porte de devant en bougonnant et chancelant.

Sarah, Mady et leur mère restèrent à se regarder, encore tremblantes de peur et de colère mêlées. Un sourire commença enfin à naître sur le visage de Mady.

«Ça y est! Il est au courant! Et je suis vivante!» s'exclama-t-elle.

Elle n'y croyait pas. Elle ne réalisait pas.

«Oui, Mady! Il est au courant… Mais attention à lui! Il ne faut pas baisser ta garde, Mady… Nous le connaissons suffisamment!

– Oui ! Faites attention, les filles ! »

C'était Mme Martinon, qui avait parlé faiblement. Elle se retenait avec peine à la rampe de métal de l'escalier pour ne pas s'effondrer sur le sol. Mady jeta un bref coup d'œil à sa mère et la prit par la taille.

« Maman, nous allons t'aider à remonter dans ta chambre. Je viendrai te porter ton repas au lit. Je ne pense pas que papa sera de retour ce soir !

– Entendu. »

Elle ne trouva pas le courage de contredire sa fille. Elle ne se sentait vraiment pas en état de rester en bas plus longtemps. La terrible tension qui avait surgi venait de tomber d'un coup. L'orage s'apaisait aussi dans les cœurs, sauf dans celui de Mme Martinon, qui connaissait bien son mari et ne pouvait s'empêcher de ressentir une angoisse indicible, une angoisse qui ne la quitterait plus à partir de ce jour.

Le temps continua de s'écouler inexorablement. La période des fêtes fut assez triste chez Mady. Son père ne la lâchait plus. Il n'avait plus jamais fait mention de sa grossesse, mais ne se privait pas de l'insulter. C'était plus fort que lui ! Il semblait plonger encore davantage — si c'était possible — dans son amour favori, à savoir la bouteille ! La couleur importait peu ! De même que la qualité. Mady poursuivait sa grossesse, sans Guillaume à ses côtés. Elle mourait d'envie de lui parler de ses sensations, de lui annoncer son futur état de papa. Comment réagirait-il ? Devait-elle encore attendre ? Elle ne cessait de se poser ces questions. Il était parti depuis si longtemps… Les lettres arrivaient lentement… Manon progressait doucement aussi… Mady avait parfois des moments de grande tristesse ! Surtout quand sa sœur devait s'absenter. Sa mère ne lui était pas d'une grande aide. Elle s'était peut-être dressée contre son mari, mais elle semblait en avoir pâti… M. Martinon s'était retourné contre elle violemment et, depuis, elle suivait ses directives sans plus aucun commentaire.

Mady pensait de plus en plus à cet enfant dans son sein. Elle le sentait souvent bouger maintenant. La première fois, elle avait été particulièrement bouleversée. Elle avait même poussé un cri de surprise. C'était arrivé en plein centre commercial, tandis qu'elle accompagnait Sarah pour les courses. Elle avait posé sa main sur son ventre, et une expression de bonheur s'était reflétée sur son visage. Sarah avait regardé sa sœur.

« Il a bougé, Sarah ! Je l'ai senti… Il a bougé… Oh ! mon Dieu ! Quelle sensation ! Sarah… Je l'ai senti bouger ! »

Mady avait éclaté de rire tant elle était heureuse. Sarah s'était jointe à elle avec délices. Elle avait ressenti en même temps une folle envie de pouvoir connaître, elle aussi, un jour, ces merveilleux instants. Mais elle avait bien vite chassé cette pensée.

Mady avait cessé d'aller à ses cours depuis quelques mois. Son père l'avait exigé et avait appelé lui-même le lycée. Profitant d'un rare moment de lucidité, il avait prétexté une quelconque maladie. De son côté, Mady n'avait formulé aucune objection. Elle se disait qu'elle reprendrait son année perdue à la rentrée prochaine, après avoir eu son bébé, prévu pour la mi-avril. Sarah avait proposé de lui offrir des cours par correspondance, mais elle avait gentiment décliné l'offre généreuse.

Chapitre 10

Mady songeait souvent à l'accouchement maintenant. Elle en éprouvait une certaine crainte, mais elle avait hâte aussi ! Elle se sentait prête. Ses journées lui paraissaient bien longues depuis qu'elle n'allait plus au lycée. Elle lisait, s'occupait de l'entretien de la maison et rêvait ! Elle s'imaginait avec son bébé dans les bras, dans une jolie maison. Guillaume la tenait par les épaules. « Ah ! Guillaume ! Tant de mois sans ta présence. Nous voici en janvier », pensait-elle. Mady venait de recevoir une lettre de sa part. Ce courrier avait mis quatre semaines à arriver, en comptant son détour obligé par Madrid ! Mady posa la lettre de Liz et parcourut avidement celle de Guillaume. Ses yeux cherchaient vainement une date de retour, qui n'y figurait pas. Il allait bien. Il lui parlait des progrès constants de Manon, de ses exercices pour tenter de se tenir debout, des instants aussi de total abandon et de découragement qui survenaient soudainement. Mady savait que Guillaume était entièrement dévoué à sa sœur. À cette pensée, elle ressentit subitement une bouffée de jalousie. Puis, l'instant d'après, elle éprouva de la honte ! Elle reprit sa lecture. Tout à coup, elle fronça les sourcils et revint en arrière. Elle relut avec avidité le passage qui l'avait fait réagir.

«Comment ça?» s'exclama-t-elle.

Volcan releva la tête et dressa ses oreilles en l'entendant parler à voix haute dans la chambre. Il émit un gémissement, mais elle n'y prêta pas attention, toute concentrée sur les écrits de Guillaume. Il lui parlait de sa précédente lettre, où il était question de son prochain déménagement. Ses parents avaient mis la maison en vente.

«Mais je n'ai jamais reçu cette lettre!» dit-elle encore en regardant Volcan installé de tout son long sur son lit.

Elle était persuadée que Liz n'était pas en cause. Non, la lettre avait plutôt dû s'égarer dans les méandres postaux. Ce n'était pas la première fois, malheureusement!

Ses mains crispées étaient accrochées à la lettre de Guillaume. Elle se sentait nostalgique. Ces derniers temps, elle se demandait un peu trop souvent si elle le reverrait un jour. Elle éprouvait un profond désespoir. Il était parti depuis le mois de septembre et la fin janvier était bientôt là! Une larme s'échappa, formant une fine rigole sur sa joue. Suivant son parcours, elle vint s'écraser impitoyablement sur l'écriture penchée et serrée de Guillaume. Le cercle gondolé ainsi formé recouvrait le mot «amour», écrit de la main de son bien-aimé. L'eau salée s'étalait, buvait l'encre du papier, comme pour l'effacer. Mady ne parvenait pas à détacher son regard du petit lac créé sur la lettre. Elle se laissa aller à sa tristesse, profitant de sa solitude pour s'abandonner à son immense chagrin... pleurer sur l'absence de l'homme qui habitait son cœur... En temps normal, elle évitait de trop s'y attarder, mais là, elle n'avait pas le goût de lutter.

« Je t'aime tant, Guillaume… Tu me manques tellement ! murmura-t-elle dans un sanglot qui souleva ses épaules.

Sarah discutait avec M. Laberge. Le sujet était tombé sur le nouveau PDG, et elle tentait d'expliquer pourquoi elle ne le supportait pas.

« Sarah, Sarah… Je ne comprends vraiment pas…

– Je suis désolée, monsieur Laberge, mais c'est chaque fois la même chose ! C'est un être arrogant, imbu de sa personne ! Il pense que tout lui est acquis !

– Vous savez, Sarah, je connais André depuis sa plus tendre enfance ! Je l'ai fait sauter sur mes genoux ! »

Sarah eut du mal à imaginer M. Laberge avec André Corneau sur les genoux. En fait, elle voyait mal comment son PDG aurait pu être un enfant ! On lui aurait d'ailleurs dit que M. Corneau était venu au monde déjà adulte qu'elle n'en aurait pas été surprise !

« Pourquoi est-il si imprévisible ? Il faut faire ses quatre volontés ! Je suis désolée, mais ça ne fait pas partie de ma façon de voir les choses. C'est ainsi. Je suis prête à faire des efforts quand je le juge nécessaire, mais là… Je ne peux pas le supporter !

– C'est vrai qu'il aime savoir à qui il a affaire !

– Oui, je sais, il me l'a dit lors de notre tout premier entretien ! Pourtant, à de rares moments, il lui arrive d'être charmant, j'oserais même dire chaleureux ! Je ne le comprends pas ! C'est étrange…

– C'est bien André, ça ! »

M. Laberge esquissa même un sourire en imaginant André Corneau. C'était un sourire amusé et porteur d'une affection évidente pour le PDG. Ses souvenirs affluaient, sans retenue.

« Comment pouvez-vous aimer ce personnage ? D'ailleurs, la plupart des gens semblent l'apprécier ici ! J'ai parfois l'impression désagréable d'être la seule à ne pas penser comme tout le monde ! Suis-je si intolérante ?

— Je ne le pense pas ! J'ai appris à vous connaître. Mais laissez encore à mon neveu une chance de se rattraper !

— Comment ? Votre neveu ?

— Oui, André Corneau n'est autre que mon neveu ! »

Sarah resta sans voix. C'était un rude coup qu'elle recevait. La famille, c'était important ! Elle en était bien consciente ! Et si un choix devait se faire entre elle et le neveu, il était évident qu'André Corneau passerait avant. Elle se contenta de soupirer tout en encaissant difficilement la nouvelle.

Guillaume soutenait sa sœur et Manon grimaçait de douleur tant l'effort était éprouvant. Elle tentait de se tenir sur ses jambes pour la première fois depuis sa rechute. Des barres parallèles lui faisaient face. Elle les fixait afin de se donner un objectif. Mais, au bout de quelques secondes à peine, elle se laissa totalement porter par son frère, qui la déposa doucement dans son fauteuil. Manon enfouit son visage dans ses mains et fondit en larmes. Guillaume s'accroupit devant elle et l'encouragea de son mieux.

« Voyons, Manon... C'est ton premier essai... Tes jambes sont encore très faibles. Tu ne peux pas les faire fonctionner du jour au lendemain... Souviens-toi des paroles de ton éducateur à ce propos... Courage, ma petite

Manon… Je sais que tu vas y arriver… Nous sommes tous là pour t'aider… Nous ne t'abandonnerons jamais ! »

Manon releva son visage ruisselant.

« Je ne suis qu'une charge pour vous tous !

– Comment peux-tu seulement dire une chose pareille !

– Mais, regarde ! Vous avez tous interrompu votre vie pour moi !

– Je t'interdis de dire de telles sottises ! Nous t'aimons, ma douce Manon…

– Et Mady dans tout ça ?

– Quoi, Mady ? »

Guillaume montait un peu la voix bien malgré lui. Pour la première fois, sans s'en rendre compte, il avait laissé échapper son anxiété devant Manon. D'un côté, il y avait la difficile épreuve de sa sœur et, de l'autre, il y avait Mady, si loin de lui depuis plusieurs mois déjà. Mais Manon tenait surtout à ne pas être la cause de cette angoisse chez son frère. Elle ne voulait pas que Guillaume passe à côté de l'amour de sa vie et, de ce fait, elle se permit d'ajouter :

« Oui, Guillaume ! Mady, elle aussi, a besoin de toi… Vous vivez une belle histoire, tous les deux, n'est-ce pas ? Et tu es là, à mes côtés… Coincé à mes côtés ! »

Guillaume comprit aussitôt où Manon voulait en venir. Mais il était hors de question qu'il parte maintenant. Sa sœur avait encore besoin de lui pour l'aider à se rétablir. C'est pourquoi, en entendant les paroles de Manon, il se ressaisit et n'hésita pas à préciser d'une voix qui se voulait moins tendue :

« Tu sais, Manon, Mady est au courant et elle préfère me savoir près de toi qu'on ne sait où ! Elle sait que c'est très important! J'ai hâte que tu puisses la rencontrer... Mais quand le moment sera venu... très bientôt... Elle te plaira, j'en suis sûr!

– Je suis désolée, Guillaume! Je m'apitoie sur mon sort! Je sais que vous faites tout pour me faciliter la vie. Oui, j'ai besoin de vous tous, de votre amour, de votre soutien... Ah! Guillaume, je suis aussi déchirée quand je pense à Mady. Je me mets à sa place! J'espère que tout va bientôt s'arranger et que tu pourras retourner vers elle. Je pense que je l'aime déjà, ta Mady! Tu m'en parles tant!

Il lui adressa un sourire, puis lui lança:

«Allez, Manon, veux-tu refaire une tentative?»

Manon parut réfléchir quelques instants puis, regardant Guillaume droit dans les yeux, elle acquiesça en silence. Elle souffla plusieurs fois avant de tenter un mouvement vers l'avant. Guillaume la guidait. Cette fois, elle réussit à tenir debout un peu plus longtemps. Elle retomba dans son fauteuil, les yeux brillants de joie.

Installées dans le salon, Mady et Sarah discutaient. Leur visage était sérieux, le sujet était sérieux.

«Je crois que Guillaume ne me verra pas enceinte.

– Pourquoi dis-tu ça?

– Inutile de se leurrer davantage, Sarah! Il reste un peu plus de deux mois avant la date prévue pour l'accouchement, et Manon est encore clouée dans son fauteuil roulant!

– Et alors? Sa santé? Il se peut qu'elle ne remarque plus, mais ce n'est pas ça qui va retenir Guillaume! Comment récupère-t-elle surtout ? C'est ça qu'il est important de savoir, tu ne crois pas ? C'est surtout ça qui va décider du retour prochain de Guillaume.

– Oui, c'est vrai, mais les progrès sont si lents !

– Cette rechute était très grave, Mady ! Mais Guillaume t'aime ! C'est évident !

– Je sais tout ça. Pourtant, chaque fois que je sens mon bébé bouger, je voudrais pouvoir dire à Guillaume de toucher mon ventre. Qu'il puisse le sentir, lui aussi.

– Tu ne veux toujours rien lui dire, n'est-ce pas ?

– Non ! Même si je dois accoucher seule, sans sa présence rassurante. Il pourra voir le bébé ensuite ! Tandis que sa sœur, c'est maintenant qu'elle a besoin de lui !

– Oui ! Tu as raison. Mais je suis là, moi ! C'est toujours ça !

– Merci, Sarah… À propos, et ton travail ? Tu es toujours heureuse d'y être, de ce que tu fais ? Tu sembles toujours tellement occupée !

– Oui, j'adore ! Mais mon PDG, André Corneau… »

Mady releva la tête. Elle décelait un je-ne-sais-quoi dans la voix de sa sœur. C'était la première fois que Sarah évoquait son PDG avec elle. Elle en éprouvait le besoin tout à coup.

« Tu ne sembles pas l'apprécier, est-ce que je me trompe ? s'exclama Mady.

– Tout juste ! Parfois, j'ai envie de donner ma démission et de repartir de zéro !

– Est-il si impossible à vivre ? Il n'aime pas ton travail ?

– Oui et non… C'est difficile à dire… C'est un curieux gars… Il apprécie mon travail, je le sais, car il me l'a dit…

Non, c'est plus complexe que ça… C'est surtout sa personnalité, je crois… Il me dérange… Pour tout te dire, il est même plutôt envahissant.

– Laisse-lui un peu de temps ! Il vient d'arriver… Attends encore un peu avant de donner ta démission. Ce serait vraiment dommage de quitter cet emploi à cause de ça.

– Oui, sans doute ! Nous verrons… Enfin, je ne sais pas pourquoi je te parle de ce problème ! Et ce petit bout de chou ? Quel nom vas-tu lui donner ?

– Eh bien ! J'ai pensé à Valentin, si c'est un garçon, parce qu'il représente notre amour. Mais si c'est une fille, j'aimerais l'appeler Marianne ! J'avais aussi pensé à Mélody… Qu'en penses-tu, toi ?

– Valentin Bélanger… Marianne Bélanger…

– Mais son nom de famille risque d'être Martinon dans un premier temps, précisa Mady. Si Guillaume n'est pas là, ce sera sans doute le cas…

– Bah ! tu pourras changer quand il sera là !

– Oui.

– De toute façon, j'aime bien Valentin et Marianne. Peut-être un peu moins Mélody ! Mais c'est toi qui décides.

– J'ai encore du temps pour y penser !

– Cela risque d'arriver très vite, Mady… J'ai hâte, tu sais ! Tenir mon premier neveu ou ma première nièce dans mes bras ! C'est quelque chose tout de même !

– Oui, moi aussi j'ai hâte ! Après, je pourrai plus facilement envisager l'avenir et laisser papa derrière moi ! On pense aller vivre au Québec, Guillaume et moi… Il me parle souvent de son beau pays et cela fait si longtemps que j'en rêve! Alors, pourquoi pas?»

M. Martinon discutait avec un homme aux cheveux hirsutes. Ils étaient assis à la terrasse d'un café et chacun tenait à la main un verre rempli de vin rouge. Une bouteille à moitié vide trônait devant eux.

«Alors, c'est entendu, Gérard? Je peux compter sur toi? Tu connais toutes les personnes qu'il faut, là-bas!

– Ouais… Ne t'inquiète pas… Je ferai ce que tu m'as demandé! À un ami, on peut rien refuser… En plus, c'est pour rendre service, alors!

– Ouais… T'es un vrai pote, Gérard. Je t'appellerai quand ce sera le moment! Tu auras le temps de t'organiser comme ça!

– Ouais!»

Tout en hochant la tête, l'homme leva son verre en direction du père de Mady.

«Santé, mon gars!

– Santé!»

Ils trinquèrent et, dans un parfait synchronisme, un sourire effleura leurs lèvres. Dès qu'il eut bu son verre, Gérard attrapa la bouteille et se resservit une rasade, sans oublier son compagnon.

M. Martinon avait pris soin de rencontrer le prénommé Gérard en dehors de Pincourt, pour ne pas être vu…

Sarah s'installa à son bureau et ouvrit son attaché-case. Elle retira l'enveloppe qu'elle y avait rangée depuis long-temps et la toucha de nouveau. Sa mère, profitant d'une courte absence de Mady, la lui avait remise un soir, pendant la préparation du souper. Elle relut l'écriture maladroite de l'inscription de l'enveloppe : « Pour Sarah. » Mme Martinon avait bien insisté pour la lui donner, en posant toutefois une condition. Sa fille ne devait l'ouvrir que si sa mère décédait. Depuis, la jeune femme s'interrogeait souvent sur son contenu et mourait d'envie de l'ouvrir. Mais elle avait promis… Elle reposa donc, encore une fois, l'enveloppe dans l'attaché-case, puis elle soupira tout en s'enfonçant dans son fauteuil.

Quand elle entendit frapper à la porte, elle reconnut aussitôt les coups. Elle savait qu'André Corneau ne tarderait pas à paraître. Elle ne prononça pas le mot « entrez ». C'était inutile avec lui car, de toute façon, il entrait de lui-même sans attendre de réponse. Elle leva brièvement les yeux au ciel et regarda la porte s'ouvrir.

« Bonjour, mademoiselle Martinon !

– Monsieur Corneau. »

André Corneau portait un complet vert foncé et venait manifestement de chez le coiffeur. Il tenait dans les mains un plateau contenant deux tasses. Sarah leva les sourcils de surprise. Décidément, elle ne s'y habituerait jamais !

« Je vous apporte un *cappuccino*. Vous m'en direz des nouvelles ! »

Il prit la tasse destinée à Sarah, qui s'empressa de déblayer son bureau, la gorge nouée par la stupeur.

« Merci ! » dit-elle en hésitant à se montrer chaleureuse. André Corneau changeait si souvent de visage avec elle !

« Ce *cappuccino* vous rappellera notre délicieux tête-à-tête à Rome. »

Elle releva les yeux et ne put s'empêcher de s'exclamer :

« Je vous ferais remarquer que nous avons simplement pris un café dans le centre-ville de Rome parce que vous aviez insisté d'une façon plutôt lourde !

– Oublions les détails ! Il était bon, ce *cappuccino*, n'est-ce pas ?

– Oui, je l'admets, fit-elle de mauvaise grâce.

– Bien... »

Elle préféra ne rien ajouter et posa ses lèvres sur le rebord de la tasse. Puis elle releva la tête et demanda à brûle-pourpoint :

« Que puis-je faire pour vous aujourd'hui ?

– Vos lèvres sont délicieuses !

– Je vous demande pardon ?

– C'est le *cappuccino*... La crème... »

Sarah attrapa la serviette que son PDG lui tendait et s'essuya les lèvres. Elle inspira profondément et se mordit la langue pour ne rien ajouter. Puis :

« Bien ! Je vous écoute maintenant ! dit-elle d'un ton cassant.

– Je vous invite ce midi ! J'ai besoin de vous à mes côtés. Je rencontre d'importantes personnes et j'aimerais que vous soyez présente.

– De qui s'agit-il et pourquoi ma présence est-elle indispensable ?

– Cela concerne toutes nos succursales... Et vous êtes la plus qualifiée. Alors, c'est entendu, je passe vous prendre ici à midi trente. »

Sarah accepta de mauvaise grâce. M. Corneau se leva aussitôt et repartit, non sans lui adresser un grand sourire. Elle lui rendit son sourire, se tenant sur ses gardes néanmoins.

Puis elle finit tranquillement son *cappuccino*, qu'elle avait volontairement laissé de côté, et consulta sa montre. Il lui restait deux heures avant ce repas. Il lui fallait aussi annuler quelques rendez-vous, prévus en début d'après-midi. Elle appela sa secrétaire en soupirant… Elle détestait être mise au courant à la dernière minute.

Mme Martinon se demandait si elle pourrait voir son petit-fils ou sa petite-fille avant sa mort. Elle sentait que sa vie s'achevait. Le mince fil qui la retenait encore s'usait de plus en plus. Elle n'avait d'ailleurs plus le goût de lutter. À quoi bon ! Ses enfants étaient grands et l'avenir aux côtés de son mari lui ôtait tout désir de se battre pour rester en vie. Elle préférait de loin tirer sa révérence. Mais elle voulait tout de même voir Mady accoucher… la savoir en bonne santé après l'arrivée de l'enfant. Pourtant, ce n'était pas elle qui décidait, elle en était consciente… Elle n'était cependant pas triste de mourir. Elle n'avait pas peur non plus. En fait, elle avait déjà passé ce cap. Elle savait de toute façon que c'était inéluctable. Une question de temps… Demain ? Dans un mois ? Qui sait ?

La secrétaire l'appela par l'interphone. Sarah écouta, prit le message en note, remercia et raccrocha.

« Allons bon ! Maintenant, je dois le rejoindre à ce restaurant ! »

André Corneau l'avait avisée, en effet, qu'il ne pourrait pas passer la chercher, mais qu'il l'attendrait à l'adresse indiquée.

La jeune femme n'avait décidément aucune envie d'aller là-bas. Mais elle n'avait plus le choix ! Elle regarda sa montre. Il était temps d'y aller ! Elle enfila son manteau et prit son sac à main, non sans bougonner.

Elle songeait à ce repas d'affaires tout en conduisant. Elle se demandait ce qui l'attendait et, surtout, si elle serait à la hauteur. Elle détenait si peu d'informations au sujet de ce rendez-vous ! André Corneau ne lui en avait quasiment rien dit. « En fait, rien de très étonnant de sa part ! » pensait-elle. Quand elle aperçut enfin le restaurant, elle se gara dans le stationnement réservé aux clients. Elle s'extirpa de sa voiture et, quand le portier lui ouvrit la porte, elle en fut flattée. Elle le remercia avec un sourire radieux. Une hôtesse, dans la trentaine, arriva aussitôt à sa rencontre. Son manteau lui fut ainsi soustrait et on lui indiqua rapidement la table de M. Corneau. Sarah repéra bien vite son PDG et fronça les sourcils quand elle ne vit personne d'autre à la table. Elle avança.

André Corneau la vit arriver de loin. Il se leva et lui tira aimablement une chaise. Elle le regarda, mais ne dit rien. Elle s'installa et laissa à son supérieur le temps de se placer en face d'elle. Elle nota rapidement qu'une autre assiette était mise sur la table. Elle respira un peu, mais elle demeurait méfiante.

« Il me semblait que plusieurs personnes devaient être avec nous ? lança-t-elle.

– Une personne, en fait ! Elle est aux toilettes ! » précisa M. Corneau.

Un large sourire apparut sur son visage quand il regarda Sarah.

« Pouvez-vous au moins m'informer un peu sur cette personne ? J'apprécierais.

– C'est une personne… qui m'est très chère… très proche aussi… »

Sarah pensa subitement qu'il allait lui présenter sa femme ! Elle se demanda pourquoi et, surtout, quel était le rapport avec l'entreprise. Elle ne comprenait pas mais était sûre, cependant, que M. Corneau ne tarderait pas à lui en dire plus. Quand il jugerait le moment approprié, bien entendu…

« Ah ! justement, le voilà ! »

La jeune femme se retourna et ne vit qu'un enfant qui semblait se diriger vers eux avec un sourire. Elle regarda M. Corneau, puis le jeune garçon, et de nouveau M. Corneau.

« Vous voulez dire que… »

Elle se tut. Le petit garçon venait d'arriver à la table. Il accentua son sourire devant Sarah et lui dit bonjour le plus simplement du monde.

« Je vous présente mon fils, Julien. Il a 6 ans.

– Bonjour, Julien !

– Bonjour, madame, répondit le petit garçon d'une voix fluette.

– Tu peux m'appeler Sarah, si tu veux ! »

Julien s'installa à table et ne lâcha pas l'invitée de son père du regard.

« Vous êtes très jolie…

– Merci, Julien ! »

Elle ne comprenait plus du tout ce qui se passait. Que faisait-elle là ? Pourquoi ? Elle avait dû annuler plusieurs rendez-vous pour ce repas et maintenant elle se retrouvait attablée avec son PDG et son fils... Elle jeta un regard interrogateur à André Corneau, qui ne semblait aucunement trouver la situation anormale.

« Voici le menu. »

La jeune femme se plongea dans la carte, mais son esprit était en ébullition. Elle se voyait mal poser les questions qui lui passaient par la tête devant le petit garçon. Elle se concentra donc sur les plats alléchants qui lui étaient proposés.

« Les côtes levées sont excellentes ! » l'informa M. Corneau.

Sarah le regarda par-dessus le menu, mais ne dit rien. Elle reporta ensuite son regard sur Julien et lui demanda :

« Et toi, Julien, qu'est-ce que tu aimes manger ?

– Moi, c'est un poulet frites ! J'adore ça ! »

L'enfant ressemblait beaucoup à son père physiquement. Par contre, ses yeux étaient bleus, d'un bleu profond. Il était très beau. Sarah observa discrètement son PDG et, pour la première fois, elle remarqua que c'était un bel homme. Quand il s'adressait à son fils, son sourire était merveilleux, presque enfantin, à l'image de Julien en fait. C'était étonnant. Elle se rendait compte qu'elle voyait André Corneau avec des yeux nouveaux. C'était le père attentionné qu'elle avait en face d'elle, un père très chaleureux. À partir de là, elle commença à se détendre et même à plaisanter avec eux deux. À sa grande stupéfaction, elle trouva ces moments — et le repas — des plus agréables.

Au fil du temps, Sarah rencontra de plus en plus souvent André Corneau en dehors du travail. Ils entretenaient à présent des rapports différents. L'antipathie que ressentait Sarah s'était évanouie depuis ce fameux repas avec son fils Julien. La jeune femme commençait même à éprouver un réel plaisir à être en compagnie d'André Corneau. Ensemble, ils allaient au cinéma, ils assistaient à des pièces de théâtre ou bien ils marchaient tout simplement le long de la mer, si proche. Julien venait parfois avec eux. Il semblait s'être pris d'affection pour Sarah et c'était réciproque. Pourtant, elle ne se demandait pas où la mènerait cette nouvelle complicité. Elle vivait les moments présents, les considérait comme des bouffées d'air frais hors de sa famille, qui lui causait tant de soucis. Sa mère qui déclinait, son père… Et Mady qui ne tarderait pas à accoucher, sans Guillaume, semblait-il. Avec André, Sarah oubliait pour un temps. Elle se sentait bien. Elle se sentait femme. Elle s'était rendu compte que son PDG n'avait manifesté cette attitude si particulière qu'envers elle… Pourquoi ? Elle n'en était pas encore au point de lui poser des questions aussi personnelles. Ils s'appelaient maintenant par leur prénom et se tutoyaient, même au travail. M. Laberge, quant à lui, semblait absolument ravi de voir leurs rapports s'améliorer.

Un soir, alors qu'ils avaient rendez-vous pour un dîner en tête à tête dans une auberge de la côte normande, André arriva avec une demi-heure de retard. Sarah commençait à s'impatienter et lui avait donné mentalement cinq minutes pour arriver, sinon elle partait. Mais André, à son grand soulagement, se présenta à temps.

«Je suis désolé, Sarah! Julien voulait absolument venir avec moi! J'ai eu toute la peine du monde à le faire changer d'avis!

– Pourquoi ne pas l'avoir emmené dans ce cas? J'aurais été très heureuse.

– Non!»

Le ton était ferme. Sarah n'insista pas. Elle souleva les épaules et laissa à André le temps de s'installer en face d'elle.

La serveuse arriva avec son carnet de commandes:

«Voulez-vous un apéritif?»

André regarda brièvement Sarah puis s'adressa aussitôt à la serveuse:

«Kir royal pour tous les deux, s'il vous plaît. Nous commanderons ensuite.

– Bien, monsieur!»

La serveuse s'éloigna d'un pas rapide.

«Ah! Sarah…

– Oui?»

André Corneau n'ajouta rien mais resta à la regarder. Elle se sentit mal à l'aise d'être ainsi scrutée, elle avait l'impression qu'il voulait lire dans ses pensées. Elle essaya de se soustraire à ce regard en promenant ses yeux autour d'elle, mais rien n'y fit. Elle se concentra sur un sujet de conversation qu'elle pourrait lancer. Son esprit demeura désespérément vide! Et André Corneau qui ne disait toujours rien… Heureusement, la serveuse revint bien vite avec les deux apéritifs. Sarah tourna vivement son regard vers elle et la gratifia d'un grand sourire.

«Merci beaucoup!

– Vous n'aurez qu'à me faire signe quand vous serez prêts à commander ! »

Et la serveuse s'éloigna aussitôt.

« À quoi trinquons-nous, André ? demanda Sarah d'une petite voix.

– À une belle fin de soirée ! Une soirée pleine de promesses, je l'espère de tout cœur en tout cas !

– Allons-y pour une belle soirée. »

La jeune femme leva son verre et l'entrechoqua avec celui de son compagnon de table. Cette fois, elle le regarda bien en face.

Le cadre du restaurant était des plus intimes et la rendait assez nerveuse. Les lumières étaient tamisées. Un musicien passait de table en table avec son violon, promenait son archet sur les cordes et tirait de son instrument des sons voluptueux incitant les convives à s'épancher. Les tables étaient suffisamment espacées pour offrir une intimité. De magnifiques plantes vertes et des bouquets de fleurs odorantes contribuaient à rendre l'endroit chaleureux.

Sarah but une gorgée de son kir, mais André ne toucha pas au sien. Soudain, il enfouit sa main dans sa poche et en ressortit une enveloppe marron. Elle leva les sourcils.

« Qu'est-ce que c'est ? » demanda-t-elle étonnée.

André la regarda puis lui tendit l'enveloppe. La curiosité de Sarah était à son comble.

« C'est pour toi. Tu peux l'ouvrir. »

Sarah obtempéra sans plus attendre. Elle décacheta l'enveloppe et en extirpa bientôt une magnifique bague en or surmontée d'un diamant. Elle prit délicatement le bijou entre ses doigts et regarda André, les sourcils froncés.

« Que signifie…

– Veux-tu m'épouser, Sarah ? »

Le regard d'André était intense et aucun sourire moqueur ne se lisait sur ses lèvres. Sarah savait qu'il était très sérieux.

« C'est que… Enfin…

– Tu peux dire non, si tu ne veux pas de moi !

– Non ! Enfin ! Ce n'est pas ce que je veux dire… C'est si soudain ! Si rapide… Je ne m'attendais pas à ça ! Tu me prends au dépourvu… Je…

– Prends le temps d'y réfléchir ! Je t'accorde le repas pour prendre une décision. Au dessert, je t'écouterai de mes deux oreilles, de mes deux yeux et de tout mon cœur…

– Bien, je vois que tu me laisses beaucoup de temps ! Quelle générosité ! »

André lui adressa un superbe sourire et elle revit l'image de Julien.

« Et Julien ? Est-il au courant ?

– Oui ! C'est chaque jour qu'il me pose la question. Il t'aime beaucoup, tu sais. Tu as transformé notre vie ! »

Sarah regarda son prétendant, puis posa de nouveau les yeux sur le bijou. André lui prit la main doucement et lui glissa la bague au doigt. Elle ressentit un long frisson à ce contact et retint son souffle. Ses idées se bousculaient…

« Juste une question… Pourquoi dans une enveloppe ?

– Tu trouves ça inhabituel ? rétorqua André.

– Oui, c'est le moins que je puisse dire…

– Eh bien ! C'est exactement ce que je recherchais… Tu sais à quel point je déteste être conventionnel !

– Oh oui ! » soupira Sarah.

Ils se regardèrent et éclatèrent de rire.

Chapitre 11

M. Martinon rencontra encore une fois son ami Gérard, dans un autre bar cette fois mais toujours en dehors de la ville de Pincourt.

« Salut, Gérard.

– J'ai de bonnes nouvelles ! »

Un sourire s'afficha sur le visage du père de Mady.

« Installons-nous ici, on va commander un petit quelque chose, histoire de se rincer la gorge, et tu vas tout me raconter.

– Ça me va ! Rien de tel qu'un bon verre de gnôle ! »

Les deux hommes s'attablèrent rapidement et se penchèrent l'un vers l'autre comme deux conspirateurs s'apprêtant à organiser une action douteuse.

La bouteille fut servie, et M. Martinon s'en empara d'un mouvement vif. Il fit claquer sa langue contre son palais et produisit un « ploc » significatif. Son gosier semblait dire qu'il était en manque. Et à voir sa main crispée sur son verre, il ne faisait aucun doute que le dénommé Gérard était dans le même état de dépendance et d'excitation.

M. Martinon versa du vin à son ami. Sa main tremblait et provoquait des éclaboussures sur la table. Ils s'en moquaient tous les deux. Ils levèrent leur verre et l'alcool disparut d'un seul mouvement. M. Martinon eut un sourire satisfait et se resservit aussi vite, sans oublier son vis-à-vis qui suivait la même cadence. Ils faisaient d'ailleurs souvent des concours pour savoir lequel pouvait boire le plus sans se retrouver à terre. Ils se connaissaient depuis des lustres.

« Alors, tes nouvelles ?

— J'ai tout arrangé ! J'ai vu les personnes qu'il fallait ! Des bons potes à moi !

— Et ?

— T'inquiète ! C'est du billard, cette affaire ! Ça a même été plus facile que ce que je pensais ! Ah ! si t'avais pu voir comment je leur ai présenté le topo !

— C'est impec ! Je te revaudrai ça ! »

Sarah discutait avec Mady. Elle lui révéla tout au sujet d'André Corneau. Mady écoutait. Elle ne disait pas un mot. Sarah avait un peu peur de blesser sa sœur. Elle ne voulait pas que ses propos soient mal interprétés.

« Mady… Qu'en dis-tu ? »

Mady regarda sa sœur un long moment, puis elle caressa son ventre doucement.

« Je voudrais t'entendre, Mady… J'ai besoin de savoir ce que tu en penses ! »

Sarah parlait d'une voix triste. Elle ne pouvait s'empêcher de penser que c'était plutôt Mady qui devrait lui annoncer une telle nouvelle. Pas elle ! Elle avait l'impression d'être injuste… que la réalité n'était pas conforme à la situation. Il n'y avait guère de rationalité dans tout cela.

Mady se gratta le bout du nez et soupira. Sarah retint sa respiration. Elle savait que Mady allait enfin parler, se prononcer.

« Sarah, je vais être honnête avec toi. C'est vrai, je ressens beaucoup de tristesse… Je ne peux pas m'empêcher de penser à Guillaume et… Enfin, tu vois ce que je veux dire…

– Oui ! »

Sarah n'ajouta rien, préférant écouter attentivement jusqu'au bout ce que sa sœur avait à dire.

« Mais, je ne veux pas non plus que tu gâches ta vie à cause de moi. Tu sembles finalement beaucoup aimer ton fameux PDG ! Il me paraît pouvoir faire un beau-frère acceptable. Il semble être un personnage très original et il me tarde de le connaître ! Je suis sûre que nous nous entendrons bien ! En plus, il a un petit garçon ! Cela fera un compagnon pour mon bébé ! »

Sarah prit sa sœur dans ses bras et respira fortement d'aise.

« Oh ! merci, Mady… Tout ceci est si rapide ! inattendu !

– Oui… Tu as fait le bon choix, Sarah, j'en suis sûre ! Fonce !

– As-tu des nouvelles de Guillaume ?

– Non ! Pas encore ! C'est long ! Je ne comprends pas ! Mais c'est si loin aussi !

– Cela viendra… J'en suis sûre !

– Et le mariage ? Avez-vous fixé une date ?

– Oui, en mars !

– Déjà ?

– Oui. Je sais, c'est rapide mais…

– C'est vrai! Après tout, pourquoi attendre quand il n'y a pas de raison… En as-tu parlé à papa ou à maman?

– Non, pas encore. Je voulais te l'annoncer avant. C'était important pour moi. Maman, je le lui dirai bientôt. Quant à papa, il l'apprendra lorsque ce sera fait. Je n'ai d'ailleurs aucune intention de l'inviter à mon mariage. Il risque de tout gâcher… C'est une journée trop importante… Tu le connais comme moi! De toute façon, il est devenu un étranger pour moi. Et si ce n'était de maman, ça fait longtemps que j'aurais pris un appartement.

– Oui! Mais moi, je suis encore mineure!

– T'inquiète pas, Mady, je serai toujours là et tu peux compter sur André aussi… Et dès que Guillaume sera de retour, tout s'arrangera. Papa ne pourra rien dire! Compte sur moi! Je me battrai s'il le faut, mais je ne le laisserai pas te faire encore du mal…

– Merci, Sarah. J'avoue que je m'attendais tout de même à une réaction plus vive de sa part pendant ma grossesse. Je suis bien contente. Il me fiche la paix. Il ne me parle même pas!

– Bof! De toute façon, il ne parle plus à personne. Sauf à maman. Il trouve encore le moyen de lui crier après malgré son état. Heureusement, nous sommes là toutes les deux pour la défendre. Elle est si fragile maintenant… J'ai vraiment peur pour elle…

– Oui, moi aussi… »

Le lendemain, M. Martinon rentra chez lui dans la matinée. Il regarda machinalement dans la boîte aux lettres

— ce qui ne lui arrivait jamais d'ordinaire — et en ressortit une lettre pour Mady venant d'Espagne.

« Alors, comme ça, ils arrivent à rester en contact ! Je me disais aussi ! »

Dans un premier temps, il déposa la lettre sur le guéridon de l'entrée, puis partit en direction du réfrigérateur pour se prendre une bouteille de vin. Il en avala une gorgée à même le goulot. Il avait trop soif ! Il repensa ensuite à cette lettre. Il savait qu'elle venait d'Élizabeth. Pourtant, il avait une curieuse sensation. Il s'affala dans un fauteuil du salon, sa bouteille tout contre lui, et alluma la télévision. Il regardait les images défiler sans même y prêter attention. Cette enveloppe l'obsédait.

Finalement, il se releva et décida de l'ouvrir. Il savait que ni Sarah ni Mady ne pourraient le surprendre, puisque l'une était au travail et l'autre à son rendez-vous chez le gynécologue. Quant à sa femme, c'était encore plus facile, elle se mourait là-haut. Il avait d'ailleurs hâte qu'elle y passe ! Il ne la supportait plus ! S'il pouvait l'aider à franchir le pas, ce serait avec un plaisir évident… non pas pour la soulager elle, mais plutôt pour le soulager, LUI ! Elle n'était plus qu'un poids mort pour lui… un tas d'os qui lui donnait des frissons quand il venait à l'effleurer, dans les rares moments où il osait dormir chez lui. Quand elle ne serait plus de ce monde, il pourrait enfin disposer du lit pour lui seul.

Il se pencha sur l'enveloppe et comprit tout quand il extirpa une autre enveloppe pliée à l'intérieur. Une enveloppe en provenance du Canada. Il l'ouvrit sans scrupule, s'offrant en prime une généreuse gorgée de vin.

« Ah ! elle croyait m'avoir comme ça ! Elle me connaît bien mal ! »

Son esprit embrumé d'alcool commençait à manigancer un plan qui le faisait sourire. Il finit la bouteille d'un geste et éclata d'un rire qui emplit la maison de mépris et de méchanceté.

Au premier étage, Mme Martinon fut réveillée par un bruit venant du bas. Elle tenta de l'analyser, mais ses médicaments l'abrutissaient totalement. Elle continuait à les prendre, même si elle savait qu'ils ne servaient à rien. Elle sortit finalement de sa torpeur pour entendre le rire caverneux de son mari. Ce rire lui glaça le sang. Elle eut l'impression qu'il était devenu fou. Volcan écoutait lui aussi. Depuis que Mme Martinon était malade, il avait pris l'habitude de rester à ses côtés comme pour la protéger. Elle appréciait grandement la présence de ce gros chien. Elle n'y avait jamais vraiment fait très attention auparavant, se disant que Mady le comblait sans aucun doute de son affection. Mais maintenant qu'elle était si faible, elle se sentait bien avec lui qui, d'ailleurs, se contentait d'être dans la chambre. Parfois, elle lui parlait, comme le faisait Mady. Elle avait été surprise la première fois. Elle n'avait jamais parlé à un animal ! C'était nouveau pour elle.

« Oui ! C'est ça ! Vas-y, ma petite Manon ! Tu y es presque… Bravo, ouiiiii ! »

Guillaume regarda triomphalement sa sœur avancer vers lui d'un pas mal assuré, les bras tendus vers l'avant. Elle se jeta vers lui et l'attrapa vivement.

« Oh ! Guillaume. »

Son souffle était court.

« Oui, Manon… Ça y est ! Tu remarches ! Il ne te reste plus qu'à faire encore des exercices et tu auras complètement récupéré ! »

Manon reprit ses béquilles. Elle regarda son frère et lui adressa un sourire plein de bonheur, plein d'espoir…

« Oh ! Guillaume, c'est merveilleux ! Tant d'efforts récompensés ! Tant de mois d'espérance, de découragement aussi, mais je sais que je vais y arriver bientôt ! Ce n'est plus qu'une question de semaines… Oh ! Guillaume, vous avez tous été tellement formidables… Toi, papa, maman… Vous tous, je vous aime si fort ! »

Elle éclata de rire tant elle éprouvait une joie totale et intense. Guillaume rit avec elle sans retenue. Il savait lui aussi que sa sœur était maintenant sûre de parvenir à ses fins ! Et quelque part, dans un coin de sa tête, il pensa à Mady. Dans quelques petites semaines maintenant, il pourrait la rejoindre… « Ah ! ma douce Mady… Enfin, nous allons nous retrouver ! »

« Ouh ! Ouh ! Guillaume ? »

Guillaume secoua la tête et regarda Manon, qui le fixait en souriant.

« Tu songes à Mady, n'est-ce pas ?

– Oui, c'est vrai !

– J'ai bien hâte de connaître cette jeune fille qui a su conquérir ainsi mon grand frère ! Je devrais peut-être ressentir de la jalousie ! Après tout, elle va te kidnapper ! »

Manon fronça le nez d'un petit air mutin.

«Ah non! ma petite Manon… Ce ne sera pas une perte pour toi, bien au contraire! Tu vas trouver une véritable amie en Mady, j'en suis sûr! D'ailleurs, si elle est toujours d'accord, c'est à Montréal que nous vivrons… C'est ici que nous ferons notre vie ensemble…

— As-tu reçu une lettre d'elle dernièrement?

— Non! C'est étonnant! Elle est si ponctuelle d'habitude…

— Elle a notre nouvelle adresse, j'imagine?

— Oui, bien sûr!

— Tu devrais peut-être lui écrire de nouveau… La lettre a pu se perdre…

— Oui, mais cela fait déjà deux fois que je lui écris sans obtenir de réponse…

— Tu pourrais toujours essayer le téléphone.

— Non, c'est beaucoup trop risqué… Je te l'ai dit… Son père…

— Ah! celui-là! Si je pouvais lui écraser mes béquilles sur la tête, ça me ferait très plaisir. Fais-moi confiance!

— Je n'en doute pas un seul instant, je te connais! Mais attends d'être plus solide sur tes jambes, petite sœur, sinon tu risques de faire une pirouette sur le sol lorsque tu lèveras ta béquille! Alors, penses-y à deux fois!»

Ils se mirent à rire tous les deux.

Sarah écoutait Mady, qui semblait désespérée.

«Je ne comprends plus rien… J'ai encore envoyé une lettre à Guillaume… C'est la troisième! S'il avait déménagé, il me l'aurait dit! Il m'aurait donné sa nouvelle adresse! Pourquoi! Pourquoi ce silence?

— Je ne sais pas! Et Liz?

– Non plus !

– Peut-être y a-t-il des grèves postales là-bas ?

– Oui... »

Mady semblait peu encline à croire à cette possibilité. Mais après tout, pourquoi pas ! Ce n'était pas si impossible que ça !

« Aoh ! »

Elle posa la main sur son ventre et grimaça.

« Qu'y a-t-il, Mady ? Le bébé ? Ça va ? »

Sarah, très inquiète tout à coup, regardait sa sœur. Le bébé n'était prévu que vers la mi-avril. Mady ne répondit rien. La douleur était forte et lui coupait le souffle. Elle tenta une inspiration, mais cria un peu plus fort. Sarah la prit tout contre elle et l'allongea sur le lit.

« Ne bouge pas, Mady... Tu penses que le bébé arrive ? »

Mady hocha la tête négativement...

« Tu es sûre ?

– ... Oui ! parvint à dire Mady avec difficulté.

– Qu'est-ce que c'était ? »

Mady commençait à respirer normalement de nouveau. Elle sourit à sa sœur pour tenter de la rassurer un peu.

« Voudrais-tu m'apporter un verre de lait, s'il te plaît ?

– Oui, bien sûr ! Tout de suite... Mais tu es sûre que ça va aller ? Je peux te laisser seule le temps d'aller à la cuisine ?

– Oui... Ça va aller... C'est une crampe... Doulou-reuse, mais une crampe, tout simplement ! Tu peux y aller. Compte sur moi, je crierai si j'ai besoin de toi. Ou je t'enverrai Volcan ! »

Sarah fut rassurée d'entendre sa sœur plaisanter. L'esprit en paix, elle alla donc chercher un verre de lait.

M. Martinon était assis à la table de la cuisine. Il était penché sur une lettre et tenait un stylo à la main. Deux bouteilles étaient posées à côté de lui. L'une était vide, l'autre ne tarderait pas à l'être. Deux enveloppes étaient ouvertes près de son coude. L'une provenait du Canada et l'autre d'Espagne. Depuis sa découverte, il s'était arrangé pour détourner systématiquement le courrier de Mady. Mais là, il savait qu'il ne pouvait continuer ainsi sans éveiller les soupçons de sa fille. Il se réjouissait d'avoir intercepté la dernière lettre fournissant la nouvelle adresse de Guillaume et de sa famille. M. Martinon était heureux à présent, car il pouvait se venger de sa fille ! De l'affront qu'elle avait osé lui faire ! Il écrivit d'une main malhabile sur le papier à lettres. Il avait une idée bien précise. Un plan que son état d'alcoolique trouvait prodigieux. Un plan machiavélique et destructeur…

Il se doutait que Mady continuait à écrire à Guillaume, mais il jubilait en y songeant. Le jeune homme ne recevrait jamais ces lettres, puisque l'adresse était fausse !

« Ah ! ce que je suis brillant ! » dit-il tout haut dans la cuisine.

Il saisit la bouteille et déglutit avec délices. Puis il contempla la bouteille vide dans sa main et la reposa finalement sur la table, juste à côté de l'autre.

« Bon ! Continuons… »

Assez rapidement il acheva la lettre, conforme à ses idées. Il avait admirablement transformé son écriture. Malgré la quantité de vin absorbée, ses pensées demeuraient claires. Quand il releva son stylo, il se mit à sourire bêtement devant le papier noirci par l'encre. Il prit celui-ci délicatement et relut rapidement les quelques lignes qu'il y avait tracées. Ensuite, il glissa sa lettre dans l'enveloppe en provenance du Canada et replaça la lettre de Liz. Il était ravi, car Liz ne parlait pas des dernières lettres qu'elle avait envoyées à Mady. C'était une chance inespérée et inattendue ! Il referma le tout. Il avait pris soin d'ouvrir les deux enveloppes à la vapeur, afin de ne pas éveiller le moindre soupçon. D'un pas titubant, il se rendit à la boîte aux lettres et y déposa, avec d'infinies précautions, son « chef-d'œuvre », comme il aimait le penser. Il retourna ensuite dans la cuisine et brûla la lettre de Guillaume.

À Montréal, le mois de mars arriva avec des températures très douces. La neige fondait enfin et, par endroits, on pouvait apercevoir le gazon qui refaisait surface après une longue hibernation. Les oiseaux chantaient, la vie reprenait ses droits. Guillaume marchait seul le long de la rivière des Prairies. Il arriva bientôt au parc de la Visitation, non loin de là. Il aimait beaucoup cet endroit, berceau de son enfance… Il avait souvent eu l'occasion de faire du ski de fond dans ce parc et du patin à glace sur la rivière gelée. Habituellement, après Noël, la ville récupérait les sapins coupés et venait les installer le long du parcours de la patinoire ainsi formée. C'était beau à voir. Oh ! il y avait d'autres parcs là où ils habitaient maintenant ! Ce n'était pas les parcs qui manquaient à Montréal, bien au contraire. Mais celui-ci, c'était simplement son enfance. Il ressentait de la mélancolie et se promit de revenir ici avec Mady. Il enfonça les mains dans ses poches et continua sa promenade. Il avait besoin d'un peu de répit. Sa sœur allait bien mieux maintenant et il osait espérer un prochain retour en France. Peut-être dans deux mois, maximum ! Il le voulait tant… Il continua à marcher, évitant les endroits saturés d'eau à cause de la fonte des neiges. Il aimait particulièrement ce mois et l'extraordinaire pouvoir de la nature qui reprenait vie après une si longue absence. C'était beau, tout simplement.

Lors de la cérémonie de mariage, rien ne vint perturber les époux. Julien, le petit garçon d'André, arborait un magnifique blazer gris et portait un nœud papillon sur sa chemise blanche. Mady avait été choisie comme témoin de la mariée. Elle était vêtue d'une belle robe de couleur crème. Son ventre se perdait sous l'étoffe soyeuse. Elle tenait un bouquet de violettes entre les mains. Sarah avait opté pour une magnifique robe d'une blancheur éclatante et à longue traîne. Ses épaules étaient rehaussées par des manches gonflantes, en fine dentelle. Quand elle entra dans la petite église, l'assemblée se tourna vers elle. Mais Sarah n'avait d'yeux que pour André qui, quant à lui, la dévorait littéralement du regard. Il était splendide, lui aussi, dans son blazer gris, identique à celui de son fils.

Quand Sarah prononça le « OUI », répondant ainsi à celui d'André, Mady fondit en larmes. C'était des larmes de joie cependant. Elle réalisait vraiment que sa sœur se mariait ! C'était si émouvant ! Elle ne pouvait pas se contenir. Ce serait bientôt à son tour, pensa-t-elle également en touchant son ventre de la main. Ils n'étaient pas nombreux pour ce mariage. Juste les proches et quelques amis. Malheureusement, Mme Martinon n'avait pu être là. Elle était bien trop faible. À la sortie, on fit les photos traditionnelles. Le photographe prit Mady et son beau-frère, côte à côte. Elle aurait pu passer pour la mariée, avec sa robe claire et sa couronne de fleurs dans les cheveux. Elle posa en souriant d'un air heureux, penchant légèrement la tête vers André. Dès qu'ils avaient été présentés l'un à l'autre, ces deux-là avaient éprouvé spontanément une grande amitié, à la grande joie de Sarah.

À Montréal, les véhicules de déneigement circulaient jour et nuit, déblayant toute la neige qui s'était entassée durant les dernières semaines. De plus, à cause de la fonte des neiges et du gel qui avait suivi, la veille, les employés de la ville s'étaient hâtés de déverser du gravier sur les trottoirs afin de les rendre moins glissants pour les piétons.

Guillaume marchait aux côtés de sa sœur sur la populaire rue Sainte-Catherine. Ils avançaient doucement, avec précaution. Grâce à ses sorties régulières en compagnie de son frère, Manon commençait à se familiariser avec ses béquilles. Elle était consciente qu'elle revenait de loin et qu'elle aurait pu ne plus pouvoir remarcher. Elle ne prenait donc aucun risque, s'arrêtait souvent pour reprendre son souffle et se reposer. Mais cela lui faisait tellement de bien de pouvoir respirer ce petit air frais de l'extérieur qui annonçait le printemps, signe d'une vie nouvelle pour la nature et les habitants. Profitant d'un arrêt, Manon demanda à Guillaume :

« Alors, quand vas-tu te décider enfin à écrire à Mady pour lui annoncer que tu pars la rejoindre en Normandie ?

– Bientôt, très bientôt ! répondit-il.

– Tu es inquiet, n'est-ce pas ?

– Oui, c'est vrai… Ça ne lui ressemble pas de ne pas écrire…

– Je sais que tu ne veux pas, mais pense au téléphone ! Tu pourrais peut-être prendre le risque après tout ! »

Guillaume regarda sa sœur et pinça les lèvres.

« Je l'ai déjà fait ! Il semble que la ligne a été coupée !

– Comment ?

– Oui ! Je me suis renseigné. Il ne me reste plus que le courrier ! De toute façon, je vais la rejoindre. Et si son père est encore la cause de ses problèmes, il aura affaire à moi ! Je te le dis ! C'est un être malsain !

– Mais comment un père peut-il avoir une telle attitude ? Je ne comprends pas ! Nos parents sont si formidables ! J'ai du mal à imaginer qu'il puisse en être autrement pour d'autres ! C'est presque impensable !

– Je sais ! Mais c'est la triste réalité !

– Oh ! regarde dans la vitrine ! »

Guillaume suivit le regard de Manon. Elle s'était arrêtée devant une bijouterie et pointait le doigt en direction d'une bague.

« Elle est magnifique !

– Oui, c'est vrai !

– Entrons ! Veux-tu ?

– Oui… Allons-y ! »

Le jeune homme avait demandé à sa sœur de l'aider à choisir une bague de fiançailles pour sa bien-aimée. Il n'était pas très doué pour ce genre de chose et savait que Manon adorait les bijoux. Il avait projeté de rentrer en France et d'offrir la bague à Mady dès son arrivée. Ils se débrouilleraient ensuite pour pouvoir se marier, même si Mady était encore mineure. Ensuite, ils repartiraient pour Montréal… Il avait tellement hâte de la tirer des griffes de son père ! De la présenter à toute sa famille aussi. Il en parlait si souvent !

« Nous voudrions voir cette bague-là, s'il vous plaît.

– Oui, bien sûr ! Tout de suite. »

La voix était fluette, presque inaudible.

Le bijoutier portait de petites lunettes en demi-lune dont les montures très fines passaient presque inaperçues. Physiquement, il paraissait avoir passé depuis longtemps l'âge de la retraite. Le vieil homme traîna son corps tout décharné vers la vitrine et prit, de ses doigts squelettiques, la bague désirée. Il se retourna vers Guillaume et Manon et la leur présenta. Ce simple mouvement semblait lui être pénible. Guillaume avait l'impression que l'homme pouvait s'effondrer à tout instant. Pourtant, le bijoutier continuait comme si de rien n'était. Il reprit d'une voix fragile :

« C'est un beau choix… C'est pour la petite demoiselle ? Votre fiancée peut-être ? Une bien jolie jeune fille ! »

Le frère et la sœur se regardèrent en souriant. Il n'était pas rare qu'on les prenne pour un couple. Ils en riaient souvent.

« Non, Manon est ma sœur… Mais la bague, en effet, est pour ma fiancée… Elle habite en France… Ma sœur va m'aider à faire un choix…

– Ah ! très bien… Très bien… Prenez votre temps, jeunes gens… J'aime voir la jeunesse autour de moi. Je ne suis plus tout jeune ! »

Guillaume jeta un regard à l'homme aux pommettes saillantes mais aux yeux d'un bleu profond et brillant.

« Vous tenez cette boutique depuis longtemps ?

– Oh oui ! C'est une longue histoire, et fort ennuyeuse d'ailleurs pour des jeunes comme vous. Mais j'aime y travailler… Le contact avec la clientèle… »

Guillaume appréciait de plus en plus le vieil homme, sa simplicité, sa chaleur. Paradoxalement, il lui trouvait un côté enfantin !

« Je pense qu'elle est parfaite pour une future mariée ! dit le bijoutier en reportant son attention sur la bague.

– Oui, je le pense aussi. Nous la prenons !

– Bien… Bien… »

L'homme reprit délicatement la bague entre ses deux doigts et la déposa doucement dans son écrin. Le boîtier produisit un petit bruit sec.

« Voulez-vous que je l'emballe dans un joli papier doré ?

– Oui, merci, vous êtes bien *fin*… »

Mady prit l'enveloppe en provenance de Madrid dans ses mains et s'empressa de rentrer. Volcan, qui faillit avoir la queue coincée dans la porte, parvint à se faufiler de justesse entre les jambes de sa maîtresse.

« Oh ! enfin… Enfin une lettre ! Oh ! mon Dieu, merci… »

Mady courut se réfugier dans sa chambre aussi vite que son ventre imposant le lui permettait. Tout essoufflée, elle s'installa sur son lit, glissa un doigt sur le côté de l'enveloppe et la décacheta sans ménagement. Elle constata alors avec bonheur qu'une autre enveloppe était à l'intérieur.

Cependant, Mady ne prit pas la peine de parcourir la lettre de Liz. Elle aurait le temps ensuite! se dit-elle. Soudain, elle fronça les sourcils en examinant la seconde enveloppe. Son cœur battait très fort dans sa poitrine et ses doigts tremblaient pendant qu'elle se hâtait de déchirer le papier. Le regard inquiet, elle ouvrit aussitôt le feuillet plié en deux, puis s'écria:

« Mais ce n'est pas l'écriture de Guillaume! »

Volcan la regarda en penchant la tête de côté. Mady entama rapidement la lecture. Elle posa bien vite sa main devant sa bouche et s'exclama:

« Non! Ce n'est pas vrai! Oh! mon Dieu!... »

Le colley gémit et posa une patte sur le genou de Mady, qui pressait maintenant ses deux mains sur sa bouche. Des larmes commençaient à glisser, suivant les courbes de ses longs doigts. Elle ferma ensuite les yeux et ne put s'empêcher de pousser un cri de douleur. Elle se recroquevilla sur elle-même tout en se balançant d'avant en arrière. Elle avait laissé tomber la lettre sur le sol. Volcan la flaira un bref instant en grognant puis, de nouveau, tourna la tête vers Mady.

M. Martinon sirotait tranquillement son litron de vin. Lorsqu'il trébucha et tomba dans un fossé, il n'entreprit aucun effort pour se relever. Il s'y sentait bien. Il était satisfait de lui. Il repensait à sa nouvelle lettre, qu'il avait adressée à Guillaume. Il avait fait appel à une compagne de beuverie pour réaliser son travail. Il avait besoin d'une écriture féminine. Convaincre cette femme d'écrire ce qu'il voulait n'avait posé aucun problème. Elle savait qu'elle aurait une bouteille en échange. Une aubaine. M. Martinon riait tout seul dans son fossé. De la boue s'était collée sur sa joue et dans sa barbe mal entretenue. Pour un peu, il aurait presque eu envie de chanter ! Ah ! ce qu'il était fier de lui ! Toutes les circonstances jouaient en sa faveur. Il n'aurait jamais osé en espérer tant ! Le mariage de Sarah avait été le bouquet ! Un beau bouquet d'ailleurs ! Il n'avait pas assisté à la cérémonie, certes, mais il avait eu autre chose à faire de toute façon ! Il ne voulait pas tout gâcher en commettant une imprudence…

Quand Sarah arriva à l'improviste à la maison pour chercher quelques affaires oubliées, elle entendit des sanglots étouffés. Elle resta debout sans bouger et écouta attentivement. Elle se demandait d'où cela venait.

« Mady ! » souffla-t-elle.

Elle se dirigea aussitôt vers la chambre de sa sœur et ouvrit la porte sans plus attendre. Là, elle vit Mady, allongée sur son lit et en larmes.

« Mady ! Mady… Que se passe-t-il ?

– Oh ! Sarah !… »

Mady se redressa quelques secondes puis se remit à pleurer de plus belle, enfouissant sa tête dans son oreiller.

« Parle-moi, Mady… S'il te plaît ! C'est papa ? Qu'y a-t-il ? »

Sarah était vraiment inquiète. Que s'était-il passé pour que Mady soit dans un tel état ? Elle qui allait mieux ces derniers temps. Elle toucha les épaules de sa sœur.

« C'est trop affreux, Sarah… C'est Guillaume !

– Quoi Guillaume ? Tu as eu des nouvelles ? De mauvaises nouvelles ? »

Les deux sœurs échangèrent un long regard. Sarah put mesurer l'ampleur du chagrin de Mady dans ce simple geste. À ce moment seulement, elle remarqua une lettre sur le sol. Elle ramassa le papier, mais n'osa pas lire.

« Oui ! Son père m'a écrit. Tu peux la lire, Sarah ! C'est la fin… Jamais plus… non, jamais plus je ne reverrai Guillaume… Il ne connaîtra jamais son enfant ! Pourquoi… Pourquoi ne lui ai-je rien dit ! »

Sarah ne répondit rien et se pencha sur la lettre. Elle retint un cri de surprise.

« Oh ! mais ce n'est pas vrai !

– C'est ce que je tente de me dire depuis que j'ai reçu cette lettre ! Oh ! Sarah, je suis si malheureuse ! Quand je pense que Guillaume est parti pour aider sa sœur gravement malade et que c'est lui qui meurt ! C'est trop affreux, Sarah ! Je veux voir Guillaume ! Dis-moi que ce n'est pas vrai ! S'il te plaît, Sarah ! Dis-le-moi…

– J'aimerais pouvoir te dire cela, Mady. »

La voix de Sarah était à peine audible.

« J'ai l'impression que Guillaume m'a trahie !

– Ne dis pas une telle chose, Mady !

– Je ne sais plus où j'en suis, Sarah… Pourquoi ? Pourquoi maintenant ?

– Pleure, Mady… Cela te fera du bien… Je suis là ! Tu peux compter sur moi, tu le sais ! Et sur André aussi ! Il t'aime beaucoup, tu sais !

– Je voudrais mourir moi aussi, Sarah ! C'est tout ce que je désire ! Je veux rejoindre tout de suite Guillaume !

Être heureuse avec lui, là où il est! Ce n'est pas trop demander, il me semble!

– Oui, Mady! Je sais ce que tu ressens! Je suis passée par là!»

Mady releva la tête vers sa sœur. Elle se souvenait en effet de la discussion qu'elles avaient eue toutes les deux à propos de ce jeune homme avec qui Sarah sortait.

«Comment as-tu pu surmonter ça? demanda-t-elle, la vue brouillée par les larmes.

– J'ai surtout survécu au début. Ce n'est pas vivre dans ces cas-là! C'est le temps qui a fait le reste… Et André est arrivé… Pense à ton bébé, Mady! Il représente votre amour! C'est l'enfant de l'amour que tu portes en toi! Il a besoin de toi! Guillaume voudrait que tu prennes soin de votre enfant! J'en suis sûre!

– Oui… Peut-être… Oh! Sarah… Je me sens tellement malheureuse! Pourquoi?»

Chapitre 12

Sarah roulait maintenant en direction de sa nouvelle résidence, située à quelques minutes seulement de son travail. Elle et André s'étaient offert une petite maison en bordure de mer. La radio était allumée dans la voiture, mais elle ne l'écoutait pas! Elle ne pouvait s'empêcher de penser à sa sœur. Elle avait voulu l'emmener avec elle, mais Mady avait refusé, prétextant que leur mère avait besoin d'elle. Sarah avait dû s'avouer vaincue. Mais son esprit n'était pas en paix. En partant, elle avait croisé son père, qui lui avait paru sobre! Elle l'avait regardé d'un air surpris et, dans un ultime effort, lui avait demandé de l'avertir s'il venait à se passer quelque chose. D'une voix chaleureuse, il lui avait répondu de ne pas s'inquiéter. Elle était demeurée sans voix! À cet instant précis, elle avait revu son véritable père! Était-ce un signe? Était-ce un peu de repos pour son esprit? Elle voulait s'accrocher à cette idée.

Guillaume reposa la lettre sur son bureau, la main tremblante.

« Non! Ce n'est pas possible! Je ne le crois pas! »

Sa mère, qui était dans le couloir, l'entendit distinctement. Elle passa la tête dans l'entrebâillement de la porte.

« Guillaume ? Tout va bien ? s'enquit-elle.

— Oh ! maman… Non, rien ne va plus au contraire ! C'est… J'ai reçu une lettre… une lettre de Normandie !

— De Mady ?

— Non !

— De qui alors ?

— C'est impossible !

— Explique-toi ? Je ne comprends rien, Guillaume ! »

Elle entra dans la chambre et s'installa sur le bord du lit.

« Moi non plus, maman !

— Je t'écoute, Guillaume.

— C'est de sa sœur ! Sarah ! Elle me raconte que Mady… que Mady s'est mariée ! Qu'elle en avait assez de m'attendre !

— Mais, c'est impossible ! Cette jeune fille semblait si attachée à toi ! Tu nous as tellement parlé d'elle que nous avons l'impression de la connaître. Elle ne t'aurait pas fait ça.

— Oui ! C'est ce que je me dis moi aussi ! Mais alors, pourquoi cette lettre ? Et pourquoi ne m'a-t-elle pas écrit depuis si longtemps ?

— Je ne sais pas… Peut-être n'a-t-elle pas osé ?

— Non… Pas Mady…

— Pourquoi pas, Guillaume ? Parfois, l'absence fait perdre espoir. »

La voix de Mme Bélanger était douce. Elle regardait son fils droit dans les yeux. C'était sa façon à elle d'essayer d'adoucir la nouvelle qu'il venait de recevoir. Elle ne supportait pas de voir ses proches souffrir, de se sentir impuissante. Lorsque c'étaient ses enfants, elle perdait tous ses moyens.

« Oui, mais… C'était spécial, entre nous. Pas une seconde ne s'est écoulée sans que je ressente l'envie folle de courir vers elle pour la rejoindre… Pas un instant, je n'ai songé à l'oublier… Je l'aime, maman ! C'est la femme que je voulais épouser ! Elle est entrée dans mon cœur.

— Et cette lettre…

— Oui ! Cette lettre m'annonce son mariage… il y a deux semaines, avec un certain André ! Il est plus vieux qu'elle. Qu'est-ce qui a pu la motiver ainsi ? Son père ? Je ne sais plus où j'en suis, maman. Il faut que j'y aille… Je dois aller voir sur place !

— Oui, Guillaume. De toute façon, tu devais partir bientôt. Alors, pourquoi pas plus tôt ? Je peux m'occuper de tes billets, si tu veux… Je tâcherai de trouver un vol d'ici demain… Manon sera d'accord avec moi.

— Merci, maman… Oui, s'il te plaît… J'ai besoin de me rendre là-bas pour voir Mady… pour tenter de comprendre… pour être sûr. Je n'y crois pas !

— Vas-y, Guillaume. Nous prendrons soin de Manon. Elle est au mieux de sa forme maintenant. Pars sans crainte, mais fais attention à toi… Nous t'aimons tous. »

Guillaume ne répondit rien, mais regarda sa mère d'un air déterminé. Mme Bélanger craignait toutefois que son fils ne fasse des sottises.

Après s'être retournée de nombreuses fois dans son lit, Mady plongea enfin dans un lourd sommeil. Cependant, au beau milieu de la nuit, elle fut réveillée par une douleur au ventre. Elle souffla tout en se mettant sur le côté tant bien que mal. La douleur était vive mais assez irrégulière, c'était un mal aigu. « Mon bébé ! » pensa-t-elle aussitôt.

Pourtant, les contractions étaient espacées. Mady s'installa sur le bord de son lit et se tint le ventre à deux mains. Quand la douleur disparut, elle se redressa et souffla fortement. Elle attendit ainsi. La chambre était plongée dans l'obscurité totale. Elle n'avait pas pris la peine d'allumer sa lampe de chevet. Vingt bonnes minutes s'écoulèrent. Elle décida de s'allonger de nouveau, en prenant d'infinies précautions. Mais, sa mâchoire se crispa dès qu'elle sentit une nouvelle contraction venir. Elle se rassit aussitôt sur le bord du lit. La maison était silencieuse. Elle tentait d'étouffer ses cris avec peine pour ne déranger personne. Au bout de deux longues heures, les contractions étaient devenues très régulières. Elle savait que c'était le moment… Elle devait se lever et appeler sa sœur ! Elle avait si mal ! Elle s'efforçait pourtant de rester calme entre les contractions. Une douleur plus vive lui arracha un cri. Elle regretta de ne pas avoir appelé Sarah dès les premiers signes. C'était peut-être trop tard maintenant ! Elle entendit un grognement dans la chambre d'à côté. Son père était là ! Il fallait qu'elle l'appelle. Il s'était montré plus bienveillant ces derniers jours ! Elle avait besoin d'aide et il était le seul dans la maison à pouvoir agir rapidement. Elle aurait pourtant préféré sentir sa sœur à ses côtés. Mais ce n'était pas le moment de tergiverser. Elle attendit la fin de la contraction et appela doucement :

« Papa… »

Depuis une demi-heure, M. Martinon était à l'écoute. Il savait que c'était le moment. Il entendait sa fille pousser des gémissements, mais ne voulait pas encore intervenir. Il attendait qu'elle fasse les premiers pas… Ainsi, il ne pourrait pas être mis en cause ! De temps en temps, il jetait un regard vers sa femme, allongée à ses côtés. Elle dormait à poings fermés. Ses somnifères l'abrutissaient complètement ! Quand il entendit la voix de Mady qui l'appelait, il attendit encore un petit peu. Une deuxième fois, et là, il se leva d'un pas plus alerte et se dirigea vers la chambre de sa fille.

« Tu m'as appelé, Mady ? demanda-t-il dans un murmure, à l'image d'un bon père bien intentionné.

– Oui, soupira Mady, victime d'une nouvelle contraction qui la cloua sur place.

– Ça ne va pas ? C'est le bébé qui arrive ? »

Un silence lui répondit. Il alluma et Mady cligna plusieurs fois des yeux avant de s'habituer à la lumière. Son visage était crispé. Petit à petit, la peau se détendit, la contraction disparaissait progressivement. Elle souffla :

« Oui, c'est le bébé… Nous devons faire vite… Peux-tu m'emmener à l'hôpital, s'il te plaît ? C'est trop tard pour appeler Sarah…

– Oui, bien sûr… »

Mady soupira d'aise de voir son père ici, et sobre de surcroît. Elle était soulagée. Prendre la route avec un ivrogne ne lui aurait rien dit de bon ! Elle chassa ses idées noires de sa tête et se concentra sur le moment présent.

« Mes affaires sont prêtes, là, dans ce sac !

– Je vais prévenir l'hôpital de ton arrivée.

– Merci… Je vais m'habiller pendant ce temps… »

Mme Martinon rêvait. Elle se revoyait jeune fille, entourée d'Arthur Martinon, son futur mari et d'Adrien. Ils étaient si beaux tous les deux. Elle savait qu'elle devait faire un choix. Pourtant, elle s'en sentait bien incapable. Arthur, Adrien… Adrien, Arthur ! Ils étaient toujours ensemble tous les trois… Mme Martinon se sentait bien dans ce rêve… Elle était en pleine santé, elle était jeune et jolie. Ses deux prétendants soupiraient pour elle… Le privilège de la jeunesse… Adrien, elle le connaissait depuis sa tendre enfance… Aussi loin que remontaient ses souvenirs, il avait toujours été là ! Comme un proche, un ami, un parent… Ils partageaient tout, ils riaient ensemble… Ils rêvaient ensemble… Ils se projetaient dans l'avenir ensemble… Et Arthur était arrivé… Mme Martinon laissait son esprit vagabonder au gré de ses souvenirs…

M. Martinon remonta dans la chambre de Mady. Il la trouva habillée et prête à descendre. Il attrapa sans plus attendre son sac et, d'une voix qu'il voulut détachée, annonça aussitôt à Mady :

« J'ai appelé l'hôpital, mais ils ne peuvent pas t'accueillir là-bas ce soir !

– Quoi ? »

Mady regarda son père, les yeux exorbités par l'inquiétude.

Il s'empressa d'ajouter :

« Oui, plusieurs femmes viennent d'arriver et, comme il n'y a plus aucune place disponible, ils m'ont dirigé vers un autre hôpital, pas très loin… Je les ai appelés aussitôt… Ils t'attendent… »

La jeune fille se sentait anxieuse à l'annonce de cette nouvelle, mais elle n'avait pas le choix. Elle acquiesça et adressa un faible sourire à son père.

« Merci…

– Bien, allons-y ! »

Près de la voiture, Mady prit appui sur le capot et attendit qu'une contraction se termine avant de monter à l'avant. Son père l'aida et monta à son tour. Il alluma les phares et mit le moteur en marche. Sur la route, la circulation était à son strict minimum. Ils durent croiser deux voitures, pas plus. Mady soufflait régulièrement à ses côtés, mais ne parlait pas. Elle ne cessait de penser à l'accouchement. Elle avait un peu peur… Elle priait pour que tout se déroule bien. C'était enfin le grand jour… Mais sans Guillaume, ne put-elle s'empêcher de penser. Jamais il ne verrait cet enfant ! Elle s'efforça de se concentrer sur autre chose. Ce n'était guère le moment !

« Pourras-tu appeler Sarah de l'hôpital, papa ?

– Oui… Ne t'inquiète pas ! »

Elle songeait maintenant à son père… Elle lui était reconnaissante. Enfin, elle le voyait agir comme un père. Comme son père ! Elle était surprise par tant de sollicitude de sa part, mais pensa que tout être avait droit à une seconde chance… « On fait tous des erreurs ! » Elle était toute prête à lui pardonner et à lui tendre la main… Elle ferma les yeux et cria quand une contraction plus longue arriva sans prévenir. Elle ouvrit la bouche pour tenter d'aspirer de l'air.

La route lui semblait durer une éternité et elle demandait régulièrement à son père quand ils arriveraient.

« Oui… Encore quelques minutes… Nous y sommes bientôt ! »

Quand elle vit les lumières de l'hôpital devant elle, Mady souffla d'aise et d'espérance. « Enfin ! » songea-t-elle. Le personnel médical la prit en charge aussitôt et l'entraîna dans la voie des urgences. Son père s'approcha d'elle et lui dit :

« Je vais remplir ta feuille d'inscription…

– Appelle Sarah…

– Oui… À tout de suite…

– Merci… »

M. Martinon regarda sa fille. « Merci pour quoi ? » ne put-il s'empêcher de penser.

Mady ne remarqua pas l'air étrange de son père quand on l'emmena. Son bébé semblait décidé à ne pas trop tarder pour venir au monde. L'infirmière qui l'examina fut surprise de la dilatation du col et la conduisit aussitôt en salle d'accouchement.

La pièce où elle se trouvait maintenant était impressionnante tant il y avait de métal chromé. C'est la première chose qu'elle remarqua. Elle pensa rapidement que ça devait aider l'équipe médicale à garder ce lieu le plus stérile possible. On aida Mady à s'allonger sur une table. L'une des infirmières lui installa les talons dans des « étriers » afin que ses jambes soient surélevées et restent bien en place. L'obstétricien se présenta rapidement et se prépara. Il demanda à Mady, en levant des sourcils interrogateurs :

« C'est bien votre premier enfant ?

– Oui… Pourquoi ? Il y a un problème ?

– Non… Pas du tout ! C'est simplement si rapide ! C'est rare ! Vous avez de la chance ! La plupart des futures mères mettent en moyenne au moins une dizaine d'heures ! »

Mady hocha la tête, mais ne fit aucun commentaire. Elle ne trouvait pas pour autant qu'elle avait de la chance. L'homme qu'elle aimait, le père de son enfant qui allait voir le jour, était mort ! Oh ! comme elle détestait ce mot ! C'est un terme qui n'aurait pas dû exister ! Un terme à bannir du vocabulaire ! Une contraction interrompit ses réflexions et elle se concentra sur ce qu'on lui disait de faire.

Le téléphone sonna dans la maison plongée dans les ténèbres. Une deuxième sonnerie retentit avant qu'une voix ensommeillée ne décroche.

« Oui ?

– C'est moi !

– Qui ça ? »

L'homme avait la bouche pâteuse ! Il avait pris une belle cuite la veille au soir. Il avait du mal à y voir clair.

« Émerge, Gérard ! C'est moi, Arthur. »

La voix de M. Martinon montrait des signes évidents d'impatience.

« Oh oui ! »

L'homme se massa le front puis la racine du nez.

« Bon, ça y est ? T'es réveillé ?

– Ouais… On n'a pas idée aussi ! T'as vu l'heure !

– Ben justement ! C'est le moment, Gérard !

– Le moment ? »

L'homme sembla réfléchir un peu, puis s'exclama presque aussitôt :

« Ah oui ? T'es sûr ?

– Et comment ! Je suis à l'hôpital !

– Compris ! Je fais ce qu'y faut ! T'inquiète ! Tout se passera comme on a dit ! C'est Gérard qui te le dit, mon vieux ! »

Les deux hommes raccrochèrent sans rien ajouter d'autre. M. Martinon reprit aussitôt le combiné téléphonique et composa un nouveau numéro. Cette fois, il n'eut pas le temps d'ouvrir la bouche que, déjà, la voix de Sarah se faisait entendre à l'autre bout.

« Oui ? C'est Mady… C'est ça ?

– Oui… On est à l'hôpital…

– J'arrive tout de suite, juste le temps de m'habiller…

– Attends… Ce n'est pas l'hôpital de Pincourt ! »

Sarah fronça les sourcils et répliqua aussitôt :

« Comment ça, ce n'est pas l'hôpital de Pincourt ?

– Les salles d'accouchements étaient toutes occupées…

– Où alors ? »

Sarah était pressée de savoir…

« L'hôpital général de la Flèche, à Brébœuf…

– Bien… Je vois où c'est… On arrive… »

Son mari et elle se préparèrent en toute hâte.

Mady était en sueur. Elle poussait quand on le lui disait et soufflait en cadence. Trois personnes l'entouraient. Elle ne les connaissait pas et le regrettait. Bientôt, l'obstétricien lui annonça qu'il voyait la tête, mais il lui expliqua que l'enfant rentrait quand elle cessait de pousser.

« Je vais devoir utiliser la ventouse ! »

Mady ne voulait pas, elle craignait pour son enfant, pour sa tête. Mais elle ne pouvait rien dire, son souffle était concentré exclusivement sur ses poussées. Elle vit l'assistante donner la ventouse à l'homme, qui la tâta aussitôt. Il demanda alors :

« Vous n'en avez pas une neuve ? Celle-ci est dure !

– Non ! »

Ce fut la seule réponse de l'assistante.

« Bien ! On fera avec alors ! » répondit-il seulement.

La jeune fille entendait tout et ce n'était pas pour la rassurer. Ils semblaient ne plus faire cas d'elle. C'était la routine !

« On y va… Il va falloir pousser très fort quand je vous le dirai ! C'est entendu ?

– Oui ! »

L'obstétricien commença à insérer la ventouse et Mady grimaça. Elle était effectivement très dure. Elle ressentit l'insertion de la partie la plus large comme une intrusion forcée, un peu à l'image d'une montagne que l'on fait exploser à la dynamite pour y creuser un tunnel ! Elle trouva la technique des plus barbares et se demanda pourquoi cette ventouse n'avait pas déjà été remplacée.

« Dès que vous sentez une contraction, vous poussez ! Vous pousserez le plus fort que vous pourrez ! C'est très important ! »

Mady hocha la tête. Elle avait peur de l'effet de la ventouse. La contraction ne tarda pas à arriver et tout le monde se tint prêt autour d'elle. Elle ferma les yeux et se concentra particulièrement sur cette poussée. Elle inspira fortement, puis serra les dents. Son visage se crispa de toutes parts, tant elle poussait. Elle ne pensait qu'à une chose, pousser assez fort, de façon à rendre la ventouse inutile. Elle poussait donc et voulait entendre son enfant. Elle sentit brusquement le passage, puis ouvrit enfin les yeux. Une fraction de seconde, son regard resta perdu. Elle voyait mille lumières. Sa concentration avait été extrême. Lentement, elle se réhabitua à la pièce. Elle se rendit compte qu'on s'activait autour d'elle et elle put apercevoir son bébé. Il n'était pas couvert de sang comme elle s'y attendait. Elle l'entendit émettre quelques sons. Elle reposa la tête et inspira profondément.

« Finalement, la ventouse n'a quasiment pas servi ! » lui annonça l'obstétricien tout en continuant à faire son travail.

Mady ferma les yeux de soulagement. Puis, on lui posa son enfant sur le ventre. Elle le regarda et eut vraiment conscience que c'était le sien… qu'elle était maman…

« C'est une petite fille ! » ajouta l'assistante.

Mady caressa la nouveau-née, le cœur gonflé de joie. Son bébé… Elle avait du mal à réaliser…

« Une naissance très rapide ! Pour le deuxième, il faudra venir dès les premières contractions ! Sinon, vous risquez d'accoucher chez vous ! »

Un sourire naissait sur les lèvres de l'assistante.

Mady lui répondit également par un sourire et reporta son attention sur Marianne… Oui, son prénom serait Marianne.

« Merci à tous », dit-elle, sans perdre de vue sa fille.

Elle regardait ses petites mains, ses petits doigts. Elle les comptait pour s'assurer qu'il n'en manquait pas…

Sans doute tous les nouveaux parents réagissaient-ils de la même façon... Elle se sentait heureuse... Elle était fatiguée, mais heureuse. Le corps de son bébé se soulevait au rythme de sa respiration. Sa fille apprenait à respirer par elle-même maintenant...

Mme Martinon continuait à dormir paisiblement. Les couvertures se soulevaient doucement, au rythme de sa respiration. Brusquement, elle ouvrit les yeux et se redressa. Son rêve était encore présent à son esprit. Quand elle regarda devant elle, elle vit clairement son ami de jeunesse, Adrien, qui lui souriait. Sans doute continuait-elle à rêver ? Adrien lui tendit la main et elle se leva sans plus attendre. Elle était en chemise de nuit mais ne ressentit aucun frisson malgré la fraîcheur de l'air. Pour la première fois depuis des mois, elle se levait sans éprouver de fatigue. Au contraire, elle se sentait légère ! La présence du jeune homme dans sa chambre ne lui semblait guère surprenante. Elle se sentait jeune de nouveau. Elle posa sa main menue dans celle d'Adrien et ils échangèrent un long regard de complicité. Ils souriaient tous les deux. Ils se dirigèrent ensuite vers le couloir. Mme Martinon fit une pause et jeta un dernier regard derrière elle. C'est sans émotion particulière qu'elle vit une femme aux os saillants allongée dans son grand lit. Elle paraissait dormir. Pourtant, les couvertures ne bougeaient pas... Elle comprit alors que cette femme, c'était elle... Éprouvant une sensation de bien-être, elle se retourna et continua sa route, avec Adrien à ses côtés... Mme Martinon venait de rendre le dernier souffle... Un doux sourire flottait sur ses lèvres.

Sarah arriva à l'accueil avec son mari. Julien était resté à la maison, avec sa nourrice. Il aurait bien le temps de voir le bébé plus tard. Il avait été cependant difficile de le convaincre de rester.

Une personne à l'entrée leur indiqua la chambre de Mady. Ils appuyèrent sur le bouton de l'ascenseur pour monter au quatrième étage. Sarah trépignait devant les portes fermées.

« Allons, calme-toi, Sarah…

– Mais l'ascenseur n'arrive pas… Montons par l'escalier…

– Si tu veux… »

Ils se dirigeaient vers la cage d'escalier quand ils entendirent la sonnerie des portes. Ils se retournèrent et coururent pour s'engouffrer dans l'ascenseur.

Sarah enfonça aussitôt le 4 et ils arrivèrent en un instant à l'étage voulu.

Mady était installée dans la chambre 415, seule. Son bébé était à côté d'elle. Elle entendait plusieurs bébés pleurer. Marianne semblait dormir à poings fermés. Elle ne pouvait s'empêcher de la regarder.

Elle entendit des petits coups à la porte et regarda dans cette direction.

« Bonjour, Mady…

– Sarah… André… Merci d'être là ! »

Sarah se pencha vers sa sœur et l'embrassa affectueusement.

« Félicitations, petite sœur !

– Regardez la petite merveille… Voici Marianne… »

Sarah considéra sa sœur et lui sourit.

« Alors, comment te sens-tu, Mady ?

– Ça va… Fatiguée, mais heureuse des efforts fournis !

– Je regrette de ne pas être venue plus tôt !

– Tu ne pouvais pas faire autrement ! Elle est arrivée si vite ! »

Sarah se dirigea ensuite vers le lit de Marianne, qui dormait paisiblement. Elle pencha la tête sur le côté pour mieux observer sa nièce.

« Comme elle est petite… Comme elle semble fragile… On aurait le goût de la protéger… Si je ne craignais pas de la réveiller, je la prendrais dans mes bras… »

Marianne ouvrit un œil et émit un petit cri. On aurait dit qu'elle avait compris le désir de Sarah.

« Vas-y, Sarah… Tu peux la prendre, l'incita Mady, derrière elle.

– Tu es sûre ?

– Mais oui, voyons… De toute façon, c'est bientôt l'heure de son lait !

– Dans ce cas ! » répliqua Sarah en tendant les bras en avant.

Elle jeta un bref regard à André et lui adressa un sourire, puis elle reporta toute son attention sur Marianne. Délicatement, elle passa ses doigts sous son petit corps et la souleva.

« Elle est légère ! Elle est toute chaude…

– Tu vois ce qu'il te reste à faire, hein, André ? dit Mady d'un air taquin, en regardant son beau-frère.

– Quand elle le voudra… Julien sera ravi d'avoir un petit frère ou une petite sœur ! répondit tendrement André devant le tableau que formaient sa femme et le bébé.

– Vous avez fini, vous deux ! Laissez-moi profiter de ma nièce en paix ! s'exclama Sarah en riant elle aussi.

– Tiens, Mady. Nous t'avons apporté ceci pour Marianne… »

André tendait un boîtier en direction de Mady, qui le prit aussitôt.

« Merci, c'est très gentil… »

Elle l'ouvrit sans plus attendre et découvrit une gourmette en or, aux mailles d'une extrême finesse. Sur le dessus du bijou, elle lut « Marianne ». Émue, elle releva la tête et s'exclama :

« Oh ! merci, merci à vous deux ! Son prénom est même déjà gravé ! Mais comment avez-vous su ? Et si j'avais mis au monde un garçon ? interrogea Mady en souriant.

– Il faut savoir prendre des risques, parfois ! dit Sarah avec amusement. Je plaisante, Mady ! Non, en fait, je me suis arrangée avec le bijoutier. Il m'aurait repris cette gourmette et il en aurait gravé une autre. Habituellement, ses commandes sont multiples, c'est pourquoi il a toujours besoin d'en avoir en démonstration pour sa clientèle.

– Ce que ta sœur ne te dit pas, précisa malicieusement André avec un clin d'œil, c'est qu'elle a fait cinq ou six bijouteries avant de trouver son bonheur ! Et elle m'a traîné derrière elle, sans égard pour ma pauvre petite personne !

– Le pauvre ! compatit Mady. Merci à vous deux ! C'est superbe ! Je suis très touchée par votre attention… Vous êtes formidables…

– Attends ! ajouta Sarah. Nous avons aussi demandé que soit gravée une inscription supplémentaire au dos de la plaquette. Regarde… »

Mady retourna le bijou avec délicatesse et, dès la lecture, fut touchée par les quelques mots qu'elle murmura entre ses lèvres :

« "De Sarah, pour ma jolie filleule."

– Elle te plaît ?

– Oh ! oui alors ! Merci infiniment… Mais pourquoi n'avez-vous pas inscrit André aussi ? Tu ne voulais pas ?

– Non… intervint André qui regardait la jeune maman, les yeux brillants d'un plaisir anticipé. En fait, c'est son cadeau… Le mien… Il viendra bientôt. »

Mady n'insista pas. Elle connaissait suffisamment André Corneau pour savoir qu'elle n'en tirerait rien de plus.

« Mettons-lui tout de suite la gourmette au poignet, voulez-vous ? proposa Mady.

– Si tu veux ! »

Sarah plaça doucement son précieux colis dans les bras de sa jeune maman, non sans poser, une nouvelle fois, un baiser sur ses petites joues.

Mady attacha la gourmette au poignet dodu de sa fille.

Dans la nuit, l'infirmière de garde de la pouponnière reçut un coup de téléphone. Elle reposa le combiné au bout de quelques secondes seulement. Elle s'était contentée d'écouter. Elle se leva ensuite et alla voir les bébés. Un seul semblait attirer son attention. Elle s'arrêta devant le berceau et lut l'autocollant qui y était fixé.

« Marianne Martinon ! C'est ça ! »

Puis elle souleva l'enfant et le prit tout contre elle. Quand elle arriva dans le couloir, elle vit le médecin qui se dirigeait vers elle. Ils se jetèrent un regard et entrèrent ensemble dans la salle de repos. Là, ils engagèrent la discussion :

« C'est ce bébé ?

– Oui.

– Tenez, voici le certificat de décès.

– Bien.

– Donnez-moi l'enfant maintenant. »

Marianne passa dans les bras de l'homme en blouse blanche sans même se réveiller. Sa bouche ne faisait qu'un léger mouvement de succion.

« Je vais vous faire le papier tout de suite.

– Dépêchez-vous… Il ne faudrait pas que le bébé se réveille. »

La femme se courba vers son bureau et traça rapidement quelques mots sur un vulgaire papier arraché à un cahier. Le texte était bref et disait simplement :

« Je m'appelle Marianne. Je suis née le 17 avril. Ma mère ne peut pas me garder, merci d'être ma nouvelle maman. »

« Parfait ! Ce sera très bien.

– Il n'y a rien sur elle qui puisse l'identifier ?

– Non, j'ai vérifié. »

L'homme glissa le papier dans sa poche et repartit vers l'ascenseur.

Quand Mady se réveilla, le lendemain, son père était déjà à son chevet. Elle le regarda, surprise.

« Papa ?

– Oui, Mady… Je voulais te dire que…

– Quoi ? »

Mady était inquiète. Elle sentait que quelque chose n'allait pas.

« C'est ta mère...

– Elle ne va pas bien ?

– Non... Enfin... Quand j'suis rentré, cette nuit, je l'ai trouvée... Elle était comme endormie dans le lit, mais... elle ne dormait pas... Ta mère est morte, cette nuit...

– Oh non ! Maman ! cria Mady.

– Je suis désolé de te le dire comme ça, maintenant... C'est triste... Mais pour ta mère, tu sais... on peut dire que c'est une délivrance ! »

En fait, M. Martinon pensait surtout que c'était une délivrance pour lui. Il se moquait complètement de la mort de sa femme. Il l'avait toujours considérée comme une source d'ennuis, alors maintenant...

« Maman ne méritait pas toute cette souffrance ! Ce n'est pas juste ! répliqua Mady, les larmes aux yeux et la voix tremblante.

– Heu... Y a autre chose aussi », ajouta son père en la regardant.

Mady s'interrogea. Que pouvait-il y avoir de plus ? Le décès de sa mère était déjà si terrible.

« C'est Marianne... Elle a eu des complications dans la nuit... Elle n'a pas survécu... La maladie du nourrisson, qu'y disent... »

Voilà, c'était fait. Comme il se sentait bien ! Il allait bientôt pouvoir reprendre sa chère bouteille et repartir faire des soirées avec ses amis ! Il avait réglé cette histoire.

Mady ouvrit de grands yeux. Aucun son ne sortit immédiatement de sa bouche. Ses lèvres restaient scellées.

Ses pensées s'agitaient dans sa tête. Puis, brusquement, elle cria :

« Mais c'est impossible ! Je la tenais encore hier soir tout contre moi ! Comment... Oh non ! Pas mon bébé ! C'est trop ! »

Elle se mit à pleurer sans pouvoir s'arrêter... Son père poursuivit néanmoins ses explications. Elle n'entendait plus rien, n'avait plus conscience de rien.

« J'ai déjà donné l'autorisation d'emmener le corps... Comme tu es mineure, j'ai pu signer pour toi... J'ai pensé que ce serait plus facile comme ça... Voici le certificat de décès... Tiens... »

M. Martinon posa le certificat de décès sur la table de nuit et continua son monologue, comme pour se rengorger de sa capacité à prendre la situation en main. Que l'esprit de Mady soit ailleurs lui importait peu en fait.

« Ils vont bientôt te changer de chambre... pour pas que tu restes avec des mères qui ont eu leur bébé...

– Non, ce n'est pas possible ! Mon bébé ! Je veux voir mon bébé ! »

Mady avait l'impression que le ciel lui tombait sur la tête. Elle revoyait son bébé posé sur son ventre juste après l'accouchement.

Du couloir, l'infirmière entendit un cri de douleur intense, puis un autre. Elle entra alors dans la chambre et découvrit Mady debout qui pleurait et criait sur le carrelage froid. M. Martinon se retourna et dit :

« S'il vous plaît, faites quelque chose pour la calmer ! »

La jeune infirmière avait pris son service depuis une heure seulement. Elle savait que le bébé de Mady était mort. Elle s'avança vers elle et la prit par le bras en la suppliant :

« Calmez-vous, je vous en prie…

– Je veux mon bébé ! hurla Mady, incontrôlable.

– Tout ira bien… Allongez-vous… »

M. Martinon sortit sans plus attendre. Pour un peu, il aurait sifflé un petit air de triomphe, mais il se retint et se le chanta dans sa tête.

« Je veux ma petite Marianne ! » continua Mady, qui parvint à s'échapper des mains de l'infirmière.

Elle alla dans le couloir de l'hôpital et se mit à courir, suivie de l'infirmière qui appela aussitôt à l'aide. Deux aides-soignants arrivèrent et maîtrisèrent la jeune femme qui se débattait énergiquement. L'infirmière se précipita alors dans son local et revint vite avec une seringue qu'elle piqua directement dans le bras de Mady.

« Je veux mon bébé… Je veux mon bébé… »

Le cri de la jeune maman s'affaiblissait de plus en plus…

Les aides-soignants la transportèrent aussitôt dans sa chambre. Tous étaient consternés par ce drame.

Chapitre 13

Marianne se mit à pleurer lorsque l'obstétricien sortit de l'hôpital. L'air du dehors, assez frais, avait fait frissonner la peau du nouveau-né. Sa première sortie ! Le médecin serra plus fort le bébé contre lui. Bien des fois, il s'était demandé pourquoi certaines mères ne voulaient pas de leur enfant. Il ne comprenait d'ailleurs toujours pas ! Ces petits êtres sans défense, si fragiles… S'il avait pu, il les aurait tous gardés chez lui, mais, bien sûr, ce n'était pas possible… Depuis, il s'efforçait de ne plus se poser ce genre de questions afin de pouvoir agir comme il le fallait. Il devait songer aussi à son propre équilibre et à celui de sa famille.

Il y avait maintenant quatre ans qu'il faisait partie de ce groupe anonyme et secret. Les membres n'étaient pas très nombreux. Cependant, ils pouvaient se targuer d'être un réseau bien organisé et efficace puisqu'ils exerçaient dans plusieurs domaines, qui dans les milieux obstétriques, qui dans les milieux juridiques, qui dans les mairies, qui dans les morgues ! De quoi remplir tous les papiers officiels nécessaires dans les cas d'adoptions, mais aussi dans les cas de décès. Le groupe pouvait même fournir des corps, s'il fallait en arriver là.

Pour cet obstétricien, tout avait commencé par une conversation avec un avocat spécialisé dans les adoptions. Ainsi, un jour, lors d'une discussion à bâtons rompus au sujet des adoptions, cet ami de longue date lui avait glissé un mot sur le réseau... sans doute pour le tester, observer ses réactions et savoir si le groupe pouvait éventuellement compter sur lui! Pour le préparer, il lui avait parlé de certains cas d'adoptions plus ou moins illégaux, mais auxquels on pouvait accorder, sous un certain point de vue, un fondement louable. Le docteur avait été tout d'abord révolté. Il trouvait alors que ce procédé était une atteinte au serment d'Hippocrate. «Prendre des enfants comme ça, c'est comme un enlèvement!» s'était-il écrié. Il pensa un instant dénoncer de tels agissements, mais préféra mettre fin à la conversation en prétendant ne rien avoir entendu. Il ajouta que, à l'avenir, son ami ne devrait plus lui en parler sinon il n'hésiterait pas à le dénoncer malgré leur grande amitié.

Pourtant, une fois chez lui, le docteur ne put guère s'empêcher d'y repenser. À vrai dire, cette conversation le tint éveillé toute la nuit... Mais il se retint d'en parler à sa femme. En tout cas, durant les premiers jours.

Ce n'est qu'une semaine plus tard qu'il consentit à se rendre à l'une des réunions secrètes, accompagné de son ami avocat. Il avait tout de même décidé d'en savoir un peu plus. Là, chacun des membres l'avait salué chaleureusement. Ce soir-là, il posa beaucoup de questions, et les réponses qu'il obtint le convainquirent, dans un certain sens...

L'organisation se voyait contacter par diverses personnes, selon des chemins plus ou moins directs, mais menant finalement à elle. On lui rapportait qu'une femme ne voulait pas de son enfant et, à partir de là, le groupe menait une enquête minutieuse afin de vérifier les dires et les véritables besoins. Ensuite, après un vote à l'unanimité, les membres de l'organisation s'engageaient à prendre l'enfant en charge afin de lui trouver une nouvelle famille. Les méthodes variaient selon les cas et ils se débrouillaient toujours pour trouver un foyer où l'enfant recevrait tout l'amour qu'on lui avait jusqu'alors refusé. Les futurs parents étaient sélectionnés selon divers critères, mais les couples ne savaient jamais vraiment à l'avance qu'un bébé serait déposé à leur porte. Seuls les membres de l'association connaissaient le système.

« Quatre ans, déjà ! » songea l'obstétricien. Pendant ces quatre années, il avait dû intervenir à une vingtaine de reprises. Depuis longtemps, sa conscience s'était tranquillisée au sujet du vol de ces bébés, car il savait que ces enfants n'étaient pas voulus et étaient donc voués à être abandonnés dans un orphelinat ou bien gardés, mais sans amour… De plus, l'organisation était à but non lucratif ! Personne ne déboursait quoi que ce soit. C'était un geste humanitaire que chacun des membres accomplissait dans l'ombre. Pas de bureaucratie en vue d'une adoption coûteuse, longue et qui n'aboutissait pas toujours à un résultat positif, que ce soit pour les futurs parents ou pour l'enfant susceptible d'être adopté. Les papiers étaient déjà remplis, en bonne et due forme. C'est pourquoi l'obstétricien se sentait très à l'aise en tenant cette nouveau-née dans ses bras. Mais ce qu'il ne savait pas, c'est que la mère de ce bébé n'avait jamais cherché à se défaire de son enfant. Comment se faisait-il alors que lui ou un autre membre du groupe n'ait pas pris la peine de consulter la personne concernée ? Comment lui-même avait-il pu négliger ce détail important ? La routine, peut-être ? Il est vrai que ce n'était pas la première fois qu'un père ou une mère faisait appel à l'organisation, sachant que leur jeune fille encore mineure ne voulait pas garder l'enfant qu'elle portait. Et, plutôt que d'avoir recours à l'avortement pour différentes raisons religieuses ou autres, les parents se tournaient alors vers une solution, disons, moins conventionnelle. Or, comment aurait-il pu douter de la bonne foi d'un père qui voulait préserver la dignité de sa fille et de sa famille ? Aurait-il donc été dupé pour la première fois durant ses quatre années de bons et loyaux services ? Était-ce là une preuve évidente d'une certaine faille dans cette organisation ? Peut-être ! À tout le moins pour ce cas-ci…

L'obstétricien s'installa rapidement au volant de sa Renault 12. Marianne s'était rendormie. Même pour une courte distance, il préférait sortir les bébés du couffin et les installer dans le siège d'auto, à l'arrière de sa voiture. C'était mille fois plus sûr, selon lui. Enlever Marianne du couffin sans la réveiller n'avait pas été chose facile. Mais la sécurité primait avant tout. À présent, il devait faire vite, car l'enfant avait besoin d'être nourrie d'ici peu. Il évitait autant que possible de donner le biberon ou même de changer les couches, de peur de trop s'attacher à ces bébés. D'ailleurs, son fils et sa fille étaient arrivés de cette façon dans sa vie. Sa femme n'avait posé aucune question, trop heureuse de pouvoir enfin être mère ! Elle faisait totalement confiance à son mari. Elle savait qu'il n'aurait jamais pu commettre une mauvaise action, elle le connaissait trop bien.

L'obstétricien regarda l'adresse où il devait déposer l'enfant et démarra. La distance à parcourir était courte.

On fit un double enterrement à l'occasion de ces deux décès tragiques dans la famille Martinon. Une période de deuil n'est jamais gaie, mais, cette fois, la journée était encore plus triste qu'à l'accoutumée. À la vue du petit cercueil blanc laqué, les yeux se détournaient. Ce n'était pas normal. Comment pouvait-on accepter de mettre en terre un être aussi innocent ? aussi petit ? La question demeurait sans réponse dans les esprits. Dieu avait ses plans, disait le pasteur durant la cérémonie. La famille Martinon était là, ainsi que quelques amis. Peu en fait. Il y avait surtout des curieux ! Mady s'appuyait sur sa sœur et ne parvenait pas à détacher son regard du cercueil où reposait son bébé… Elle pleurait sa mère aussi… Sa mère partie loin de ce monde qui n'avait pas été facile pour elle… Mady pleurait encore Guillaume… Deux cercueils, mais trois morts dans son cœur et dans son corps… Chacune des personnes présentes passa saluer la famille avant que l'on mette les corps en terre. Un dernier adieu. Mady s'avança avec Sarah. Elle jeta une rose rouge sur le cercueil de sa mère et se déplaça ensuite vers celui, minuscule, de son bébé. Là, devant cette injustice, elle perdit la raison, et sa sœur n'eut pas le temps de la retenir. Elle se jeta sur le petit cercueil et ses larmes glissèrent le long du bois laqué pour aller s'enfoncer dans la terre ouverte telle une blessure à vif en son sein. Saisie par l'intensité de la détresse de Mady, l'assistance ne bougea pas. Certains, honteux et gênés d'assister à cette scène, détournaient le regard ; d'autres, curieux, attendaient la suite… Un cri retentit, un déchirant cri d'horreur… Un cri venant du plus profond de la gorge… Tous se regardèrent, saisis d'effroi.

« Rendez-moi mon bébé ! »

Sarah se reprit enfin et se pencha vers sa sœur pour l'arracher au cercueil. Mady résistait et s'accrochait aux parois. Sarah jeta un œil désespéré vers son mari, qui vint à son aide aussitôt. La jeune maman fut entraînée de force. Maintenant, même les curieux détournaient la tête pour ne plus voir la scène. Un silence pesant suivit. La journée se termina sous la pluie. On administra un nouveau sédatif à Mady…

Quelques jours passèrent. Mady ne parvenait pas à reprendre le dessus. Elle ne le voulait pas ! Plus rien ne la retenait maintenant. Elle pleurait à n'importe quel moment du jour. Pour la nuit, on lui prescrivit des somnifères. Elle plongeait dans le sommeil comme on plonge dans un puits sans fond, un puits d'oubli, un abîme… Parfois, elle fixait les pilules et une voix insidieuse lui murmurait :

« Allez, prends-les toutes ! Tu dormiras pour toujours comme ça ! Finis les soucis, le chagrin, le vide… Tu rejoindras ta mère, Guillaume et Marianne… Qu'attends-tu ? »

La tentation était forte. À plusieurs reprises, elle versait effectivement le contenu du flacon dans sa paume ouverte. Elle soupesait le tout, regardait sous tous les angles… Mais elle finissait par remettre les cachets dans le flacon. Était-elle lâche ? Manquait-elle de courage ? Le débat était loin d'être concluant. Elle était perdue dans un monde qui n'avait pour elle plus de sens ! Pourtant, quelque chose la retenait de faire ce geste irréparable… Elle ne savait pas trop quoi… Elle prenait alors sa pilule, buvait son verre d'eau et reposait le flacon sur sa table de nuit en soupirant… « Peut-être demain ? Peut-être la nuit prochaine ? » reprenait alors la petite voix, comme pour l'avertir que cette partie d'elle qui voulait en finir serait toujours là, près d'elle, pour le lui rappeler en cas de nouveau refus.

Guillaume se retrouvait pour la deuxième fois dans l'avion à destination de Paris. Tandis qu'il survolait les nuages, il songeait à Mady… Il voulait la revoir… Il devait la revoir… Savoir pourquoi au moins… Encore une fois, il trouvait que l'avion mettait une éternité à parcourir cette longue distance. Le sommeil le fuyait de nouveau. Qu'allait-il découvrir en Normandie ? Devait-il vraiment se torturer et voir Mady heureuse avec un autre homme ? Il fallait qu'il sache. Ses pensées tourbillonnaient sans lui laisser de répit. Son âme était dans la tourmente.

L'obstétricien gara sa Renault 12 légèrement en retrait de la maison en question. Il pourrait ainsi observer la demeure sans attirer l'attention. Avant de descendre de son véhicule, il attendit qu'une autre voiture sortant d'une voie de garage soit passée. La rue paraissait déserte, à l'exception d'un jeune garçon qui était accroupi sur le trottoir d'en face, près de son vélo, à quelques maisons de là. Le gamin semblait bien trop occupé pour le remarquer. L'homme estima donc qu'il pouvait maintenant descendre de son auto. Il ouvrit la porte arrière tout en tournant la tête à droite et à gauche afin d'être certain que personne ne l'épiait. Autant que possible, il essayait d'être naturel, mais la chose n'était pas facile. En effet, il y avait toujours le risque d'être vu chaque fois à proximité des lieux où devaient être déposés les nourrissons. Jusqu'à maintenant, dans ses nombreuses missions, il n'avait jamais rencontré de difficultés majeures, mais la prudence était sans cesse de mise. Dans un mouvement rapide, le médecin se pencha sur le siège arrière. Il libéra le bébé de ses protections et le prit soigneusement tout contre lui. Marianne dormait paisiblement. Il la posa délicatement dans un couffin et la recouvrit d'une légère couverture de flanelle. Il regarda de nouveau de chaque côté pour s'assurer que la voie était libre, puis il se dirigea enfin vers la somptueuse résidence de banlieue. De toute évidence, cette propriété datait de plusieurs générations! L'homme déposa son précieux paquet devant la haute porte en bois de chêne et sonna au carillon. Il repartit aussitôt vers sa voiture et s'y engouffra. De son poste d'observation, il assista à la scène, devenue classique maintenant. Ainsi, il attendait toujours que l'enfant soit bien recueilli pour s'éclipser.

La porte s'ouvrit, laissant apparaître un majordome à l'allure distinguée. Marianne se mit à pleurer, ce qui attira aussitôt le regard de l'homme vers le sol. Avec les plus grandes précautions, le majordome enjamba le couffin, regarda à droite, puis à gauche, mais ne vit personne. Il se pencha alors vers le bébé en larmes. Après un bref instant d'hésitation, il prit le couffin et referma la porte derrière lui en la poussant avec son épaule.

L'obstétricien esquissa un sourire et démarra sans plus attendre. « Une nouvelle famille comblée ! » s'enthousiasma-t-il...

M. Martinon avait repris ses bonnes habitudes. Il rentrait complètement saoul à la maison et hurlait à n'importe quelle heure du jour ou de la nuit. Mady ne comprenait plus ses réactions. Elle retrouvait l'image du père violent qu'elle avait voulu oublier et qui, d'ailleurs, s'était effacée de la fin de sa grossesse jusqu'à son accouchement. Comment avait-il pu se métamorphoser de nouveau en monstre ? Les journées en étaient devenues pénibles pour elle. Mais là encore, elle s'en moquait ! Son père pouvait faire ce qu'il voulait. Même la battre, si ça lui chantait !

Sarah arriva à l'improviste dans la journée pour voir Mady et assista à l'un des esclandres de son père. De nouveau, elle n'hésita pas à lui opposer de la résistance. Sa sœur, pour sa part, était demeurée sans réaction.

« Lâche-la !

– Qu'est-ce que tu veux encore ? T'habites plus ici à ce que je sache ! Alors dégage ! Sors de chez moi ! répondit le père dans un grognement.

– Oui, je vais sortir ! Fais-moi confiance ! Mais je ne vais pas partir seule ! » lança-t-elle encore en le fixant intensément.

Volcan s'était mis derrière Sarah en montrant les dents et grognait. La bave lui coulait des gencives et son poil était hérissé sur son échine. M. Martinon regarda Sarah, Volcan, puis Mady...

« Vous vous sentez forts, hein ? Bah ! allez-y, faites comme vous voulez... Mais je ne vous oublierai pas... Faites-moi confiance !

– Tu ne trouves pas que Mady a suffisamment souffert ? Que veux-tu ajouter encore à son chagrin ? Elle n'a aucun besoin de ton aide... C'est le soutien de gens qui l'aiment qu'il lui faut ! Je l'emmène chez moi !

– Parfait ! Bon débarras... La maison pourra être à moi tout seul ! »

M. Martinon tourna les talons dans un mouvement assez instable, puis sortit de la maison. La porte claqua. Doucement, Volcan cessa de grogner. Mady n'avait pas bougé. Elle restait prostrée. Elle ne réagissait plus à rien depuis longtemps maintenant. Sarah constata la détresse profonde de sa sœur et s'en voulut vivement de ne pas avoir agi plus tôt. Elle aida Mady à s'asseoir sur le lit.

« Reste tranquille, Mady, je m'occupe de tout. Je prends un sac et j'emmène tes affaires. Tu viens à la maison... André et Julien seront ravis. Il est grand temps que tu sois entourée. Je te promets de t'aider autant que possible... »

Mady la regarda d'un air absent. Pourtant, elle jeta un regard vers Volcan qui, lui, regardait les deux sœurs, sentant que quelque chose se tramait.

« Oui, bien sûr, Volcan vient avec nous ! Nous n'allons pas le laisser à cet individu ! Il est capable de tout ! »

M. Martinon bougonnait tout seul au volant de sa voiture. Il zigzaguait sur la route, sans pour autant s'en inquiéter... Certains automobilistes klaxonnaient. Les autres devaient prendre des risques pour éviter le véhicule erratique.

«Je vous nuirai jusqu'au bout si je peux!» brailla-t-il dans l'espace réduit de sa voiture.

Sa hargne était encore plus grande qu'auparavant, mais il était déjà heureux de tout le mal qu'il avait fait.

Sarah se retrouvait à son bureau. Elle venait de conduire sa sœur chez elle. La nourrice de Julien, une brave femme de 50 ans, l'avait tout de suite prise sous son aile, et Sarah avait pu repartir, l'esprit apaisé. Elle s'installa dans son fauteuil et posa ses deux coudes sur le bureau, les mains de chaque côté de ses joues. Elle regarda droit devant elle. Elle songeait à sa mère maintenant. Elle n'avait toujours pas ouvert l'enveloppe. Son père avait montré un visage tellement différent qu'elle avait hésité. La peur de son contenu sans doute… Elle s'était dit qu'il fallait peut-être enterrer le passé et lui donner une nouvelle chance… Pardonner? Plus maintenant! Elle ne savait pas pourquoi il avait eu cette attitude plutôt compatissante, mais à présent c'était l'ivrogne qu'elle voyait devant elle! Sarah prit l'enveloppe dans sa mallette et arracha la languette. Sa décision était prise, elle voulait savoir!

Guillaume atterrit à Paris et sauta dans un taxi en direction de la gare Saint-Lazare. Encore une fois, il ne verrait pas la tour Eiffel de près… Il ne la verrait sans doute jamais d'ailleurs! En tout cas, pas avec Mady, comme il en avait toujours eu l'intention! Au guichet des renseignements, on lui annonça qu'un train partait pour la Normandie, avec un arrêt à Pincourt, deux heures plus tard. Il réserva aussitôt son billet. Le train n'était pas encore en gare cependant.

Guillaume s'installa sur un banc et regarda la foule sans la voir vraiment...

M. Martinon était affalé dans son fauteuil, au salon. Il regardait autour de lui. Une bouteille vide gisait sur la moquette. La télévision était allumée, mais il ne l'écoutait pas. Son regard se porta sur le portrait qui était devant lui. Il ne put s'empêcher de sourire. Il avait réussi à voler cette photo à Sarah. C'était une photo de son mariage. Il l'avait fait agrandir. On y voyait André. Pourtant, ce n'était pas le visage de Sarah qui était à côté. C'était celui de Mady... C'était la photo du marié et de la demoiselle d'honneur... Dans cette toilette, Mady semblait réellement être la mariée elle-même! M. Martinon avait détourné cette photo, en souvenir! Un instant, il avait failli l'envoyer à Guillaume pour souligner ses propos, mais, finalement, il avait préféré la garder sous les yeux. Il ne se doutait pas encore cependant qu'elle le servirait avantageusement!

Sarah relut encore le début de la lettre de sa mère. Son visage s'allongeait au fur et à mesure de ses révélations. Au début, elle crut mal comprendre le texte, car sa mère ne mettait aucune ponctuation dans ses phrases et avait une orthographe très rudimentaire. Le texte était rédigé ainsi:

Chère Sarah,

Si je t'écris c'est que je ne peux pas te dire ça autrement. Il est temps pour toi de tout savoir. Si ton père est devenu comme ça, c'est parce qu'un jour on revenait de chez ma sœur Paulette et son mari Bertrand. Il y avait aussi des amis. Il avait beaucoup bu ton père. Il a pas voulu rester. Il voulait prendre la route comme ça. Moi je voulais pas car la nuit tombait. J'ai pas pu le faire changer d'avis. Bref on est partis quand même. Sur la route j'avais peur. Il s'occupait pas des feux pis parfois il changé de file aussi. On a eu une dispute. Quand on a traversé la ville de Brébœuf j'ai bien vu quelqu'un qui traversé. C'était un jeune garçon. Je l'ai crié à ton père mais il n'a pas pu réagir assez vite. Je me souviendrais toujours des yeux brillant du jeune garçon dans la lumière des phares. Ton père quand il a vu ça, qu'il avait renversé quelqu'un ben il a pas voulu s'arrêter. Moi je crié dans la voiture. Je voulais voir peut être qu'on pouvait faire quelque chose peut être que c'était encore possible. Il a accéléré. Quand je me suis retourné dans la voiture il m'a semblé que le garçon avait bougé. Ton père m'a déposé à la maison pis y m'a dit qui partait, que je devais rien dire parce que j'étais complice. Que j'avais autant de tort que lui. C'est quand il est revenu un an après, il avait changé… C'était plus le même…

Sarah, pourra tu me pardonner fais ce qui te semble juste je te fais confiance.

Sarah arrêta ici sa lecture et ferma les yeux… La lettre se poursuivait ensuite avec tous les détails…

Mady s'occupait avec Julien et Volcan. Elle semblait faire une projection de son amour de mère sur le petit garçon d'André. Julien, lui, se laissait cajoler avec bonheur. Il aimait les câlins ! La nourrice regardait le trio et souriait. Elle était sûre, maintenant, que Mady sortirait de sa profonde déprime. Et c'est Julien qui l'y aiderait, qui l'en sortirait. La brave femme en était convaincue.

Sa vie durant, elle avait connu bien des gens qui s'étaient retrouvés à ne plus rien attendre de la vie et, brusquement, un enfant arrivait! C'était le lien qui permettait de raccrocher les personnes désespérées à la vie... Cela fonctionnait presque toujours! En tout cas, d'après ce qu'elle avait vécu elle-même en tant que nourrice, depuis trente-cinq ans maintenant. Elle n'avait que 15 ans à ses débuts...

André releva la tête quand il entendit frapper à la porte de son bureau.

« Entrez ! »

Sarah débaula rapidement et lui adressa un pâle sourire. André s'inquiéta et fronça les sourcils. Il sentait que quelque chose n'allait pas.

« Qu'y a-t-il, Sarah ? Ta sœur ?

– Non, enfin, si on veut... Je viens de recevoir un appel de New York... Je dois partir là-bas au plus vite... Un problème à régler...

– Ta présence est-elle vraiment indispensable ?

– Malheureusement oui ! J'ai fait ce que j'ai pu au téléphone, mais ça n'a pas suffi... Je sais que ce n'est pas le moment pour Mady...

– Mais tu n'as pas le choix, n'est-ce pas ?

– C'est ça !

– Tout ira bien... Vas-y, Sarah !

– Tu prendras bien soin de Mady à ma place... Il faut l'entourer en permanence... la sortir... Je sais que Mme Olivier s'occupe d'elle dans la journée, mais...

– Tout ira bien, je te le répète, Sarah... Je serai le frère qu'elle n'a jamais eu ! D'ailleurs, elle me considère comme tel ! Ce qui n'est pas pour me déplaire. Je l'aime beaucoup, tu le sais ! J'aimerais qu'elle puisse oublier son triste passé et repartir de zéro… Je voudrais faire sa connaissance, découvrir la jeune fille que tu me décris si souvent…

– Merci, Andy. Je sais que je peux compter sur toi. Je t'aime. Je serai de retour dès que possible…

– Combien de temps penses-tu devoir t'absenter ?

– J'espère être de retour d'ici trois ou quatre jours… peut-être avant… Je ne sais pas encore… Mais je pars dans une heure. Je te laisse le soin d'annoncer la situation à Mady… Vas-y doucement… Elle est si fragile…

– Oui. Je sais. Mais j'ai discuté avec Mme Olivier, elle m'a dit que Mady avait commencé à s'amuser avec Julien dans la journée. Elle l'a même entendue rire une fois.

– Oui, elle me l'a dit. J'aurais donné n'importe quoi pour être là et entendre Mady rire ! Il me semble que cela fait une éternité que je n'ai pas entendu son rire si communicatif… Tu sais, parfois, j'ai l'impression que je ne l'entendrai plus jamais.

– Je suis sûr qu'elle y arrivera ! Nous sommes tous là pour l'aider.

– Tu as raison… Bon, je te laisse. J'ai encore beaucoup de détails à régler avant de partir. J'ai demandé à Mme Olivier de me préparer une valise et un taxi me l'apportera ici. »

Sarah se blottit rapidement dans les bras d'André et soupira. Elle n'aimait plus devoir partir loin de sa famille comme lorsqu'elle était célibataire. Et maintenant, avec Mady, encore moins qu'auparavant !

Guillaume reconnut de loin la petite gare de Pincourt et rassembla ses quelques affaires. Le train entra en gare et stoppa dans un long mugissement. Guillaume descendit sans attendre l'arrêt complet.

Cette fois, il savait où il allait et ne prit pas la peine de s'arrêter. Il alla directement vers le petit hôtel qui l'avait accueilli de nombreux mois auparavant. Il prit une chambre, mais ne discuta pas comme il en avait l'habitude. Il monta poser ses affaires. La fatigue du voyage pesait sur ses épaules mais il s'en moquait totalement. Il décrocha aussitôt le téléphone et appela pour louer une voiture. Dès cette question réglée, il se rendit directement à l'agence et repartit au volant de la voiture, en direction de la maison de Mady.

Mady regarda par la fenêtre. Le ciel était clair, aucun nuage ne venait cacher le soleil qui prenait de la force en ce début du mois de mai. Elle colla son front contre la vitre et ne put s'empêcher de songer à l'été précédent. Aux changements intervenus dans sa vie depuis. Elle ne serait plus jamais la même ! Son insouciance avait définitivement laissé la place à la maturité. Elle reprenait le contrôle de sa vie chaque jour davantage, grâce aux efforts conjugués de Sarah, d'André, de Mme Olivier... Il y avait aussi l'affection de Julien et de Volcan... Elle redressa la tête et crut voir le visage de Guillaume qui se reflétait. Elle aurait tant aimé que ce soit le cas...

Guillaume arriva devant la maison de Mady et sonna aussitôt à la porte. Il attendit quelques instants, mais il n'y eut aucune réponse. Il sonna de nouveau en insistant. La voiture du père de Mady était garée dans l'allée. Il se doutait que M. Martinon était dans la maison. Les pas qui résonnèrent bientôt dans le couloir le lui confirmèrent. La porte s'ouvrit et Guillaume se retrouva face à face avec un homme hirsute, à la chemise ouverte et crasseuse, au pantalon froissé et auréolé de diverses taches indéfinissables. Une odeur âcre prit Guillaume à la gorge. Le jeune homme eut un léger mouvement de recul. Déstabilisé par le fait même, il descendit la petite marche de l'entrée.

M. Martinon s'était demandé qui pouvait bien venir à cette heure et sonner comme un forcené. Ses tempes lui faisaient mal. Sa tête risquait d'exploser si la sonnerie retentissait encore. Il avait donc décidé de se lever, se tenant contre les murs, et il avait enfin ouvert la porte. La vision de Guillaume lui déplut souverainement. Il pensait vraiment en avoir fini avec lui, mais il se trouvait là, devant lui ! Il aurait aimé être plus en forme pour le recevoir, en être encore à sa première bouteille… Là, il venait d'entamer la troisième ! Mais son esprit embrumé par l'alcool parvenait cependant à garder une certaine cohésion… Sans doute était-ce une habitude d'alcoolique qu'il avait prise… D'une voix hargneuse, il demanda aussitôt à Guillaume :

« Qu'est-ce tu veux ? »

Le jeune homme remonta sur la marche et surprit M. Martinon en l'interpellant d'une voix forte et arrogante :

« Je veux voir Mady ! Que vous le vouliez ou non ! »

M. Martinon éclata de rire. Un gros rire déplaisant.

Il prit le temps de rassembler ses idées et cracha son venin :

« Elle est mariée, ta Mady. Tu savais pas ?

– Oui, mais… »

De plus en plus, Guillaume perdait son assurance et son sang-froid par la même occasion. Lui-même, qu'était-il venu faire ici ? songea-t-il. Pourquoi le père de Mady mentirait-il d'ailleurs ? Il était bien trop content de ce mariage, à l'évidence ! En plus, la lettre venait de Sarah. Mais pourquoi Mady n'avait pas écrit elle-même ? Il y avait des trous dans cette histoire ! ne pouvait-il s'empêcher de penser. Il redressa inconsciemment les épaules et monta la deuxième marche de l'escalier conduisant à la maison.

« Il faut que je m'assure que Mady n'est pas là ! » s'exclama-t-il en entrant, poussant légèrement de l'épaule M. Martinon, qui n'offrit aucune résistance.

Guillaume crut déceler un malin sourire au coin des lèvres de l'homme. Mais, il chassa cette idée saugrenue et monta directement à l'étage. Il savait où se trouvait la chambre de Mady.

En bas, M. Martinon repartit tranquillement au salon et décrocha la photo de Mady et André, puis il revint dans l'entrée. Il souriait franchement maintenant. Un sourire qui aurait pu paraître radieux si…

Le jeune homme entra dans la chambre. Mady ne s'y trouvait pas. Il en ressentit comme un coup au cœur. Il avait espéré la trouver contre toute attente. Il ouvrit les placards, la commode… Tout ce qu'il put. Rien, il ne trouva rien… La chambre était désespérément vide ! Il s'installa sur le lit de Mady et posa les coudes sur ses genoux, se plongeant les mains dans les cheveux, la tête en avant. Il se sentait perdu encore une fois… Il refusait de se rendre à l'évidence… Et pourtant…

« Non… Je n'ai pas rêvé ces instants tout de même ! Ce qu'on a connu tous les deux… Comment est-ce possible ? » murmura-t-il dans la chambre.

Les murs ne lui firent aucune confidence sur la vie de Mady. Pourtant, s'ils avaient pu, ils en auraient eu des choses à raconter ! Au bout d'un long moment, Guillaume se releva et descendit lentement les marches. En bas, il retrouva M. Martinon. Il ne parvenait décidément pas à supporter cet homme. Il passa devant lui sans aucun commentaire. Le père de Mady lui tendit la photo et dit :

« Regarde… La voici, la jolie mariée, avec son mari, André Corneau ! Elle habite plus ici maintenant… Elle a abandonné son vieux père… »

Guillaume ne releva pas la critique. Il prit simplement la photo et la regarda. Il n'y avait plus aucun doute. À l'évidence, Mady était bien mariée. Elle posait d'ailleurs ici avec un sourire sur les lèvres. Il toucha le cadre du bout des doigts et tourna les talons. Il partit sans plus attendre.

« Ma photo ! s'enquit l'ivrogne à la porte.

– Je la garde ! »

Le jeune homme ne s'était même pas retourné pour répondre. Il avait simplement jeté ces quelques mots par-dessus son épaule tout en continuant son chemin. Il entendit encore un bruit assourdissant. La porte d'entrée venait de se refermer violemment. Il monta dans la voiture et posa la photo sur le siège, côté passager.

« Mady Corneau ! André Corneau ! Oh ! Mady, pourquoi ? »

M. Martinon ne s'était pas rendu compte qu'il avait dévoilé le nom de famille d'André. Il avait voulu en finir au plus vite avec ce Guillaume car sa gorge se desséchait dangereusement. Il devait mettre un peu de liquide revigorant dans ce gosier au plus vite. C'était tout ce qu'il avait à l'esprit…

« Il faut que j'aille la voir… Il faut que je la retrouve… Que je sache au moins ! »

Guillaume parlait à voix haute dans sa voiture tout en se dirigeant vers la mairie.

Ce même jour, André arriva chez lui dans l'après-midi. Il posa ses affaires dans l'entrée et salua la nourrice, Mme Olivier.

« Comment va tout le monde, aujourd'hui ? » s'enquit-il.

Mme Olivier lui adressa un grand sourire. Elle savait que « tout le monde » voulait surtout dire « Mady ». Aussi, elle répondit :

« Beaucoup mieux… Mady redevient plus joyeuse de jour en jour… Julien est parfait pour elle. C'est une brillante idée de l'avoir amenée ici. C'était le mieux à faire. Bien sûr, il y a encore des périodes de terrible cafard, mais elles sont plus espacées…

– J'en suis bien heureux. J'ai eu Sarah au téléphone ce matin. Elle voulait s'informer… Je lui ai confirmé ce que vous me dites là. Je l'ai senti ces derniers jours. Ce soir, je l'emmène dîner à l'extérieur. Sarah rentre cette nuit… La famille va de nouveau être réunie. Vous pourrez vous occuper de Julien, ce soir ?

– Bien sûr, monsieur. Vous pouvez compter sur moi. Cela fera du bien à Mady de sortir… La pauvrette… Il faudrait qu'elle rencontre un gentil garçon pour oublier…

– Oui, sans doute… Mais c'est encore un peu tôt, je pense… Plus tard… Les blessures se cicatrisent plus sûrement avec le temps, et l'avenir apparaît alors plus clair… »

Guillaume obtint les renseignements voulus à la mairie. Il lui fallut insister et donner une solide explication pour connaître la nouvelle adresse de Mady. Il ne s'était cependant pas démonté et avait décrété qu'il ne bougerait pas de là. Il avait également glissé un billet de cinq cents francs dans les mains de la préposée, qui avait hésité une fraction de seconde. Mais, bien vite, elle avait songé à ce qu'elle pourrait faire de cet argent inattendu. « Après tout ! s'était-elle dit, personne ne le saura ! » Elle avait donc soigneusement recopié l'adresse de Mady sur un bout de papier. Mais, elle n'avait pas cru utile de préciser la mention : « Chez Mme Sarah et M. André Corneau. » Elle s'était contentée d'inscrire l'adresse. Le reste n'était qu'un détail.

Guillaume relut l'adresse : « Houlgate ». Mady avait définitivement quitté Pincourt ! Il se dit qu'il devait partir maintenant pour arriver avant la nuit. Il avait une demi-heure de route environ. Il remercia chaleureusement la femme et sortit précipitamment. Pourtant, une petite voix lui répétait qu'il faisait fausse route.

« Qu'est-ce que t'espères en allant là-bas ? »

Cette idée s'insinuait par tous les pores de sa peau, mais il ne voulait pas l'entendre. La petite voix continuait inlassablement : « Mady est mariée… C'est fini, Guillaume… Elle ne veut plus de toi… Laisse-la… Elle a fait son choix… Elle est libre ! » Guillaume roulait vite, oubliant la limitation de vitesse, espérant semer cette petite voix, la laisser loin derrière lui… Mais sans succès…

Chapitre 14

Sarah était dans l'avion qui la reconduisait chez elle. Elle était contente. Le problème survenu à New York était maintenant réglé. Elle pouvait rentrer l'esprit en paix. Elle savait par André que Mady commençait à aller mieux. Pourtant, c'est une autre pensée qui occupait son esprit. Elle songeait à sa mère, à la lettre qu'elle avait en sa possession… Que devait-elle faire ? Elle ne pouvait pas se permettre de l'ignorer… Mais elle était indécise. Après tant d'années, était-il nécessaire de remuer tout ça ? de remettre à nu des blessures ? Elle n'avait pas encore pris de décision. Mais au nom de la vérité, elle se disait qu'elle devait agir. Ses idées se bousculaient dans sa tête.

Guillaume entra dans la ville d'Houlgate peu après 20 h 30. Il chercha un plan pour se diriger, en trouva bientôt un, juste en bordure de la mer. Il repartit avec l'information voulue sans même jeter un regard aux vagues qui caressaient le sable dans un mouvement continu. La maison était à deux rues de là.

Mady se donna un dernier coup de brosse. Elle se regarda finalement dans le miroir et sourit à l'image de la jeune femme qui la regardait. Elle trouva ses joues un peu plus pleines. Elle sentait qu'elle passait maintenant à un nouveau cap de sa vie. Elle commençait à essayer de tourner cette page noire. Pour la première fois depuis longtemps, elle avait pris le temps de s'habiller pour sortir, de se maquiller même. Son beau-frère l'emmenait dîner et elle voulait réussir cette première grande sortie. André frappa à sa porte et alla à sa rencontre.

« Tu es splendide, Mady ! la complimenta-t-il sans hésiter.

– Merci... »

Elle lui adressa un sourire.

« Tu es prête ? On y va ?

– On y va !

– J'ai bien hâte que Sarah te voie avec ce sourire qui te va si bien. Je t'aime beaucoup, tu sais, Mady !

– Je sais, grand frère... Moi aussi... J'ai enfin trouvé le frère que je n'ai jamais eu. C'est réconfortant. »

Ces deux-là s'entendaient vraiment bien. Dans d'autres circonstances, ils auraient passé leur temps à rire ensemble et à se taquiner. Mady savait qu'elle pouvait compter sur le soutien inconditionnel d'André. Sarah avait fait le bon choix et Mady en était heureuse. Ils descendirent et passèrent embrasser Julien, assis dans sa chambre à même le sol. Il regardait les images d'un livre sur les animaux sauvages.

L'étreinte entre Julien et Mady fut très forte. Il lui posa un gros baiser sonore sur la joue et elle le lui rendit sans hésiter.

« Amusez-vous bien.

– Merci. Et toi, sois bien sage avec Mme Olivier... »

Guillaume gara la voiture de l'autre côté de la route. Il était presque en face de la maison en question. Il voyait l'entrée. Il préféra attendre un peu avant d'aller frapper à la porte. Il devait rassembler ses idées. En fait, il ne savait trop ce qu'il dirait une fois devant Mady... Quelle attitude devait-il prendre? se demanda-t-il dans un moment d'angoisse... Et il resta là, derrière le volant. Le moteur était coupé. Ses yeux ne quittaient pas la jolie maison de bord de mer. «Une très belle maison!» songea-t-il. Et lui, que pouvait-il offrir à Mady? «Ton amour!» répliqua une petite voix. Guillaume haussa les épaules. Il posa finalement la main sur la poignée. La porte émit un petit «clic» et s'entrouvrit...

André et Mady se dirigèrent vers le vestibule. Ils attrapèrent chacun une veste légère. Puis ils sortirent. Mady regarda André à ses côtés et lui murmura dans un souffle:
«J'ai un peu peur, André... Je ne sais pas si je tiendrai le coup!
– Tout ira bien, petite sœur!»
Il la prit dans ses bras et la réconforta par une étreinte amicale et chaleureuse.
Elle posa sa tête sur sa poitrine. Puis, tout en prenant une grande inspiration, elle décida de faire de son mieux pour sa première soirée vers une nouvelle vie.
«Merci, André. Toi et Sarah, vous êtes formidables avec moi... Si patients... Si...
– C'est naturel, voyons...»

Guillaume suspendit son geste à l'instant même où il aperçut Mady et André. Il resta là, la main sur la poignée, l'air hébété. Il ne s'attendait pas à les voir ainsi. Mais quand il vit l'homme prendre Mady dans ses bras, il ressentit une douleur aiguë dans la poitrine. Quand il vit Mady ne rien faire pour s'en éloigner, son cœur explosa en mille morceaux. Il laissa sa main retomber lourdement. Ses yeux indiscrets voulaient «entendre» la conversation qu'ils tenaient ensemble. Guillaume voulait crier au monde entier que ce n'était pas juste… Mais il ne fit rien. Il resta figé et les regarda partir en voiture. Il dut se passer dix minutes avant qu'il ne se décide à repartir. «Je n'ai plus rien à faire ici, se dit-il. Inutile de chercher à souffrir davantage.» Il alluma le moteur et roula droit devant lui, l'esprit hagard…

Sarah attrapa le dernier train du soir. Elle serait chez elle vers minuit. Elle s'en réjouissait à l'avance. Elle pensait de nouveau à la prochaine étape. Elle avait finalement décidé d'affronter les événements. Elle se devait d'annoncer la vérité. Après y avoir longuement réfléchi, elle avait fini par conclure que rien n'était pire que de ne pas savoir. Elle espérait cependant que les personnes concernées penseraient la même chose !

«La soirée a été délicieuse, André. Je te remercie. Mais j'éprouve une grande vague de cafard malgré tout… Je ne peux m'empêcher de penser que j'aurais pu être avec Guillaume ce soir… Mon cœur me dit qu'il est ici… C'est étrange, n'est-ce pas ?

– Non, pas si étrange que ça…

– Pourquoi ? demanda Mady doucement, en regardant directement André.

– Parce que je pense que tu garderas toujours Guillaume quelque part en toi… Même si un jour tu rencontres quelqu'un, Guillaume conservera cette place particulière… Ce sera différent, voilà tout… L'être humain a une grande capacité d'amour, tu sais…

– Peut-être, je ne sais pas… Je ne suis pas encore prête à songer à quelqu'un d'autre… Je me vois mal d'ailleurs avec un autre…

– C'est normal… Mais laisse le temps agir… Sarah et moi sommes à même de comprendre tes sentiments… N'oublie pas que nous sommes passés par là ! Elle avec ce garçon dont elle t'a parlé, et moi avec ma femme, partie trop tôt à mon goût…

C'était la première fois qu'André évoquait sa première épouse avec Mady. Dans cette simple phrase, elle sentit tout l'amour qu'il avait dû lui porter et son regard posa une question muette à André, qui ajouta :

« Oui, j'aime toujours ma première femme. S'il n'y avait pas eu de complications lors de l'accouchement, elle ne serait pas morte. Nous serions toujours ensemble. À ce moment-là, je n'aurais jamais pensé une seule seconde que je me remarierais… J'avais l'impression que tout venait de s'écrouler autour de moi… Nous avions tant de projets ensemble ! Et j'ai rencontré Sarah… J'aime tout autant Sarah, tu sais ! L'amour a plusieurs visages… Sarah et Martha, ma première femme, sont très différentes… aussi bien physiquement que psychologiquement. »

Guillaume baissa complètement la vitre de sa voiture afin de se rafraîchir les idées. L'air du dehors était vif et lui faisait du bien. Machinalement, il prit la route qui conduisait vers le lac de la Touques. C'est là qu'ils se retrouvaient si souvent, lui et Mady! Arrivé devant, il se gara sur le côté et descendit de la voiture. Il resta ainsi, debout, contemplant l'eau sombre et invitante du lac. Il lui semblait que la surface trop lisse pouvait engloutir n'importe qui sans laisser aucune trace. Il avait passé de bons moments en ces lieux... Mais il devait maintenant en finir avec ces souvenirs... Jamais plus il ne partagerait ces instants avec Mady... Son cœur souffrait face à cette réalité... Il regrettait d'être revenu... Il avait l'impression de souffrir encore plus... Mais il savait aussi qu'il devait venir... Sinon... « Sinon quoi? » Il haussa les épaules et le souffle qui sortit de ses lèvres se perdit au loin, survolant l'eau du lac... C'était comme si une partie de son âme s'était échappée. Guillaume resta longtemps ainsi à regarder le lac.

Mady et André roulaient en direction de la maison. La soirée s'était très bien déroulée, au grand soulagement de Mady. En passant devant le lac de la Touques, elle poussa un soupir et, d'une petite voix, demanda :

« André, peux-tu t'arrêter un instant ici, s'il te plaît ?

— Ici ? répéta André en lui jetant un regard.

— Oui, ce ne sera pas long... Merci.

— Il semble que quelqu'un ait eu la même envie que toi. Regarde la voiture qui vient de démarrer... Je ne connaissais pas cet endroit. »

Mady ne répondit rien mais suivit du regard les feux arrière de la voiture qui s'éloignait maintenant en prenant de la vitesse. Elle tourna ensuite son visage vers le lac et descendit. André jugea préférable de la laisser seule. Elle huma l'air et crut un instant retrouver l'odeur de Guillaume qui voyageait avec le vent. Elle secoua la tête et pensa à la voiture qui venait de partir. « Sans doute des amoureux ! » se dit-elle.

Sarah arrivait enfin chez elle et respirait de bonheur à l'idée de retrouver tout son petit monde. Elle descendit rapidement du taxi. La lumière du salon était encore allumée malgré l'heure tardive. Elle se doutait qu'André et Mady l'attendaient. Elle pressa le pas et son cœur bondit de joie à l'idée de retrouver sa maisonnée.

Guillaume roulait maintenant en direction de l'agence de location pour rendre la voiture. Il alluma la radio et écouta distraitement les chansons qui défilaient. Son esprit restait perdu, auprès de Mady. Il ne parvenait pas à comprendre. Il s'en voulait malgré tout de ne pas être descendu et de ne pas avoir tenté de lui parler. Mais, l'instant d'après, il se ravisait et restait persuadé qu'il avait fait ce qu'il fallait. Il n'avait maintenant qu'une hâte, rentrer chez lui et commencer une nouvelle vie. Il voulait oublier son idée de s'installer en France, et surtout, oublier Mady... Il jeta un regard au siège du côté passager et son cœur se serra en imaginant le sourire de Mady adressé à André. Il détestait cet homme, même s'il ne le connaissait pas. Il ne voulait plus jamais revenir ici. Il se concentra sur sa conduite ; ses yeux scrutaient l'obscurité devant lui.

Sarah regarda Mady et la serra dans ses bras.
« Oh ! Mady, je suis si heureuse d'être enfin rentrée. Alors, et cette soirée ? Je suis bien fière de toi.

– Une première sortie…

– Oui, et il y en aura d'autres… »

Dans l'avion, Guillaume regarda une dernière fois la tour Eiffel qui se dressait au loin. Là, c'était certain, il n'aurait jamais l'occasion de la visiter ! « Qu'importe ! » pensa-t-il tristement. Il détourna volontairement son regard et se plongea dans la lecture d'un magazine qu'il trouva insipide.

La secrétaire entra rapidement et posa un volumineux dossier sur le bureau de Sarah.

« Voici ce qui vient d'arriver pour vous de la part de M. Voltier.

– Voltier ? Ah ! oui, c'est exact. Merci. »

La secrétaire repartit aussitôt et Sarah ouvrit le dossier. Elle tourna les pages et, au fil de sa lecture, se sentit comme une somnambule sous l'emprise d'un cauchemar. Au milieu des documents, elle posa les mains à plat devant elle et souffla bruyamment.

« Pourquoi ? Pourquoi ? »

Elle interrogeait la pile de papiers devant elle. Aucune réponse ne vint des documents pourtant remplis de textes aussi bien manuscrits que dactylographiés. Elle se replongea finalement dans le dossier.

Mady allait de mieux en mieux. Elle ne survivait plus maintenant ; elle commençait sérieusement à revivre. Elle n'oublierait certainement pas son passé avec Guillaume et le fruit de leur amour, la petite Marianne… Mais elle gardait ces deux êtres disparus trop tôt quelque part dans son cœur et, à l'occasion, elle y pensait. Néanmoins, elle évitait de trop s'attarder. C'était encore si récent! Elle risquait, sinon, de replonger dans une profonde dépression.

Sarah gara sa voiture le long du trottoir et descendit aussitôt. Elle avait tracé son chemin depuis hier et savait exactement où elle se rendait.

«C'est ici!» murmura-t-elle en regardant la somptueuse maison devant elle.

Elle rassembla ses affaires, manteau et sac à main, sur ses genoux. Elle prit une grande inspiration puis libéra l'air accumulé dans ses poumons.

«Allons-y!» s'exclama-t-elle tout en ouvrant la portière.

Sarah s'était renseignée sur la famille du petit garçon renversé par son propre père, un soir où il était saoul! Un détective privé s'était chargé de lui trouver les informations dont elle avait besoin. Il ne lui restait donc plus qu'à rencontrer ces pauvres gens qui avaient connu la douloureuse épreuve de perdre cet enfant si jeune…

Très vite, Sarah se retrouva devant la porte et sonna. Quelques secondes plus tard une femme vint ouvrir. Elles se dévisagèrent l'une et l'autre. Toutes deux voulurent parler en même temps et, finalement, chacune s'arrêta en entendant l'autre.

Elles se connaissaient. Sarah sut alors pourquoi le nom de famille «Romain» lui avait paru familier. Mais elle n'avait pas réussi à mettre de visage dessus. Maintenant, elle savait de qui il s'agissait! Sa démarche n'en était que plus difficile. Quant à Mme Romain, elle fronçait les sourcils et ne parvenait pas à retrouver où elle avait rencontré cette jeune femme, ni à quelle occasion. Elle sourit à la visiteuse et s'exclama sans plus attendre :

« Entrez, je vous en prie… Nous nous connaissons, je pense, mais… je suis désolée, je n'arrive pas à savoir qui vous êtes… Ma mémoire me fait défaut parfois…

– Ce n'est rien… C'est tout naturel, du reste… Nous nous sommes vues si peu de temps… Il y a plusieurs mois de cela… »

La porte se referma derrière Sarah qui fut conduite au salon. Deux divans en cuir brun se faisaient face et une magnifique cheminée occupait tout un mur du salon. La jeune femme admira la pièce et ses épaules s'affaissèrent encore plus. « Quelle démarche difficile ! » ! » pensait-elle.

« Prenez place, je vous prie… Comment puis-je vous aider ? »

Sarah se demanda, un bref instant, si elle devait parler de leur première rencontre tout de suite… avant que ce ne soit plus possible.

« Oui… Avant tout, je voulais simplement vous signaler que nous avons eu l'occasion de nous rencontrer à Pincourt. Vous étiez avec votre mari… Vous aviez aidé ma mère, victime d'un malaise dans la rue… Je me nomme Sarah.

– Oh oui ! je me souviens maintenant. »

Un grand sourire éclaira le visage de Mme Romain. Elle se souvenait parfaitement de cet épisode, de l'attitude assez surprenante de la mère à un moment de la conversation… comme si elle était peinée de quelque chose.

« Voulez-vous du thé ? Du café peut-être ?

– Oui, je vous remercie… Je prendrais bien du thé, s'il vous plaît.

– Et votre mère, comment va-t-elle ?

– Eh bien ! Elle est malheureusement décédée…

– Oh ! je suis désolée…

– Ce n'est rien… Je pense qu'elle ne souffre plus là où elle est… Les derniers moments ont été assez pénibles pour elle.

– Oui, la maladie… Ce n'est pas facile. »

Mme Romain hochait la tête avec l'air perdu de quelqu'un qui savait de quoi il retournait. Puis elle se reprit :

« Je reviens tout de suite. Ne vous dérangez pas. »

Sarah fut heureuse de se retrouver seule au salon quelques instants. Juste le temps pour elle de rassembler ses mots dans sa tête… pour présenter les choses du mieux qu'elle le pouvait, vu les circonstances. Ses réflexions allaient bon train et elle n'entendit pas la porte d'entrée s'ouvrir. L'homme s'avança au salon et aperçut aussitôt Sarah. Il tourna la tête de côté et avança immédiatement vers elle.

« Bonjour… »

Sarah sursauta en entendant la voix de l'homme, juste à côté d'elle. Elle leva la tête et reconnut le mari de Mme Romain. Elle esquissa le geste de se lever afin de le saluer, mais il l'interrompit tout de suite.

« Non, non, je vous en prie, restez assise. Que nous vaut le plaisir de votre visite ? Je suis bien heureux de vous revoir. »

Au même moment, sa femme pénétra dans le salon avec le thé. Elle embrassa son mari :

« Fernand, tu te souviens de mademoiselle ?

– Oui, bien sûr. C'est justement ce que je lui disais. »

D'une toute petite voix, Sarah crut bon de préciser :

« Je suis mariée maintenant. Je m'appelle Corneau, Sarah Corneau.

– Bien ! Félicitations ! »

M. et Mme Romain ne semblaient pas attacher d'importance outre mesure à la raison de la visite de Sarah. Ils étaient simplement heureux de la revoir. C'était des gens simples, au cœur débordant de générosité. La jeune femme le sentait bien et se tortillait sur son siège, de plus en plus mal à l'aise. Elle ne se départait pas de son sourire cependant. Le couple prit place en face d'elle. Une tasse fumante se trouvait maintenant devant chaque personne. Le silence tomba entre eux. Sarah se perdit dans la contemplation excessive de ses mains et tourna son alliance.

« C'est gentil d'être passée nous voir, Sarah. Comment avez-vous trouvé notre adresse ? Je ne pense pas que nous vous l'avions donnée ? Mais ça n'a pas d'importance… »

Sarah prit l'excuse au vol et enchaîna, tout en continuant à regarder ses mains.

« Oui… J'ai entrepris des recherches pour vous trouver…

– Mais ce n'était pas la peine, voyons… Nous n'avons fait que notre devoir. Comme je vous l'ai dit ce jour-là, j'aurais aimé que notre fils bénéficie de la même aide, le jour où il est décédé… Ce funeste soir… »

Mme Romain ne savait pas à quel point elle compliquait les révélations de Sarah, simplement avec cette petite phrase ! La jeune femme se mordit la lèvre inférieure et leva ses yeux vers le couple. Elle les regarda chacun son tour et finit par planter son regard dans les yeux de Mme Romain. Elle ouvrit enfin la bouche et dit d'une traite :

«Justement… C'est pour cette raison que j'ai fait des recherches… Je ne savais pas que c'était vous… Je n'avais pas fait le rapprochement… C'est une coïncidence… une pure coïncidence, voilà tout! Ma mère m'a remis une lettre avant de mourir…

Le couple écoutait sans comprendre. Pourtant, M. Romain tenait la main de sa femme comme s'il sentait subitement qu'il fallait qu'il la protège de quelque chose. Il sentait du danger dans les mots que prononçait Sarah. Il la laissa poursuivre, attentif, sans l'interrompre…

«Dans cette lettre, continua la jeune femme, ma mère fait certaines révélations… Ces révélations vous concernent directement… Ce n'est pas facile… Mais je devais venir vous en faire part…

– Nous vous écoutons!»

La voix de M. Romain était lourde. Sarah avala difficilement sa salive et jeta:

«Ma mère était dans la voiture qui a renversé votre fils…

– Oh! Seigneur!»

Ce sont les seuls mots qui sortirent de la bouche de Mme Romain. Elle regarda la jeune femme sans comprendre, puis tourna son regard vers son mari… un mari tout aussi confus qu'elle, de toute évidence. Sarah prit conscience des yeux exorbités de Mme Romain. Des yeux où se lisait de l'incrédulité mêlée à de l'effroi!

M. Romain se ressaisit le premier. Il entoura son épouse de son bras et affronta la jeune femme du regard. Il ouvrit la bouche pour parler, fit une pause et, enfin, un son sortit de ses lèvres. Sa voix avait perdu le côté chaleureux qu'elle avait jusqu'à maintenant. Sarah le comprenait cependant tout à fait. Elle attendait simplement la suite des événements.

« Pouvez-vous vous expliquer davantage ? Je ne suis pas sûr d'avoir bien compris.

– Ma mère a été témoin de l'accident de votre fils…

– Témoin ? Qu'est-ce que ça veut dire exactement ? Je vous prie de tout nous dire… Nous sommes depuis des années à la recherche de la vérité sur cette nuit tragique… Vous semblez détenir des réponses…

– Oui, j'ai malheureusement ces réponses… À titre posthume, si je puis dire ! »

Mme Romain ne perdait rien de la conversation, même si elle préférait ne pas intervenir. Sa tête reposait sur le torse de son mari et de profondes rides se creusaient sur son front. Son esprit enregistrait les mots que ses oreilles entendaient. Ces mots formaient des phrases et permettraient peut-être de lever le voile de mystère qui enveloppait la mort terrible de leur fils.

Sarah attendit un instant encore avant de poursuivre. Elle prit sa tasse et but une gorgée de thé qui lui brûla aussitôt la langue. Elle avait cependant un répit de quelques secondes. Le thé, après un passage difficile dans sa gorge, parvint malgré tout à se frayer un chemin et à couler doucement. Le goût était âpre, tout comme ses révélations. Elle reposa sa tasse sur la table basse devant elle et reprit :

« Ma mère m'a laissé un document écrit de sa main, avec la consigne de ne l'ouvrir qu'après sa mort… Elle savait qu'il ne lui restait plus beaucoup de temps… Comme je vous le disais tout à l'heure, elle était dans la voiture, ce soir-là. Ce n'est pas elle qui conduisait… C'est mon père qui était au volant. »

Sarah s'arrêta encore une fois. Elle attendait un commentaire, des questions, des cris… Pourtant, rien. Le couple semblait se tasser de plus en plus sur lui-même. Elle pouvait voir les veines bleutées des tempes de M. Romain tressaillir sous la peau, mince à cet endroit. Il contractait ses mâchoires en un gros effort pour se contenir. Elle aurait tout donné pour qu'ils explosent, qu'ils parlent, qu'ils disent quelque chose… N'importe quoi en fait! Ce silence lui paraissait pire que tout! Elle détestait ça. Elle détestait encore plus son père et elle se détestait elle-même d'être la messagère de ce drame qui avait coûté la vie à ce petit garçon… Ce pauvre innocent! Un petit garçon dont la vie avait été interrompue brutalement par l'inconscience et la stupidité de son père. Une famille avait été brisée par cette disparition. Sarah regrettait maintenant d'être venue. Elle n'était vraiment plus sûre d'avoir pris la bonne décision. Elle y avait pourtant réfléchi longtemps! Et elle s'était mise à la place du couple. Elle en était venue à la conclusion qu'elle-même aurait voulu savoir si son propre fils avait péri de cette façon. Mais cela réveillait aussi la douleur, une douleur toujours aussi vive malgré les années! Et pouvait-on vraiment se mettre à la place de parents qui perdent leur fils? Leur unique enfant, de surcroît…

Sarah décida finalement de se lever et commença à rassembler ses affaires. Elle fuyait. Elle avait honte de le reconnaître, mais elle fuyait. Elle avait peur, elle avait mal, elle souffrait pour ce couple devant elle… Elle ne parvenait plus à penser. À ce moment-là, M. Romain remua et tendit la main vers elle.

« Restez… S'il vous plaît… Nous sommes prêts à vous écouter… Je vous remercie d'être venue… C'est difficile pour nous tous, mais je serais soulagé malgré tout si vous pouviez nous donner enfin des réponses… Peut-être que l'esprit de notre fils pourra enfin reposer en paix et nous aussi… »

Sarah ferma les yeux et remercia intérieurement le ciel de ces paroles. Des paroles qui s'incrustèrent dans son esprit et s'étalèrent tel un baume sur ses tristes pensées.

« Merci… Pour tout vous dire… ce soir-là, mon père était saoul… Ma mère a tout fait pour lui faire entendre raison… Elle savait que votre fils…

– Oui… Que notre fils n'était pas mort sur le coup ! C'est ça ? »

Sarah inspira et avoua :

« Oui… Vous le saviez ?

– Oui… Sur le rapport du médecin… Avec une intervention rapide… il aurait sans doute pu être sauvé…

– Je ne veux protéger personne, voyez-vous… C'est mon père, c'est vrai… mais depuis ce drame, il n'a plus jamais été le même et…

– Cet homme est un monstre. »

La voix était étrangement calme. Aucune colère derrière ces mots. Mme Romain semblait simplement faire une constatation, comme si elle était détachée de tout ceci, comme si cette conversation ne la concernait plus. Sarah continua en hochant la tête. Elle approuvait entièrement Mme Romain.

« Oui… Ma mère n'a jamais rien dit, car mon père la menaçait… C'est un homme violent… Mais je pense que vous avez le droit de savoir ce qui s'est vraiment passé ce soir-là, et qui est responsable. Ma mère ne m'a pas laissé cette lettre sans raison… Je pense que son désir était que vous sachiez… Vous pouvez maintenant prendre votre décision à ce sujet. Je peux vous fournir toutes les pièces justificatives si vous le jugez nécessaire…

— Merci… J'ai l'impression que mes épaules s'allègent un peu de ce lourd fardeau… Je ne peux pas vous dire encore ce que nous allons décider pour votre père. Devrons-nous le poursuivre ? Nous allons en discuter, mon épouse et moi… Nous allons prendre le temps qu'il faut pour ça.

— Oui, je suis consciente qu'il s'agit d'une grave décision. Je voulais simplement vous préciser que vous aurez tout l'appui nécessaire de ma part. Je vais vous laisser mes coordonnées à la maison et au travail. N'hésitez pas. Je suis vraiment désolée. Je ne sais comment vous exprimer ce que je ressens vraiment… J'ai l'impression que c'est moi qui vous ai trahis !

— Non, vous n'y êtes pour rien. Je ne pense pas que nous puissions ajouter quoi que ce soit devant des actes vils comme ceux-ci… des actes irréparables, commis par des personnes irresponsables… Il est trop tard de toute façon pour venir en aide à notre fils… Mais soyez sûre que nous vous tiendrons au courant… »

Mme Romain ouvrit la bouche à son tour. Elle s'était levée en même temps que Sarah et son époux et ils la reconduisirent jusqu'à la porte.

«Merci pour votre geste… Merci beaucoup. Je me doute à quel point cela a dû être pénible pour vous de venir ici. Sachez que vous avez notre gratitude. Vous êtes quelqu'un de bien.»

Sarah n'ajouta pas un mot. La porte se referma sur les deux visages, chargés de peine, de M. et Mme Romain.

La jeune femme rentra chez elle, l'esprit en effervescence. Elle repensait à l'entretien qu'elle venait d'avoir. Elle se sentait mieux maintenant et savait qu'elle avait agi comme il le fallait. Le couple déciderait ce qu'il conviendrait de faire, mais elle se sentait libérée, à présent, de ce lourd secret que sa mère lui avait légué.

Chapitre 15

Huit ans plus tard…

« Tu es sûre de vouloir entreprendre ce voyage ? s'exclama Sarah.

— Oui ! répondit Mady sans hésitation. Je pense que je dois faire ce geste avant de m'engager définitivement.

— Tu veux dire que…

— Oui. Marc m'a demandée en mariage hier soir. Je n'ai pas encore donné ma réponse… Je lui ai dit que j'allais y réfléchir…

— Comment a-t-il pris cette réponse ?

— Assez bien, en fait. D'ailleurs, je lui ai tout raconté concernant Guillaume et ma petite Marianne aussi…

— Mais, tu ne crains pas que ce voyage rouvre de vieilles blessures ?

— Non, au contraire ! Je pense que cela peut effacer mes cicatrices, parfois encore sensibles. J'y pense depuis longtemps, tu sais… Ce sera pour moi comme tourner les pages d'un album de souvenirs… Ce sera plus honnête vis-à-vis de Marc d'accomplir ce geste. Nous en avons discuté longuement hier… Il m'a approuvée… Ce n'est pas facile pour lui non plus…

— Est-ce que tu l'aimes ?

– Il est charmant… Je l'aime beaucoup…

– Mais… »

Mady regarda sa sœur droit dans les yeux, mais ne répondit rien sur le moment. Finalement, elle ajouta simplement :

« Je n'attends plus beaucoup de la vie, tu sais… J'aspire simplement à une existence paisible avec un homme gentil à mes côtés… Peut-être avoir des enfants… Une vie normale, quoi… Je pense que ma rencontre avec Marc est une belle occasion pour moi… Il m'aime énormément, comme je suis… avec mes qualités et mes défauts…

– Oui, mais tu ne ressens pas la même chose que pour Guillaume, n'est-ce pas ?

– C'est vrai… Ça ne pourra jamais être pareil… Mais j'ai passé ce cap… Ce voyage va me permettre d'envisager la vie avec Marc, l'esprit tranquille… C'est un homme si bon, si gentil, si attentionné…

– Oui, je sais… Ce que je veux, c'est ton bonheur, Mady…

– Ne t'inquiète pas… J'en suis consciente…

– Quand pars-tu ?

– J'ai réservé pour la semaine prochaine… Jeudi.

– Veux-tu que je t'accompagne ? Je peux me libérer sans problème. »

Mady n'y avait pas pensé. Elle prit le temps d'y réfléchir… Sarah réalisa alors son manque de tact et s'empressa d'ajouter :

« Ne te sens pas obligée surtout… C'est juste une proposition comme ça… Je te laisse y réfléchir si tu n'es pas prête à me donner une réponse immédiate…

– Non, ce n'est pas ça… Je n'y avais pas pensé, voilà tout ! Mais pourquoi pas… Écoute, je vais voir… J'avais pensé y aller seule… Mais ta proposition commence à me séduire… Je t'appelle ce soir pour te donner ma décision.

– Parfait comme ça. »

Les deux sœurs s'embrassèrent et partirent chacune de leur côté.

Mady travaillait maintenant comme vendeuse dans un magasin de vêtements pour enfants. Elle avait repris les cours pour obtenir son baccalauréat en lettres et ainsi terminer ses études la conscience tranquille. Finalement, elle avait trouvé assez facilement ce travail qui lui permettait d'être indépendante. Elle faisait des économies importantes chaque mois afin de concrétiser son rêve : se rendre à Montréal et sillonner les endroits dont Guillaume lui avait si longuement parlé. Ce serait un petit voyage en hommage à leur amour, aimait-elle à penser. Un hommage à titre posthume… Elle avait fini par sourire de nouveau à la vie. Aussi, depuis sa rencontre avec Marc, une belle amitié était née entre eux, une amitié qui s'était approfondie de jour en jour, jusqu'à cette proposition de mariage… Marc, lui aussi, avait connu la tristesse dans sa vie. Ancien militaire de carrière, il avait perdu une jambe au combat. Mais sa bonne humeur n'était en rien entachée par cet événement tragique. C'était un homme simple et très rieur. Mady se sentait bien en sa compagnie et envisageait sérieusement une vie à deux, une vie de famille ; pourquoi pas ?…

Deux ans s'étaient écoulés depuis la disparition de son fidèle Volcan. Mady avait ressenti un immense chagrin.

C'est à cette époque qu'elle avait rencontré Marc, qui l'avait beaucoup aidée.

Le soir même de sa discussion avec Sarah, juste en rentrant du travail, Mady décrocha le téléphone et composa le numéro de sa sœur au bureau. Sarah travaillait toujours tard le soir. Mady avait réfléchi à la proposition de sa sœur toute la journée et, finalement, elle s'était ralliée à son offre alléchante de l'accompagner à Montréal.

« Je suis bien contente de ton choix, s'exclama Sarah, je prends mes dispositions immédiatement. Tu veux rester combien de temps là-bas ?

– Une semaine. Départ jeudi, le 20 mai, à 11 h 10, à l'aéroport d'Orly. Ça te va, Sarah ? Tu peux vraiment te libérer sans que cela perturbe tes projets ?

– Oui, tout va bien. Cela me fera du bien d'ailleurs. J'en ai déjà parlé à André, qui m'a dit qu'il était disposé à s'occuper de mes affaires au bureau, dans le cas où je t'accompagnerais à Montréal.

– C'est un homme parfait que tu as épousé ! plaisanta Mady.

– Oui ! » répliqua Sarah sur le même ton.

Elle réalisait davantage chaque jour à quel point André était un homme merveilleux, prévenant et attentif aux petits détails. Pour son couple, ces détails devenaient l'essence même de la fleur.

« Attends une seconde, je vais te donner le numéro du vol que j'ai obtenu et les autres renseignements. Il ne faudrait pas que nous soyons dans deux avions différents tout de même ! Ce serait trop bête !

– Oui, tu as raison… »

Après avoir fourni toutes les coordonnées, Mady raccrocha, très heureuse que Sarah l'accompagne dans ce voyage.

Dans l'avion qui les conduisait à Montréal, les deux sœurs chuchotaient ensemble. Elles prirent soin de régler leur montre à l'heure de Montréal afin de se mettre aussitôt dans le contexte. Elles avaient hâte toutes les deux. Mady consultait les guides qu'elle s'était procurés et retrouvait sur le papier des lieux évoqués lors de doux échanges entre Guillaume et elle… Les souvenirs affluaient, mais elle ne les chassait pas. Elle ressentait bien évidemment une grande tristesse, mais la raison l'avait cependant emporté. Guillaume n'était plus et elle n'y pouvait rien. Les larmes qu'elle avait longtemps versées s'étaient à présent presque taries. Une partie de son cœur, qui s'était fractionné, resterait à jamais consacrée à leur amour. Mais elle était vivante… Il lui fallait tourner la page. Et ce voyage, comme elle l'avait dit à sa sœur, serait un regard sur son album de souvenirs, comme n'importe qui consulte sa vie passée au travers de photographies d'une époque, d'un événement… Malgré tout, il était indéniable qu'une certaine mélancolie, un désir profond du « si seulement Guillaume n'était pas mort » restait présent… Mady en était consciente.

L'aéroport de Mirabel les accueillit. Elles passèrent la douane et, une heure et demie plus tard, se retrouvèrent dehors, sous le chaud soleil d'été, à héler un taxi pour aller à Montréal. Ce qui les frappa le plus en sortant de l'aéroport, ce fut certainement les limousines noires ou blanches, d'une longueur époustouflante, qui s'étalaient le long du stationnement. Bien évidemment, Mady, plus particulièrement, n'en revenait pas. Elle trouvait même cela comique. Installée à l'arrière du taxi, elle ne pouvait s'empêcher de les regarder avec des yeux écarquillés. Les paroles sortaient vivement de sa bouche et ses yeux ne cessaient de tout observer. Sarah riait en entendant les exclamations de sa sœur. Elle se rappelait qu'elle avait eu les mêmes réactions quand elle avait posé le pied à New York pour la première fois.

Le lendemain de leur arrivée, Mady et Sarah s'organisèrent pour mettre au point la première journée. Leur hôtel se trouvait dans le centre-ville de Montréal. Au premier abord, la ville leur parut immense avec ses hauts buildings vitrés, ses rues perpendiculaires très caractéristiques de l'Amérique du Nord, la longueur impressionnante de ses boulevards, ainsi que ses nombreuses voies…

«Je pense que j'aimerais aller sur le boulevard Gouin, pour voir la rivière des Prairies… Guillaume me disait souvent que de sa chambre il voyait la rivière… Peut-être pourrons-nous aussi aller au parc de la Visitation, juste à côté…

– Entendu. Sais-tu comment y aller ?

– Je vais demander à l'accueil. Ils vont pouvoir nous renseigner précisément… nous fournir un plan du métro aussi… Je ne tiens pas à passer mon temps dans un taxi…

– Parfait ! Je suis presque prête. Si tu veux, on se rejoint en bas, à la réception…

– D'accord. Je descends tout de suite. »

À l'accueil, Mady interrogea le préposé aux renseignements :

« Excusez-moi. Je souhaite aller sur le boulevard Gouin. Pouvez-vous me dire de quelle façon je peux m'y rendre, s'il vous plaît ?

– Est ou Ouest ?

– Est ou Ouest ? Euh ! j'avoue que je ne sais pas ! Est-ce important ? » demanda Mady en écarquillant les yeux.

L'homme en face d'elle ne sembla pas vraiment étonné. Il lui adressa un sourire chaleureux et commença son explication :

« En fait, à Montréal, il est très important de connaître l'adresse exacte parce que, voyez-vous, par exemple, il y a deux 1755 sur le boulevard Gouin… à l'opposé l'un de l'autre !

– Oh !

– Oui. En plus, tout dépend de la longueur du boulevard ! Gouin est très long. C'est pour ça qu'il faut savoir si c'est Est ou Ouest, votre adresse, pour que vous soyez sûre de vous rendre au bon endroit !

– Je suis d'accord avec vous ! s'exclama Mady en riant. Mais j'avoue être un peu perdue à ce niveau. Comment puis-je savoir ?

– En fait, le découpage des rues se fait toujours par rapport au fleuve Saint-Laurent. C'est simple. L'est et l'ouest de l'île de Montréal sont divisés par le boulevard Saint-Laurent. Le nord se repère par la rivière des Prairies, et le fleuve Saint-Laurent se trouve au sud. »

L'homme avait ouvert une grande carte de Montréal et déplaçait son doigt au fur et à mesure des explications qu'il fournissait.

Mady hochait la tête et trouvait cette répartition logique et pratique.

« Donc, si je comprends bien, si je veux aller sur le boulevard Gouin, je sais déjà que c'est au nord. Il me reste à déterminer si je dois me diriger vers l'est ou vers l'ouest !

– Oui, c'est bien ça ! Mais, avez-vous une autre indication qui pourrait me permettre de vous aider davantage ? Par exemple, un lieu, un monument particulier… Ça pourrait nous guider… »

Mady réfléchit tout en cherchant sur la carte le long de la rivière des Prairies. Tout à coup, elle vit ce grand espace de verdure portant le nom de « Parc régional de l'Île-de-la-Visitation ». Elle releva la tête et, avec un grand sourire, elle s'exclama :

« Le Parc régional de l'Île-de-la-Visitation…

– Eh bien, voilà ! Nous y sommes arrivés ! Le Parc régional de l'Île-de-la-Visitation est situé au bord du boulevard Gouin Est !

– Merci beaucoup pour votre patience et vos explications.

– *Bienvenue.* »

Mady adressa un nouveau sourire au jeune homme et se retourna. Ses pensées partirent rapidement plusieurs années en arrière. Guillaume utilisait, lui aussi, ce terme. Elle trouvait ça joli et le préférait au « de rien » couramment utilisé en France. « Bienvenue » était plus poétique, plus chaleureux… Elle avait aimé également écouter l'accent de cet homme à l'accueil, un accent si proche de celui de Guillaume… Cela lui faisait curieux à l'oreille. Elle avait l'impression qu'elle pourrait presque se retourner et tomber nez à nez avec lui… Elle haussa finalement les épaules et s'installa dans un fauteuil, près de la réception. Sarah ne devrait plus tarder.

Dans la rue, elles avisèrent l'entrée d'une station de métro, « Berri-UQAM », et s'y dirigèrent allègrement. Mady regardait partout et Sarah l'imitait. Elle ne connaissait pas Montréal, elle non plus.

« Regarde, Sarah… Les feux rouges ! Ils sont de l'autre côté de la rue !

– Oui, imagine quand on n'est pas habitué ! On se retrouve à attendre près du feu, c'est-à-dire qu'on se retrouve au beau milieu du carrefour !

– C'est vrai… C'est particulier de le voir vraiment… Guillaume m'en avait parlé, mais j'avais du mal à imaginer ça ! C'est amusant… C'est une question d'habitude, j'imagine…

– Oui, tu as raison… »

Elles s'engouffrèrent finalement dans le métro et attendirent sur le quai. Les Montréalais circulaient, continuaient leur vie. Mady poursuivait ses observations. Elles avaient eu un fou rire devant le guichet. Elles s'étaient procuré plusieurs tickets. Mady en avait mis un dans la machine et pensait le récupérer à l'autre bout, comme dans le métro de Paris. Une preuve de paiement, si on peut dire. Mais rien… Elle avait attendu un peu. L'homme, dans la cabine du guichet, les observait et semblait sourire. Sarah s'était empressée d'expliquer à sa sœur tout en riant :

« Nous n'avons pas de ticket de retour… Ce n'est pas pareil…

– Ah bon ? »

Et Mady s'était mise à rire, elle aussi.

La rame de métro, de couleur bleue, arriva bientôt et stoppa tout le long du quai. Mady remarqua qu'elle était munie de pneus. Elle trouva cela étonnant. Les portes s'ouvrirent rapidement et elles entrèrent. Il y avait peu de monde. L'heure était sans aucun doute en cause : en plein milieu de la matinée ! Elles prirent donc place sans peine et le wagon s'ébranla après la fermeture automatique des portes.

« Le plan du métro est beaucoup moins complexe ici qu'à Paris ! remarqua Sarah, non sans plaisir.

— Oui… Il est simple et c'est facile de s'y retrouver.

— À quelle station descendons-nous ? »

Mady regarda son plan et répondit aussitôt :

« La station Henri-Bourassa ! Sur la ligne orange ! En fait, c'est le terminus. Nous devrons prendre un autobus après… ou prendre un taxi. Je préfère largement l'autobus… J'ai davantage l'impression de faire corps avec la ville de cette façon !

— Aucun problème… Je te suis. »

Le trajet ne dura pas très longtemps. Une vingtaine de minutes. Par l'interphone, un homme avisait les voyageurs :

« Station Henri-Bourassa… Terminus… Merci d'avoir voyagé avec la STCUM… Bonne journée… »

« Eh ! c'est super ! C'est une bonne idée de saluer ainsi les gens ! Qu'est-ce que tu en penses ? Tu n'es pas d'accord ?

— Oui, tout à fait. »

Elles descendirent et suivirent les voyageurs qui longeaient un grand couloir. Elles aboutirent finalement à un « carrefour ». En levant la tête, Mady lut « Est » et confirma à Sarah qu'elles devaient aller dans cette direction.

Au guichet du métro, elles virent un téléphone fixé à l'extérieur de la cabine et se renseignèrent auprès du préposé, qui leur indiqua le numéro d'autobus et la direction à prendre. Quand l'homme parla du ticket de correspondance, leurs yeux s'arrondirent de surprise. Elles n'avaient aucun ticket. L'homme leur sourit et indiqua l'appareil, non loin d'elles. Il expliqua le système. Elles apprirent ainsi qu'elles pouvaient se procurer des « tickets de correspondance » qui permettaient de prendre l'autobus quand on venait du métro ou le métro quand on sortait de l'autobus. Elles remercièrent vivement l'homme puis elles attrapèrent l'autobus indiqué. Elles donnèrent fièrement le ticket au chauffeur, tout en lui demandant :

« Nous désirons aller sur le boulevard Gouin Est. Pouvez-vous nous signaler quand nous devrons descendre, s'il vous plaît ?

– Savez-vous quelle est l'intersection la plus proche ? demanda le chauffeur.

– Oui ! Euh ! Papin… ou quelque chose comme ça…

– Papin ?… Papineau, vous voulez dire ?

– Oui, c'est ça !

– Parfait, installez-vous pas trop loin… Je vous indiquerai quand ce sera le moment pour vous de *débarquer*.

– Merci beaucoup ! C'est bien gentil.

– *Bienvenue.* »

Dix minutes plus tard, elles cheminaient à pied sur le boulevard Henri-Bourassa Est. Un boulevard aux dimensions impressionnantes pour elles. Elles consultèrent la carte et se repérèrent. En fait, le boulevard Gouin était parallèle au boulevard Henri-Bourassa, qu'avait emprunté l'autobus.

Les deux sœurs flânaient maintenant dans le parc de la Visitation, le long de la rivière des Prairies. Les pensées de Mady suivaient le courant et se perdaient au loin.

«Sarah! Regarde la largeur de cette rivière! Chez nous, ce serait un fleuve! Si, au Québec, les rivières sont aussi larges que des fleuves, je ne te dis pas la largeur des fleuves… Ils doivent être aussi vastes que la mer!

– Comme tu dis! C'est vrai que la largeur de cette rivière est impressionnante! Cela fait drôle… C'est si beau aussi», ajouta Sarah.

Le parc était aménagé, des allées s'entrecroisaient. Sarah et Mady pouvaient déambuler à leur guise. D'un côté, elles voyaient la rivière et, de l'autre, le parc très étendu, avec des espaces dégagés par endroits et d'autres plus touffus.

«Ce parc est magnifique… Je comprends pourquoi Guillaume aimait tant venir ici…

– Oui…»

Sarah n'ajouta rien de plus. Elle se contentait de profiter de la quiétude manifeste qu'offrait ce lieu, d'écouter les oiseaux s'interpeller d'une branche à l'autre…

Mady imaginait sans mal Guillaume, installé à même le sol, un livre à la main ou simplement étendu sur l'herbe à écouter la nature s'exprimer dans son univers. Elle ferma les yeux, comme pour essayer de le voir. Il lui suffisait de tendre le bras, et elle pourrait le toucher! Elle respira bien fort et se sentit bien.

Tandis qu'elles descendaient les marches pour accéder au quai du métro, Mady fit une pause et, d'un geste vif, posa sa main droite sur l'épaule de sa sœur.

«Mon Dieu, Sarah, je crois que c'est Guillaume là-bas!»

Sarah regarda sa sœur en fronçant les sourcils, puis elle tourna la tête dans la direction indiquée. Il y avait beaucoup de monde sur le quai.

«Où ça? Ce n'est pas possible!»

Mady ne répondit rien et se mit à courir. La rame de métro était à quai et les gens s'y engouffraient. L'homme qui ressemblait à Guillaume y pénétra lui aussi. Mady cria le nom de Guillaume, mais sa voix se perdit dans le brouhaha. Elle cria encore une fois. Elle vit enfin l'homme tourner la tête dans sa direction, visiblement à la recherche de quelque chose ou de quelqu'un. Le cœur de Mady s'arrêta de battre. Elle poursuivit néanmoins sa course pour entrer, elle aussi, dans la rame. Ne pas perdre de vue cet homme! Sarah courait derrière elle. Les portes se refermèrent brutalement juste au moment où Mady parvenait sur le quai. Le métro s'éloigna. Mady cria encore le prénom de Guillaume, puis se tut.

«Mady... Mady... Que se passe-t-il? Ah! je savais que ce n'était pas une bonne idée de venir ici...

– C'était Guillaume, Sarah! Ce ne pouvait être que lui!

– Mady! Guillaume est mort! Tu le sais bien! C'était sans doute une personne qui lui ressemble... Je ne sais pas, moi... Il paraît que nous avons tous notre sosie quelque part!

– Dans le même pays? Dans la même ville?

– Je sais, Mady, mais… ça ne peut pas être lui! Tu le sais aussi bien que moi!»

Mady commençait déjà à douter d'elle-même. Elle était pourtant sûre d'avoir reconnu Guillaume! Comment était-ce possible? Elle se mordit l'intérieur des joues et murmura:

«Oui… Notre escapade au parc m'a sans doute plus rapprochée du passé que je ne le pensais… Ne t'inquiète pas, Sarah… Laisse-moi un peu de temps, simplement… Ce n'est pas si facile… Il lui ressemblait tant! Si tu l'avais seulement vu… Mon corps tout entier a frémi quand je l'ai aperçu…»

Manon et son frère s'apprêtaient à prendre le métro quand Guillaume crut entendre son nom dans la foule. Il se retourna et observa les alentours. Manon le regarda, d'un air étonné, et l'interrogea:

«Qu'y a-t-il, Guillaume?

– J'ai cru entendre mon nom! J'ai sans doute rêvé!

– Ton nom?

– Oui… C'est particulier… J'ai même cru un instant que c'était la voix de Mady… Mais pourquoi Mady serait-elle ici? à Montréal?»

Manon passa son bras le long du dos de son frère dans un signe de réconfort. Elle savait à quel point Guillaume souffrait depuis que Mady était sortie de sa vie. La jeune femme était cependant restée dans son cœur. Il n'avait rien pu faire pour l'en chasser… Ils entrèrent dans la rame sans plus attendre.

Guillaume tenta tant bien que mal de se concentrer sur les propos de sa sœur. Mais il se sentait troublé.

De retour à l'hôtel, Mady fila aussitôt sous la douche pour se rafraîchir, mais aussi, et surtout, pour se changer les idées. L'eau fraîche glissa sur sa peau déjà hâlée par le soleil d'été. Dans sa tête, elle ne cessait de voir et revoir la scène du métro. Guillaume se retournait… Quand elle avait appelé, il s'était retourné ! Pure coïncidence ? Elle aurait aimé s'accrocher à l'idée qu'il s'agissait bien de Guillaume. Mais elle savait que ce n'était pas raisonnable, ni rationnel ! Ça pouvait même être dangereux pour son équilibre… De toute façon, c'était impossible… Il ne pouvait pas s'agir de Guillaume ! D'ailleurs, l'homme qu'elle avait aperçu était en compagnie d'une jeune femme, qui semblait enceinte… Sans doute sa femme ! Elle offrit son visage au jet d'eau afin de se rincer de ses pensées. Peut-être l'image du métro disparaîtrait-elle de cette façon… Le sosie de Guillaume…

Le séjour de Mady touchait à sa fin. Elle gardait quelque part dans son esprit l'épisode du métro et s'était fait une raison. Son voyage lui avait fait du bien, comme elle l'avait pressenti. Elle s'était imprégnée des paysages familiers de Guillaume, des senteurs de Montréal… La veille de leur départ, sa sœur et elles se retrouvèrent à admirer cette belle ville de nuit, au mont Royal. Le site dominait le centre de Montréal. Les lumières de la ville scintillaient. La vue panoramique était tout simplement merveilleuse. Les yeux des deux sœurs brillaient de joie devant ce spectacle. Sarah proposa une dernière visite au Vieux-Port avant de repartir, le lendemain matin. Elles avaient eu le coup de foudre toutes les deux pour cet endroit. Un endroit touristique, certes, mais c'était tout à fait compréhensible. Elles marchaient le long du fleuve Saint-Laurent, elles admiraient les peintres, tous plus habiles les uns que les autres.

« On se fait faire un portrait ? s'exclama Sarah.

— Pourquoi pas ? Allons-y ! » renchérit Mady.

Elles s'installèrent donc, et l'artiste se mit à l'œuvre. Sa main semblait glisser sur le papier et les traits apparaissaient comme par magie. Sa dextérité était impressionnante. Il parlait tout en dessinant. Sa voix enchantait les oreilles de Sarah et de Mady. Ses intonations très prononcées et ses expressions typiques les faisaient rire. Il riait avec elles. Il avait l'habitude des touristes. Pris d'une soudaine inspiration, il s'exclama :

« Me permettez-vous de faire un autre portrait de vous deux pour mettre en démonstration ? »

Sarah et Mady se regardèrent un instant, puis haussèrent les épaules.

« Pourquoi pas ? Si vous voulez ! Pensez-vous que nous attirerons la clientèle ? demanda Sarah en riant.

— Oui ! Vous êtes superbes toutes les deux ! ajouta l'homme sérieusement.

— Merci du compliment ! C'est toujours agréable à entendre ! »

Le portraitiste reprit donc son travail, pour ses propres besoins cette fois. La séance dura ainsi un peu plus longtemps que prévu, mais les deux sœurs ne s'en plaignirent pas. L'artiste les charmait littéralement.

« Et voilà ! C'est terminé ! »

Lorsque l'homme leur tendit le portrait, elles restèrent sans voix. C'était vraiment très réussi. Elles avaient même l'impression d'être encore plus belles, grâce au talent évident de l'artiste. Elles le remercièrent chaleureusement.

Mady et Sarah étaient maintenant dans l'avion. Retour vers une nouvelle vie pour Mady, qui avait finalement pris la décision d'épouser Marc.

Sur le quai, tandis qu'il flânait au Vieux-Port, évitant les nombreux touristes qui s'amassaient toujours au mois d'août, Guillaume arrêta brusquement ses pas. Un homme derrière lui bougonna tout en le bousculant. Guillaume avança vers le portrait qui l'avait arrêté et interpella l'artiste aussitôt :

« Excuse-moi… Tu connais ces jeunes femmes qui sont là ? »

L'homme regarda le portrait que montrait Guillaume et se gratta la tête.

« Ben… Attends, laisse-moi réfléchir… Oui… Si on veut… Des touristes…

– Des Françaises ? »

Guillaume était pendu aux lèvres de l'homme, qui était en face de lui. La moindre information lui importait.

« Il me semble… Deux sœurs, je crois… Mais c'était pas hier, tu sais… Alors, m'en demande pas trop !

– Quand les as-tu vues ? Tu t'en souviens ? »

Guillaume n'en revenait pas ! Il avait sous les yeux sa chère Mady. Il avait l'impression que le regard de Mady le transperçait, qu'il entrait en lui.

« Je crois que c'était… au début de l'été… »

L'homme faisait visiblement des efforts pour se souvenir… Mais il voyait tant de monde ! Il sentait pourtant, confusément, que c'était important pour la personne en face de lui.

« Combien pour ce portrait ? demanda Guillaume vivement.

– Mais… il n'est pas à vendre ! répondit le peintre sans réfléchir, surpris par l'empressement de Guillaume.

– J'ai besoin de ce portrait… Je ne peux pas vous raconter ma vie, mais il se trouve que je connais très bien l'une des deux femmes. »

L'homme sembla soupeser le pour et le contre. C'était bien la première fois qu'une telle situation se présentait à lui. Que faire ? Pouvait-il seulement le vendre ? Après tout, ce n'était pas lui sur ce dessin. Mais c'était lui qui l'avait dessiné… Cela lui donnait, certainement, le droit de le vendre. Il se perdait dans ses propres arguments. Guillaume attendait, visiblement impatient. Il dansait d'un pied sur l'autre. Tout à coup, le peintre crut détenir la solution. Le visage satisfait, il s'écria alors :

« Si tu connais l'une de ces femmes, t'as qu'à lui demander toi-même pour le portrait. Puis tu reviens me voir après. Je serai là encore durant les prochains jours. *Ça me paraît bien correct de même* !

– Je suis prêt à te payer le prix que tu veux pour ce portrait maintenant ! Je ne peux pas attendre ! C'est trop important… Combien ? » redemanda Guillaume en mettant sa main dans sa poche et en retirant son portefeuille.

Le peintre bougonna encore un peu, mais à la vue des billets verts à l'effigie de la reine Élisabeth, il lança alors un prix qui lui parut raisonnable :

« Cent dollars ! »

Il avait calculé que ses portraits coûtaient cinquante dollars à ses clients. Il avait également trouvé juste de doubler le prix, puisqu'il s'agissait d'un de ses produits « démonstrateurs ».

Guillaume ne tiqua pas et sortit les billets aussitôt. Il venait justement de retirer de l'argent au guichet dans le but d'acheter des accessoires pour la future chambre du bébé de sa sœur. Il retournerait en retirer, voilà tout ! Il sortit cinq billets de vingt dollars et les tendit à l'homme. Celui-ci les fourra dans sa poche puis enveloppa soigneusement le portrait des deux femmes.

« Allez, bye.

– Bye. »

De retour chez lui, Guillaume ressortit le portrait et resta à regarder Mady. Ses traits s'étaient légèrement modifiés. « Plus femme » se dit-il aussitôt. Il passa la main à quelques millimètres des lignes régulières du visage de Mady, sans pour autant toucher la toile. Il ne voulait pour rien au monde altérer le portrait si lumineux.

« Ah ! Mady… Pourquoi ne m'as-tu pas attendu ? »

Guillaume savait qu'il ne pourrait jamais refaire sa vie avec quelqu'un s'il n'oubliait pas Mady. Mais il ne voulait pas oublier ! Il décida de mettre le portrait dans un encadrement approprié afin de l'accrocher au salon. Il entendait

déjà Manon souffler dans son dos lors d'une prochaine
visite où elle découvrirait le tableau :

« Est-ce bien raisonnable, Guillaume ? »

Chapitre 16

De nos jours…

Marianne regardait la femme qui était assise en face d'elle. Mme Lestrey venait de lui conter son histoire. Ce qu'elle en savait… Beaucoup de choses restaient dans l'ombre cependant. Elle-même disposait de quelques réponses par le biais de sa mère. Pourtant, il restait encore des informations à rechercher. Mais où chercher ? À qui demander ? Un long silence suivit les explications de Mme Lestrey. Marianne ne l'avait guère interrompue. Elle avait écouté surtout. Elle aurait eu des milliers de questions à poser mais son interlocutrice ne pouvait y répondre, elle le savait. Et pourtant, les questions voulaient franchir le seuil de ses lèvres malgré tout. Ce fut Mme Lestrey qui parla encore finalement.

« Vous voici donc informée ! Je n'ai pas eu la chance d'avoir d'autres enfants avec mon mari, Marc Lestrey. Nous en voulions pourtant. C'est ainsi. Je le regrette, c'est vrai. J'ai toujours voulu avoir une grande famille… Mais nous avons été heureux ensemble ! C'est ce qui est important, en fin de compte… Marc me manque beaucoup… Notre relation était forte… Beaucoup de tendresse, de part et d'autre… Lui aussi m'aimait énormément et je pense pouvoir dire, sans me tromper, que je l'ai rendu heureux.

Marianne comprit par ces simples mots qu'elle était veuve. La jeune femme serra les lèvres mais ne dit rien de plus. Mme Lestrey continua :

« Oui, Marc était un homme formidable !

– Mais votre grand amour restera Guillaume, n'est-ce pas ?

– Oui, malgré toutes ces années, je peux l'affirmer. Le passé ne s'efface pas aussi facilement ! D'ailleurs, ce sont ces épreuves qui m'ont faite comme je suis aujourd'hui… La vie se construit ainsi… »

Elle parlait sans lever le visage. Son regard se perdait dans le fond de sa tasse maintenant vide. Elle se sentait encore très proche du récit qu'elle venait de faire. Elle refaisait le chemin inverse pour rejoindre le présent. Enfin, elle releva la tête et regarda Marianne droit dans les yeux.

« Parfois, je me dis aussi que la vie avec Guillaume aurait très bien pu ne pas fonctionner… C'est difficile de se prononcer sur une hypothétique vie à deux… On évolue, on change… Mais je pense sincèrement que ma vie aurait été différente avec Guillaume… Il y avait comme une alchimie entre nous deux… Cette perception est toujours très forte en moi, si longtemps après… Mais bon… Ça ne sert à rien de ressasser tout ça… C'est douloureux !

– Oui… Je suis désolée d'être l'instigatrice de cette réminiscence, ajouta doucement Marianne, qui ne voulait pas se prononcer outre mesure.

– Et maintenant ? Qu'attendez-vous de moi ? Vous savez presque tout sur moi ! Que pouvez-vous me dire de plus sur votre propre histoire ? Qu'est-ce qui pourrait me persuader que ce que vous m'avez dit est vrai ? »

Un climat particulier s'était installé entre les deux femmes ; résultat des récentes confidences. Un courant de chaleur semblait vouloir les réunir.

Aussi cette dernière question fit-elle un choc à Marianne, dont l'esprit se rebella. Pourtant, c'est d'une voix très calme qu'elle commença :

« Comme je vous le disais, vous n'avez que le certificat de décès. J'ai écouté avec attention votre histoire… Je pense que vous êtes d'accord avec moi pour avouer qu'il y a tout de même des points obscurs… des doutes ! »

Mme Lestrey se passa une main dans les cheveux pour prendre le temps de réfléchir à sa réponse.

« Oui… peut-être… Comme vous l'avez si justement souligné, je n'ai pas vu le corps ! Mais… et l'enterrement ? Si ce n'est pas ma fille qui est dans le petit cercueil, qui est-ce ?

— Doit-il vraiment y avoir quelqu'un ?

— Je pense que vous y allez un peu fort tout de même ! s'écria Mme Lestrey, qui devenait rouge.

— Pourquoi ? Parce que je me permets d'émettre un doute sur la fiabilité d'un simple papier ? Que dites-vous alors sur mon certificat de naissance ? J'en ai deux. Ils portent le même prénom et, surtout, le même groupe sanguin : A négatif ! Ce qui est plutôt rare ! Sur l'un figure la mention "Parents inconnus" et sur l'autre, votre nom noir sur blanc, "Mady Martinon". Puis, tous les autres renseignements sont trop évidents pour qu'il ne s'agisse que d'une simple coïncidence! La date de naissance et la proximité des lieux où se sont déroulés les événements…»

Mme Lestrey avait pâli d'un coup en entendant les affirmations de Marianne.

«Que dites-vous?

– Je vous dis que j'ai deux certificats de naissance! Alors, pourquoi votre certificat de décès serait-il authentique? Pourquoi n'y aurait-il pas eu manipulation ou je ne sais quoi?

– Me permettez-vous de voir les certificats? Vous dites que mon nom est sur l'un d'eux?

– Oui… Mady Martinon…

– Comment l'avez-vous eu? interrogea Mme Lestrey, de plus en plus fébrile.

– Après un long cheminement… Mon père a engagé un détective… Nous l'avons obtenu il y a peu de temps… Il est vrai que mon père est très influent… Cela nous a ouvert quelques portes…»

Mme Lestrey tenait à présent les deux certificats dans ses mains… Ses yeux allaient de l'un à l'autre. Sa propre signature était apposée au bas du document où son nom était inscrit. Mais sur l'autre, elle ne reconnaissait aucun signataire.

«Comment est-ce possible? s'enquit-elle, n'en revenant pas. Je me souviens parfaitement avoir signé celui-ci, mais l'autre, je ne l'ai jamais vu!

– Vous comprenez maintenant pourquoi je suis venue», laissa tomber Marianne, sans pour autant attendre véritablement de réponse.

Mme Lestrey se contenta de hocher la tête.

«Il y a aussi cette gourmette que je vous ai montrée…

– Oui… Peut-être allez-vous pouvoir me dire comment vous l'avez obtenue ?

– Ma mère l'a trouvée dans mon couffin, qui avait été déposé devant leur porte. Il semblerait que le fermoir s'était décroché… La gourmette était donc restée dans mes langes…»

Mme Lestrey sentait que Marianne pouvait réellement être sa fille. Elle ne parvenait pas à comprendre comment c'était possible, mais elle voulait y croire, s'offrir le bénéfice du doute, en tout cas. Après tout, pourquoi pas ? Qu'est-ce qu'elle risquait ? tentait-elle de se persuader. Mais elle craignait aussi de trop vouloir espérer.

«Mais, qui aurait pu manigancer une telle horreur ? demanda-t-elle.

– Une erreur de l'hôpital, peut-être ? émit Marianne, heureuse de voir que Mme Lestrey commençait enfin à la croire.

– Oui… Une erreur… une regrettable erreur… ou bien… ou bien un acte volontaire… Mais qui ? À qui cela aurait servi ? Non… C'est impossible…»

La dame s'était mise à réfléchir à haute voix.

«À quoi pensez-vous ? Voulez-vous m'en parler ?» s'enquit Marianne, impatiente de connaître la raison de cette vive réaction.

Mme Lestrey regarda la jeune femme et sembla hésiter. Une idée inattendue venait de faire surface. Elle s'insinuait dans son esprit et restait tapie. Une voix qu'elle n'avait pas entendue depuis des années resurgissait et emplissait sa tête, produisant un écho presque assourdissant.

«Mme Lestrey? demanda Marianne en voyant son air absent et son teint pâle subitement devenu d'une blancheur inquiétante.

– J'ai quelque chose en tête… Mais je refuse d'y croire… Ce n'est tout bonnement pas possible… Comment aurait-il pu?

– De quoi parlez-vous enfin? commença à s'impatienter la jeune femme qui voulait connaître la cause de l'émoi de Mme Lestrey.

– Mon père… Il m'avait juré qu'il me nuirait… Mais non… Je refuse de croire qu'il ait pu commettre un tel acte… Malgré tous ses défauts… C'est mon père tout de même…

– Et alors?»

Mady Lestrey sentit un gros frisson lui traverser le dos. Elle ouvrit la bouche et, de nouveau, un flot de paroles sortit:

«Il était devenu particulièrement gentil, attentionné peu avant mon accouchement… Il était là le soir où j'ai ressenti les premières contractions… C'est lui qui m'a conduite à l'hôpital… Pas l'hôpital de Pincourt, comme c'était prévu… Non, il m'a emmenée ailleurs, sous prétexte que l'hôpital de Pincourt avait déjà beaucoup de patientes… Comment n'ai-je rien vu venir? D'ailleurs, juste après l'accouchement, il est redevenu odieux…

– Avez-vous vérifié auprès de l'hôpital de Pincourt s'il y avait tant de monde que cela, ce soir-là?

– Non… Pourquoi l'aurais-je fait? Je n'avais aucune raison de soupçonner mon père de quoi que ce soit à ce sujet. Et pourtant… Plus j'y pense… et plus je me dis que c'est évident ! L'attention chaleureuse et la douceur de mon père à mon égard le jour de l'accouchement... Alors, mon père aurait prémédité la disparition de mon bébé ? Je n'arrive pas à comprendre comment cela ne m'est pas apparu plus tôt ! J'ai l'impression de voir le mot "Mensonges" en gros caractères rouges devant mes yeux...

— Vous n'auriez rien pu deviner puisque vous pensiez que j'étais morte. Pourquoi auriez-vous douté de votre père, du personnel de l'hôpital ou même de quiconque ? Maintenant, si cela vous paraît si évident, c'est tout simplement parce que je suis là ! Je pense que vous êtes de plus en plus consciente que je suis votre fille... n'est-ce pas ? Est-ce présomptueux de ma part de penser cela ? »

Mady Lestrey ne répondit pas aussitôt... Un peu comme si elle voulait soupeser ses mots et ne pas trop montrer son émotion grandissante.

« Oui... Je dois l'avouer... Je vous crois... C'est même évident... De nombreux détails... Plusieurs preuves concrètes aussi... Mais j'ai mal... Mon cœur souffre d'entendre ces choses... Je suis assaillie par des questions, par des sentiments contradictoires... On m'a refusé le bonheur de tenir dans mes bras mon enfant ! On m'a refusé le droit de l'élever, de l'embrasser... de l'aimer tout simplement... Le droit de t'aimer, Marianne... Oh, mon Dieu ! Pourquoi tant de haine ? Parce que j'étais trop jeune ? Ce ne peut pas être la raison ! Je ne comprends pas... La jalousie ?... J'en doute également !...

— Il semble difficile de trouver une réponse satisfaisante. Si c'est bien votre père le fautif... il est le seul à détenir la réponse...

– Je ne l'ai pas revu depuis de nombreuses années. Ma sœur et moi avons coupé tout lien avec lui. Nous avons tout tenté pour l'aider, mais rien n'a servi. Finalement, plutôt que de nous détruire, nous nous sommes détachées de lui. Mais je pense être à même d'affirmer que c'est un être capable de commettre un tel acte... Maintenant que j'ai plus d'éléments en mains... Il est le seul... Hormis une erreur encore possible de l'administration de l'hôpital lui-même...

– Je ne le pense pas... Si je puis me permettre, ma mère d'adoption pourra sans doute vous fournir plus de détails à ce sujet. Voulez-vous la rencontrer ? »

Marianne avait posé la question sans ambages. Mme Lestrey jeta alors :

« Rencontrer la femme qui t'a élevée à ma place ? Le goût est amer sur mes lèvres... Je dois l'avouer... Je ne lui en veux pas... Elle n'a rien à voir là-dedans... Mais ça fait mal... Que doit-elle penser de moi, elle aussi ? Que je t'ai abandonnée, comme tu le pensais...

– Oui, c'est ce qu'elle croyait mais, comme je vous l'ai dit, elle était sûre que vous aviez vos raisons. Ce n'est pas une femme qui va blâmer qui que ce soit. Dans une histoire, elle cherche toujours à entendre les différentes versions avant de porter un jugement... Par expérience sans doute... »

Mady sentait tout l'amour qu'éprouvait Marianne pour sa mère adoptive et un aiguillon de jalousie s'enfonçait dans son cœur. Elle ne s'en défendit pas cependant.

« C'est certainement une grande dame pour avoir de si nobles sentiments... En tout cas, tu sembles bien aller... Tu as une bonne situation visiblement !

– Oui, je ne me plains pas.

– C'est évident que je n'aurais pas pu t'offrir ce que tu as », murmura Mme Lestrey.

La voix était à peine audible, mais Marianne la releva néanmoins.

« Il est difficile de savoir ce que nous aurions pu nous apporter mutuellement. Mais nous pourrions essayer de nous connaître maintenant. Il n'est pas trop tard.

– Tu crois ? »

Ses yeux s'embuaient de nouveau et elle se leva précipitamment. La jeune femme se leva à son tour et, d'une voix enrouée, demanda :

« Attendez... S'il vous plaît, me permettez-vous de vous embrasser ? D'embrasser ma mère maintenant retrouvée ? »

Elles tombèrent dans les bras l'une de l'autre et pleurèrent ensemble. Jaillirent alors des larmes de joie, de bonheur, mais aussi de frustration à cause du temps irrémédiablement perdu...

Sur la route qui la conduisait chez ses parents, Marianne repensait aux derniers événements. Elle avait voulu emmener Mme Lestrey avec elle, mais celle-ci avait réclamé un peu de temps... afin d'affronter la situation, de faire le point. Mme Lestrey mènerait son enquête auprès de son père... Elle voulait en avoir le cœur net. Marianne lui avait laissé ses coordonnées. Les larmes lui brouillaient de plus en plus la vue au fur et à mesure qu'elle roulait. Finalement, elle décida de se ranger sur le bas-côté, posa son front sur le haut du volant et pleura sans retenue. Au bout d'un long moment, elle redressa la tête et s'aperçut que la pluie s'était mise à tomber, rendant la visibilité nulle. Elle composa un numéro sur son portable et attendit.

« Mère ? C'est moi, Marianne.

– …

– Ça va… Je vous expliquerai… Je ne vais pas rentrer tout de suite… Le temps est épouvantable… Je rentrerai à la maison plutôt après-demain, dans la journée… ou plus tard… Je vous rappelle… Je viens juste de prendre cette décision…

– …

– Oui, oui, ne vous inquiétez pas. Mais ce n'est pas si simple… Oh ! non… Je vous aime, mère. »

Marianne raccrocha et attendit un peu avant de redémarrer. La pluie devint un peu moins intense. Elle décida de prendre une chambre d'hôtel. Ce serait plus judicieux. « Peut-être arriverai-je aussi à décider Mme Lestrey à venir avec moi. »

Mady composa le numéro de son père, en tout cas le numéro qu'il avait autrefois. Elle ne savait pas s'il habitait toujours au même endroit. Elle ne savait plus rien de lui ! Et sans ces nouveaux éléments apportés, elle n'aurait rien fait pour entrer en contact avec lui. Mais voilà, elle devait maintenant lui parler de toute urgence, lui faire sortir la vérité. Elle se sentait bouillir intérieurement.

Sarah songeait à Mady. Elle n'approuvait pas vraiment sa décision d'aller seule voir leur père. Elle avait tout essayé pour la convaincre de l'accompagner, mais Mady était restée très ferme à ce sujet. Sarah ne pouvait s'empêcher de penser à Marianne... Elle voulait la connaître... Elle voulait être sûre qu'il s'agissait bien de sa nièce... Elle éprouvait de la difficulté à y croire cependant.

Mme Lestrey gara sa voiture et resta quelques secondes à regarder la maison de son enfance. De nombreuses années s'étaient écoulées... La maison semblait être dans un triste état. Les mauvaises herbes avaient tout envahi. Elles dissimulaient une bonne partie de la façade. Son cœur se serra devant tant de négligence. Elle sortit finalement de sa voiture et s'avança jusqu'au portail grand ouvert. Elle leva machinalement la tête. Sa chambre était là-haut... À la place de la fenêtre, une planche de bois. Depuis combien de temps la fenêtre était-elle brisée ? ne put s'empêcher de penser Mady. Elle redevenait la jeune fille qu'elle avait été... Le passé devenait le présent... Elle redevenait Mady Martinon... Elle sentit un pincement dans sa poitrine.

« Je doute que quiconque habite encore ici ! » s'exclama-t-elle à haute voix.

Elle poursuivit néanmoins son chemin et poussa la porte d'entrée qui s'ouvrit dans un grincement sinistre. Des frissons lui parcoururent le dos, et elle se félicita d'être venue en plein jour. La sensation de malaise persistait. Elle n'aimait pas ça.

« Il y a quelqu'un ? » demanda-t-elle depuis le couloir tout en regardant vers l'escalier.

Elle ne reçut aucune réponse. Quand elle avait essayé de joindre son père au téléphone, la veille, elle avait eu un message l'informant qu'il n'y avait plus d'abonné à ce numéro. Mais elle avait décidé de venir ici malgré tout... D'ailleurs, elle ne savait pas vraiment où le chercher.

La dernière fois que Mady avait vu son père, c'était au tribunal, au sujet du petit garçon renversé un soir. Malheureusement, l'avocat de la partie civile n'avait pas pu établir que M. Martinon avait bien été présent sur les lieux au moment de l'accident. Aucune preuve matérielle n'avait pu être apportée afin que soient établis la responsabilité de l'accusé, la non-assistance à personne en danger ainsi que le délit de fuite. Même l'enquête auprès des garagistes et des carrossiers de la région n'avait rien donné concernant une réparation sur la voiture de M. Martinon durant les jours qui avaient suivi l'accident. Il ne restait que les déclarations écrites de son épouse. L'expertise de la lettre adressée à Sarah avait confirmé qu'elle avait bien été rédigée de la main de Mme Martinon. Face à cette pièce à conviction, l'avocat de la défense n'avait pas voulu démontrer que l'état de santé fragile et les effets des médicaments auraient pu être la cause d'un dérangement psychologique de Mme Martinon. En fait, il avait soutenu l'hypothèse selon laquelle l'épouse de son client avait trouvé, par le biais de cette lettre, le moyen de se venger d'un mari qui la violentait.

Les témoignages des deux filles et des voisins étaient unanimes sur les nombreuses manifestations d'agressivité de M. Martinon à l'égard de son entourage. Paradoxalement, ces déclarations avaient plaidé en faveur de l'accusé.

Enfin, l'avocat de la défense avait terminé sa plaidoirie en allant jusqu'à évoquer la responsabilité des parents qui avaient laissé leur petit garçon sans surveillance à la nuit tombée. Ces éléments avaient suffi à semer le doute parmi les membres du jury. Le tribunal avait donc relaxé M. Martinon faute de preuves concrètes et aucune autre poursuite n'avait été intentée contre lui. Néanmoins, Mady et Sarah étaient restées persuadées que leur mère avait dit la vérité dans sa lettre. Aussi, après cette triste affaire, elles avaient décidé de faire une croix sur leur père avant qu'il ne parvienne à les détruire de la même façon.

De ses souvenirs d'enfance, Mady avait gardé le meilleur et occulté volontairement le reste. Mais que de souvenirs… Brusquement, un rugissement la fit revenir à la réalité. Elle recula de trois pas tout en regardant partout. Puis elle vit soudain son père surgir du salon. Il était devant elle. Du moins, elle devina que c'était lui. Quelle déchéance ! Ses vêtements étaient sales et déchirés. Ses cheveux lui tombaient sur les épaules. Une barbe lui rongeait le visage, tel l'alcool qui lui rongeait les intestins. Il était effrayant.

L'oppression que ressentait Mady dans la poitrine augmenta encore. Sa bouche était sèche et sa gorge était incapable de proférer un son. Ils s'observèrent tous les deux, comme deux chiens prêts au combat. Son père avança vers elle et elle se retrouva acculée contre le montant de la porte. Elle ne savait même pas s'il l'avait reconnue ! Elle voulait parler. Son esprit hurlait, mais sa langue pesait une tonne. Elle subissait de nouveau l'emprise de cet homme. Si elle ne se ressaisissait pas très vite… Mais tout à coup, c'est lui qui parla, d'une voix agressive :

« Que viens-tu faire chez moi ? » cria-t-il en avançant encore d'un pas.

Mady se noyait de plus en plus dans son passé. Seul son esprit tentait de rester à la surface, au prix de grands efforts de concentration.

« Je t'ai posé une question ! Tu n'as aucun droit d'être ici !

– Je suis libre d'aller où je veux ! » rétorqua Mady.

Mady se demanda d'où venait cette voix. Elle était presque enfantine, une voix familière où perçait beaucoup d'hésitation.

« Qu'est-ce que tu veux ? »

Son père semblait si hargneux !

« Je viens te parler… »

C'était encore cette même voix. Cette fois, Mady réalisa avec effarement qu'il s'agissait de la sienne ! Elle tenta d'aspirer un peu d'air, mais ses poumons semblaient prêts à exploser à tout moment.

« Nous n'avons plus rien à nous dire… Tu as abandonné ton vieux père ! »

Mady tressaillit et son esprit se rebella. Ses poings se refermèrent inconsciemment, comme pour se préparer à frapper. Elle réalisa soudain qu'elle n'était plus la jeune fille d'autrefois. Mme Lestrey se sentait capable de l'affronter.

« Si, au contraire ! Nous avons même quelques comptes à régler ! »

Elle décida d'opter pour le bluff.

« Je sais tout de tes manigances ! Sur ma petite fille… Comment as-tu pu faire une telle chose ? »

Elle avança d'un pas en direction de son père, qui tituba en reculant à son tour. Mais son regard ne reflétait pas la peur pour autant. Elle aurait même presque juré qu'un sourire en coin venait la narguer. Elle secoua la tête.

« T'as été bien lente à comprendre ! Qu'est-ce qui t'a permis de découvrir mon magnifique plan ? »

Mme Lestrey manqua d'air de nouveau. Il avouait, sans se dissimuler ! Son esprit voulut s'enfuir à son tour et se noyer dans l'oubli.

M. Martinon sentit qu'il avait fait mouche et continua :

« Oh ! oui… Ah ! que de beaux souvenirs… Ça a été si facile en plus ! »

Il souriait franchement maintenant, un peu à l'image de quelqu'un qui raconte une bonne histoire et veut la partager autour de lui.

Une grosse larme glissa sur la joue de Mady sans qu'elle puisse même la retenir.

« Attends, ma fille… Je vais me chercher une bouteille, j'ai le gosier tout sec. On va pouvoir parler, si tu veux. C'est un sujet passionnant ! »

Et il lui tourna le dos. Elle profita de cette interruption pour se passer la main sur la joue. Elle était brûlante.

Pourtant, elle se sentait glacée… glacée d'horreur après cette révélation. Il n'avait même pas cherché à nier ! Elle s'en voulait tant d'avoir été si naïve. Elle n'arrivait pas à comprendre pourquoi son père avait ruiné ainsi sa vie.

M. Martinon ne revenait pas. Elle décida finalement d'aller le rejoindre au salon. Elle le trouva avachi dans un fauteuil usé, une bouteille à la main. En entendant ses pas, il releva la tête vers elle.

« Tu es encore là ?

– Oui !

– Un petit coup ? »

Mady haussa les épaules. Elle demanda simplement :
« Pourquoi ? »

M. Martinon regarda sa bouteille, et de nouveau sa fille, puis il replongea son regard sur la bouteille.

Mady sentit une boule monter dans sa gorge. Une boule de colère et d'incompréhension. Elle cria rageusement cette fois :

« Pourquoi tant de haine, papa ? Pourquoi ?

– Pourquoi ? répéta bêtement M. Martinon d'une voix pâteuse. Ah ! si t'avais pu voir la tête de ton jules quand il est venu...

– Mon jules ? De qui parles-tu ? Guillaume ? Guillaume est venu ici ? Quand ? Pourquoi ? Dis quelque chose enfin !

– Quand ? Quand ? Tu poses beaucoup de questions... Ça fait longtemps... Oui, bien longtemps... C'est de l'histoire ancienne tout ça !

– Peut-être pour toi... »

Mady était suspendue aux lèvres de son père... Elle craignait qu'il ne lui dise rien de plus. Elle voulait savoir et, en même temps, elle avait peur de ce qu'il pourrait ajouter.

« C'est de ma vie qu'il s'agissait... qu'il s'agit... Parle donc ! »

Un grand sourire éclaira le visage de M. Martinon. Il leva sa bouteille et but une longue gorgée. Il essuya longuement sa bouche sur sa manche et lâcha :

« Ton jules est venu après le mariage de Sarah... Encore une autre qui m'a abandonné d'ailleurs ! Oui... Je me souviens bien de sa visite à ce gars-là... On a parlé ensemble

du mariage… Tu ne l'as pas vu ? Il n'est pas venu te voir ? »
interrogea-t-il avec de l'ironie dans la voix.

Mady aurait tout donné pour avoir la force nécessaire
pour se ruer sur lui et… À la place, elle ferma les yeux et
chancela quelque peu. Dans sa tête, elle se remémorait
les événements… Quelque chose clochait… Mais quoi ?
Elle tentait de faire le point malgré un mal de tête qui
commençait à s'installer. Oh ! comme elle bouillait intérieurement. Elle s'efforçait néanmoins de garder son calme.
Il lui restait encore tant de questions à poser… Et soudain,
elle comprit ce qui la faisait frémir. Elle s'exclama bien
involontairement :

« Mais… »

Sa phrase resta en suspens.

Le silence retomba. Son esprit courait maintenant. Au
mariage de Sarah… Guillaume était déjà mort ! Voilà
ce qui clochait ! Voilà ce qui la dérangeait depuis tout à
l'heure !

« Comment peux-tu dire que c'était après le mariage de
Sarah ? Comment peux-tu être aussi affirmatif ?

– C'est ce que j'ai dit, non ? » répliqua son père, se retournant vers sa bouteille presque vide et semblant contempler
le mouvement du liquide sombre.

Mady analysait ces nouvelles données. « Guillaume est
venu ici après le mariage de Sarah… Cela veut dire que
Guillaume n'est pas mort ! En tout cas, qu'il ne l'était pas
à ce moment-là. » C'est une petite voix qui venait d'ajouter
cette dernière remarque, une remarque amère dans l'esprit
de Mady, comme s'il fallait calmer cette légère joie qui
gonflait son cœur devant une telle nouvelle… Une joie

vite réprimée devant les conséquences d'un tel silence... Un silence qui amenait encore plus de questions dans sa tête... Marianne, puis Guillaume... Se pourrait-il que Guillaume soit encore... Elle n'osa pas aller au bout de cette réflexion... Elle refit brutalement face à son père.

« Pourquoi as-tu détruit ma vie ? Pourquoi t'es-tu acharné sur moi ? Je t'aimais... »

La voix plaintive et lasse s'éteignit et attendit un écho. Mais rien ne vint, excepté un bruit de gorge. Son père buvait le restant de sa bouteille.

« Tu représentais tant pour moi dans mon enfance... Et... Et tu as changé... Tu t'es mis à boire... Tu as renversé ce pauvre enfant... Tu as semé le malheur et la détresse autour de toi... Quel démon te pousse ? »

Mady remarqua que son père avait tressailli. Elle savait qu'il écoutait. Son esprit était certes embrumé par l'alcool, mais il était conscient de ce qu'elle disait. Elle en était sûre. Elle poursuivit son plaidoyer :

« Nous avions tout pour être heureux dans la famille. Nous aurions dû être heureux. Pourquoi ? Quelle est cette haine qui te ronge ? »

Et son père ouvrit enfin la bouche. Mady sentit que c'était le moment. Elle retint sa respiration et se prépara mentalement.

« Oui, je te hais ! jeta-t-il sans ménagement. Je te hais de toutes mes forces ! Tu étais ma petite fille... Ma chère petite Mady avec qui je partageais tout... La chair de ma chair ! »

Elle comprenait de moins en moins son attitude, mais elle resta à écouter la suite.

« La chair de ma chair ! » répéta-t-il, comme pour lui-même.

Mais M. Martinon s'arrêta là brutalement en regardant sa fille de ses yeux vitreux. Il porta sa main à sa bouteille. Mady vit alors son père fermer les yeux comme s'il était dans une béatitude totale. Elle se retenait de se jeter sur lui afin de lui extirper toute la vérité. Mais elle avait peur. Elle sentait chez lui quelque chose d'immonde… d'indéfinissable. Il lui faisait peur. Puis, quand il reposa la bouteille, un mince filet de vin coula le long de son menton. Il appuya ensuite sa tête contre le haut dossier du fauteuil. Mady détecta encore une fois cette lueur dans ses yeux… la lueur du mal ! Un long frisson lui parcourut le dos. C'est avec peine qu'elle déglutit et se força à avancer d'un pas vers lui.

« Qu'est-ce que tu racontes ? Vas-tu enfin parler ? J'ai le droit de savoir.

— Tu n'as aucun droit.

— Ah ! si maman était encore en vie ! lança Mady.

— Quoi, ta mère ? »

M. Martinon sembla chasser cette pensée dans les airs, d'un mouvement de la main, comme si c'était un moustique.

Il continua d'un ton morne, à peine audible. Les mots sortaient comme avec dégoût :

« Ta mère est morte et enterrée ! Elle est très bien où elle est… D'ailleurs, elle ne gêne plus personne… »

La voix était de plus en plus pâteuse. Mady devait presque s'empêcher de respirer pour l'entendre.

« Vas-tu me dire ton terrible secret à la fin ? »

Un sourire haineux vint aux lèvres de M. Martinon, qui leva les yeux vers Mady. Il sembla particulièrement lucide à cet instant. Et c'est à ce moment-là que Mady sentit... C'était comme une sensation diffuse... impalpable... Son père ne lui dévoilerait rien. Son cœur s'étrangla de douleur lorsqu'elle se rendit compte de sa jubilation à lui. Elle aurait voulu hurler : «Je suis perdue!» Mais elle se tut.

Son père, qui la fixait intensément maintenant, lui lança :

«Tu ne sauras rien, ma chère fille! Tu ne connaîtras jamais la raison de mes actes et j'espère que ce silence continuera à t'empoisonner la vie à petit feu... Il paraît qu'il n'y a rien de pire que de ne pas savoir... Eh bien! c'est ce que je t'offre aujourd'hui... Je t'offre mon silence...»

Mady sentit son cœur prêt à éclater. Son père avait assassiné sa vie... Elle ne pouvait l'oublier... Sans parler de ce pauvre enfant qu'il avait laissé agoniser sur une route, dans la boue. Mady s'efforça de respirer calmement et profondément, puis elle ouvrit la bouche, sans même savoir à l'avance ce qu'elle allait dire. Sa voix était étonnamment calme. Elle se surprit elle-même :

«La haine a conduit ta vie, papa! Regarde-toi aujourd'hui! Regarde le mal que tu as fait! On aurait pu construire une famille solide, si tu nous avais donné l'occasion de t'aider. Tu as tout détruit et tu t'es détruit. Mais je refuse de m'abaisser à te haïr... Je refuse que la haine mène mes pas comme elle a mené les tiens. Tu as détruit vingt et un ans de ma vie... Je ne pourrai jamais l'oublier... Mais je préfère la route du bonheur... C'est mon choix... Le bonheur d'avoir retrouvé ma petite Marianne, malgré tes manigances... Tu n'as pas réussi à me l'enlever pour toujours ! Pour moi, c'est le plus important maintenant ! Si tu ne veux rien me dire de plus, c'est ton choix ! Mais ne jubile pas trop de me savoir dans l'ignorance de la raison de tes actes immondes ! Je pourrai continuer à vivre, même si je ne connais pas toute la vérité. »

Mady savait que ce n'était pas tout à fait vrai, mais elle ne voulait pas procurer à son père ce plaisir de la voir souffrir encore. Elle continua donc :

« Nous avons toujours plusieurs choix dans la vie… Il y a plusieurs chemins… Et tu n'as pas trouvé le chemin de la lumière… Un jour peut-être… Je te le souhaite… Bien, je vais y aller maintenant. Je ne pense pas que nous nous reverrons… Alors, je te dis adieu ! »

Elle se retourna et courut bien vite à sa voiture.

Elle était parvenue à retenir ses larmes devant son père et elle se sentait soulagée. Elle n'aurait pas supporté de s'humilier devant lui, de lui donner encore une occasion de jubiler.

Dans sa voiture, Mme Lestrey mit aussitôt le contact, se moucha, puis passa la première. Elle jeta un dernier regard à la maison. La dernière image qu'elle garderait de cette pénible et douloureuse rencontre serait celle du père qui se tenait au milieu du couloir et la regardait, sa bouteille vide à la main et un sourire malsain accroché au visage. Elle appuya sur l'accélérateur, plus démunie psychologiquement qu'en arrivant.

Chapitre 17

Mme Lestrey et Marianne se rencontrèrent de nouveau. Elles s'installèrent au salon, devant un café, mais l'atmosphère était bien différente. Mme Lestrey parla brièvement des dernières informations qu'elle avait tirées de son père. Marianne préféra ne faire aucun commentaire.

Progressivement, elles apprenaient à s'apprivoiser, à se connaître, mais elles savaient cependant que ces vingt et une années d'absence ne seraient jamais rattrapées. Au mieux, ces années seraient réparées. Marianne aborda un sujet plus neutre :

« Et votre amie, Élizabeth ?

– Liz ? Oui... Liz... Nous avons correspondu longtemps. Mais après l'Espagne, elle est partie au Portugal puis en Italie. Au cours des années, nous nous sommes de moins en moins écrit... Malheureusement... Je devrais essayer de reprendre contact... Savoir ce qu'elle est devenue... Si elle travaille au milieu des animaux... Elle les aimait tant ! »

Mady pensait aussi à Guillaume, mais elle n'osait plus espérer. Cela faisait tant d'années maintenant. Marianne voulait poser la question, aborder le sujet. Pourtant, il lui semblait que c'était encore trop tôt. Elle commençait à aimer cette femme, sa mère, et à l'estimer. Elle était surprise. Elle prenait de plus en plus conscience que sa vie ne serait plus jamais la même à compter de ce jour où elle avait frappé à la porte de cette maison. Sa mère ne l'avait pas abandonnée comme elle l'avait toujours pensé. On lui avait plutôt arraché cet enfant! Marianne s'imaginait comment devait se sentir Mme Lestrey face à tant de bouleversements. Même si elle n'avait pas encore d'enfant, elle se doutait de l'état d'esprit qui pouvait résulter d'une telle situation.

«Nous pourrions sans doute faire des recherches pour Liz, par le biais d'Internet notamment... Enfin, si vous me le permettez...»

Mme Lestrey reposa sa tasse et adressa un sourire à Marianne.

«Oui... Ça me ferait très plaisir. Mais ne compte pas sur moi pour la recherche. En informatique, je n'y connais rien. Si tu sais t'en servir, je te laisse faire!»

La jeune femme sourit à son tour.

«Je vous montrerai... Ce n'est pas si compliqué.

– Pourquoi pas? Mais je doute de mes capacités...

– Peut-être. Aussi... seriez-vous prête à rencontrer mes parents?»

Marianne s'était lancée. Elle avait peur de la réponse. Mady resta silencieuse. Elle but une gorgée de café. Enfin, elle regarda sa fille droit dans les yeux.

«Je ne sais pas si on peut se préparer à rencontrer les personnes qui ont élevé son enfant. Tu m'as affirmé qu'ils étaient formidables... Mais... je suis hésitante.

– Vous ne devriez pas... Je vous assure.

– Nous n'appartenons pas au même monde, Marianne…
Tu as de la classe… Tu es une très belle jeune femme, bien
éduquée et tout et tout… Et puis…

– Non. Cessez de vous torturer ! Il faut abattre ces bar-
rières. Oui, nous sommes très à l'aise financièrement…
Je ne peux pas dire le contraire. Oui, j'ai mes habitudes…
Mais ça ne fait pas de moi ou de mes parents des êtres à
part ! Je vous assure que vous n'avez rien à craindre. »

Marianne s'interrompit, attendant un assentiment, qui
ne vint pas. Elle décida de poursuivre :

« J'ai appelé mes parents chaque jour depuis notre
première rencontre. Ils ont très hâte de faire votre connaissance… Ma mère a même ressorti tous mes albums de
photos et les films super 8.

– Oh ! il y a des films de toi, petite ? s'exclama Mady,
dont l'enthousiasme commençait à croître à l'idée de rencontrer les parents de Marianne.

– Oui. Nous en avons une grande quantité ! Mon père
avait toujours sa caméra sous la main. Ça me fait drôle
quand j'y pense… Je n'ai pas revu ces films depuis des
années…

Mme Lestrey mit sa main devant ses lèvres, au comble
de l'émotion. Elle tentait d'imaginer Marianne à 2 ans,
à 5 ans… Tout ce qu'elle parvenait à voir, et encore, de
manière assez floue, c'était l'image de sa fille à sa naissance.
De là, elle pouvait essayer de superposer cette image à
l'adulte… Mais entre les deux… Rien. Or, elle apprenait
maintenant qu'il existait des films de sa fille, enfant. Elle
avait certes pensé à des photos, mais des images animées !
Voir Marianne bouger… Elle respira un bon coup et fit

taire ses dernières hésitations. Elle s'exclama vivement, de crainte de changer d'avis :

« Entendu, Marianne. Je veux bien rencontrer tes parents. J'essaierai simplement de ne pas trop commettre d'impairs devant eux. Je ne voudrais surtout pas te mettre mal à l'aise…

– Oh ! merci. Vous n'aurez qu'à être vous-même et tout se passera très bien. Quel est le jour qui vous convient pour y aller ?

– Eh bien ! Le temps de m'organiser un peu ici… Que tu rencontres Sarah aussi… Disons, vendredi ? Ça te va ?

– Oui. C'est dans trois jours. Je les appellerai ce soir pour leur apprendre la nouvelle. Je sais qu'ils n'attendent que ça !

– Si tu le dis… Bon, maintenant, je pense qu'il est temps que tu rencontres ma sœur, Sarah… Enfin, si tu veux bien sûr !

– J'ai la sensation de la connaître déjà… Vous m'avez parlé d'elle de façon si chaleureuse… »

Quand Sarah ouvrit la porte, elle ressentit une grande émotion. Au début, elle avait vraiment eu du mal à le croire lorsque Mady lui avait tout raconté au téléphone. La gourmette qu'elle lui avait offerte, la date de naissance, le comportement douteux de leur père le jour de l'accouchement… Tout comme pour Mady maintenant, il n'y avait plus l'ombre d'un doute dans l'esprit et dans le cœur de Sarah. Puis, la ressemblance physique était frappante. C'était tout simplement merveilleux ! Mady et Marianne de nouveau réunies, le sourire aux lèvres, se tenant là côte à côte, juste devant sa porte. Sarah n'eut qu'une seconde d'hésitation puis, pour la deuxième fois en vingt et un ans, elle serra sa nièce dans ses bras, mais cette fois-ci un peu plus fortement.

Marianne fut un peu étonnée cependant devant tant de démonstration. Elle n'avait pas l'habitude. Ce n'est pas tous les jours qu'on fait la connaissance à la fois de sa mère et de sa tante ! Elle ressentit tout de suite de la sympathie pour Sarah.

« Excuse-moi, Marianne, mais ça a été plus fort que moi... Je n'ai pas pu m'empêcher de te serrer dans mes bras. Tout ceci me paraît... si incroyable !

– Oui, répondit Marianne, en souriant simplement.

– Entrez vite. Il ne fait pas très chaud dehors. Les enfants sont ici... Enfin, quand je dis les enfants, c'est plutôt les grands enfants maintenant ! C'est juste une façon de parler. »

Marianne et Mady entrèrent à la suite de Sarah. La maison respirait l'air de la mer située à proximité. Un sentiment de chaleur et de quiétude se dégageait des pièces. Marianne se sentait bien. La première rencontre ne la déçut pas. Elle devait le reconnaître maintenant, elle avait eu une petite inquiétude. Il subsistait encore la possibilité qu'on la prenne pour une intrigante malgré tout. Une musique parvenait à ses oreilles ; elle reconnut l'air à la mode, mais son attention se reporta bien vite sur Sarah et ses enfants, qui venaient de descendre.

« Alors, le grand, là, c'est Julien. Quand il n'était encore qu'un enfant, il mourait d'envie que Mady accouche pour te connaître... »

Sarah changea brusquement de sujet. Elle s'en voulait de cette maladresse bien involontaire.

« Voici sa femme, Marie. Lui, c'est Frédéric, et elle, notre petite dernière, Vanessa. »

On serra des mains, on échangea des sourires, les regards se croisèrent et des rires fusèrent. Tout à coup, une voix leur parvint :

« Et moi alors ? Je ne fais pas partie de la fête ? »

Tout le monde se retourna. Sarah tendit alors le bras et s'exclama bien vite :

« André ! Viens nous rejoindre ! Tu as finalement pu te libérer ?

— Oui, dit-il avec un large sourire tout en embrassant sa femme.

— Ah ! je suis si heureuse que tout le monde soit là ! »

André tourna son regard vers Marianne puis vers Mady. Il tendit ensuite sa main vers Marianne en souriant.

« Je suis très heureux que vous soyez ici. Vous êtes la bienvenue dans notre maison.

— Merci infiniment. L'accueil de votre famille est tout simplement merveilleux.

— J'en suis ravi. Vous ressemblez beaucoup à Mady, vous savez... »

M. et Mme de Fourtoyes étaient installés près de la cheminée, qui diffusait une douce chaleur dans la pièce. Ils buvaient un cocktail de fruits en écoutant du Vivaldi.

« J'ai bien hâte de revoir Marianne... Elle me manque », dit Éléonore de Fourtoyes.

Roland, son époux, lui adressa un sourire et ne put s'empêcher de la taquiner.

« Toujours aussi impatiente, ma douce Lény. Elle sera là pour le souper… Juste une petite heure à attendre.

– Oui… Ainsi que Mme Lestrey… J'ai tellement entendu parler d'elle par Marianne, ces derniers jours…

– Y aurait-il un soupçon de jalousie derrière ces paroles ? »

M. de Fourtoyes avait maintenant ôté ses lunettes à fine monture métallique et observait sa femme. Il la connaissait suffisamment pour lire sur son visage l'état d'esprit dans lequel elle pouvait être. Tout d'abord, il remarqua un pli au milieu de son front. Son petit nez frémissait, signe qui l'amusait toujours beaucoup. Et ses yeux, bleu pâle, tentaient de se soustraire aux regards de son mari.

« Allons, Éléonore… N'oubliez pas que c'est vous qui avez insisté pour qu'elle donne une chance à cette femme.

– Oh ! j'en suis bien consciente, Roland, croyez-moi… Et, si c'était à refaire, je le referais… Je ne regrette rien… Là n'est pas la question… Je demeure persuadée qu'il fallait que Marianne agisse ainsi.

– Cela me fait plaisir de vous entendre parler de la sorte. »

M. de Fourtoyes n'ajouta rien de plus. Il savait que sa femme ne tarderait pas à partager ses pensées avec lui. Ce qu'elle fit, après avoir observé longuement les flammes qui léchaient le bois tendre de l'âtre.

« Vous comprenez, Roland… Comment vous dire ? Marianne est notre fille. Je ne voudrais pas qu'elle soit perturbée par le passé… qu'elle puisse en souffrir… »

M. de Fourtoyes pencha légèrement la tête de côté avec un sourire et prit son verre.

«Et... oui, je dois l'admettre, je ressens de la jalousie à l'égard de sa véritable mère... Je m'en excuse...

– Vous n'avez pas à vous excuser. Il est naturel que vous éprouviez des appréhensions dans cette situation! C'est l'inverse qui m'inquiéterait.

– Oui, sans doute... Je sais que c'est idiot, mais quelquefois je me dis qu'elle pourrait éprouver plus d'amour pour cette femme que pour nous... Bah! que d'inepties...

– Non, Lény. Vous êtes humaine, voilà tout! Comment voulez-vous que ces événements ne vous affectent pas? Pourtant, n'oubliez pas que Marianne possède suffisamment d'amour en elle pour tout le monde!»

Mme de Fourtoyes leva les yeux vers son mari et ressentit un grand soulagement à la suite de ce simple échange de regards.

«Je vous remercie, Roland.

– Cela me fait plaisir. Vous êtes une femme merveilleuse et votre cœur est lui aussi assez grand pour accepter et accueillir comme il se doit la mère naturelle de Marianne.

– Peut-être... J'espère sincèrement que le contact passera entre nous deux... En tout cas, Marianne semblait enthousiaste au téléphone. »

Marianne roulait sur l'autoroute. Un soleil bas pointait le nez. Mme Lestrey dormait à ses côtés. Le roulis de la voiture avait toujours eu cet effet sur elle quand elle ne conduisait pas.

La jeune femme alluma son lecteur de disques compacts, et une musique douce se répandit dans la voiture. Elle détestait conduire en silence. Ses pensées virevoltaient après les récents événements. Elle pensait à sa mère adoptive... à ce qu'elle devait éprouver en ce moment... Et son père... Elle avait hâte de les revoir... de les rassurer... de leur présenter Mady Lestrey... sa mère naturelle. Comme c'était étrange de dire cela... Elle ne s'était pas encore habituée. Elle se sentait un peu déstabilisée ces derniers jours, mais elle était heureuse. Elle ne regrettait pas d'être allée jusqu'au bout.

Profondément endormie, Mady se mit à rêver. Elle se voyait distinctement, minuscule devant une immense bâtisse. Elle levait la tête, mais ne parvenait pas pour autant à voir le haut du bâtiment. Il était imposant, en grosses pierres rouges. Deux personnes sortirent et la toisèrent littéralement, la bouche pincée et le nez relevé. Ces gens étaient deux fois plus grands qu'elle. Tout à coup, elle entendit une voix. Elle reconnut la voix de Marianne. Mais cette voix était si distante, si froide.

«Voici mes merveilleux parents. Vous ne les égalerez jamais!»

Mme Lestrey esquissa malgré tout un sourire pour les saluer, mais son geste fut suspendu. Le père de Marianne parla:

«Vous me semblez bien insignifiante.»

Et sa femme d'ajouter:

«Nous ne sommes pas du même monde! C'est évident.»

Mady ressentit une grande humiliation et serra très fort son sac à main, comme pour se donner du courage.

Elle entendit des rires. Elle se retourna et vit Marianne qui riait, riait fort, d'un rire hystérique. Ses parents lui firent bientôt écho. Mme Lestrey tournait son regard dans tous les sens. Elle ne put en supporter davantage et préféra s'enfuir en courant. Elle ne savait où aller, mais elle courut, courut...

Marianne remarqua l'agitation de Mme Lestrey. Elle vit distinctement ses lèvres trembler. Elle l'appela doucement :

« Mme Lestrey... Mme Lestrey... Réveillez-vous... Vous devez faire un cauchemar... Mme Lestrey... »

Tout en conduisant, elle toucha vivement l'épaule de sa mère, qui ouvrit finalement les yeux sur elle. Son regard semblait perdu et effrayé. Elle tourna ses yeux dans tous les sens, puis se passa une main sur le front.

« Oh ! j'ai dû faire un cauchemar », s'excusa-t-elle simplement avec un sourire piteux.

Mais elle ne donna pas plus d'explications. Elle se voyait mal raconter un tel rêve, surtout à Marianne. Elle avala difficilement sa salive et reposa sa tête sur l'appuie-tête.

« Ce n'est rien. J'ai préféré vous réveiller... Vous sembliez si agitée.

— Oui... Ce n'était guère agréable.

— Voulez-vous m'en parler ? »

Mme Lestrey regarda Marianne en souriant.

« Bah ! c'est inutile... Ce ne sont que des stupidités. »

Mady voulait s'accrocher à cette idée et repousser au loin cette horrible rencontre. Mais son corps ressentait encore l'effet du rêve, comme s'il s'était agi de la réalité. Elle souffla fortement et chercha le premier prétexte pour changer de sujet.

Sarah songeait à sa sœur. Elle savait qu'elle devait bientôt être chez les parents de Marianne et ses pensées l'accompagnaient. Elle espérait de tout cœur que tout se passe bien. Elle avait beaucoup apprécié Marianne. Même si sa nièce détenait à l'évidence une grosse fortune, elle ne s'embarrassait pas de manières inutiles.

« Mais ses parents ? » ne pouvait s'empêcher de penser Sarah. Elle avait hâte de parler à sa sœur au téléphone. Elle souhaitait vivement que la rencontre se déroule au mieux.

« Nous allons arriver dans une dizaine de minutes.

— Déjà ? » s'écria Mme Lestrey.

Elles roulaient pourtant depuis deux heures. Marianne jeta un regard étonné à sa voisine, mais elle comprit ce qu'elle ressentait. Cet étonnement aurait été le même après dix heures de route. Là n'était pas le problème. Marianne décida d'essayer de rassurer Mme Lestrey.

« Êtes-vous déjà venue ici ?

— À Antony ? Non. À Paris, très souvent, je suis même allée à Orly, mais, non, jamais ici.

— Orly est très proche d'ici. C'est une ville très agréable, Antony… Et assez éloignée de la capitale, sans pour autant l'être trop. »

Marianne jeta un coup d'œil à sa montre.

« Mes parents doivent nous attendre avec impatience.

— Oui, parvint à dire Mme Lestrey avec difficulté.

— Tout ira bien… Ne soyez pas si impressionnée… Oui, vous verrez… La maison peut paraître grande, mais elle ne va pas vous avaler ! »

Mady revoyait son rêve. Elle ferma le poing et enfonça ses ongles dans la paume de sa main. Elle craignait que ce rêve ne devienne réalité.

« C'est une très vieille maison. Elle appartenait à mon arrière-grand-père. Le quartier est très paisible. J'aime beaucoup cet endroit… Je m'y sens bien. »

Marianne tourna à gauche et emprunta presque aussitôt une allée de gravier bordée d'arbres. Mme Lestrey distingua, au fond, la propriété majestueuse. Une superbe pelouse s'étalait tout autour. Elle retint son souffle et continua à observer. Plusieurs massifs de fleurs explosaient de-ci, de-là. Un petit kiosque blanc semblait attendre la venue d'un couple d'amoureux. Marianne gara finalement sa voiture près de la maison. Mme Lestrey ne pouvait détacher son regard du vaste domaine qui s'étendait devant ses yeux. Son cauchemar refaisait surface bien malgré elle. La jeune femme ne sembla pas remarquer l'émoi de sa voisine, qui ne put s'empêcher de rentrer la tête dans ses épaules. La dame se sentait rétrécir de plus en plus et était bien incapable de bouger. Une boule s'installa dans son estomac.

Quand elle tourna la tête, Marianne vit tout de suite le visage blême de Mme Lestrey et posa une main sur son épaule.

« Tout ira bien, je vous le répète… De toute façon, si quoi que ce soit ne va pas, dites-le-moi… Je verrai alors ce que je peux faire.

– Sans doute…

– Dans le pire des cas, je vous raccompagnerai chez vous. Vous n'avez pas à être mal à l'aise… Détendez-vous… Ils sont comme tout le monde ! »

À présent, Marianne essayait de plaisanter pour tenter de dérider Mme Lestrey.

« C'est facile à dire, mais…

– Non… Je ne suis pas d'accord ! Vous n'avez pas à vous sentir diminuée. L'argent n'a rien à voir avec les qualités propres de chacun. Je connais bien mes parents. »

Mme Lestrey admira le cran de Marianne et se sentit ridiculement fière d'elle. Elle se frotta l'arête du nez, se mordit l'intérieur des joues et finit par expirer de l'air.

« Bien. Tu as raison. Allons-y ! Inutile de tergiverser plus longtemps. Et, comme tu me l'as dit, si ça ne va pas, je rentre. »

Mady aurait aimé ressentir intérieurement cette assurance qu'elle avait cherché à manifester par cette phrase. Elle ouvrit la porte de la voiture et posa son pied sur le sol.

Malgré la nuit tombante, elle distinguait clairement la propriété dans son ensemble. Des lampadaires jalonnaient les espaces et envoyaient un halo blanchâtre contre la façade. Mme Lestrey renonça à compter le nombre de fenêtres. Elle pensa simplement qu'elle n'aimerait pas les nettoyer. Elle avait toujours exécré le nettoyage des vitres ! Quand elle devait s'y résoudre, elle n'avait cependant que sa petite maison à faire… Elle se mit à sourire à cette idée saugrenue.

« Ah ! c'est beaucoup mieux comme ça ! » s'exclama Marianne, qui avait surpris son expression.

Mady ne prit pas la peine d'expliquer à sa fille ce qui l'avait fait sourire. Elle se rendit vite compte que deux personnes attendaient devant l'entrée illuminée. Elle resserra son manteau et suivit Marianne sans plus s'attarder.

M. et Mme de Fourtoyes venaient d'ouvrir la porte de leur résidence et attendaient impatiemment l'arrivée de Marianne et Mme Lestrey.

« C'est le moment de vérité, Lény.

– Oui, mon bon Roland. Il nous faut lui réserver un bon accueil… Ne serait-ce que pour Marianne !

– C'est évident.

– Elle non plus, elle ne doit guère être à l'aise. Pauvre femme, privée de l'amour d'un enfant… Je parle en connaissance de cause.

– Mon cœur se réjouit de vous entendre parler ainsi. Je savais que vous passeriez par-dessus cette pointe de jalousie.

– N'allons pas trop vite, Roland… Mais en tout cas, je vais m'y efforcer, croyez-le. »

Mme de Fourtoyes se rapprocha de son mari et posa sa tête contre son épaule.

Enfin, les deux femmes arrivèrent à leur hauteur. Par son corps, Marianne dissimulait encore Mme Lestrey au regard de ses parents.

« Ah ! mère, père… Nous voici enfin… »

Marianne se retourna et continua, en tenant chaleureusement le bras de Mady :

« Permettez-moi de vous présenter Mme Lestrey. »

Un silence suivit cette phrase et des regards s'entrecroisèrent. Finalement, Mme de Fourtoyes tendit les bras vers l'invitée de sa fille et elle l'étreignit. Elle ne se rendit même pas compte de son geste. Elle n'écouta que ce que lui dictait son cœur à cet instant précis. M. de Fourtoyes et Marianne ne purent s'empêcher de lever un sourcil d'étonnement devant la scène, mais, bien vite, un large sourire se dessina sur leurs lèvres.

«Puis-je présenter mes salutations, moi aussi? Vous semblez vouloir vous l'accaparer, Lény!» ajouta son mari en riant.

Mady serra la main que lui tendait M. de Fourtoyes. Ses craintes s'envolaient bien loin et elle ne fit aucun effort pour tenter de les retenir. Elle respira d'aise. Ses joues étaient écarlates, elle le sentait bien, mais elle n'en avait cure.

Mme Lestrey venait de se réveiller. Elle regarda autour d'elle, un peu perdue. Où était-elle? La mémoire lui revint rapidement. Marianne… Elle était chez Marianne… Elle repensa à la soirée de la veille, au repas exquis qui avait enchanté son palais. Elle avait fait un peu trop de bruit à son goût avec sa fourchette malgré ses efforts, mais personne n'avait semblé remarquer ses petites bévues, si ce n'est elle-même!

«Je me monte sans doute la tête! Ce sont finalement des gens bien sympathiques. Je ne regrette pas d'être venue», murmura-t-elle.

Elle se redressa dans son lit et s'adossa contre les oreillers, moelleux à souhait. Une agréable odeur de lavande flottait dans la chambre. Les teintes saumon de la tapisserie, rehaussées d'un liseré vert qui courait tout autour de la pièce, rendaient l'endroit chaleureux. Les meubles semblaient anciens et très travaillés. Une double porte-fenêtre se dissimulait sous d'épais rideaux en velours, du même vert que le liseré du mur. Mme Lestrey se leva et les ouvrit tout grands, laissant entrer la clarté du jour. Une fine neige tombait à l'extérieur. Un balcon en pierre encerclait la double-fenêtre. Elle posa son front tout contre la vitre. Elle se surprit à s'imaginer installée sur ce même balcon, un livre à la main, profitant des chauds rayons du soleil d'été. Elle esquissa un sourire… Elle savait pertinemment qu'elle ne serait plus là l'été venu.

Elle détacha enfin son regard du jardin et passa dans la salle de bains attenante à sa chambre. Elle fredonna tout en touchant, du bout des doigts, les douces serviettes de bain. Il ne lui en fallut pas plus pour se décider à se glisser dans un bon bain chaud. La baignoire ronde encastrée dans le sol semblait d'ailleurs l'inviter à une séance relaxante.

Mady, de l'eau jusqu'au menton, se sentait bien à présent dans la mousse.

Marianne et son père discutaient dans le bureau.

« Pensez-vous que nous puissions avoir des nouvelles d'Élizabeth ? s'enquit sa fille.

— Pourquoi pas ? Nous utiliserons tous les moyens qui sont à notre disposition pour y arriver, répondit sans hésiter M. de Fourtoyes.

— J'avais pensé à Internet, également…

— Oui. C'est un outil qu'il ne faut pas négliger. C'est évident. »

La jeune femme hésitait. Elle ne savait trop comment s'y prendre pour présenter ce qui lui trottait dans la tête. Elle ne voulait pas qu'il en prenne ombrage. Comme toujours, son père attendit, sentant qu'elle n'avait pas fini. Il commença par consulter distraitement quelques notes sur son bureau. Marianne esquissa un pas en arrière, puis se ravisa :

« Il y a autre chose aussi…

– Je t'écoute.

– Je vais entreprendre des recherches pour savoir ce qu'il est advenu de Guillaume Bélanger. C'est le jeune homme avec qui Mme Lestrey a… Enfin… Vous comprenez, n'est-ce pas… C'est mon père naturel…

– Oui. »

Sa fille ne savait comment interpréter ce simple oui. Elle décida de poursuivre :

« Qu'en pensez-vous ? Puis-je compter sur votre aide et votre appui ? Est-ce que je fais fausse route à ce sujet ? »

M. de Fourtoyes regarda longuement sa fille dans les yeux avant de lui répondre. Sa voix était comme d'habitude, grave et compréhensive.

« Inutile de te tracasser pour ta mère et moi… Nous t'aimons plus que tout, tu le sais… L'arrivée de ta mère naturelle ne change rien à nos sentiments pour toi… Et nous sommes prêts à l'accueillir sans problème. D'après ce que j'ai pu deviner d'elle, c'est une femme qui a beaucoup à offrir à son entourage. Je t'aiderai dans toutes tes recherches. Tu peux me faire confiance.

– Merci, père.

– Encore une question, Marianne… Mme Lestrey est-elle au courant de ton intention de retrouver la trace de cette personne ?

– Non.

– Pourquoi ?

– Je me suis dit qu'il serait peut-être plus sage de ne pas lui donner trop d'espoir dans un premier temps… On ne sait jamais… Puis, vingt et un ans, c'est bien long… Il peut s'en passer des choses…

– Oui. Je vois que tu as pensé à toutes les éventualités.

– Vous voulez dire… comme un décès ?

– Oui, entre autres…

– J'ai aussi envisagé la possibilité qu'il pouvait simplement s'agir d'un individu qui avait profité de sa jeunesse pour la séduire et qui s'était éclipsé une fois arrivé à ses fins… Même si c'est peu probable, d'après ce qu'elle a pu me raconter. Mais il ne faut rien écarter ! Les gens sont parfois bien mesquins.

– J'aime t'entendre parler ainsi… te voir prudente et circonspecte.

– C'est vous qui me l'avez appris !

– Si tu le dis…

– Eh oui !

– Bien. Dis-moi ce que tu attends de moi à présent ! »

Chapitre 18

Mme Lestrey pleurait maintenant à chaudes larmes. L'émotion avait été trop forte. L'instant d'avant, elle riait et plaisantait avec Marianne à ses côtés. Ils étaient tous installés dans la salle sombre et visionnaient sur pellicule les progrès de la jeune femme, enfant.

M. de Fourtoyes s'éclipsa discrètement et arrêta le film. Il sortit ensuite, laissant sa femme et sa fille avec Mady. Il ne voulait pour rien au monde indisposer davantage leur invitée par sa présence.

Dans la salle du cinéma de la maison, son épouse s'était levée elle aussi, mais c'était pour réconforter Mme Lestrey. Marianne n'osait pas bouger, préférant laisser les deux mères partager ces instants. Elle se sentait même presque de trop dans cette pièce. « Quelle ironie ! » se dit-elle.

Mme de Fourtoyes ne dit pas un mot. Elle se contenta d'appuyer le front de la femme contre son épaule. Puis, dans un murmure, elle commença à fredonner une mélodie tout en se balançant doucement d'avant en arrière. Les sanglots de Mme Lestrey roulaient et déferlaient follement dans la pièce.

Marianne comprenait que la scène recelait un caractère particulier. Une émotion presque palpable la chavirait de voir ses deux mères dans les bras l'une de l'autre. Elles partageaient la même peine, la même émotion. Marianne se sentait bouleversée par tout l'amour qui émanait de ces deux êtres. Un sanglot qu'elle ne réprima pas monta en elle. Elle pleura silencieusement dans son fauteuil. Mais ses larmes étaient des larmes d'amour, de joie et d'espoir. Elle remercia le ciel de lui offrir ce moment merveilleux. Elle remercia aussi la semi-obscurité de la pièce qui conférait encore à cette scène une atmosphère unique et presque irréelle.

Petit à petit, les pleurs de Mme Lestrey s'apaisèrent et elle chantonnait à présent la mélodie avec Mme de Fourtoyes.

Le lendemain matin, Marianne frappa doucement à la chambre de Mady et attendit une réponse, qui ne tarda pas à venir :

« Bonjour, Marianne.

– Bonjour.

– Tu as bien dormi ?

– Oui, merci. J'ai commencé les recherches pour votre amie Élizabeth… Puis-je entrer afin que nous puissions en discuter ?

– Oui, bien sûr. »

Elles prirent place toutes les deux sur le bord du lit. Mme Lestrey sentit bien vite que les nouvelles n'étaient pas particulièrement bonnes. Elle écouta donc ce que sa fille avait à lui dire à ce sujet, tout en gardant un mince espoir en elle.

« Hier soir, nous avons reçu un message électronique par le biais d'Internet… Nous avions lancé une vaste recherche à différents niveaux… Nous sommes parvenus à entrer en contact avec son fils.

– Son fils ? Elle est donc maman ! Oui, bien sûr… Cela n'a rien d'étonnant », reprit vite Mady.

Marianne évita d'expliquer à sa mère qu'ils avaient reçu beaucoup d'autres courriers plus farfelus de personnes peu scrupuleuses, toujours à la recherche de la moindre occasion pour se montrer.

« Oui, son fils… Il s'appelle Daniel… Daniel Girardini.

– Aurait-elle épousé un Italien ? Ah ! le charme ravageur des Italiens ! plaisanta Mme Lestrey, désireuse de détendre l'atmosphère.

– C'est possible, en effet, car il habite Naples. »

La femme osa enfin poser la question qui lui brûlait la langue :

« Et Liz ? »

Marianne pinça les lèvres et adressa un pâle sourire à sa voisine.

« Je suis désolée… Elle est malheureusement décédée, il y a un an. »

Mme Lestrey ressentit une grande peine. Elle aurait tant aimé revoir Élizabeth… sa meilleure amie. « Liz était encore bien jeune pour disparaître ! » songea-t-elle.

« Peut-être pourrais-je avoir le numéro de téléphone de son fils, Daniel ?

– Oui, bien sûr… Mais il y a encore mieux… Je me suis doutée que vous voudriez entrer en contact. J'ai pris la liberté d'organiser un entretien par le biais de la visioconférence. »

Mady releva les sourcils et observa Marianne, ne comprenant pas de quoi il retournait.

« Vous ne connaissez pas ?

– Non.

– Vous verrez, c'est très simple… C'est un moyen qui vous permet d'être comme au téléphone. La différence, et elle est de taille, c'est que vous pouvez voir votre interlocuteur s'il est lui-même muni d'une webcam sur son propre ordinateur…

– C'est vraiment possible ? Je savais que ça existait, mais…

– Oui. Il y a une caméra au-dessus de mon ordinateur et, grâce au micro, vous êtes en ligne directe sans avoir à utiliser votre téléphone. »

Mme Lestrey resta dubitative.

« Je n'aurais pas dû ? Je me suis trop avancée pour ce contact ? »

Mady demeura encore silencieuse quelques instants. Elle pensait à Liz, à leur jeunesse… Et elle se disait qu'elles n'auraient plus jamais l'occasion d'en discuter toutes les deux.

« Son fils… Est-ce qu'il a, lui aussi, cette fameuse webcam dont tu parles ? interrogea-t-elle.

– Oui… C'est ça qui est fantastique ! Je ne m'y attendais guère… Le fils d'Élizabeth a tout de suite accepté l'invitation.

– À quelle heure est-ce prévu ?

– La visioconférence ?

– Oui.

– J'ai proposé 11 heures, ce matin.

– Eh bien ! Parfait… C'est entendu pour moi ! Mais j'ai du mal à imaginer toute cette technologie ! Je n'ai guère eu l'occasion de m'en servir. Ce n'est pas que je n'aime pas ça… Non… Ce sont simplement les circonstances de la vie…

– Oui… Et il y a un début à tout ! » enchaîna Marianne en souriant.

Mme Lestrey s'installa en face de la webcam. Marianne, à ses côtés, pianotait sur Internet pour la visioconférence. Il était 10 h 50.

Brusquement, elle se vit à l'écran, dans une petite fenêtre. Une autre fenêtre, celle dans laquelle devait apparaître le correspondant, était noire pour le moment. Mme Lestrey jeta un regard à Marianne et s'exclama :

« C'est formidable ! Est-ce que je le verrai de la même façon ?

– Oui. Tenez, regardez… Ça y est, nous sommes en ligne. »

Mme Lestrey se retourna. L'autre fenêtre s'animait à présent. Le visage d'un jeune garçon brun emplissait l'espace.

« Bonjour », entendit-elle bientôt dans les haut-parleurs.

Elle se rapprocha du micro et répondit au bonjour, toute surprise.

« Bonjour. »

Elle éprouvait encore de la difficulté à réaliser qu'elle puisse être là, à discourir avec une personne, résidant dans un autre pays, par ce moyen si nouveau pour elle.

«Alors, vous êtes Mady? reprit le jeune homme en souriant.

– Oui. Et toi, tu es Daniel, n'est-ce pas?

– Oui. Cela fait drôle de vous voir ainsi...»

La voix arrivait parfois saccadée.

«Ah! oui?

– Maman nous a si souvent parlé de vous... Nous avons une quantité incroyable de photos de vous deux... Vous n'avez pas changé.

– J'ai vieilli. Je suis contente de pouvoir te parler, Daniel.

– Moi aussi.

– Tu ressembles à ta mère. Le ton de ta voix... La forme de ton visage... J'aurais beaucoup aimé pouvoir la revoir.

– Elle aussi, je le sais.

– Oui. Nous sommes parfois bien négligents dans la vie... On laisse le temps décider à notre place...»

Ils se regardaient et se souriaient. Mme Lestrey aurait aimé pouvoir serrer Daniel dans ses bras, lui poser mille questions. Elle poursuivit:

«Dis-moi, Daniel, que faisait Liz dans la vie? Travaillait-elle avec les animaux? Elle était tellement passionnée...

– Oui. La maison a toujours été un véritable zoo. Ce n'était pas pour me déplaire, bien au contraire! C'était fantastique! Elle était vétérinaire... Son rêve, quoi! Ses pensionnaires malades se retrouvaient souvent à la maison.

– Elle a été heureuse? demanda timidement Mme Lestrey.

– Oui... Je le pense sincèrement. Mon père est à côté de moi. Il voudrait vous parler, lui aussi. Vous savez, pour nous, vous êtes un peu comme une légende... Vous faites partie des histoires que nous contait maman sur sa jeunesse. Je vous laisse donc avec papa.

– Entendu. »

Un homme d'âge mûr, les cheveux déjà blancs, fit son apparition. Il s'installa devant la caméra et adressa un sourire à Mme Lestrey, qui comprit alors pourquoi Liz l'avait choisi pour mari. C'était vraiment un bel homme.

« Mady… Vous permettez que je vous appelle par votre prénom ?

– Oui, bien sûr.

– Moi, je suis Marco.

– Enchantée, Marco.

– C'est drôle de vous voir ainsi… Nous avons tous l'image d'une jeune fille rieuse, posant aux côtés de Liza. Nous pourrions rester des heures à vous raconter toutes les anecdotes… Liza a toujours regretté de vous avoir perdue de vue. Elle vous aimait beaucoup. Vous étiez un peu comme sa sœur, si je puis dire.

– Oui… Nous étions très proches.

– Il faudrait que vous veniez à Naples pour nous rendre visite… Nous aurions de bons moments ensemble. »

Mme Lestrey admirait les traits réguliers de cet homme, le mari de Liz, Liza comme il l'avait surnommée. Son teint était bronzé malgré l'hiver et sa voix était grave et chaude. Elle éprouvait du plaisir à l'écouter.

« Oui, cela me ferait plaisir de vous rencontrer, de discuter avec vous, d'évoquer de bons moments… »

La visioconférence se poursuivit encore. Marianne n'intervint pas, si ce n'est pour refuser des appels de personnes qui voulaient se joindre à la conférence. Elle laissait Mme Lestrey faire connaissance avec la famille d'Élizabeth.

De l'autre côté de l'Atlantique, à Montréal, Jacques Séguin furetait sur le Web quand il repéra une annonce qui retint son attention tout particulièrement.

« Tiens, on recherche un Guillaume Bélanger... J'en ai connu un dans le temps ! »

Il poursuivit sa lecture, et plusieurs détails coïncidaient.

« Ah ! ben *ma noire* ! Ça semble être le même ! »

L'homme essaya de rassembler les informations dont il se souvenait. C'était au collège... Il l'avait revu aussi quelques années plus tard...

« Ça remonte à une bonne dizaine d'années, notre dernière rencontre. Je vais écrire un petit mot sur ce que je sais. Va savoir ! Ça peut aider... Il habitait dans le quartier du Plateau Mont-Royal la dernière fois. Quand on allait au collège, c'était pas notre quartier *pantoute*. Nous habitions le quartier d'Ahuntsic... Ah ! que le temps passe... »

Jacques Séguin entreprit donc de taper ces renseignements dans un courrier électronique qu'il envoya à l'adresse indiquée. Il éteignit ensuite son ordinateur et resta sur cette pensée et ses souvenirs de jeunesse.

C'était la dernière soirée que Mme Lestrey passait chez M. et Mme de Fourtoyes. Elle y séjournait depuis une semaine déjà. Elle regrettait un peu de partir, mais en même temps elle était heureuse de pouvoir retrouver bientôt sa petite maison. Elle raconterait tout à sa sœur. La gentillesse extrême de cette famille... Elle savait à présent qu'elle pourrait voir Marianne sans aucune difficulté, ici même, à Antony, ou en Normandie… Elle se sentait bien.

Au cours des jours passés, ils avaient parcouru des dizaines d'albums de photos. Et ce soir, on visionnerait le dernier film. En tout, il y avait cinq pellicules… Mady les trouvait toutes fantastiques. Les premières émotions passées, voir grandir sa fille avec M. et Mme de Fourtoyes était devenu plus facile. De toute façon, elle savait qu'elle ne pouvait faire marche arrière. Quoi qu'elle dise, quoi qu'elle fasse, ces vingt et une années ne lui seraient jamais redonnées. Elle trouvait néanmoins un mince réconfort à savoir que Marianne vivait à l'aise financièrement et, surtout, qu'elle bénéficiait de tout l'amour possible. M. et Mme de Fourtoyes impressionnaient beaucoup cette femme simple. Elle avait toujours pensé que les gens de la bourgeoisie étaient assez stéréotypés et snobs. Elle découvrait que ce n'était pas systématiquement le cas, à son grand plaisir.

Au repas du soir, après le service du café, Mme de Fourtoyes et son mari échangèrent des regards complices. Mme Lestrey les surprit et s'en étonna. Elle n'émit cependant aucun commentaire. D'ailleurs, l'instant d'après, Roland de Fourtoyes prenait la parole :

« Je vous prie de m'excuser… Je reviens dans un instant. »

Sur ce, il sortit de table et les trois femmes se retrouvèrent seules.

Du hall d'entrée, non loin de là, le carillon de la porte retentit. Les pas du majordome se firent entendre.

« Qui peut venir à cette heure ? interrogea Marianne.

– Je n'en ai aucune idée à vrai dire », répondit sa mère.

Le majordome fit bientôt son entrée.

«Je vous prie de m'excuser… mademoiselle est demandée.»

La jeune femme se leva sans poser d'autres questions et s'excusa à son tour de quitter la table ainsi. Elle disparut dans le couloir.

«Aurait-elle un petit ami? demanda Mme Lestrey sur le ton de la confidentialité.

— Encore personne de très sérieux à ma connaissance, répondit Mme de Fourtoyes. Il semble qu'il ne s'agisse que d'amis pour le moment… Mais qui sait?

— Pourtant, elle doit avoir de nombreux soupirants…

— Oh oui! En effet! Elle en trouve certains assez assommants, de surcroît… Marianne a toujours été prudente dans ses choix. Elle est consciente que c'est important… qu'il s'agit d'un engagement durable… Ce n'est pas toujours facile.

— Elle est encore jeune, de toute façon… Rien ne presse.»

Mme Lestrey resta songeuse. Elle dut reconnaître qu'elle était heureuse de voir sa fille encore célibataire. Cela lui laissait le temps de la connaître davantage avant qu'elle ne fonde un foyer à son tour.

Marianne réapparut finalement. Elle était seule. Elle se rassit à table et expliqua avec un petit sourire en coin:

«C'était Philippe… Il passait près d'ici et en a profité pour venir me saluer.

— Tu aurais pu le faire entrer tout de même! Où sont tes bonnes manières? reprocha gentiment sa mère.

– Mais je le lui ai proposé ! C'est lui qui a refusé ! Il voulait qu'on aille quelque part… Je lui ai dit que ce serait pour une autre fois.

– Philippe est un ami d'enfance. C'est un garçon très gentil… Malheureusement, il n'est pas encore très sérieux dans ses relations », crut bon de préciser Éléonore à Mady afin que celle-ci ne se perde pas dans la conversation.

Bientôt, ce fut au tour de M. de Fourtoyes de faire son entrée.

« Allons au salon prendre le digestif, voulez-vous ?

– Volontiers. »

Tout le monde se dirigea vers la pièce voisine. Les bûches crépitaient dans la cheminée. L'endroit sentait bon le feu de bois. Sur la petite table du salon, un gros paquet, posé là, semblait attendre un anniversaire. Personne ne s'y intéressa. Mme Lestrey, quant à elle, fut intriguée mais ne posa pas de question pour autant.

On prit du cognac ou du Baileys, selon le désir de chacun, et la dame de la maison s'adressa à son invitée :

« Votre présence ici a été des plus agréables. J'espère que nous pourrons nous revoir. Notre maison vous est, d'ores et déjà, grande ouverte. Vous faites désormais partie de notre famille. »

Mme Lestrey regarda chacun, mais aucun son ne sortit de sa gorge. Puis, c'est M. de Fourtoyes qui parla :

« Après nous être tous concertés, nous nous sommes mis d'accord sur un petit présent. Voici pour vous, madame. »

Il poussa alors le volumineux paquet devant elle.

« Pour moi ? »

C'est tout ce qu'elle parvint à dire…

« Allez, ouvrez vite… Ne vous faites pas prier ! » s'écria Marianne en riant.

Mady s'exécuta sans plus attendre.

« Oh ! les films, les photos… Mais c'est beaucoup trop !

– Vous pourrez les regarder autant de fois que vous le voudrez de cette façon, dit Mme de Fourtoyes. Je sais ce que c'est… Il m'arrive parfois de me retirer et de visionner ces films.

– J'ai préféré faire transférer les pellicules super 8 sur des DVD directement. Tout d'abord, nous ne savions pas si vous aviez l'appareil nécessaire pour visionner les super 8 et ensuite, c'est plus pratique et plus durable comme support. J'espère que cela vous plaît.

– Si ça me plaît ? Le mot est bien faible… Je ne saurai jamais comment vous remercier. C'est un cadeau magnifique, merveilleux… Vous m'offrez la chance de me construire des souvenirs de l'enfance de Marianne… de connaître des scènes par cœur, un peu comme si je les avais vécues ! Vous rendez-vous compte ! Merci à tous… Je suis profondément touchée. »

Elle tournait les cassettes dans tous les sens.

« Pour les photos, nous en avons sélectionné plusieurs… Mais il y en avait beaucoup trop pour toutes les faire refaire… d'autant plus qu'elles ne sont pas toutes de bonne qualité.

– Oui… et s'il y en a que vous désirez avoir en plus, dites-le-nous… soyez à l'aise… cela nous fera plaisir…

– Je pense que c'est le plus beau cadeau que j'ai reçu de toute ma vie…

– Tout est pour le mieux dans ce cas », conclut M. de Fourtoyes.

Quelques instants plus tard, ils visionnaient le dernier film de Marianne.

« Quelqu'un te cherche, Guillaume.

– Je suis là ! plaisanta l'intéressé en souriant.

– Je suis sérieuse ! enchaîna Manon, en face de lui.

– OK ! Qui ?

– Je ne sais pas. Ce matin, j'ai reçu un appel téléphonique d'un de mes amis… Cela semble assez étrange… »

Manon et Guillaume discutaient ensemble à la table du restaurant Le Chandelier, dans l'ouest de Montréal.

« Tiens, je t'ai noté l'adresse électronique ici. Tu pourras en savoir plus.

– Pourquoi n'as-tu pas appelé au bureau ? lui reprocha doucement son frère.

– Je l'ai fait, figure-toi ! Mais, monsieur était en réunion et monsieur ne voulait pas être dérangé ! » argua-t-elle encore comme pour plaider sa cause.

Il eut un petit sourire en coin et ajouta :

« Il ne faut pas en vouloir à Sandy… C'est une collaboratrice parfaite. C'est moi qui lui ai demandé de prendre mes appels et de ne pas me déranger. J'avais besoin de concentration. Mais si tu avais insisté davantage, je suis sûr qu'elle aurait baissé les armes. »

Ils se parlaient maintenant sur le ton de la plaisanterie. Petit à petit, ils perdirent presque l'idée de départ. Au moment de prendre le café, Guillaume posa les yeux sur le papier où sa sœur avait noté l'adresse en question. Il lut tout haut :

«De Fourtoyes… Je ne connais personne de ce nom… Qui peut bien me chercher ? Et pourquoi ? C'est étonnant…

— C'est à toi de me le dire !

— Es-tu sûre qu'il s'agit bien de moi ? Des Guillaume Bélanger… je sais qu'il y en a d'autres… Je ne suis pas unique !

— Oh ! mais apparemment, il y a plus de détails… Tu verras bien par toi-même, de toute façon, en allant sur Internet.

— Oui… Je me demande si c'est pas une *joke*, toute cette histoire ! Enfin… Je regarderai au bureau cet après-midi.»

Sur ce, il embrassa sa sœur et partit. Manon le rattrapa par la manche de son manteau et lui dit :

«Appelle-moi ce soir, à la maison… Cette histoire m'inquiète un peu, tout de même… D'accord ? Tu m'appelles ? Je compte sur toi…

«Promis. Mais je risque de rentrer tard… Je vois Connie, ce soir.

— Tu vois toujours cette fille ?

— Ça, ma petite sœur, ça ne te regarde pas !»

Guillaume appuya, du bout de son index, sur le nez de Manon, puis il lui fit un clin d'œil.

«Allez, bye.

— Bye… À ce soir.»

Mme Lestrey était de retour chez elle. Elle était seule. Elle se sentait bien, après avoir visionné de nouveau l'un des DVD de l'enfance de sa fille. Il lui semblait être capable de voir un visage qui changeait d'âge plus facilement qu'avant. Maintenant, il n'y avait plus cette superposition radicale d'un « nouveau-né » et d'une « adulte ». L'écart se comblait de plus en plus et se structurait. C'était une compensation comme une autre. Autant se faire une raison. Sa sœur Sarah était venue et elles avaient aussi visionné les films ensemble.

Une semaine était passée depuis son retour. Marianne avait appelé deux fois. Mady apprenait à être mère. Pourtant, sa fille ne l'avait encore jamais appelée ainsi... C'était trop tôt sans doute... Il leur fallait du temps... Mme Lestrey s'interrogeait néanmoins sur l'effet que cela lui ferait. Puis elle se demanda si ce jour arriverait vraiment. « Après tout, pourquoi changer les choses ? » Mais, quelque part dans son esprit, elle caressait le doux espoir d'entendre, au moins une fois, Marianne dire « maman ». Elle se trouva sotte et trop sentimentale.

Marianne alluma son ordinateur et se connecta à Internet. Elle avait reçu bien des messages en réponse à l'annonce qu'elle avait faite pour retrouver Guillaume Bélanger. La plupart provenaient de gens farfelus. Quelques-uns se montraient un peu plus précis, mais les informations demeuraient trop vagues ou encore remontaient à beaucoup trop d'années. Marianne commençait à désespérer. Même les recherches de son père n'aboutissaient pas.

« Ah ! voici vingt nouveaux messages aujourd'hui ! Bon ! Allons-y ! Commençons par le premier... Peut-être est-ce l'un d'entre eux ! »

Elle se raccrochait à cette idée chaque jour.

Guillaume s'interrogeait sérieusement maintenant sur l'identité de la personne qui le recherchait. Il hésitait encore à envoyer un message à l'adresse indiquée. Il ne faisait aucun doute qu'il s'agissait bien de lui par contre. Il tournait et retournait le bout de papier dans ses mains. Que faire ?

Il consulta sa montre et murmura :

« Il me reste trente minutes avant ma réunion… Allons-y ! Qu'est-ce que je risque à demander plus de précisions… Après tout, je n'ai rien à cacher… »

Il prit dix bonnes minutes pour rédiger son message, sur un ton assez impersonnel néanmoins. Puis il l'envoya.

Mme Lestrey discutait avec sa sœur.

« Tu sais, Sarah… je ne cesse de me demander ce qu'est devenu Guillaume…

— C'est normal.

— Depuis que papa m'a jeté son venin en m'annonçant fièrement que Guillaume n'était pas mort comme je le croyais… je ne peux m'empêcher d'imaginer ce qu'aurait été ma vie à ses côtés…

— Pourquoi n'essaies-tu pas de le retrouver ?

— J'y ai pensé… Mais je crois que j'ai peur…

— De quoi ?

— Oh ! de bien des choses… Je me dis que s'il est toujours de ce monde, il a sans doute refait sa vie depuis le temps…

— C'est possible.

— Il peut avoir des enfants… une vie bien à lui, quoi… Or, que veux-tu que je lui apporte de plus ? Revenir sur le passé ?

– Je comprends.

– Le fait de nous revoir peut être perturbant pour tout le monde… Cela pourrait simplement réveiller de vieilles blessures… nous amener à pleurer sur notre vie manquée ensemble…

– Peut-être, certes ! Mais peut-être pas ! Cela vaudrait sûrement la peine d'essayer.

– Je ne sais plus où j'en suis, à vrai dire… »

Chapitre 19

Guillaume lut encore une fois le message qu'il venait de recevoir dans sa boîte aux lettres électronique. Il savait d'ores et déjà qu'il ne s'agissait pas d'une farce. On le recherchait et c'était sérieux. Il était question de Mady également.

« Qu'est-ce que Mady vient faire dans cette histoire ? » s'interrogea-t-il.

Il nota les coordonnées indiquées. C'était un numéro de téléphone de France. Il consulta sa montre. Il pouvait encore appeler avant que cela ne fasse trop tard à cause du décalage horaire. Il ne pouvait plus attendre maintenant. Tout ce qui concernait Mady lui importait.

C'est donc la tête pleine de questions qu'il composa le numéro inscrit. Il s'installa confortablement dans son fauteuil. À la deuxième sonnerie, il entendit la voix d'un homme :

« Résidence de Fourtoyes, bonsoir. »

Guillaume hésita, toussa pour s'éclaircir la gorge en bouchant le combiné avec la paume de sa main, puis demanda :

« Bonsoir… Je souhaite parler à Marianne de Fourtoyes. »

La même voix cérémonieuse reprit :

« Qui dois-je annoncer, je vous prie ?

– Guillaume Bélanger.

– Ne quittez pas, monsieur. »

En d'autres circonstances, Guillaume aurait ri du ton guindé que prenait l'homme à l'autre bout du fil, mais ce n'était pas le moment. Il attendit donc. Son regard se promena dans son salon, sa pièce préférée. Ses yeux se fixèrent par habitude sur le portrait de Mady et Sarah qui lui faisait face. Il l'avait installé au-dessus de sa cheminée et le contemplait souvent. Les femmes qu'il connaissait l'interrogeaient fréquemment au sujet de ce tableau. À chaque fois, il donnait la même réponse : l'une des femmes du portrait était la femme de sa vie. Il ne s'étendait jamais plus dans ses confidences.

Le majordome entra au salon et annonça :

« M. Guillaume Bélanger demande à parler à mademoiselle. »

Tout le monde releva la tête.

« Bélanger, avez-vous dit ?

– Oui… C'est exact, mademoiselle. Il attend au téléphone…

– Passez-le-moi dans le bureau de père, voulez-vous ?

– Bien, mademoiselle. »

Marianne se dirigea précipitamment vers l'autre pièce, non sans lancer un regard à ses parents. Le téléphone retentissait déjà lorsqu'elle poussa la porte. Elle décrocha avant que la deuxième sonnerie ne se fasse entendre.

« Allô ?

– Oui.

– Monsieur Bélanger ?

– Oui, Guillaume Bélanger. Vous êtes Marianne de Fourtoyes ?

– En effet. Je ne m'attendais pas à ce que vous appeliez si vite…

– Veuillez m'excuser…

– Non… Non, ce n'est pas ce que j'ai voulu dire… C'est parfait ainsi… Je vous remercie au contraire pour cette rapidité.

– Bien… Je ne vous cacherai pas que je souhaiterais avoir plus de précisions sur les raisons qui vous ont amenée à me faire rechercher. Pouvons-nous en venir au vif du sujet, s'il vous plaît ? J'avoue avoir du mal à saisir les motifs de votre requête. Qu'attendez-vous de moi exactement ? Comment se fait-il que vous sachiez tant de choses sur Mady et moi ? »

Marianne ferma les yeux un instant après cette avalanche de questions. Elle se sentait comme une souris prise au piège. C'était idiot. Elle ne savait trop ce qu'elle devait dire ou ne pas dire… Guillaume Bélanger la prenait au dépourvu par cet appel.

« Je suis la fille de Mady », laissa échapper la jeune femme afin de voir la réaction de son interlocuteur.

Elle savait qu'il ignorait jusqu'à son existence et n'osait tout expliquer au téléphone. Ironiquement, elle prenait confusément conscience qu'elle parlait à son père et que l'intéressé ne le savait même pas.

Guillaume accepta l'information sans broncher, mais ne comprit pas pour autant pourquoi la fille de Mady cherchait à le connaître.

« Vous êtes sa fille… Je ne comprends toujours pas… Mady et moi, c'est de l'histoire ancienne malheureusement…

– Oui, je suis au courant… Une histoire vieille de vingt et un ans… »

Marianne se mordit la lèvre. Elle n'avait pas voulu dire ça. Pour un peu, elle disait son âge.

Guillaume ne sembla pas relever la remarque pour autant.

« Comment va votre mère ? » s'enquit-il tout à coup, soudainement inquiet.

Il lui était brutalement venu à l'idée que Mady était peut-être gravement malade, ou pire encore… Cela pourrait expliquer en tout cas qu'on cherche à le joindre. Peut-être Mady avait-elle laissé des directives le concernant ?

« Ma mère va très bien. Elle n'est pas encore au courant de mes recherches.

– Pourquoi alors ? soupira l'homme, heureux néanmoins d'apprendre que Mady allait bien.

– Je craignais d'apprendre de mauvaises nouvelles à votre sujet. Vous savez, la vie n'a pas été particulièrement facile pour elle. Elle a suffisamment souffert comme ça… »

Il trouva la réplique un peu forte.

« C'est elle qui ne m'a pas attendu… Elle ne m'a plus donné de nouvelles… Elle s'est mariée avec cet André Corneau…

– Que dites-vous ? André Corneau ? Ce n'est pas possible ! André Corneau est son beau-frère !

– Son beau-frère ? répéta bêtement Guillaume.

– Oui… le mari de Sarah ! la sœur de Mady. »

Guillaume ne comprenait plus rien tout à coup.

Il perdait le fil de la conversation… Il était évident que des éclaircissements devaient suivre à présent.

Marianne appela Mme Lestrey peu après l'appel de Guillaume. Sa voix tremblait encore d'émotion.

« Madame Lestrey, c'est Marianne…

– Tu as une drôle de voix… Qu'y a-t-il ? Ça ne va pas ?

– J'ai retrouvé Guillaume…

– …

– Madame Lestrey ?

– Oui… je suis là. Que veux-tu dire par là ?

– Je viens de lui parler au téléphone.

– Comment ? Tu as eu Guillaume au téléphone ? Mais… Mais comment est-ce possible, Marianne ?

– Père et moi avions entrepris des recherches.

– Pourquoi ne m'as-tu rien dit ?… Non… c'est inutile… oublie ma question. Comment va-t-il ? Oh, mon Dieu ! Que lui as-tu dit exactement ? »

M. Martinon se retourna et, l'instant d'après, la voiture le frappait de plein fouet. Il se sentit projeté en l'air, puis il retomba lourdement sur le bas-côté. Il ne perdit pas connaissance pour autant. Il releva difficilement la tête. Du sang glissait déjà le long de sa joue pour venir s'écraser sur la terre dure du fossé. Il crut voir les feux arrière de la voiture devenir rouges, comme si le chauffeur s'arrêtait. Mais, bien vite, il réalisa que le conducteur n'avait fait que ralentir, pour ensuite accélérer. Il tendit son bras vers le véhicule qui s'éloignait et un son guttural sortit de sa bouche :

« Au secours… »

Le silence de la nuit l'entourait à présent. En même temps que sa tête, son bras s'abattit lourdement sur la terre durcie. M. Martinon éprouvait de la douleur, mais ne savait pas de quelle partie du corps elle émanait exactement. Il s'évanouit.

Sarah regardait sa sœur disparaître dans l'aire réservée aux passagers. Elle agita encore la main puis repartit. Mady ne prit pas la peine de regarder la salle. Elle s'installa sur le premier siège libre et consulta sa montre. Encore une bonne heure avant l'embarquement. Elle soupira. Elle ne savait pas vraiment pourquoi elle avait accepté d'entreprendre ce voyage. Le passé faisait mal. Que lui vaudrait de revoir Guillaume aujourd'hui, dans sa nouvelle vie ? Ils évoqueraient des souvenirs de joie, de bonheur puis, bien vite, des souvenirs d'amour inachevé… Peut-être découvrirait-elle alors qu'il s'agissait de faux sentiments ? Peut-être que Guillaume s'était joué de sa jeunesse… Mady Lestrey secoua la tête comme pour chasser ces idées.

Elle repensa bien vite à sa soirée de la veille. Sarah et elle étaient chez M. et Mme de Fourtoyes. Sa sœur les avait déjà rencontrés. Et ce matin, au moment de partir, le cœur de Mme Lestrey avait bondi. Marianne s'était retrouvée devant la porte de sa chambre et s'était écriée :

« Je serai là cette semaine… Quelle que soit l'heure… tu peux compter sur moi… maman. »

Sans plus réfléchir, elles étaient tombées dans les bras l'une de l'autre. L'étreinte forte et sincère avait duré longtemps. L'émotion avait été grande d'entendre ce merveilleux mot :

« maman ». Oui, elle se sentait mère, mère à part entière à cet instant précis ! Elle avait pris le visage de sa fille entre ses mains et, le sourire aux lèvres, elle lui avait dit :

« Merci, Marianne… »

L'esprit de Mme Lestrey revint bientôt à l'aire d'attente de l'aéroport. Les passagers étaient invités à se présenter. Elle se leva péniblement. Ce voyage lui coûtait, décidément… Elle sentait confusément qu'elle n'avait rien à faire là-bas.

M. Martinon fut réveillé par le froid. Il ouvrit les yeux, mais il faisait noir autour de lui. Son corps entier semblait hurler de douleur. Sa tête était pleine de bruits de tam-tam incessants. Il voulait crier pour qu'on arrête ce vacarme, mais il ne s'en sentait pas capable. Il commença à grelotter et à gémir. Il entreprit de ramper vers la route afin de se rendre plus visible pour qu'on vienne lui porter secours. Il agrippa des pierres scellées dans le sol durci de janvier. Il avança, mais au bout de deux mètres, il s'arrêta. Il était comme épuisé et un goût poisseux lui venait à la bouche. Il réalisa que c'était son sang.

« Je ne vais tout de même pas crever là ! » s'insurgea-t-il mentalement.

Guillaume gara son camion dans le stationnement souterrain et se dirigea rapidement vers la zone des arrivées. Il avait annulé sa soirée avec Connie, qui n'avait guère apprécié. Il tenait une rose dans sa main. Sa sœur Manon l'avait exhorté à ne pas trop se faire d'idées en ajoutant qu'il avait suffisamment souffert. Elle avait sans doute raison.

Il posa sa rose sur le capot d'une voiture stationnée tout près. Qu'attendait-il de cette rencontre ? Peut-être enfin des réponses ! Tout simplement. Il ne savait pas…

M. Martinon se mit à voyager dans le passé. Son esprit s'enflammait tandis que son corps s'engourdissait de froid et de douleur. Il songea brusquement à cet enfant qu'il avait renversé. C'était si loin… Pour la première fois, vraiment, il se remémora la scène telle qu'elle s'était déroulée pour lui et réalisa qu'il aurait pu lui sauver la vie. Sa femme et lui sortaient d'une fête bien arrosée en famille et avec des amis. Elle avait débuté vers 13 heures et s'était terminée tard dans l'après-midi. La nuit était déjà tombée lorsqu'ils avaient pris la route. Dans la voiture, l'atmosphère était particulièrement chaude, une atmosphère qui avait rapidement pris la tournure d'une dispute acharnée et sans fin. Il avait bu plus qu'à l'accoutumée et au moment où il avait levé la main sur sa femme, celle-ci avait crié. Il revoyait clairement dans la nuit, dans les faisceaux des phares, les yeux brillants du garçon, surpris et innocents. Puis ce fut le choc brutal ! Ensuite, dans son rétroviseur, il avait distingué, l'espace d'une fraction de seconde, le bras levé de l'enfant en direction de la voiture… Pris de panique, il avait alors enfoncé la pédale de l'accélérateur.

M. Martinon émit un gargouillis de la gorge à ce souvenir. « Pourquoi ne pas m'être arrêté ? » s'interrogea-t-il. Il se rendit compte qu'il ne le savait que trop ! qu'en fait il ne voulait pas s'arrêter, et que, même, il ne s'arrêterait pas si c'était à refaire !

Réfléchir lui faisait mal. Distrait par le froid, il n'arrivait plus à se concentrer. Quelque part en lui, une voix murmura :

« Tu voulais te venger… »

« Oui ! Me venger ! » aurait-il voulu crier s'il avait pu.

La voix reprit, insidieuse :

« Tu veux garder la véritable raison de ta haine pour toi… afin que personne ne découvre jamais ton secret…

— C'est faux ! cria son esprit chancelant.

— À quoi bon nier ? Tu as tout gâché ! Tu n'es qu'un raté ! Tu n'as causé que la souffrance autour de toi… Qu'est-ce qui t'a rendu aussi médiocre, aussi vil ?

— Mon frère et cette enfant qui n'aurait jamais dû naître ! » s'insurgea-t-il encore.

Les douleurs, physique et morale, devenaient intolérables.

« Mensonges ! Tu te caches derrière cette demi-vérité… Ton frère n'était pas un ange… c'est vrai… Mais toi ? Tu n'as jamais pu affronter la réalité en face. Toute ta vie, tu t'es cherché des excuses pour tes échecs… Il te fallait des coupables… La belle affaire ! Toute ta vie n'a été que mensonges et duperies ! »

Dans un ultime effort, M. Martinon se hissa sur ses avant-bras et serra très fort ses mâchoires. Puis il cria dans la nuit :

« Silence ! Je ne veux plus rien entendre ! Oui, j'emporte mon secret avec moi ! Et je l'emporterai jusque dans ma tombe ! »

Puis il retomba sur le sol. Son front fit corps avec la terre comme pour en arracher ses derniers instants de lucidité. M. Martinon exhala son dernier souffle en murmurant tout son fiel une dernière fois ; mais personne n'entendit ses dernières paroles.

Le froid piquant de ce mois de janvier se fit sentir malgré la courte distance à parcourir. Guillaume rentra la tête dans ses épaules et enfila ses gants. Il neigeait à gros flocons. Au préalable, une pluie verglaçante avait rendu le sol particulièrement glissant. Les chemins se révélaient difficiles et dangereux. « Je ne m'habituerai jamais à l'hiver », se dit-il une fois de plus. Il savait qu'il était en avance. Ce n'était guère dans ses habitudes. Lui qui courait toujours après le temps...

Guillaume scrutait maintenant la foule des nouveaux arrivants. « Pourrai-je la reconnaître ? s'inquiétait-il. Va-t-elle me reconnaître ? Les années ont commencé leur travail sur moi ! Comment réagira Mady ? » Il savait pertinemment que son avion n'atterrissait que plus tard, mais il restait là... Il ne voulait pas bouger... Son esprit ne cessait d'imaginer ces retrouvailles. Il craignait de la manquer...

Mady boucla sa ceinture. Elle se pencha et aperçut Montréal sous son manteau blanc. C'était la première fois qu'elle voyait cette ville en hiver. Elle frissonna, non pas de froid, mais d'appréhension. Le commandant de bord annonça une température extérieure de -23 °C. Mady pensa aux vêtements qu'elle avait apportés. Ils risquaient de ne pas être assez chauds. La Normandie n'atteignait que très rarement un tel froid. On lui avait dit qu'en 1976, il y avait eu un hiver particulièrement rude avec des températures très basses, mais, en temps normal, cela tournait autour de -10°C. Elle se promit de s'organiser en conséquence même si elle ne restait qu'une semaine. L'avion se posa enfin, malgré le mauvais temps. Il avait une heure de retard. Mady suivit tous les passagers et passa la douane.

Guillaume se résigna à aller prendre un café non loin de là. Il pesta après le temps qui avait retardé tous les vols. Il crut même un instant que ceux-ci avaient été complètement annulés ou dirigés vers un autre aéroport. Mais l'avion venait enfin de se poser. Il jeta alors le contenu de son plateau et, à grands pas, se dirigea vers les aires d'arrivées encore une fois. Il sentait son cœur se serrer.

Mady serait-elle vraiment dans cet avion ? Peut-être avait-elle changé d'avis au dernier moment ? Guillaume tourna la tête et il la reconnut tout de suite. Elle avançait elle aussi dans sa direction sans détacher son regard du sien. Les années s'effaçaient subitement. Ils se retrouvèrent enfin, face à face, à s'observer en silence.

Quelques rides lui barraient le front. Ses cheveux étaient encore bruns mais, par endroits, certains montraient des signes du temps. « Il n'a pas changé ! » songea-t-elle en admirant sa prestance dans son costume gris perle. Cela ne lui déplut pas.

« Elle a coupé ses cheveux... Ça lui va bien ! pensa-t-il. Quelques ridules sont venues accentuer son si beau regard. Ses lèvres sont toujours aussi invitantes. Oh ! Mady, comme tu m'as manqué ! » avait-il envie de lui crier. À la place, il s'entendit plutôt lui demander :

« Tu as fait un bon vol ?

– Oui ! répondit Mady. Merci. »

Une gêne s'installait entre eux. Ni l'un ni l'autre ne savaient comment se comporter ni ne voulaient prendre d'initiatives.

« Tu n'as pas changé.

– Toi non plus. »

Le malaise persistait. Mady se pencha sur sa valise posée sur son chariot, afin de se soustraire au regard perçant de Guillaume.

« Attends, je vais la porter.

– Merci. »

Leurs doigts se frôlèrent. Ils échangèrent un regard encore une fois, mais Guillaume se concentra bien vite sur la valise.

« Bien. Allons-y. Il fait froid dehors. Tu auras assez chaud avec ton manteau ? Il me paraît peu épais…

– Oui… Tout ira bien.

– Je suis garé juste à côté.

– C'est parfait.

– On peut échanger nos manteaux, si tu veux… Le mien est plus adapté pour Montréal… »

Elle jeta un regard sur le gros manteau noir invitant que Guillaume tenait sous son bras. Elle aurait voulu dire oui, mais elle s'entendit dire non. Il n'insista pas. Il lui tendit néanmoins son écharpe sans ajouter de commentaire. Mady l'enroula autour de son cou et sentit l'odeur musquée de l'après-rasage de Guillaume. Elle marcha à sa suite.

Dehors, le froid la saisit. Elle se recroquevilla sur elle-même et enfouit son visage dans l'écharpe. Guillaume se retourna et s'en voulut de ne pas avoir insisté davantage pour lui prêter son manteau. Il se sentit stupide. Il se contenta de lui dire :

« Prends garde de ne pas glisser… Tu peux te retenir à mon bras. »

Mady sentait effectivement ses pieds peu sûrs en avançant. Elle fit voler ses réticences de trop s'approcher de Guillaume et accepta son aide… « De toute façon, je ne pourrai pas le fuir tout le temps ! » s'admonesta-t-elle.

Dans le stationnement, elle remarqua une superbe rose tombée sur le sol. Elle faillit la ramasser mais se retint. Comment aurait-il interprété ce geste ?

« Nous y voici… Monte vite… Tu auras plus chaud à l'intérieur. »

Mady était littéralement gelée.

Guillaume contourna le camion et rangea la valise dans le coffre arrière. Il s'installa ensuite derrière le volant, à côté de Mady. L'intérieur était déjà chaud, car il avait pris soin d'enclencher le démarreur à distance.

Ils roulaient maintenant en silence. Ils avaient épuisé les formules de politesse usuelles, mais la gêne persistait. Finalement, Guillaume alluma la radio. Il ne supportait plus ce silence pesant. Mady n'en menait pas large de son côté. « J'ai l'impression d'être une adolescente ! Allez ! Trouve un sujet de conversation… Voyons ! Regarde de quoi tu as l'air ! » Elle se trouvait détestable. Mais son cerveau refusait obstinément de réfléchir. Elle n'avait qu'une hâte, se retrouver à son hôtel, seule. Elle pourrait faire le point. « Je pourrais encore avancer mon retour », songea-t-elle.

«Nous arrivons bientôt. J'ai demandé à ce qu'on te prépare une chambre… J'habite de nouveau le quartier Ahuntsic. Je suis au bord de la rivière des Prairies… Tu verras par toi-même.»

Mady ne savait pas si elle avait bien compris.

«On ne va pas à mon hôtel?»

Guillaume détourna rapidement ses yeux de la route et croisa les yeux interrogateurs de Mady.

«J'ai pensé que ce ne serait pas utile. Tu seras mieux chez moi.»

Il regardait de nouveau la route.

«Comment a réagi ta femme?

— Ma femme? Je ne suis pas marié.»

Mady sentit son cœur la prévenir d'un danger.

«Tu habites seul? osa-t-elle demander encore.

— Oui.»

Tous ses sens étaient maintenant en éveil. Elle eut peur tout à coup de se retrouver dans une maison, seule avec lui. Il sembla lire dans ses pensées, car il ajouta presque aussitôt:

«Nous sommes suffisamment responsables pour cohabiter le temps de ton séjour, tu ne crois pas? Nous sommes adultes.»

«Cohabiter! Cohabiter!» pensa amèrement Mady.

Ce mot lui fit l'effet d'une douche froide. Décidément, cette journée ne lui plaisait pas du tout.

Guillaume avait éteint la radio pendant leur conversation. Quand le silence se réinstalla, il tourna de nouveau le bouton.

Tout à coup, une petite sonnerie musicale se fit entendre. Mady regarda autour d'elle. Guillaume attrapa son cellulaire d'une main.

« Oui.

– …

– Ah! Connie…

– …

– Non, je ne peux pas te parler maintenant. »

Mady tressaillit en entendant le prénom féminin… Sa petite amie sans doute. Discrètement, elle observa le profil régulier de Guillaume. Le visage qu'elle avait si souvent caressé, il y a bien longtemps, l'invitait encore à tendre la main. Ses joues semblaient plus pleines que dans ses souvenirs. L'expression de son regard était plus mature aussi… Guillaume raccrocha et surprit le regard de Mady sur lui.

« Je suis heureux que tu sois ici », dit-il simplement.

La phrase sembla détendre un peu l'atmosphère. Guillaume rentra sa voiture dans le garage. Mady songeait que cette maison aurait pu être la leur si…

Elle préféra ne pas continuer… C'était bien inutile.

« Entre, Mady… Je m'occupe de ta valise. »

Dans le couloir, elle hésita, puis elle aperçut ce qui devait être le salon. Elle s'y avança. « Le décor est typiquement masculin », ne put-elle s'empêcher de penser. Les couleurs chaudes des murs et des meubles lui plurent. Elle laissa sa main caresser l'accoudoir du divan. Derrière elle, elle entendit Guillaume. Elle se retourna. Il avait posé la valise et l'observait. Elle ne savait pas depuis combien de temps il était là. Encore une fois, ils se regardèrent. Il avait envie de la prendre dans ses bras, de la serrer sur son cœur. Mais il lui dit :

« Je vais monter ta valise dans ta chambre… Installe-toi… Je reviens tout de suite… Sois bien à l'aise surtout.

– Bien… »

Aucun des deux ne bougea.

« Mady ! commença Guillaume.

– Oui ? » s'enquit Mady aussitôt.

Il se ravisa.

« Non… rien… Je reviens… »

Il tourna le dos et elle le perdit de vue. Elle s'installa dans l'un des fauteuils. Quand elle releva la tête, elle vit le cadre au-dessus de la cheminée.

« Oh ! s'exclama-t-elle, mais comment ?… »

Son cœur s'emballa. Elle ferma les yeux pour tenter de rester calme.

Guillaume posa la valise dans la chambre. Il espérait que le décor plairait à Mady. Il avait fait mettre un bouquet de fleurs, qui embaumait la pièce. Il resta là. Il dut s'avouer que, après toutes ces années, ses sentiments pour elle n'avaient pas faibli, malgré ses efforts pour l'oublier. Il éprouva un besoin impérieux de la toucher, de la sentir… « Mon Dieu ! Cela fait si longtemps ! Nous avons changé tous les deux… Nous avons suivi chacun notre route… une route qui n'allait pas dans le même sens… Ma douce Mady… Tu es une femme, maintenant… Mais une femme mariée… »

Il avait remarqué l'alliance à son doigt. Il prit finalement la direction du salon pour rejoindre son invitée. Elle ne l'entendit pas arriver. Elle s'était levée et avait le visage dirigé vers le portrait. Il avança jusque derrière elle.

« Tu aimes ce portrait ? » demanda-t-il tout contre son oreille.

Mady sursauta et se retourna. Guillaume était si proche.

« Comment l'as-tu eu ?

– Le peintre du Vieux-Port... Ça n'a pas été facile...

– Tu as su que j'étais venue à Montréal alors ?

– Oui. J'ai même cru entendre ta voix un jour dans le métro...

– Alors, c'était bien toi ! se rappela Mady. Tu t'es retourné un instant. J'ai couru, mais c'était trop tard...

– Pourquoi n'es-tu pas venue me voir durant ton séjour ici ?

– Je te croyais mort...

– Mort ? Quelle idée ! »

Mady se mit à pleurer... Là, debout, devant Guillaume... Elle ne voulait pas. Elle se sentait humiliée. Il la prit par les épaules, puis la serra tout contre lui.

« Allons, Mady... Nous avons besoin de parler... Viens t'asseoir sur le divan. Je crois que nous avons beaucoup de questions sans réponse... J'ai vécu avec pendant vingt et un ans... J'aimerais comprendre, moi aussi... »

Il n'attendit pas l'assentiment de Mady. Il l'entraîna sur le divan, où ils s'installèrent tous les deux. Il savait qu'elle n'était pas encore prête à s'épancher.

« Qu'est-ce qui t'a fait croire que j'étais mort ? s'enquit-il.

– Une lettre de ton père qui m'annonçait ta mort...

– Mon père ? Mais pourquoi mon père t'aurait-il envoyé une telle lettre ? Mon père n'aurait jamais fait cela, crois-moi !

– Mais qui aurait pu l'écrire alors ? reprit Mady. Si ce n'est pas ton père, qui cela peut-il bien être ?

– Je ne sais pas…

– À moins que… mon père… Mais oui ! C'est ça ! C'est certainement mon père qui a encore manigancé cet horrible mensonge… Mais combien de cruautés que j'ignore encore cet homme a-t-il commises ? »

Guillaume ajouta :

« Quelques mois après mon départ pour Montréal, j'ai reçu une lettre de ta sœur qui m'annonçait que tu venais de te marier…

– Quelle lettre ? Ma sœur ne t'a jamais écrit une telle lettre… Ce n'est pas possible ! Ça ne peut pas être elle !

– Il faut croire encore que ton père y est pour quelque chose. Je vois maintenant qu'il avait pensé à tout pour arriver à ses fins. C'est pourquoi, quand je suis revenu chez toi, il m'a montré cette photo du mariage. »

À ce moment-là, il se leva et ouvrit un tiroir. Il chercha quelques instants, puis tendit la photo à Mady.

« Oui, c'est André… J'étais témoin au mariage.

– Je le sais aujourd'hui… Ta fille me l'a dit… »

« Que d'amertume derrière cette phrase ! » pensa Mady.

« Mon père a fait beaucoup de tort…

– Oui… Je suis même allé jusqu'à Houlgate… Je voulais te voir, t'entendre me dire que tu ne voulais plus de moi… Et je t'ai vue sortir de la maison avec André… Il t'a serrée dans ses bras… Je n'ai pas osé venir… Vous aviez l'air si proches…

– Oh ! mon Dieu ! Oui, je me souviens de cette soirée… Il m'encourageait… C'était ma première sortie, après… après une longue traversée du tunnel. »

Et leur discussion continua. Les révélations se précipitaient. Chacun obtenait les réponses de l'autre et tous deux comprenaient qu'ils avaient été manipulés, tout simplement. Ils avaient été abusés par la duplicité de M. Martinon et des circonstances aussi. Un fossé de détresse les séparait, les éloignait. Guillaume aurait voulu lui tendre la main, mais il s'en sentait bien incapable. Dehors, la nuit s'était installée. Ils n'avaient pas encore mangé. Ni l'un ni l'autre n'en éprouvaient le besoin du reste. Leur estomac était noué. Mady voulait en venir à Marianne, mais elle ne savait guère comment apporter ce dernier éclaircissement. Le gâchis d'un bord et de l'autre était déjà si considérable… si irréparable…

« Je ne sais pas quoi dire, Mady… Je ne sais plus quoi dire… Je ne comprenais pas pourquoi tu ne m'avais pas attendu… pourquoi tu ne me donnais plus de nouvelles… Ces questions m'ont hanté jusqu'à ce jour… »

Cet aveu bouleversa Mady. Il lui révélait les sentiments profonds de Guillaume. Une fois de plus, ils se comprenaient et semblaient souffrir de la même façon.

« Il me faut te dire une chose encore… Sur Marianne… ma fille…

– Je suis heureux qu'elle ait pris la décision de me contacter, si c'est ce qui t'inquiète. C'est difficile de continuer sa route avec un passé trouble… Grâce à Marianne, j'ai des réponses… des réponses désagréables, mais c'est ainsi.

— Non… ce n'est pas de ça que je veux te parler…

— Comment a réagi ton mari pour ta venue ici ?

— Mon mari ? Il est malheureusement décédé, il y a quelques années… C'était un homme très bon.

— Tu as été heureuse avec lui ? »

La question fit mal à Guillaume. Malgré tout, il ne pouvait s'empêcher de se dire qu'ils auraient été heureux ensemble, Mady et lui.

« Oui. Il savait toute l'histoire pour nous deux.

— L'as-tu aimé ?

— Il était charmant, attentionné… Nous nous entendions très bien. »

Guillaume remarqua que Mady n'avait pas vraiment répondu, mais il ne posa plus de questions à ce sujet. Il savait ce qu'il voulait maintenant. Elle lui posa, à son tour, la question le concernant :

« Et toi ? Pourquoi ne t'es-tu pas marié ? Y a-t-il quelqu'un dans ta vie ?

— Oui… Si on veut… Il y a Connie…

— L'appel téléphonique dans la voiture ?

— Oui.

— C'est bien. »

Mady hocha la tête. Elle voulut changer de sujet, mais Guillaume ne lui en laissa pas le temps et il continua sur sa lancée :

« Tu sais, j'ai connu plusieurs femmes.

— Tu n'es pas obligé de m'en parler.

— Tu es en droit de savoir.

– Non… Justement, je n'ai aucun droit sur toi », lâcha Mady.

Elle se mordit la langue. La phrase était sortie brutalement, rageusement.

« Ce n'est facile pour aucun de nous deux, Mady. Ne sois pas agressive, s'il te plaît, reprit Guillaume, sur la défensive.

– Je sais. Excuse-moi. Je crois que je vais aller me coucher… La journée a été éprouvante. »

Guillaume savait qu'il était tard. Mady avait fait un long voyage. Pourtant, il ne voulait pas encore la laisser. Il chercha le premier prétexte qui lui vint à l'esprit pour la retenir.

« Nous n'avons pas mangé.

– Je n'ai guère d'appétit.

– Il faut manger un peu… Attends, je vais aller préparer un petit en-cas rapide. »

Mady hésitait. Elle ne voulait pas vraiment se retrouver seule dans sa chambre. Elle savait pertinemment que le sommeil la fuirait même si elle tombait de fatigue. Elle craignait aussi la présence de Guillaume. Il était évident qu'ils étaient toujours attirés l'un par l'autre, mais ils avaient aussi vécu tant de choses différentes pendant ces nombreuses années de séparation. Ils avaient changé tous les deux. Peut-être, somme toute, n'étaient-ils attirés que par le passé ?

« Entendu. Allons manger un morceau. Mais je vais te donner un coup de main.

– Il n'en est pas question ! Tu es mon invitée. »

Le ton que prit Guillaume pour dire cela fit rire Mady.

« Ton rire est toujours aussi merveilleux… »

Il avança d'un pas et l'attira contre lui. Il se pencha vers elle, très tendrement, mais elle le repoussa.

« Non, Guillaume… S'il te plaît… Ne rends pas les choses plus compliquées qu'elles ne le sont déjà… »

Guillaume explosa devant ce rejet. Il leva les bras au ciel et vociféra :

« Les rendre compliquées ? C'est toi qui me dis ça ? Comment veux-tu que je réagisse ? Notre vie a été anéantie ! J'ai eu envie de disparaître… d'en finir, quand j'ai su pour ton prétendu mariage. Tu m'as rendu fou de chagrin… Je n'ai jamais pu t'oublier, si tu veux tout savoir… J'ai gardé le souvenir de tes baisers. Et la nuit où… Enfin… Je n'ai jamais rencontré de femme qui t'arrive à la cheville ! Oui, Mady… Tu étais la femme de ma vie… Je le dis, je l'ai toujours dit à quiconque venait ici et voyait ton portrait sur la cheminée ! »

Il était furieux. Mady se sentait nerveuse, elle aussi. Elle prit la relève et tapa du plat de la main contre le meuble de la cuisine.

« Et moi alors ? Tu crois que j'ai eu la belle vie ? Ne me rends pas responsable des agissements de mon père ! Il y a encore une chose que tu ignores, Guillaume… Quand tu es parti… j'attendais un enfant de toi ! » annonça-t-elle brutalement.

Guillaume resta sans voix. Devant son air incrédule, Mady continua aussitôt sur le même ton :

« Oui… Je ne te l'ai pas dit à l'époque, parce que je ne voulais pas que tu te fasses du souci. C'était la santé de Manon qui importait en premier lieu. Mais cette enfant… cette enfant, je l'ai eue seule… Et mon père s'est débrouillé pour me faire croire qu'elle était morte! Coup sur coup, j'ai appris ton décès, celui de ma mère et, enfin, celui de ma fille! Alors, tu vois, moi aussi, j'ai eu ma vie gâchée... Tu n'es pas le seul!»

Il avait peur de comprendre les insinuations de Mady, mais elle n'avait pas fini:

«Je viens juste de retrouver notre fille... Ou pour être plus juste, c'est Marianne qui nous a retrouvés...»

Les yeux brillants de larmes, Guillaume regardait Mady sans pouvoir sortir un seul mot. La révélation était de taille... Il avait une fille... sa fille... leur fille... Récemment, il avait parlé à sa propre fille au téléphone sans même le savoir.

«Je vais me coucher, finit par lâcher Mady sur un ton las.

— Le repas! tenta Guillaume, sans grande conviction.

— Je ne pourrais rien avaler.

— Comme tu veux... Ta chambre, c'est la première porte à droite en montant.

— Bien. Merci. Bonne nuit.

— Bonne nuit, Mady.»

Il aurait voulu la retenir, mais il était toujours en colère. Il savait que cette colère n'était pas dirigée contre elle, mais plutôt contre son père. Il était aussi en colère contre lui-même... Il aurait dû insister pour parler à Mady quand il l'avait vue ce soir-là avec André... Ce fut, peut-être, sa plus grande erreur... Ils n'auraient pas perdu tout ce temps... Il ne pourrait jamais se le pardonner... Et maintenant, pour leurs retrouvailles, tous deux n'étaient même pas capables de se parler correctement sans se disputer, sans se déchirer et sans se faire du mal.

«Marianne… C'est joli… Oh! Mady! Pourquoi? Tu aurais dû me le dire, malgré l'état de Manon… C'est trop stupide…»

Guillaume se rendit compte qu'il venait de parler aux murs de la cuisine. Mady se trouvait déjà en haut de l'escalier; elle ne l'entendait plus. Il éteignit finalement la lumière et monta à son tour.

Mady ouvrit sa valise et en extirpa une chemise de nuit. Elle se coucha bien vite, encore furieuse contre elle-même pour s'être emportée de la sorte. Elle décida de faire des efforts mais, d'un autre côté, elle voulait appeler l'aéroport pour changer sa date de retour. «Ça ne servirait à rien de rester plus longtemps, conclut-elle. C'est trop douloureux de nous voir l'un et l'autre souffrir à cause du passé.»

Soudain, elle entendit Guillaume qui montait les marches. Quelques instants après, ses pas s'arrêtèrent devant la porte de sa chambre. Elle retint sa respiration et ne fit aucun bruit.

Guillaume hésitait. Il souhaitait s'excuser de sa colère. Il se passa deux fois la main dans les cheveux, puis frappa doucement à la porte en appelant Mady. Il ne reçut aucune réponse. Finalement, il tourna la poignée. La porte n'était pas verrouillée. Il avança dans la chambre. Ses yeux s'habituèrent rapidement à la pénombre.

«Mady? Tu dors?» chuchota-t-il.

Aucune réponse ne vint. Il continua malgré tout. Il espérait qu'elle ne dorme pas vraiment.

«Je voulais m'excuser… avoua-t-il. Bonne nuit, Mady.»

Il repartait quand il l'entendit lui murmurer:

«Moi aussi, je suis désolée… Bonne nuit, Guillaume.»

Il respira un peu mieux. Il partit dans sa propre chambre, sans rien ajouter. Il savait qu'une mauvaise nuit l'attendait.

Quand Mady se leva le lendemain, elle était seule dans la maison. Guillaume avait laissé sur la table une note lui expliquant qu'il avait dû se rendre au bureau. Il lui avait laissé son numéro de téléphone afin qu'elle puisse le joindre. Elle effleura l'écriture du doigt et soupira. Elle ouvrit finalement le réfrigérateur. Son estomac commençait à s'insurger.

Elle ne savait trop ce qu'elle allait faire de sa journée. Elle se sentait désœuvrée. Il semblait faire froid dehors. Le vent s'était levé également ; elle l'entendit cogner contre la fenêtre, ce qui la fit frissonner.

Après son petit déjeuner, elle erra dans la maison. Elle s'arrêta de-ci, de-là, admirant un bibelot, un meuble joliment travaillé. Elle éprouvait un bien-être dans ces lieux. Elle sentait la présence de Guillaume partout.

C'est sans préméditation qu'elle entra dans la chambre de Guillaume. En poussant la porte, elle se sentit enveloppée. Elle avait l'impression d'entrer dans son intimité, de pénétrer dans son cœur. Le lit était défait.

« Il n'a pas dû bien dormir à en juger par l'état des draps ! » murmura-t-elle.

Elle s'assit sur le lit et toucha l'oreiller encore tout imprégné de l'odeur masculine. Elle le serra tout contre elle, puis enfouit son visage dedans. Elle versa des larmes de détresse. Quand elle releva la tête, un peu plus tard, elle tourna son visage vers la table de nuit et aperçut la photo dans un joli cadre. Elle les représentait tous les deux, posant au jardin public de Pincourt.

«Elle était donc là, cette photo!» dit-elle en prenant le cadre.

Elle se souvenait parfaitement que Liz les avait pris ce jour-là. C'était la seule photo d'eux ensemble. Elle s'était toujours demandé ce qu'elle était devenue.

Mady avait l'impression que les murs lui parlaient, que les objets la guidaient dans ses mouvements. Aussi, c'est sans y prendre garde qu'elle ouvrit le tiroir de la table de nuit. Un livre en cours, un tome des *Enfants de la terre*, de Jean Auel, se trouvait là. Juste à côté, elle remarqua aussi un boîtier noir. Elle le prit, délaissant le livre, et posa la boîte sur l'oreiller encore sur ses genoux. À l'intérieur, elle y découvrit une superbe bague. Elle reçut un choc à cette vue.

«Une demande de fiançailles pour Connie, je suppose! s'exclama-t-elle à haute voix, émue plus qu'elle n'aurait voulu.

– Non, tu fais erreur...»

Elle releva la tête vivement tout en sursautant. Guillaume se tenait dans l'encadrement de la porte, le front posé contre le montant. À voir sa position, il semblait être là depuis un certain temps. Elle se sentit comme une enfant prise en faute. Son cœur bondit dans sa poitrine devant l'expression particulière du regard de Guillaume.

«Je te prie de m'excuser d'avoir fouillé dans ta vie privée. Je ne sais pas pourquoi j'ai fait ça... Je ne sais que dire...

– Je n'ai rien à te cacher, Mady. Si tu regardes à l'intérieur de cette bague, tu y verras une inscription... Cette bague était pour toi… Je l'ai depuis vingt et un ans… Je l'ai toujours gardée et, parfois, il m'arrivait de t'imaginer la portant au doigt. »

Mady resta là, assise sur le lit, l'oreiller sur les genoux et la bague entre les doigts. Guillaume s'avança et s'installa près d'elle. Le geste imprima un mouvement au matelas et l'attira tout contre lui. Leurs cuisses se touchaient, leurs épaules aussi. Elle respirait avec difficulté.

« Tu peux garder cette bague, Mady… Ça ne t'engage en rien… Ne t'inquiète pas… Elle est à toi de toute façon. »

Mady hésitait pour deux raisons. La première : elle n'était pas sûre de pouvoir accepter ce bijou sans lui donner d'espoir. La deuxième : elle craignait qu'en faisant un mouvement, elle n'approchât encore davantage son corps de celui de Guillaume, déjà si proche. Elle sentait ses sens s'enivrer et elle craignait de ne pas pouvoir se contrôler et de regretter ces instants d'égarement. Guillaume prit les devants finalement et passa lui-même la bague au doigt de Mady. Il avait longtemps rêvé de ce moment. Il la regarda ensuite droit dans les yeux. Elle ne détourna pas son regard.

« Crois-tu que nous puissions reconstruire quelque chose ensemble ? lui demanda-t-il avec une extrême douceur.

– Je ne sais pas. »

Elle se voulait le plus sincère possible dans sa réponse.

« Veux-tu essayer, au moins ?

– Et Connie ?

– Connie est ravissante et gentille, c'est vrai… Mais je n'ai jamais pu me résigner à m'engager plus avant avec elle, ni avec personne d'autre d'ailleurs. Je sais qu'elle n'attend qu'une demande de ma part, sans toutefois se faire trop d'illusions… Elle me connaît…

– Ah! Guillaume… La vie nous a joué un bien vilain tour…

– Oui… Mais elle nous offre aussi la possibilité de nous reprendre… de transformer toutes nos épreuves en force. Tu ne trouves pas?

– Peut-être…

– Je te le redemande, Mady… Veux-tu essayer? Veux-tu encore de moi? Je te propose que nous commencions par cette semaine à Montréal. J'ai déjà pris mes dispositions pour qu'ils se passent de moi au bureau.

– Es-tu sûr que c'est ce que tu veux? insista Mady.

– Moi oui… Mais toi? Je ne le sais pas… À toi de me le dire…

– Eh bien! Je ne dis pas non… Je ne sais pas où nous conduira ce choix… Mais il nous faudra certainement être très forts… Je sais d'avance que ce ne sera pas facile… C'est au nom de ce que nous ressentons toujours l'un pour l'autre… et au nom de notre fille, Marianne… pour l'amour qu'elle nous a démontré en cherchant à nous retrouver et à nous réunir de nouveau. Oui, j'ai envie d'être pleinement heureuse. Oui, je veux essayer de toutes mes forces. Essayons, Guillaume. »

Mady laissa glisser sa tête contre le torse de Guillaume qui passa sa main dans ses cheveux.

« Merci… Merci, Mady, d'accepter de relever ce défi. Nous n'avons pas besoin de brûler les étapes, même si nous ne sommes plus tout jeunes. Bien sûr, à notre âge, je n'irai pas jusqu'à dire que notre avenir est maintenant derrière nous… mais nous irons à notre rythme, voilà tout.

– Tu sais, Guillaume, je me sens bien de prendre cette décision. Je crois sincèrement que nous pouvons réapprendre cette vie à deux… si nous le voulons de toutes nos forces, de tout notre cœur. Si Marianne, notre fille, n'était pas venue frapper à ma porte… et aussi à la tienne en te recherchant… que serions-nous devenus, Guillaume ? Quand le passé frappe à la porte, il ne faut pas toujours refuser de le recevoir, car qui sait ce qu'il a de merveilleux à nous révéler ?

– C'est vrai, Mady. Et combien d'autres révélations ce passé nous réserve-t-il encore ? ajouta Guillaume dans un souffle.

– Cela t'effraye-t-il ? interrogea Mady en relevant la tête.

– Un peu… et toi ? »

Mady ne répondit pas. Elle reposa tout simplement sa tête contre le torse de Guillaume et écouta les battements de son cœur. Ce cœur qu'elle croyait arrêté à tout jamais, elle l'entendait de nouveau battre, pour elle.

Agnès Ruiz

MA VIE ASSASSINÉE

TOME 1

TOME 2

Mady et Guillaume pourront-ils mettre
de côté le passé et vivre pleinement leur amour ?

Les Éditions
Coup d'œil

www.boutiquegoelette.com
www.facebook.com/EditionsGoelette

Achevé d'imprimer en janvier 2016